AKRAM EL-BAHAY

Bücherstadt

DIE BIBLIOTHEK DER FLÜSTERNDEN SCHATTEN

Roman

W0202579

BASTEI
LÜBBE
TASCHENBUCH

BASTEI LÜBBE TASCHENBUCH
Band 20883

Dieser Titel ist auch als E-Book erschienen

FSC
www.fsc.org
MIX
Papier aus verantwortungsvollen Quellen
FSC® C019821

Originalausgabe

Copyright © 2017 by Bastei Lübbe AG, Köln
Textredaktion: Michelle Gyo, Limburg a. d. Lahn
Umschlaggestaltung: © Guter Punkt, München | www.guter-punkt.de
unter Verwendung von Motiven von © Jorge Jacinto; Thinkstock/iStock; Thinkstock/iStock; Thinkstock/Hemera;Thinkstock/iStock
Satz: two-up, Düsseldorf
Gesetzt aus der Garamond
Druck und Verarbeitung: C. H. Beck, Nördlingen
Printed in Germany
ISBN 978-3-404-20883-8

5 7 9 8 6

Sie finden uns im Internet unter www.luebbe.de
Bitte beachten Sie auch: www.lesejury.de

PROLOG

Sabah fühlte die Nacht wie ein Versprechen auf der Haut. *Eile dich, sie kommt,* rief sich die Beraterin des Weißen Königs ins Gedächtnis. Oh, Sabah musste schnell genug sein. Wie jede Nacht, in der sie die Treppen aus dem Herzen der Bücherstadt hinaufstieg.

Sie strich mit den Fingern über die Einbände der zahllosen Bücher, die ihren Weg säumten. Wie kalt und leblos sie waren. Die einzige Magie, die in ihnen steckte, lag in der Wortgewandtheit der Menschen, die sie geschrieben hatten. Nicht zu vergleichen mit den Büchern, die Sabah selbst las. Bücher, in denen ein Zauber wohnte. Bücher, die besondere Geschichten erzählten.

Sie sah hinauf an die Decke des unterirdischen Bibliothekslabyrinths. Die Bilder, die sie zierten, stammten aus einigen der Geschichten, die in den Büchern hier unten zu finden waren. Die Bilder zeigten allesamt Menschen, die Flügel besaßen. Sie waren so schön, dass es fast schmerzte, sie anzusehen. Die Maler, die sich von den Worten auf den Buchseiten hatten inspirieren lassen, waren offenbar davon ausgegangen, dass der Himmel nur makellose Schönheit gebar. Nun, Sabah wusste es besser. Worte und Bilder verkleideten die Wirklichkeit nur allzu gern. Die Wahrheit war meist so viel hässlicher.

Sabah stieg die lange Treppe hinauf und trat in die Eingangshalle des Palasts. Ihre Füße fanden den Weg, den sie schon so oft gegangen war, von selbst, doch diesmal ließ etwas sie innehalten. *Eile dich, sie kommt.* Sabah spürte, dass diese Nacht eine besondere war. Das erste Mal seit einer Ewigkeit nahm sie nicht die Treppe hinauf zu ihrem Gemach, sondern trat auf das Tor zu. Die Wachen blickten sie so verunsichert an, als könnte Sabahs Blick sie zu Stein werden lassen. Hastig öffneten die Männer das Portal, und sie trat hinaus auf den Platz vor dem Palast.

Die Nacht gehörte nicht ihr. Sie ließ Sabah husten und schmeckte bitter auf der Zunge. Und doch atmete Sabah sie tief ein. Da war etwas in der Luft. Sabah roch es. Und sie hörte es. Jemand. Er brachte ein Versprechen auf Veränderung. Auf eine neue Zeit.

Eile dich, sie kommt.

1. NEUE KLEIDER

Samirs Herz schlug so schnell, als wollte es aus seiner Brust entkommen. Der Moment, in dem er seine Beute in Besitz nahm, war für jeden Dieb der Höhepunkt der Jagd. Sam, wie er von seinem Cousin Majid genannt wurde, schloss seine Finger vorsichtig um das hauchdünne Krönungsei aus Kristall, das auf dem Nachttisch des Schlafenden lag. Es gehörte zu den Insignien des Weißen Königs, und der Hofjuwelier, in dessen Schlafzimmer Sam eingebrochen war, hatte es aus dem Palast erhalten, um einige der Rubinsplitter zu ersetzen, die sich im Lauf der Jahre aus ihren Fassungen gelöst hatten. Die Edelsteine brachen das silberne Mondlicht und glitzerten so aufdringlich, als wollten sie Sam zu sich locken. Wieso nur waren die wertvollsten Kunstwerke oft so hässlich? Das Kristallei sah für Sam wie etwas aus, das man auf schlechten Marktplätzen erstehen konnte, doch es war so unbezahlbar, dass der Hofjuwelier es nicht einmal im Schlaf von seiner Seite lassen wollte. Der Schlafende bewegte stumm die Lippen, als wollte er Sam davor warnen, das Ei zu berühren. Doch Sam hob es vom Nachttisch und ließ es unter seinem Gewand verschwinden.

Sam hätte am liebsten tief durchgeatmet, doch er durfte kein Geräusch von sich geben. Noch nicht. Schlechte Diebe wurden allzu schnell unvorsichtig, sobald ihre Beute den Besitzer gewechselt hatte. Sam aber war einer der besten. Er bewegte sich so lautlos, dass der Hund, der vor dem Bett des Hofjuweliers schlief, nicht einmal mit dem Schwanz zuckte. Das Schlafzimmer lag im obersten Stock eines hohen Hauses, und die Fenster öffneten sich zu einem Dach, das zu steil war, um es zu erklettern. Es sei denn, der Dieb, der das Wagnis auf sich nahm, trug Handschuhe, die mit einem sehr seltenen und äußerst klebrigen Harz bestrichen waren.

Das Seil, mit dessen Hilfe Sam in das Zimmer eingestiegen war, hing wie eine leblose Schlange von einem der geöffneten Deckenfenster herab. Vorsichtig zog er sich an dem dicken Strick zum Dach hinauf. Auf halbem Weg nach oben hielt er inne, da er glaubte, ein leises Tapsen hinter sich zu hören. Sam wagte kaum zu atmen, während er nach unten sah und versuchte, in dem dunklen Schlafzimmer die Ursache für das Geräusch zu erkennen. Der Mond schien schwach hinter einigen Wolken hervor und tauchte das Zimmer in einen silbrigen Glanz, der es seltsam unwirklich erscheinen ließ. Sam wollte schon weiterklettern, als er das vierbeinige Geschöpf sah, das sich aus den Schatten löste.

Die Katze, die in Sams Blickfeld kam, schritt so erhaben über den Steinboden, als sei sie die wahre Besitzerin des Schlafzimmers. Ihre Augen leuchteten ihn an. Für einen Moment musterten die beiden sich. Sam musste sich meist mit Hunden herumschlagen, doch diese Katze war mindestens ebenso gefährlich. Sie mochte ihn zwar nicht verletzen, doch wenn sie ihren Herrn weckte, würde das Sam mehr Schaden zufügen als der Biss eines Wachhundes. Sie blieb stehen und musterte ihn so bewegungslos, als wäre sie zu Stein geworden.

So vorsichtig er konnte, zog sich Sam weiter hinauf, den Blick starr auf die Katze gerichtet. Doch kaum geriet das Seil, an dem er hing, in Bewegung, rührte sich das Tier wieder. Sam unterdrückte einen stummen Fluch, als die Katze anfing, nach dem losen Ende des Seils zu springen. Sam kletterte schneller, doch das brachte das Seil nur umso mehr in Bewegung. Schließlich entfuhr der Katze ein Miauen, das in der Nacht so laut klang, als hätte Sam die Scheibe des Fensters, durch das er sich hastig zog, in tausendundeine Scherben zerbrochen.

Der Hofjuwelier fuhr mit einem Grunzen aus dem Schlaf, das sich übergangslos in einen Schrei wandelte, als er bemerkte, dass das Ei fort war. Nur einen Lidschlag später wurde die Tür aufgerissen, und der Leibwächter des Alten erschien im Zimmer. Die meisten Wächter verloren irgendwann in der Nacht den Kampf gegen die Müdigkeit, doch dieser hatte offenbar sehr aufmerksam vor der Tür gewacht. Mit einem Einbruch über das Dach hatte er sicher nicht gerechnet, doch er fasste sich schnell.

Sam hatte das Dach erreicht. Er zog sein Messer, um das Seil zu durchtrennen, als der Wächter es auch schon packte und sich daran hochzog. Verdammt, er konnte mindestens ebenso gut klettern wie Sam. Noch ehe der das feste Seil durchtrennen konnte, hatte der Leibwächter die behandschuhten Finger um den Rand des Fensters geschlungen. Für einen Moment war Sam versucht, dem Mann die Klinge in die Hand zu rammen, doch er hatte auf seinen Raubzügen noch nie jemanden verletzt, und er hatte nicht vor, heute damit zu beginnen. Dafür war die Situation nicht aussichtslos genug. Noch nicht.

Eine Wolke schob sich vor den Mond, und es wurde so dunkel, dass Sam die fremden Hände kaum noch erkennen konnte. Er streifte in aller Eile die Handschuhe wieder über, die er auf dem Dach am Rand des Fensters hatte liegen lassen. Dann presste er die Handflächen auf das spiegelglatte Dach und vertraute sein Gewicht ganz dem klebrigen Harz an. Das Dach war fugenlos gearbeitet und so steil, dass Sams Herz noch schneller schlug als in dem Moment, da er das Ei eingesteckt hatte. Aus der Fensteröffnung schob sich der Kopf des Wächters. Die Haut war in der Nacht so dunkel, als wäre sie mit Kohle gefärbt. Sam hatte davon gehört, dass einige reiche Kaufleute und Händler Krieger aus fernen Ländern als Wächter beschäftigten. Doch noch nie war er auf einen von ihnen getroffen. Die dunkelhäutigen Männer, deren Heimatdörfer jenseits der Berge und der angrenzenden Wüste lagen, galten als besonders unerbittliche Kämpfer.

Für einen Moment maßen sich die beiden. Dann stemmte sich der Mann auf das Dach.

»Tu das nicht, sonst sterben wir beide«, zischte Sam ihm zu. Seine Worte gingen in dem Geschrei des Juweliers beinahe unter. Es gehörte viel Erfahrung dazu, die richtige Menge an Harz auf den Stoff zu streichen. Nahm man zu viel, bekam man die Handschuhe nicht mehr abgelöst. War es zu wenig, hafteten sie nicht stark genug. Das Harz reichte für einen Körper, für zwei aber war es auf jeden Fall zu wenig. Die Handschuhe würden sie nicht beide halten können.

»Ich sterbe, wenn du entkommst«, erwiderte der andere ungerührt.

Und ehe Sam reagieren konnte, hatte sich der Dunkelhäutige auf das Dach geschwungen und schoss auf ihn zu.

Sam versuchte noch, sich zur Seite zu werfen, aber bevor er beide Handschuhe vom Dach lösen konnte, hatte ihn der Wächter gepackt. Sams Hände verloren den Kontakt zu der spiegelglatten Fläche, und er wurde mitgerissen. Gemeinsam schlitterten sie das Dach hinab. Der Nachthimmel und das verfluchte Dach verschwammen ineinander. Sam unterdrückte den Schrei, der ihm über die Lippen drängte, und versuchte verzweifelt, den Wächter abzuschütteln. Doch der hielt ihn eisern fest.

Sam streckte die Finger aus und presste seine Hände mit aller Kraft auf das Dach. Sie rutschten jedoch so schnell, dass er keinen Halt fand. Erst als Sam aus den Augenwinkeln Äste und Blätter sah, wurden sie ein wenig langsamer.

Die Korkeiche, die in der Nähe des Hauses wuchs, war weit höher als zwanzig Meter und griff mit den äußersten Ästen bis an die Kante des Dachs. Sam hatte die Eiche als Leiter genutzt, um von dort auf das Dach zu springen. Verdammt, der Wächter und er waren zu schnell, um rechtzeitig abzubremsen. Sie mussten langsamer werden. Sie …

Sam stockte der Atem, als der Wächter mit einer Hand Sams Linke packte und von den Schindeln riss. Sie wurden noch schneller. Ein Ast streifte sie. Und dann schossen sie mit Schwung über die Dachkante hinweg.

Wir sterben, schoss es Sam durch den Kopf, während sie durch die Luft flogen. Der Wächter ließ Sam endlich los, und für einen Moment fühlte er sich ganz leicht. Zu seiner Verblüffung genoss er diesen Moment des Fliegens, auch wenn der Tod auf ihn wartete.

Der Augenblick endete jäh, als die Äste des Baums Sam griffen. Hölzerne Finger stachen ihm in die Haut, zerrissen seine Kleider. Und retteten ihn. Er fiel durch die Äste und blieb schließlich wie ein Kind in den Armen seiner Mutter in ihnen hängen. Die Äste schaukelten bedenklich unter der Last seines Gewichts. Neben ihm erkannte er eine Bewegung. Der Wächter.

Der Mann richtete seinen Blick auf Sam und griff an seinen Rücken. Die Klinge, die er hervorzog, schimmerte im Mondlicht, das durch das Blätterdach fiel. Und dann warf sich der Wächter nach vorne auf ihn zu. *Er ist lebensmüde,* schoss es Sam durch den Kopf.

Sam sah nur einen Ausweg: Er ließ sich fallen. Der Schrei, den er zuvor noch zurückgehalten hatte, verließ seine Lippen und scheuchte einen Schwarm Finken auf, die kreischend in die Nacht flogen. Er bekam einen Ast zu fassen und zog sich auf ihn, als er das Zischen vernahm. Selbst der beste Dieb, der mit der Nacht verschmelzen konnte als wäre er ein Teil von ihr, bekam es irgendwann zu hören. Das Geräusch einer Klinge, die nach ihm schlug.

Ohne nachzudenken ließ Sam den Ast wieder los. Er stürzte einige Meter tiefer und bekam nur mit Mühe einen weiteren

Ast zu fassen. Über ihm hieb die Klinge nur in Rinde statt in Haut. Blätter regneten auf Sam herab, und der Wächter stieß einen Fluch aus. Seine Stimme klang so dunkel wie die Nacht. Sam riskierte einen Blick nach oben. Der Wächter war ihm erschreckend nahe. Und er sprang zwischen Ästen hindurch, als bedeutete ihm das eigene Leben gar nichts. Sam tat es ihm gleich. Das Astwerk breitete sich unter ihm aus wie das Netz einer riesigen Spinne. Einige Augenblicke lang fiel er, dann rissen Äste seine Kleider auf, fanden die Haut darunter und stachen ihm ins Fleisch. Doch Sam spürte den Schmerz kaum. In seinem Kopf hatte nur ein Gedanke Platz. *Finde einen Halt, Sam!*

Unter ihm wurde das Astwerk dichter. Gleich mehrere armdicke Triebe hatten sich ineinander verflochten. Sam fand mit Glück und Geschick einen Halt auf ihnen und sah sich hektisch um. Er war etwa auf halber Höhe des Baumes. Noch immer waren es gut zehn Meter bis zum Boden. Zu tief für einen Sprung. Aus einiger Entfernung drangen leise Rufe zu ihm herauf. Vermutlich scheuchte der Hofjuwelier seine Diener aus den Betten, um nach dem Dieb zu suchen. Wenn Sam Glück hatte, war kein weiterer Wächter unter ihnen. *Kümmere dich lieber um diesen einen, Sam,* ermahnte er sich. *Wenn du ihm nicht entkommst, musst du dir um alles andere keine Gedanken mehr machen.*

Wo war der Wächter? Die Baumkrone war so dicht, dass kaum noch Mondlicht zwischen den Blättern und Ästen hindurchfiel. Vielleicht war er hängengeblieben und …

Das erneute Zischen alarmierte Sam und ließ ihn zur Seite fahren. Er fiel nicht, sondern blieb an einigen Trieben hängen, während die Klinge des Wächters wieder in Rinde schlug. Verdammt, der Kerl war so leise wie ein verfluchter Fuchs.

Der Wächter hockte kaum einen halben Meter über Sam, ein Schatten in der Nacht. Er sprang wortlos neben ihn auf die Äste, die unter dem Gewicht zweier Männer bedrohlich schaukelten.

»Gib mir das Ei«, zischte der Wächter, der nur mit Mühe die Balance auf den schaukelnden Ästen hielt. »Dann überleben wir vielleicht beide.«

Es war eine Lüge. Sam musste nicht einmal das Gesicht des Mannes sehen, um sie zu erkennen. Er schmeckte sie in seinen Worten. Sobald der andere das Ei hätte, würde sich sein Schwert in Sams Fleisch bohren. *Ich sterbe, wenn du entkommst.* Der Wächter hatte es selbst gesagt.

Sam wich zurück, bis ihn das Geflecht der Zweige endgültig stoppte. »Ich …«, begann er, als ihn ein Kreischen plötzlich unterbrach. Offenbar waren sie in den Nistplatz eines weiteren Finkenschwarms geraten. Einige der Tiere stießen so plötzlich zwischen den Ästen hervor, als hätte der Baum sie den beiden Eindringlingen zu seiner Verteidigung entgegen geschickt. Sam warf sich mit aller Kraft gegen die Äste in seinem Rücken und scheuchte die verängstigen Vögel damit endgültig auf. Rasch duckte er sich, und die Finken schossen in Panik über ihn hinweg. Geradewegs auf den Wächter zu.

Unwillkürlich schlug der Mann mit seiner Klinge nach den dunklen Leibern. Doch es waren zu viele. Sam sah, wie der Wächter die Arme hochriss und einen Schritt nach hinten machte. Ein Fehler. Er verlor das Gleichgewicht und stürzte mit einem Schrei hinab, während die Vögel in die Nacht stoben. Sam hörte ein dumpfes Geräusch, und der Schrei starb so schnell wie der Mann, der ihn ausgestoßen hatte.

Sam war dem Baum ebenso entkommen wie den Dienern, von denen zwei angsterfüllt vor der Leiche des Wächters gestanden hatten. Sie hatten es nicht gewagt, Sam aufzuhalten. Ein

Sprung von der Mauer des Gartens und er war in das angrenzende Häusermeer eingetaucht. Sam hatte das erste brauchbare Dach erklommen. Für Diebe gab es mehr Wege als nur gepflasterte Straßen. Während er über die Dächer balancierte, strich er über das Ei, das er unter seinem Gewand verborgen hatte. Es schien unbeschädigt. *Du hast es geschafft*, sagte er sich, um sich zu beruhigen. Das Stehlen war wie eine Jagd, und jeder Dieb kannte diesen Moment, wenn sich die Anspannung legte, aber das Herz noch immer von der Aufregung erfüllt war. Sam genoss ihn mehr als alles andere an seiner Arbeit. Auch jetzt, obwohl in dieser Nacht jemand den Tod gefunden hatte. *Koste es dennoch aus*, sagte er sich. *Es ist das letzte Mal.*

Mit traumwandlerischer Leichtigkeit fand er seinen Weg über Schindeln und Giebeln, wich steinernen Wasserspeiern aus, die mit blinden Augen in die aufziehende Dämmerung blickten, und sprang über den Spalt zwischen zwei Häusern, der sich vor ihm auftat. Leise wie ein Fuchs auf der Jagd landete er auf einem Flachdach und atmete tief durch. Das Haus war so hoch, dass Sam die wenigen Geräusche, die die Straßen in der frühen Stunde erfüllten, kaum hören konnte. Auf den Dächern war es manchmal so still, dass er glaubte, der einzige Mensch auf der Welt zu sein, wenn er einen Auftrag erfüllte. *Dein letzter Auftrag, Sam*, machte er sich klar.

Ein Knurren ließ ihn herumfahren. Der magere Hund, der aus den Schatten auf ihn zu schlich, erregte mehr Mitleid als Furcht. Rasch griff Sam in eine Tasche und holte zwei kleine Knochen hervor, an denen noch genug Fleischreste klebten, um den Wachhund für einige Minuten zu seinem Verbündeten zu machen. Hunde waren weit einfacher zu lenken als Katzen.

Sam sah einen Moment lang zu, wie der Hund gierig an den Knochen nagte, dann wandte er sich ab, trat an den Rand des Flachdachs und sah hinaus auf Mythia, das Herz des größten Stadtstaats der Welt. Der Morgen kündigte sich an und mischte Grau in das Schwarz der Nacht. Zahllose Straßen liefen unter Sam entlang, einige erleuchtet von Laternen, die von den Lichtmeistern fortwährend mit Kienspänen oder Öl gefüttert wurden. Andere erfüllt von der Dunkelheit, die noch zwischen den Gebäuden nistete. Sam war in Mythia geboren und aufgewachsen, doch selbst er kannte nicht jede Straße dieser gigantischen Stadt, die sich von den Bergen und der Wüste jenseits von ihnen im Süden bis hin zum Meer im Westen erstreckte. Sie schien noch immer zu wachsen, obwohl sie schon so viele Jahrhunderte alt war, dass die Geschichten aus ihren Anfangstagen wie Märchen klangen.

Der gewaltige Palast von Mythia, in dem der Weiße König regierte, zeichnete sich wie ein Schatten in der Ferne ab und die ersten Strahlen der Morgensonne spiegelten sich auf seiner Fassade.

Es schien Sam, als würde in diesem Moment nicht nur die Welt die Kleider wechseln. Er tat es ihr gleich. *Dein letzter Auftrag, Sam,* dachte er noch einmal. Die letzte Nacht als Dieb. Wenn die Sonne ihren Platz am Himmel eingenommen hatte, würde er nicht mehr Sam sein. Der neue Tag würde ihm ein neues Leben und einen neuen Namen bringen. Sam strich noch einmal über sein Gewand. Doch diesmal tasteten die Finger nicht nach der Beute, sondern nach einem Stück Papier, das für Sam wertvoller war als das Krönungsei.

Den Namen, der darauf zusammen mit einer Empfehlung stand, hatte er, wie so vieles in den fünfundzwanzig Jahren seines bisherigen Lebens, gestohlen. Dem Herrn des Leibwächters, zu dem der Name eigentlich gehörte, hatte Sam vergangenes Jahr ein vierhundert Jahre altes Gemälde geklaut. Der arme Mann, den es zeigte, lag in einer einfachen Kammer umgeben von Büchern auf seinem Bett und versuchte Worte auf Papier zu bannen. Ein Büchernarr. Damals hatte Sam dem Kaufmann nicht nur das Bild, sondern auch gleich einen seiner Siegelstempel entwendet. Er hatte nicht sofort gewusst, wozu er ihn einmal gebrauchen konnte, doch hilfreich waren die Stempel bei vielen Gelegenheiten. Vor allem bei dieser. Der Stempel machte die gelogenen Worte, die auf dem Papier standen, zur Wahrheit. Worte, die für Sam, der weder lesen noch schreiben konnte, ein Geheimnis waren. Er hatte den Text des Dokuments einer der Schreiberinnen im Mercat de la Mythia, dem größten Handelsplatz der Stadt, diktiert. Die Schreiberin, die, was das Alter anbelangte, Sams Großmutter hätte sein können, hatte sich die Gefälligkeit mit einem leidenschaftlichen Kuss auf die spröden Lippen entlohnen lassen. Sam hätte den Preis lieber in Silber entrichtet. Noch jetzt schüttelte er sich, wenn er an den Moment zurückdachte. *Aber es war ein geringer Preis für ein neues Leben,* dachte er bei sich.

»Du keuchst wie ein alter Mann und humpelst auch genauso über die Dächer.«

Sam musste sich nicht umwenden, um zu sehen, von wem die Worte stammten. Er hätte die Stimme unter Hunderten herausgehört. Sein Cousin Majid glitt so lautlos neben ihn, wie es nur ein Dieb konnte.

»Und wie du aussiehst! Was hat dich angefallen? Ein Wachhund? Oder die Tochter des Juweliers?« Majid grinste ihn an.

»Sein Baum«, erwiderte Sam trocken.

Majid und Sam gehörten beide zur selben Diebesorganisation. Sam hatte sich auf dem Dach dieses Hauses mit ihm verabredet, um ihm seine Beute zu übergeben. Denn heute Nacht würde er nicht in das Haus zurückkehren, in dem er aufgewachsen war. Dort wartete nur die Erinnerung an jemanden, den er verloren hatte. Erinnerungen, die nach Tod und Verlust rochen. Sam fühlte den Schmerz, den diese Gedanken in sein wild schlagendes Herz pumpten wie ein Gift. Nein, seine Zeit als Dieb war vorüber. Er musste alles hinter sich lassen.

Einen Moment lang blickten sie stumm auf das Geflecht der

Straßen, die sich unter ihnen entlangwanden. Dann zog Sam das Ei hervor und reichte es Majid.

»Oh, das ist ja wirklich so sensationell scheußlich, wie man sich erzählt«, bemerkte Sams Cousin leichthin und ließ es unter seinem Gewand verschwinden. Die kleine Tasche aber, die Sam ihm als Nächstes reichte, zauberte nachdenkliche Falten auf seine Stirn. »Das war also wirklich deine Abschiedsvorstellung? Willst du tatsächlich nie wieder das Fieber der Jagd fühlen, Sam?«, fragte Majid, als er Sams Einbruchswerkzeug entgegennahm.

Einen Universalschlüssel für die meisten Schlösser und einen kunstvoll geschliffenen Dietrich für die wenigen, die dem Schlüssel trotzen. Eine Lupe, eine winzige Säge und einen kleinen Hammer für die seltensten Härtefälle, die nach Gewalt statt nach Geschicklichkeit verlangten. Majid hielt die Tasche einen Moment lang in der Hand, als wollte er Sam die Gelegenheit geben, es sich noch einmal zu überlegen. Doch dann steckte er sie seufzend ein. Er griff in eine Falte seines Gewands und gab Sam einen Beutel. Seinen Lohn. Für das Ei hatte der Sammler, der ihnen den Auftrag erteilt hatte, bereits bezahlt. Sam warf einen kurzen Blick in den Beutel und strich mit den Fingern über die Silberstücke darin. Dann sah er seinem Cousin in die Augen. Kein anderer wusste von seinem Plan, sein altes Leben hinter sich zu lassen. Und kein anderer durfte ihn Sam nennen.

Majid strich sich das dunkle Haar aus der Stirn, das ebenso schwarz war wie das von Sam. Es war nicht lange her, da hatte Sam es genossen, mit ihm nach einem erfolgreichen Beutezug den Morgen anbrechen zu sehen und den Duft des ersten Brotes in der Luft zu kosten. Doch in jenen Tagen waren sie nicht zu zweit, sondern zu dritt gewesen. Sam ertappte sich dabei, dass er sich umwandte, in der törichten Hoffnung, aus den Schatten würde sich derjenige lösen, der zwischen ihnen fehlte. »Dies ist meine letzte Nacht«, sagte Sam. »Und ich werde nichts vermissen.«

»Ich glaube nicht, dass du die Jagd so einfach hinter dir lassen kannst. Ich kenne dich besser als du selbst. Aber wenn du meinst! Doch was wirst du jetzt tun, Samir?« Wie immer, wenn Majid seinen vollen Namen aussprach, klang es wie ein Tadel.

»Ich wechsele die Kleider«, gab Sam zurück. »Das muss dir als Antwort genügen.«

»Du wechselst die Kleider? Du sprichst wie eine verdammte Wahrsagerin. Mehr verrätst du nicht? Du willst also wirklich nicht sagen, was du vorhast? Wo du hinwillst? Bleibst du wenigstens in Mythia?«

Sam wandte den Kopf ab und versuchte angestrengt, nicht zum Palast zu blicken. »Wir werden uns wiedersehen, wenn es an der Zeit ist.«

»Oh, wie geheimnisvoll«, erwiderte Majid mit einem spöttischen Lächeln. »Du kannst vor vielem davonlaufen. Vor Wächtern, bestohlenen Händlern oder betrogenen Ehemännern.« Majid zwinkerte Sam zu.

Sam wusste, worauf Majid anspielte. Vor einem Monat wäre er beinahe erwischt worden, als er einem Goldschmied nicht nur eine Kette mit einem rubinverzierten Anhänger stahl, sondern auch seiner Frau einen heimlichen Besuch abstattete. Die Erinnerung an Sams unbekleidete und überstürzte Flucht, die mit einem Sprung vom Dach auf einen vorbeifahrenden Wagen geendet hatte, ließ sie beide lächeln. Vor allem, weil dessen Ladung aus dampfendem Mist bestanden hatte.

Dann aber wurde Majids Miene ernst. »Das alles kannst du hinter dir lassen. Doch du kannst nicht vor dir selbst davonlaufen.«

Oh doch, dachte Sam. Das konnte er. Und er musste gar nicht weit laufen.

Er nahm Majid zum Abschied in den Arm. Wortlos lösten

sie sich voneinander, und Sam wartete, bis sein Cousin erneut mit den Schatten verschmolzen war. Dann stieg er vom Dach des Hauses. Er musste zunächst Ersatz für seine zerrissenen Sachen besorgen.

Auf der Suche nach etwas zum Anziehen kaufte er einem alten Straßenhändler ein paar Bananen ab. Er hätte sie ihm ohne Mühe stehlen können, doch er zählte dem Mann eine Münze in die faltige Hand, die mehr wert war, als all dessen Früchte zusammen. Sam stahl immer nur von denen, die mehr als er besaßen. So wie das Geld für sein Frühstück, das er auf dem Weg einem Mann aus der Tasche gezogen hatte, der zusammen mit seinem Diener so herrisch über das Pflaster stolziert war, als gehörte die Stadt ihm allein. In einer Nebenstraße fand Sam den Hintereingang einer Wäscherei, der offen stand, und als er gut angezogen wieder hinaustrat, hatte er seine Worte wahr gemacht und die Kleider tatsächlich gewechselt.

Er ging eine Weile umher, während um ihn herum Mythia zum Leben erwachte. Der erste Tag in seinem neuen Leben. Sam hatte einen genauen Plan, was nun geschehen sollte. Und wen er dazu treffen musste. Die Sonne stand bereits hoch am Himmel, als Sam eine der zahlreichen Tabaginen im Zentrum Mythias betrat. Viele der Offiziere aus der Palastgarde kamen hierher, um ihren Sold gegen den dichten Rauch einer Tonpfeife zu tauschen. Sam hatte bereits vor Tagen den Mann ausfindig gemacht, der für die Palastwache zuständig war. Nun sah er ihn an einem der kleinen Tische, in der Hand eine der feinverzierten Tonpfeifen, aus der der Qualm grau und dicht in die Luft stieg.

»Kann ich dir helfen?«, fragte der Mann wenig freundlich, als Sam sich vor ihm aufstellte. Der Offizier war sicher zwanzig Jahre älter als Sam. Graue Strähnen mischten sich wie Silberfäden in das dunkle Haar.

Sam hatte die Worte in Gedanken immer und immer wieder geübt, doch nun klang seine Stimme seltsam fremd, als er sie wirklich aussprach. »Mein Name ist Hârun ar-Raschīd«, log Sam. »Ich möchte mich der Palastgarde anschließen.« Er hielt ihm das Papier hin, das ihn den Kuss gekostet hatte, der ihm noch immer auf den Lippen brannte.

Soweit Sam wusste, befand sich der echte Hârun ar-Raschīd mit seinem Herrn derzeit auf einem Handelsschiff, das noch einige Wochen lang über den Ozean fahren würde, ehe es sein Ziel auf der anderen Seite der Welt erreichte. Keine Gefahr also, dass jemand Rückfragen zu der gefälschten Empfehlung des Kaufmanns stellte, der darin bat, seinen treuen Diener in der Palastwache einzusetzen.

Der Offizier nahm das Schreiben wortlos entgegen. Sein Mund formte stumm die Worte, die die Alte darauf geschrieben hatte.

»Du willst in die Palastwache?«, fragte der Offizier mit einem amüsierten Ton in der Stimme. »Zur Garde des Weißen Königs?«

Sam nickte. »Ja. Ich möchte dem Weißen König dienen.« Die Worte kamen ihm wie von selbst über die Lippen. Und sie waren nicht einmal gelogen. Sam wollte tatsächlich das Leben als Dieb hinter sich lassen. Den Schmerz, den es ihm in den letzten Wochen gebracht hatte, aus seinem Herzen tilgen. Ein neues Leben beginnen, das seinem alten so fremd war wie nur irgend möglich. Und was konnte sich mehr von dem Leben eines Diebes unterscheiden als das eines Elitewächters?

»Dafür braucht es Jahre, Junge.« Der Offizier nahm einen Zug aus seiner Pfeife und stieß dichten Rauch aus. »Hier steht, du hättest deinem Herrn das Leben gerettet.«

»Drei Mal sogar«, meinte Sam. Er konnte die Worte auswendig, die er der Alten diktiert hatte.

Der Offizier nickte. »Ja, so steht es hier. Nun, mutig bist du, wie es scheint. Aber dennoch reicht das nicht, dass dir direkt die Ehre zuteilwird, mit deinem Leib den des Weißen Königs zu beschützen.« Das Gesicht des Offiziers verschwand für einen Moment hinter dem Rauch, den er in die Luft stieß. »Aber es gibt einen Ort, an dem ich dich gebrauchen kann. An dem du dich bewähren kannst.« Ein seltsames Lächeln umspielte die Lippen des Offiziers.

Kein Posten in der Leibgarde. Sam schluckte die Enttäuschung wie etwas Bitteres hinunter. *Was hast du erwartet, Sam?*, fragte er sich still. *Dass sie dich direkt zu den Besten stecken?* Nun, gut genug wäre er, da war er sich sicher. Seine eher bescheidenen Künste mit dem Schwert machte er durch seine Geschicklichkeit und seine Schlauheit allemal wieder wett. »Ich würde überall in Mythia dienen«, sagte er mit so viel Nachdruck in der Stimme, dass er sich fast selbst überzeugt hätte.

»In Mythia sagst du?« Der Offizier nahm einen weiteren Zug aus der Pfeife. »Nein, ich schicke dich woanders hin.« Er lachte, als er Sams verwirrten Blick bemerkte. »Tatsächlich kann ich gute Leute brauchen. Aber ich suche niemanden für einen Posten in der Stadt. Sondern für die Straßen unter ihr. Wenn du mir beweist, dass du gut genug für meine Wache bist, schicke ich dich nach Paramythia, Junge. Mitten hinein in die Bücherstadt.«

2. PARAMYTHIA

Ein unheimliches Wispern hallte Sam einige Tage später entgegen. Leise Stimmen, die durcheinander raunten, als wollten sie ihn all die Worte hören lassen, die er an seinem Ziel finden würde. Die Luft war von ihnen ebenso erfüllt wie vom fernen Rascheln der Buchseiten. Der Duft von altem Papier stieg ihm in die Nase, und fast glaubte er die Geschichten, von denen sie erzählten, riechen zu können. Wie eine Decke legte sich dieses Aroma um ihn, als er die Stufen zum Bibliothekslabyrinth hinabstieg.

Paramythia, die Stadt der Bücher unter der Stadt der Menschen. Selbst Sam hatte von dem unterirdischen Labyrinth bislang nur gehört. Noch nie hatte er einen Fuß in die Gänge unter der Stadt gesetzt. Wozu auch sollte ein Dieb, der nie den Auftrag erhalten hatte, eines der Bücher zu stehlen, die der Weiße König in den endlosen Katakomben hortete, diesen Ort aufsuchen? Es hieß, die Gänge, die sich unter den Straßen und Plätzen der großen Stadt Mythia entlangzogen, seien voll von uralten Schriften. Werke aus allen Teilen der Welt, gesammelt im Verlauf zahlloser Generationen. Wissenschaftliche Diskurse, Mythen, Erzählungen. Fein säuberlich nebeneinander aufgestellt in riesigen Regalen, die das ganze gigantische Geflecht aus Höhlen und Gängen füllten, das sich unter Mythias Grundmauern entlangzog. Zwischen den Regalen verliefen schmale Gänge und breite Tunnel. Manche Menschen, die einen Blick auf Paramythia hatten werfen können, erzählten, auf jeden der beinahe eine Million Einwohner von Mythia kämen fünf Bücher. Andere behaupteten, es seien zehn. Mindestens.

Einig waren sie sich alle in einem: Paramythia war eine Stadt der Bücher. Die Regalstraßen breiteten sich unter denen der Menschen wie ein geheimes Wegenetz aus, öffneten sich zu schattengetränkten Plätzen, um anschließend weiterzuziehen und sich im Schoß der Erde zu verlieren.

Sam folgte dem tattrigen Bibliothekar, in dessen Hand die Fackel so sehr zitterte, dass man glauben konnte, ihr Schein würde sich vor der Dunkelheit fürchten, die in dem düsteren Gang vor ihnen nistete. Die Stufen hinab waren alt und rau. Ganz anders als der Rest des Palastes, in dem die Treppe ihren Anfang nahm. Dort oben, zwischen den glänzenden Marmorsäulen, die die mit zahllosen Bildern verzierte Decke der Eingangshalle trugen, und den breiten samtbeschlagenen Stufen, die in die oberen Stockwerke führten und problemlos zehn Männern nebeneinander Platz boten, fiel die schlichte Treppe nach Paramythia hinunter kaum auf.

»Wie war noch dein Name?«, fragte der Alte, dessen Robe ebenso grau war wie sein spärliches Haar. Nicht nur seine Hand zitterte. Die Worte, die ihm über die Lippen strichen, taten es auch. Und bei jedem einzelnen schnaufte er, als müsste er mit Sam um die Luft zum Atmen ringen. Kein Wunder, die Treppe, der sie folgten, war lang.

»Hârun ar-Raschīd«, log Sam. Der Name fühlte sich noch immer fremd an wie ein gestohlenes Kleidungsstück.

»Hârun«, wiederholte der Alte bedächtig, als müsste er den Namen erst kosten. Er verzog das runde Gesicht, in dem zwei große Augen und eine kleine spitze Nase steckten. Sam hatte das Gefühl, er würde ihn eine in die Jahre gekommene Eule anblicken. »Du kommst von der anderen Seite?«

Die *andere Seite*. Sam presste die Lippen aufeinander, um die Erwiderung zurückzuhalten, die ihm auf der Zunge lag. Das mächtige Kataluna-Gebirge teilte die Welt für die Menschen hier in die *richtige* und die *andere Seite*. An einigen Stellen waren die Bergpässe so schmal, dass Mythias Handwerker aus ihnen kurzerhand eine Festung gemacht hatten. Schießscharten zogen sich wie ein tödliches Muster durch den Fels, Fenster blickten hinaus in die Wüste, die sich auf der *anderen Seite* an das Gebirge schmiegte. Der Weg von dort herüber zur *richtigen Seite*, wie man in Mythia sagte, wurde durch gewaltige Tore versperrt. Nur Händler und Reisende mit den richtigen Papieren durften passieren. Aber auch wer hindurchgelassen wurde, blieb in Mythia immer einer von der *anderen Seite*. Sogar wenn er wie Sam in der Stadt geboren worden war. Denn Sams Mutter, seine einzige Verbindung in die Welt der Beduinen und Karawanen, war als Kind mit Handelsreisenden nach Mythia gekommen. Und ganz gleich, wie gut sie sich hier eingelebt hatte, ihre braune Haut und ihre dunklen Locken hatten all die Zeit über an ihre Heimat erinnert. Beides hatte Sam von ihr geerbt, wenngleich sich ihr Braun mit der hellen Farbe seines Vaters gemischt hatte, der rot wie ein gekochter Krebs wurde, sobald er sich Mythias Sonne zu lange aussetzte. Und obwohl der Ton von Sams Haut verhinderte, dass er es auf ehrliche Weise in Mythia zu etwas bringen konnte, war er ebenso stolz darauf wie auf den Wüstennamen, den ihm seine Mutter gegeben hatte. Samir. Er nickte dem Bibliothekar dennoch zu. Sollte der doch denken, was er wollte.

»Ihr seid gute Soldaten«, meinte der Alte.

Sam runzelte zweifelnd die Stirn. Als ob der Alte je einen der berühmten Schwertkämpfer aus Kaffa, einen der kunstfertigen Bogenschützen aus Punt oder gar einen Stockkämpfer aus Sumuru mit eigenen Augen gesehen hätte. Doch die Kunstfertigkeit der Kämpfer jenseits der Berge war in Mythia Legende. Kein Wunder: Wer von klein auf gegen Hitze und Durst kämpfen musste, war zäh.

»Du kennst deine Aufgabe?«, fragte der Bibliothekar, während endlich das Ende der langen Treppe in Sicht kam.

»Ich bewache Bücher«, erwiderte Sam ein wenig gleichgültig. Er hatte sich am Tag nach dem Gespräch mit dem Offizier an einem der Seitentore des Palastes gemeldet. Der Rauch der Tonpfeife hatte dem anderen Mann noch immer wie klebriger Pollen auf der Haut gehaftet. Sam hatte dem Offizier sein Können mit dem Schwert demonstrieren müssen, und das, was er in all den Jahren als Dieb gelernt hatte, war genug gewesen, um tatsächlich den Platz in der Wache der Bücherstadt zu erhalten. Aber eben auch nicht mehr.

Nacht für Nacht auf stumme Bücher aufzupassen klang nach Stunden voll tödlicher Langeweile. Aber es war ein Anfang. Und wer weiß? Vielleicht führte Sams Weg irgendwann aus der Bücherstadt empor in den Palast, und er würde statt alter Bücher schließlich doch noch den Weißen König bewachen. Er hatte Zeit.

Vor ihnen öffnete sich ein riesiger Raum. Sam trat an dem Bibliothekar vorbei. Und war sprachlos.

Er sah in eine riesige Halle, deren Gewölbedecke von so dicken Säulen getragen wurde, dass fünf Männer sie nicht gemeinsam hätten umfassen können. Der Schein der Fackel mischte sich in das warme Licht zahlloser Öllampen, die an den Säulen hingen. Die Halle war mehrere Stockwerke hoch. Mit offenem Mund sah Sam sich um. Und erkannte im ersten Moment nichts als Bücher. Nie hatte er in seinem Leben mehr davon gesehen. Die Wände der Halle wurden von Regalen gesäumt, die sich so hoch hinaufstreckten, als würden sie am Stein entlangwachsen wie Ranken. Einige Meter über Sams Kopf wurden sie von einem hölzernen Weg unterbrochen, der über Messingleitern erreichbar war. Von diesem ersten Stock aus führten weitere Leitern zu noch höher liegenden Wegen. Der oberste musste gut fünfzig Meter über dem Boden entlanglaufen. Sam wurde schwindlig, als er versuchte die Zahl der Bücher abzuschätzen, die in dieser Halle untergebracht sein mussten.

Der Bücherduft, der Sam auf der Treppe in die Nase gestiegen war, lag hier schwer wie Weihrauch in der Luft.

Zwischen den Säulen befanden sich einige steinerne Lesepulte. An dem, das der Treppe am nächsten war, standen mehrere Bibliothekare, ebenso wie der Alte vor ihm in schmutziges Grau gehüllt. Sie flüsterten miteinander, und ihre leisen Stimmen krochen über die Wände.

»Sie hat diese Wirkung auf alle, die sie das erste Mal sehen.«

Sam wandte dem Bibliothekar verwirrt den Kopf zu.

»Die Große Galerie von Paramythia.« Jacobus, wie die Eule hieß, lächelte zufrieden, dass der Anblick der Bücher Sam die Gleichgültigkeit aus dem Gesicht gewaschen hatte. »Sie ist ein Wunder. Der wahre Palast, wenn man mich fragen würde. Ein Tempel des Wissens.«

»Ich hätte nicht gedacht, dass es in Paramythia so viele Bücher gibt«, sagte Sam beeindruckt und ließ seinen Blick wieder über die Regale schweifen. Auch auf den einzelnen Stockwerken erkannte er nun grau gekleidete Gestalten. Einige balancierten hohe Bücherstapel, andere schienen in die Suche nach einem bestimmten Exemplar vertieft. Fast glaubte Sam zu spüren, wie die Geschichten ihm etwas zuraunten. *Lies mich.* Aber das konnte er ja nicht.

Jacobus' spöttisches Lachen unterbrach seine Gedanken. »Wenn dich das hier beeindruckt, wird dir der Atem stocken, wenn du erst Paramythia in seiner ganzen Größe erfasst. Aber dazu braucht es Jahre. Nur wenige haben je alle Bücherstraßen, alle Wege und alle Plätze zu Gesicht bekommen.«

Jacobus führte Sam zwischen den Säulen entlang in den hinteren Teil der Großen Galerie. An einem der Lesepulte stand eine Gruppe schwarz gekleideter Männer in einen Disput vertieft. Ihre Stimmen wurden immer lauter, bis sie Jacobus erblickten und schlagartig verstummten.

»Manche der Gelehrten, die diesen Ort aufsuchen, vergessen, dass Bücher in absoluter Stille studiert werden sollten«, sagte er missbilligend und führte Sam an das Ende der Großen Galerie. In die hohe Wand, vor der sie zu stehen kamen, waren acht kunstvolle Bögen eingelassen, und von jedem führte ein Tunnel tiefer unter die Erde. »Hier nehmen die Bücherstraßen ihren Anfang«, erklärte der Alte. »Acht Straßen für die acht Viertel der Bücherstadt. Wissenschaft, Philosophie, Kunst, Historie, Musik, Sprachen, Geographie sowie die Rechtswissenschaften. In der Großen Galerie hingegen finden sich die Bücher, die zu keinem der Viertel gehören. Aber ganz egal, wo sie stehen, sie alle müssen streng bewacht werden.«

»Eure Bücher sind bei mir in Sicherheit«, sagte Sam. Aus einer der Bücherstraßen kam eine Gruppe verschleierter Dienerinnen heraus und ging so lautlos an ihnen vorbei, als würden ihre Füße kein Gewicht tragen. In den Händen trugen sie leere Schüsseln und Tabletts voller Teller. Draußen ging gerade die Sonne unter. Vermutlich hatten sie den Wächtern und Bibliothekaren das Nachtmahl gebracht.

Der Alte sah ihn tadelnd an, ohne auf die Dienerinnen zu achten, die ihm ausweichen mussten. »Du darfst diese Aufgabe nicht auf die leichte Schulter nehmen. Hier befindet sich die größte und wichtigste Sammlung von Wissen, die es auf der Welt gibt. Bücher aus allen Himmelsrichtungen. Schriften, die als Geschenke aus Ländern jenseits des Ozeans kommen, deren Namen du vermutlich noch nie gehört hast. Und auch solche, die aus Zeiten stammen, die so weit zurückliegen, dass es an ein Wunder grenzt, dass das Papier noch nicht von den Jahren gefressen wurde. Schätze, wertvoller als alles Gold, das du dort oben«, der Alte deutete zitternd hinauf zur mosaikverzierten Decke, »finden kannst.«

Sam nickte stumm, auch wenn er eine ganz andere Meinung über den Wert von Gold und den von Papier hatte. Er konnte sich verschwommen daran erinnern, wie ihm seine Mutter früher aus Büchern vorgelesen hatte. Damals, vor ihrem Tod, waren die Worte Schätze für ihn gewesen. Doch noch vor seinem fünften Geburtstag war sie für immer verstummt, und sein Vater hatte Sam andere Reichtümer gezeigt. Solche, die seine Finger ertasten konnten. Und die er den Unachtsamen mit Geschick aus ihren Taschen und Häusern stehlen konnte. Worte spielten in Sams Welt keine besondere Rolle mehr, auch wenn er sich manchmal gern an die Momente zurückerinnerte, in denen ihn die Stimme seiner Mutter fort in andere Gegenden und Zeiten geführt hatte.

»Ist die Treppe der einzige Weg hinab?« Sam betrachtete die Halle noch immer mit den Augen eines Diebes. Wo ging es hinein, wo standen die Wachen, und wie kam man wieder heraus?

Jacobus hob eine Augenbraue. »Die Bücherstadt, mein Junge, ist beinahe so groß wie Mythia selbst. Natürlich gibt es weitere Eingänge. Doch die meisten wurden im Lauf der Jahre zugemauert. Die Bibliothekare hüten die Lage der Pforten nach Paramythia, die noch offen stehen.« Der Alte ging auf eine der acht breiten Bücherstraßen zu. Bevor sie einen Fuß auf die blassblauen Fliesen setzten, deutete er nach oben auf den Spruch, der in den steinernen Bogen über ihnen gemeißelt war. »*Es ist nicht ihr Ziel, der unendlichen Weisheit eine Tür zu öffnen, sondern eine Grenze zu setzen dem unendlichen Irrtum*«, las er vor. »Dieser Teil der Bücherstadt gilt der Wissenschaft. Wie überall in Paramythia haben auch dort nur ausgewählte Gelehrte oder Gäste des Weißen Königs Zugang. Und natürlich wir Bibliothekare.«

Die Dienerinnen und Wächter unterschlägst du, alte Eule, dachte Sam bei sich.

Während der Bibliothekar darüber dozierte, welche Weisheiten sich zwischen den zahllosen Buchdeckeln befanden, folgten sie dem Weg aus Fliesen, der von deckenhohen Regalen begrenzt wurde. In ihnen lagen Bücher über Bücher über Bücher. Schmale Nebenwege führten durch mannshohe Öffnungen zwischen den Regalen hindurch, doch die Hauptstraße war breit genug für wenigstens zehn Männer, und die Regale an den Seiten erhoben sich wie die Flanken gewaltiger Berge. Sam fragte sich, wer nur für Bücher einen so breiten Weg in die Erde gegraben hatte. Säulen, fein verziert mit Mustern, wie Sam sie noch nie gesehen hatte, wuchsen baumgleich zwischen den Regalen empor. Sie endeten jedoch nicht an der Decke, sondern krochen an ihr entlang wie die Bögen von Rippen, um an der anderen Seite wieder dem Boden entgegenzustreben. Paramythia. Bücherstadt. Sam hatte das Gefühl, er würde sich im Inneren eines gewaltigen Tieres mit einem Herz aus Papier befinden. Ein Herz, dessen Schlag aus dem Rascheln von Buchseiten bestand.

Mit einem Ohr lauschte er den monotonen Ausführungen des Bibliothekars, während sie der scheinbar endlosen Straße folgten. »… ist die Abteilung der Elemente. Jedes von ihnen wird bis in das letzte Detail in den Werken besprochen, die du hier findest. Sauerstoff, Schwefel, Gold, Silber. Aber auch die Elemente, die nicht sichtbar sind. Sophium, der Stoff der Weisheit. Oder Vivum, der Lebensfunke. Manche dieser Werke sind mehr wert als ganze Länder.« Der Alte holte nur kurz Luft, dann fuhr er unverdrossen fort.

Mehr wert als ganze Länder. Sam erwiderte nichts. Wenn dem so wäre, dann hätte ihn sein Weg, auf dem er so oft dafür gesorgt hatte, dass Reichtümer den Besitzer wechselten, längst einmal hierhergeführt. Sam wusste nicht, wie weit sie bereits gegangen waren, als der Alte schließlich, ohne auch nur einen Moment in seiner Beschreibung innezuhalten, in einen Weg abbog, der sich rechts von ihnen zwischen zwei riesigen Bücherregalen öffnete.

Dieser Gang war weit schlichter als der vorherige, die Steinwände glatt und schmucklos. Die Fackel des Bibliothekars warf ein schwaches Licht auf die Mauern und ließ Schatten auf ihnen tanzen. An den Tunnel schloss sich eine von Säulen gesäumte Halle an. Sie war so hoch, dass Sam nur undeutlich die Bilder erkennen konnte, die über ihm an die Decke gemalt waren. Er erkannte Figuren, die aus einem Märchenbuch zu stammen schienen. Menschen, aus deren Rücken Flügel wuchsen.

»Ist dies auch eine Galerie?«, fragte er.

»Dies hier? Nein. Nur ein Platz, an dem Diener und Wächter zusammenkommen.« Jacobus' Stimme verriet, dass er es als Verschwendung ansah, den Raum für etwas anderes zu nutzen als für das Unterbringen von Büchern.

In der Mitte der Halle standen massive Tische aus dunklem Holz, an denen vor nicht allzu langer Zeit mehrere Menschen gegessen haben mussten. Einige der verschleierten Dienerinnen waren noch damit beschäftigt, die zahlreichen Teller und Schüsseln einzusammeln. Sam blickte wieder empor zur Decke, bis ihm bewusst wurde, dass sich etwas verändert hatte. Der Redeschwall neben ihm war abgeebbt.

Irritiert sah er den Alten an, der nun stehen geblieben war und Sam mit hochgezogener Augenbraue musterte. »Du scheinst dich mehr für Bilder als für Worte zu interessieren, wie? Sie entsprechen wohl mehr deinen … Interessen.« Der Tonfall des Alten machte deutlich, was er von solch einer Einstellung hielt.

Sam lag die Erwiderung bereits auf der Zunge, doch er schluckte sie herunter. »Die Malereien sind wunderschön«, gab er so gelassen wie möglich zurück. »So wie diese ganze Bibliothek. Es muss viel Zeit gebraucht haben, all dies hier entstehen zu lassen.«

Der Alte verzog spöttisch die Mundwinkel. »Steine, Farbe, nichts weiter. Selbst wenn die Bücher in einer schmucklosen

Höhle aufbewahrt würden, wären sie ehrfurchtgebietend. Nun, dieser Ort vermag zumindest der Schönheit der Bücher einen angemessenen Rahmen zu bieten. Du wirst sehen, dass es noch mehr zu entdecken gibt als die wenigen Regale, die du bislang gesehen hast. Viel mehr.« Damit setzte sich der Bibliothekar wieder in Bewegung.

Ehe der Alte erneut seine monotonen Ausführungen über die Elemente und deren Beschreibung in den alten Wälzern herunterleiern konnte, erhob Sam rasch die Stimme. »Was sind das dort oben für Wesen?«, fragte er und deutete zur Decke. »Sollen das Asfura, die Flügelmenschen aus den Märchen, sein?« Das Bild erinnerte ihn an die Geschichte, die ihm seine Mutter immer und immer wieder aus einem abgegriffenen Buch vorgelesen hatte. Der geflügelte König, dessen Reich der Himmel war. Sam hatte seinem Vater nie verziehen, dass dieser das Buch fortgeworfen hatte, nachdem seine Mutter gestorben war. *Nur eines von vielen Dingen, die du ihm vorhältst, Sam.* Ob es hier wohl ein Exemplar davon gab?

»Flügelmenschen?« Der Alte kleidete das Wort in so unverhohlenen Spott, dass Sam seine Frage bereute. »Wer weiß schon, was Maler antreibt, auf meterhohe Gerüste zu klettern und ihr Leben aufs Spiel zu setzen, um Fantasiebilder an Decken zu pinseln. Sie sollten lieber Buchseiten mit Illustrationen verzieren.« Der Bibliothekar überquerte mit erstaunlich schnellem Schritt den Platz. Offenbar sah er keinen Sinn darin, an einem Ort, an dem es keine Bücher gab, auch nur einen Moment länger zu verweilen als nötig. Und tatsächlich verfiel er wieder in einen langsamen Trott, sobald sie den Platz passiert und hinter einem Durchgang in der gegenüberliegenden Wand einen neuen Raum voller Bücher erreicht hatten.

Dieses Gewölbe unterschied sich grundlegend von dem Teil Paramythias, den sie bereits gesehen hatten. Sam fühlte sich unwillkürlich an ein Hospital erinnert. Nicht, dass er je die

Hilfe eines Arztes hatte in Anspruch nehmen müssen. Aber er war einmal in ein Hospital eingebrochen. Ein Kunde hatte Drachenblut haben wollen, das Harz des gleichnamigen Baumes, der jenseits der Berge in der Wüste wuchs. Drachenblut war ein ebenso seltenes wie kostbares Elixier, von dem es hieß, es heile nicht nur hartnäckige Warzen an delikaten Stellen, sondern verlängere, in Maßen eingenommen, auch das Leben. Sam wusste nicht, ob etwas an der Geschichte dran war, doch für das Drachenblut war er so großzügig entlohnt worden, dass er einen Monat lang keine Aufträge hatte annehmen müssen.

In diesem Hospital wurden jedoch keine menschlichen Patienten behandelt. Auf den Tischen lagen stattdessen Bücher. Wälzer, deren Seiten sich aus dem Einband lösten. Fleckige Seiten, auf denen sich Schimmel ausbreitete, und solche, an denen sich offenbar Würmer zu schaffen gemacht hatten. Ein bärtiger Mann, das Gesicht von so vielen Falten durchzogen, als wüchse ihm ein vertrockneter Apfel auf dem Hals, war gerade damit beschäftigt, vorsichtig einige dunkel gefleckte Seiten nebeneinander auf einem Tisch auszubreiten. Auf der Platte lagen Werkzeuge, die Sam so noch nie gesehen hatte: Pinsel, langgezogene Knochenstücke und mehrere feine Messer, die ungeachtet ihrer geringen Größe sicher einigen Schaden anrichten konnten, wenn sie statt Papier Haut zerschnitten.

Beim Anblick des Buchpatienten offenbarte das Eulengesicht des Bibliothekars einen Ausdruck so grenzenlosen Mitleids, dass Sam dem Drang widerstehen musste, ihm tröstend auf die Schulter zu klopfen. »Die Werkstatt«, sagte der Alte mit gepresster Stimme. Er blieb an dem Tisch stehen, auf den der Mann die Seiten legte, und strich mit einer Hand sanft über eine von ihnen. Neben verschnörkelten Buchstaben, die sich auf dem Papier drängelten, erkannte Sam auch das verblasste Bild eines dunkelhäutigen Mannes. »*Völker der Wüste*«, murmelte der Alte. »Gerade einmal einhundert Jahre alt und schon gebeugt vom Alter. Der Besitzer hat offenbar nicht darauf geachtet, wo er dieses Meisterwerk aufbewahrt hat. Als es hier ankam, trug es bereits den Krankheitskeim in sich. Doch die Heilkunst unserer Restauratoren ist unübertroffen.« Trotzige Hoffnung mischte sich in sein Jammern.

Der Bärtige hielt inne und hob den Kopf. Er schien erst jetzt wirklich wahrzunehmen, dass er nicht mehr allein war. »Jacobus, Ihr braucht Euch keine Sorgen machen«, sagte er mit so leiser Stimme, als müsste er Rücksicht auf seinen Patienten nehmen. »Schon bald werdet Ihr die *Völker der Wüste* wieder an ihren angestammten Platz stellen können.« Sam schien der Bücherdoktor nicht für wichtig genug zu erachten, um das Wort an ihn zu richten.

Der alte Bibliothekar nickte langsam. »Hoffentlich.« Er seufzte und bedeutete Sam, ihm zu folgen. »Komm, unser Weg führt uns noch ein wenig weiter. Das Tor, das du zu bewachen hast, ist nicht mehr weit entfernt.«

»Das Tor?« Sam runzelte die Stirn. Meinte der Alte einen der Eingänge in die Bibliothek? Aber waren die nicht geheim? Sam war davon ausgegangen, dass er zwischen den Regalen nach dem Rechten sehen sollte. Aufpassen, dass niemand eines der zahllosen Bücher des Weißen Königs heimlich mitnahm. Für Sam keine große Herausforderung. Es würde ihm nicht allzu schwerfallen, einen anderen Dieb zu erkennen.

»Ein Tor zum innersten Teil der Bücherstadt. Zu ihrem Herz«, erklärte Jacobus, während er Sam aus der Werkstatt in eine weitere Halle führte, die einen großen Platz beherbergte. Diese Halle war sogar noch größer als die vorherige und gesäumt von mächtigen Bücherregalen. Nur wenige Lampen hingen an riesigen Säulen, die wie Baumstämme aus dem Boden wuchsen. Trotzig warfen sie ihr Licht den tiefen Schatten entgegen, die sich von den mosaikgeschmückten Wänden her ausbreiteten. Figuren aus Stein, die Menschen nachempfunden waren, denen Flügel aus dem Rücken wuchsen, lugten aus dem Dunkel hervor. Sie ähnelten denen, die Sam zuvor an der Decke gesehen hatte.

Jacobus führte Sam an den Mosaiken und Statuen vorbei, ohne ihnen besondere Beachtung zu schenken. Er deutete auf eine Reihe von Zugängen, die auf den Platz führten. »Es gibt Verbindungswege von allen Vierteln hierher. Jeder Platz vor einem der Tore ist ein solcher Knotenpunkt.« Während er redete, hielt er auf ein geschwungenes Tor zu, das an der gegenüberliegenden Wand lag und so hoch emporreichte, als wäre es für Riesen gebaut. Der Wächter, der davorstand, wie Sam in eine scharlachrote Robe gehüllt, erschien gegen das Tor so winzig, dass Sam ihn beinahe übersehen hätte. Auch wenn Sam mehrere Lampen an den Säulen erkannte, brannten nur die zwei, die in Haltern links und rechts des Tores hingen. Offenbar sollte Paramythia nur am Tag erstrahlen. Die beiden Flügel des Tores waren aus einem Metall gefertigt, das so blau war, als wäre es aus dem Abendhimmel herausgeschnitten worden. In das Metall der Torflügel waren mit feinem Strich ein Paar Schwingen geritzt, die aussahen, als gehörten sie einem Falken. Zu beiden Seiten wurde das Tor von gewaltigen Fassadentürmen eingefasst, die von tiefblauen Ziegeln geschmückt wurden. Die Türme ragten bis fast zur Decke hinauf, und ihre Spitzen waren gezackt, als trügen sie jeder eine Krone. An die Türme schlossen sich links und rechts ebenso hohe Regale an, die wie diejenigen, die Sam in der Großen Galerie gesehen hatte, von Stockwerken unterbrochen waren.

»Es gibt sieben Tore wie dieses«, erklärte der Alte. »Jedes ist genau einhundertundelf Fuß hoch und vierzig Fuß breit. Sie alle führen in das Herz der Bücherstadt. Und vor diesem hier wirst du Wache halten.«

Sam runzelte die Stirn. Wozu sollte er es bewachen? »Was ist hinter dem Tor?«, fragte er.

In den Blick, den Jacobus dem Tor zuwarf, mischte sich für einen Moment Abneigung. »Etwas, das du vermutlich nie zu Gesicht bekommen wirst, denn der Zutritt zum Herz ist nur Wenigen gestattet. Dort findet man die liebsten Bücher unseres Königs. Märchen und Sagen. Bücher, die in keines der acht Viertel passen und auch nicht in die Große Galerie. Sie kommen aus allen Teilen der Welt. Es heißt, keine Erzählung, die je niedergeschrieben wurde, fehlt in der Sammlung. Einige der Bücher sind viele hundert Jahre alt. Doch es sind zuletzt doch nur Märchen. Geschichten ohne Wert, sieht man von der Kunstfertigkeit ab, mit der sie gebunden wurden. Sie …«

Jacobus verstummte, als sich die Flügel des Tores urplötzlich einen Spalt weit öffneten, gerade breit genug für einen Menschen. Der Wächter trat beiseite. Sam aber legte unwillkürlich die Hand auf den Griff des Schwertes, das man ihm zusammen mit der Robe der Scharlachroten gegeben hatte.

Jacobus schüttelte den Kopf. »Lass die Waffe stecken. Es ist die Beraterin des Weißen Königs, Sabah. Jeden Abend betritt sie das Herz Paramythias und sucht sich ein Buch für die Nacht aus.«

Sam starrte auf den Spalt, aus dem jedoch keine Frau, sondern eine große, schwarzgekleidete Gestalt trat. Er kannte diesen Mann, auch wenn er ihn noch nie zuvor gesehen hatte. Assasil, der Herr der Wache. Unter den Dieben Mythias nannte man Assasil nur *die Maske*. Der goldene Helm, der Kopf und Gesicht des Mannes verbarg, ließ ihn selbst wie eine Gestalt aus einem Märchen erscheinen. Um den Grund, weshalb er den Helm trug, rankten sich unter den Dieben zahllose Gerüchte. Sam vermutete, dass Assasil hinter dem Metall ein entstelltes Gesicht verbarg. Vielleicht die Folge einer schrecklichen Verletzung. Andere glaubten, der Helm verberge nur Leere und unter der schwarzen Robe stecke ein Geist, körperlos wie der Wind.

Und hinter ihm erschien eine Gestalt, die ganz und gar in Weiß gekleidet war. Dies musste Sabah sein. Sie schien über den Boden zu gleiten, und ihre Schritte verursachten nicht das geringste Geräusch. Ihr Gesicht war lang, schmal und zeitlos. Sam vermochte nicht zu sagen, ob Sabah zwanzig oder fünfzig Jahre alt war. Ihre ungeheure Schönheit wurde nicht einmal durch den Ernst gemildert, der ihre Züge hatte erstarren lassen. Sie wirkte so zerbrechlich, dass Sam Anstalten machte, auf sie zuzulaufen, um ihr das schwere Buch abzunehmen, das sie in den feingliedrigen Fingern hielt. Er hatte bereits einen Schritt gemacht, als Assasil ihm warnend den behelmten Kopf zuwandte. Unwillkürlich blieb Sam stehen.

Und Sabah blickte ihn an.

Bernsteinfarbene Augen. Die langen schwarzen Haare flossen ihr wie Wasser über die Schultern und malten Muster auf ihr wolkenweißes Kleid. »Wer ist das?« Ihre Stimme war so dunkel wie die Nacht und gleichsam so unschuldig wie die eines Kindes.

»Der neue Mann für das Marduk-Tor, Herrin.« Jacobus klang heiser vor Aufregung. Offenbar war er es nicht gewohnt, das Wort an Sabah zu richten.

Sie legte den Kopf schräg, und Sam hatte das Gefühl, sie würde ihm bis ins Herz blicken. »Wie heißt du?«, fragte sie.

Unschuldig wie ein Kind? Nein, ihre Stimme klang alt wie die Zeit selbst. »Hârun«, antwortete Sam, und er musste alle Kraft in seine Stimme legen, damit sie nicht zitterte.

Sabah öffnete die Lippen einen Spalt breit, als würde sie den Klang des Namens schmecken. Dann trat sie auf Sam zu. Aus dem Augenwinkel sah er, wie Jacobus der Mund aufklappte.

Sabah blieb kaum einen Schritt vor Sam stehen. »Der Name«, wisperte sie, »er passt nicht zu dir.«

Sam spürte, wie ihm Schweiß auf der Stirn perlte. Wusste sie etwa …?

»Namen passen so oft nicht zu denen, die sie tragen«, fuhr Sabah nachdenklich fort. »Jeder hat eine Bedeutung. Hârun. Der Name bedeutet Überbringer von Nachrichten. Er ist aber auch der, der die Dunkelheit besiegt. Vielleicht auch der Auslöser von … Veränderung.« Sie musterte ihn eindringlich. »Du siehst jedoch nicht aus wie ein Bote.« Ihr Blick fiel auf seine Hand, die noch immer auf dem Griff des Schwertes lag. »Und auch nicht wie ein Kämpfer.«

Sam räusperte sich, als säße ihm der falsche Name wie eine Gräte im Hals, und lockerte die Finger. »Ich werde dieses Tor mit meinem Leben bewachen, Herrin.«

Ein flüchtiges Lächeln flog über ihr Gesicht. »Dein Leben willst du geben? Nun, wir werden sehen, Mann mit dem falschen Namen. Wir werden sehen.« Dann trat sie zurück. Auf ein Nicken von ihr schob Assasil den Torflügel zu. Es schien ihm keine Mühe zu bereiten, den Spalt zu schließen. Wie stark war er? Das Tor sah so schwer aus, dass Sam vermutlich all seine Kraft hätte aufwenden müssen, um es überhaupt in Bewegung zu setzen.

Sabah trat neben den Herrn der Wächter. Sie zog einen Schlüssel hervor und versperrte die Tür. Dann drückte sie ihren Kopf an den geschlossenen Spalt zwischen den Torflügeln und wisperte etwas, das Sam nicht verstand. Er begriff nicht, warum sie das tat, doch er wagte nicht, den Mund aufzumachen. Sabah begutachtete das Tor, dann wandte sie sich um und schritt davon.

Assasil wandte sich Sam und dem anderen Scharlachroten zu. »Ihr seid beide neu hier unten, und die Nächte werden lang in Paramythia. Doch keiner verlässt seinen Posten. Ihr bleibt beide am Tor.«

»Ja, Herr«, sagte der Wächter neben Sam, und Assasil ging wortlos davon, während Jacobus ihm eilfertig folgte.

Sabah wandte sich noch einmal um, ehe sie mit den Schatten verschmolz. Ihre bernsteinfarbenen Augen leuchteten wie die einer Katze. Sam glaubte wieder, dass sie ihm bis ins Herz blicken konnte. Was würde sie dort lesen können? Dass er einen falschen Namen trug? *Mach dich nicht lächerlich, Sam*, tadelte er sich. Wie sollte sie das können? Er blickte ihr nach, bis seine Augen nur noch Dunkelheit sahen und seine Ohren bloß noch das eigene Herz schlagen hörten. *Mann mit dem falschen Namen.*

3. EIN SCHREI IM DUNKELN

»Du kommst von der anderen Seite?« Der Scharlachrote gab sich keine Mühe, seine offensichtliche Abneigung gegen Wüstenmenschen zu verbergen, sobald sie alleine waren.

Sam sah ihm in die Augen. Das Haar des anderen war blond und seine Haut weiß wie die der Nachtschnecken, die sich erst nach Sonnenuntergang aus ihren Verstecken trauten.

»Ja, ich heiße Hârun.« Der Name fühlte sich auch dieses Mal fremd an. Erst recht nach den Worten Sabahs. Noch immer war sich Sam nicht sicher, ob sie wirklich gemerkt hatte, dass er einen falschen Namen verwendete. *Aber woher sollte sie das wissen, Sam?*

»Odalric«, stellte sich der Wächter kurzangebunden vor und strich sich das lange Haar aus der Stirn. Selbst im Halbdunkel vor dem Marduk-Tor glänzte es wie Gold. Odalric sah so aus, wie Sam sich einen Prinzen vorgestellt hätte. Indes fehlte ihm der lebende Vergleich, da der Weiße König weder Frau noch Kind besaß. »Du hältst hier Wache.« Arrogant genug für einen Prinzen klang Odalrics Stimme auf jeden Fall.

»Und du?«, fragte Sam kühl, als Odalric Anstalten machte zu gehen.

»Ich?« Der andere verzog die Mundwinkel zu einem schmalen Lächeln. »Ich bin nur hier, weil ich bestraft werde. Eigentlich bin ich der Palastwache zugeteilt.« Er sah sich angewidert um. »Ich werde zusehen, dass ich noch etwas zu essen bekomme. Und ein wenig … Zerstreuung. Die Nächte hier unten können tatsächlich sehr lang werden.« Er nahm eine der beiden Lampen aus dem Halter neben dem Tor. Kurz bevor er sich umwandte, lächelte er Sam freudlos zu. »Und pass auf, dass niemand hindurchgeht.«

Die Schatten folgten dem Licht der Lampe, die Odalric mit sich nahm, und plötzlich war Sam allein. Er hatte wenig Lust, einsam hier unten zu wachen, doch vielleicht war keine Gesellschaft besser als die des Narren Odalric. Die seltsamen Geräusche, die seinen Abstieg nach Paramythia begleitet hatten, waren in diesem Teil der Bücherstadt nicht mehr zu hören. Nur die Schritte von Odalric hallten zwischen den Säulen. Doch schon bald waren auch sie verklungen. Und dann legte sich eine so tiefe Stille um Sam, dass er das eigene Blut rauschen hörte.

Die Lampe neben dem Tor versuchte vergeblich, die Schatten zurückzudrängen. Unwillkürlich trat Sam aus dem beleuchteten Kegel. Licht war der Feind der Diebe. Nur allzu oft hatte er sich über die Dummheit der Wächter gewundert, die sich mitten in den hellen Schein begaben, als wollten sie sich zur Schau stellen. Ihre an das Licht gewöhnten Augen waren blind für diejenigen, die sich die Dunkelheit wie einen Mantel überzogen. Nun, er erwartete nicht, dass es jemand wagte, die einsame Halle zu durchqueren und hinab zu den Märchen und Geschichten zu steigen, ganz gleich, wie gut ihn die Finsternis auch schützte. Doch nützliche Angewohnheiten sollte man beibehalten.

Odalric kam erst spät zurück. Er entfernte sich mit dem Handrücken die Reste seines Nachtmahls vom Mund und bedachte Sam mit einem so überheblichen Ausdruck, dass dieser ihm die Arroganz nur allzu gerne vom Gesicht gewischt hätte.

Sam starrte in die Dunkelheit und rief sich zur Ordnung. Er würde sich nicht anstacheln lassen. Auch wenn ihm die Aufgabe nicht schmeckte, die er bekommen hatte, würde er sie nicht vernachlässigen. Besonders nicht deswegen, weil ein arroganter Scharlachroter versuchte, ihn aus der Ruhe zu bringen. Sam würde der beste Wächter sein, den sie in Paramythia hatten. Und dann würde der Offizier gar nicht anders können, als ihn nach oben zu den Elitewächtern zu beordern.

Sein Ziel vor Augen ertrug Sam nicht nur Langeweile, Stille und Dämmerlicht, sondern auch Odalrics Gegenwart. Am Morgen, als die Lichtmeister die restlichen Lampen in Paramythia entzündeten, ließ Sam den Scharlachroten wortlos stehen und machte sich auf in sein Gemach. Er teilte es sich mit einem anderen Wächter, doch der Mann hatte offenbar Dienst, und Sam fand den kleinen Raum, der außer einem einfachen Schrank und den Betten nur zwei abschließbare Kisten für die Habseligkeiten der beiden Bewohner beherbergte, verlassen vor. Nachts wach zu bleiben und den Morgen über zu schlafen war nichts, das ihm fremd war. Sam legte sich auf das einfache Bett, schloss die Augen und erwachte erst wieder, als die Sonne schon hoch am Himmel stand.

Sein knurrender Magen trieb ihn zur Palastküche. Sam verirrte sich bald in den zahllosen Gängen, bis er zwei Dienerinnen über den Weg lief, von denen eine ein Tablett mit leeren Tellern trug.

»Erlaubt Ihr?«, fragte er mit seinem charmantesten Lächeln und nahm der Dienerin das Tablett aus den Händen, um es für sie den Gang entlang zu tragen.

Ein helles Kichern unter dem Schleier war die einzige Antwort, die er erhielt. Sein Lächeln hatte ihm schon mehr als eine Schlafzimmertür geöffnet, und wenn Sam sich nicht täuschte, hatte er durchaus das Interesse der beiden vermummten Frauen erregt.

»Man sagt, die Dienerinnen des Palastes sind die schönsten Frauen der Stadt«, versuchte er ein Gespräch anzufangen.

»Und man sagt, die Wächter Seiner Majestät sind die größten Schürzenjäger des ganzen Reiches«, erwiderte eine der beiden Frauen lachend.

Der Gang vor ihnen machte einen Bogen, und an seinem Ende erkannte Sam die Küche.

»Ich würde mich anbieten, sie Euch vom Leib zu halten«, erwiderte Sam.

Eine der Dienerinnen wollte gerade zu einer Erwiderung ansetzen, als ein Junge aus der Küche gerannt kam, verfolgt von einem Koch mit puterrotem Gesicht, der einen Holzlöffel schwang. Der Junge wich den Schlägen geschickt aus.

»Haltet den Dieb«, rief der Koch. Seine Stimme zitterte vor Wut.

Der Junge wollte sich an Sam vorbeidrücken, doch dieser drückte einer der verdutzten Dienerinnen das Tablett in die Hand, griff zu und pflückte ihn wie eine reife Frucht.

Der Junge zappelte wild in seinem Griff und warf Sam einen wütenden Blick zu. Er wurde indes flehentlich, als der Koch zu ihnen aufschloss, den Löffel drohend erhoben.

»Gut gemacht, Wächter. Ich nehme ihn Euch gerne ab.«

Sam sah von dem Jungen zum Koch und zu den beiden Dienerinnen, die das Geschehen stumm verfolgten. »Was hat er getan?«, fragte Sam und drehte sich so, dass der Koch den Dieb nicht packen konnte.

»Er hat in meiner Küche gestohlen«, gab der Koch unwirsch zurück. »Dabei kann er sich glücklich schätzen, dass er bei mir arbeiten durfte. Hat mehr als genug verdient, die kleine Ratte. Würdet Ihr ihn mir nun aushändigen?«

»Du hast mir eine Woche keinen Lohn gezahlt, Fettwanst«, zischte der Junge und sorgte mit seinen Worten dafür, dass sich das Gesicht des Kochs noch ein wenig röter färbte.

»Habt Ihr das gehört?«, japste der Koch. »Ich werde dich bestrafen, bis dir …«

»Was hat er gestohlen?«, fuhr Sam dazwischen.

Zur Antwort griff der Junge in eine Tasche seines schmutzigen Gewands und holte einen Apfel hervor, der wenigstens ebenso rot war wie das Gesicht des Kochs.

Sam nahm ihm den Apfel aus der Hand. »Das ist alles?«, fragte er.

Der Koch sah ihn an, als würde er den Dieb in Sam erkennen. »Es sind Äpfel aus dem fernen Hébol«, erwiderte er vorwurfsvoll. »Sie wurden extra für Seine Majestät über das Meer gebracht und sind eine Delikatesse.« Der Koch sah Sam auffordernd an.

Und nun, Sam?, fragte er sich. *Wirst du ihm den Jungen geben, damit er ihn windelweich prügeln kann? Für einen verdammten Apfel?* Sam spürte den Blick der Dienerinnen auf der Haut. Eine gute Gelegenheit, etwas für seinen Ruf zu tun.

»Ich werde ihn selbst bestrafen«, sagte er. Und als der Koch protestierend den Mund aufmachte, fügte er hinzu: »Dies ist eine Angelegenheit der Wache, nicht der Köche.«

Der Mann verengte die Augen, bis sie schmal wie die eines Schweins waren. Er schenkte Sam ein falsches Lächeln. »Natürlich«, sagte er, »wie Ihr befehlt.« Und an den Jungen gewandt fügte er hinzu: »Lass dich nie wieder in meiner Küche blicken. Gleich, was der Scharlachrote mit dir anstellt, ich bin noch schlimmer.« Er richtete seinen Blick auf den Apfel und hielt Sam fordernd die Hand hin.

»Nein«, erwiderte Sam. »Beweismaterial.« So langsam machte ihm diese Wächtersache Spaß. Er konnte dem Koch ansehen, dass es ihm schwerfiel, gute Miene zum bösen Spiel zu machen. Mit einem weiteren falschen Lächeln machte er kehrt und ging zurück in seine Küche.

»Vielleicht komme ich auf das Angebot zurück, Euren Schutz in Anspruch zu nehmen«, sagte eine der Verschleierten leise, ehe sie mit ihrer Begleiterin in die Küche ging.

Sam sah ihr lächelnd nach, bis ihn das Zappeln seiner Beute aus den Gedanken riss. Der junge Dieb war so mager wie ein Straßenkater und blickte Sam aus Augen an, die nicht mehr viel mit denen eines Kindes zu tun hatten. Wer arm war, konnte sich keine Kindheit leisten.

»Du weißt, welche Strafe auf Diebstahl steht?«, fragte Sam. Jeder wusste es. Es fing mit zehn Stockhieben für leichte Vergehen an und steigerte sich bis hin zum Verlust der Hand, mit der der Diebstahl begangen worden war.

Der Junge blickte Sam so trotzig an, wie er selbst früher seinen Vater. Er war wohl kaum dreizehn Jahre alt. Hatte Sam in diesem Alter auch schon so schrecklich erwachsen ausgesehen? Nein, gab er sich zur Antwort. Denn er hatte als Kind nie stehlen müssen, um satt zu werden. Seine ersten Diebstähle waren Übungen gewesen. Kein Ernst.

»Du kannst den Stockhieben entgehen«, sagte er. Er konnte jemanden gebrauchen, der ihm den Palast zeigte. Und es würde ihn sehr wundern, wenn dieser Junge nicht zu denen gehörte, die hier jeden Weg und jeden Winkel kannten.

»Ihr meint sicher, den Löffelschlägen«, erwiderte der Junge, und Sam musste das Lächeln unterdrücken, das sich ihm auf die Lippen legen wollte.

»Wie sieht es mit einer Bezahlung aus?«, fragte der kleine Dieb.

Sam hob überrascht die Augenbrauen. »Bezahlung?«

Der Junge grinste ihn an. »Wegen der Dienerin. Ich würde sagen, sie ist Euch gegenüber nicht abgeneigt. Und weshalb? Weil Ihr einen armen Jungen gerettet habt. Wer war das noch? Ach ja, ich. Also?«

So viel Dreistigkeit verschlug Sam für einen Moment die Sprache. »Nun, ich bin neu hier«, meinte er schließlich. »Und ich brauche einen Führer. Kennst du dich hier aus?«

»Natürlich«, verkündete der Junge. »Der Palast. Die Bücherstadt. Ich kenne hier alles. Ich erledige manchmal auch Botengänge für die Bibliothekare, wenn ich nicht in der Küche helfe. Aber das werde ich wohl sowieso nicht mehr. Wie wäre es also mit einer …«

Sam zog ein Silberstück aus seinem Beutel. Er trug seinen Besitz bei sich. Sam wusste nicht, wie sicher der Palast war. Diebe bestahlen sich niemals gegenseitig. Bei Wächtern mochte das anders sein.

Die Augen des Jungen wurden groß, und Sam drückte ihm die Münze in die Hand. Dann biss er in den Apfel. Er war wirklich eine Delikatesse. »Und nun will ich alles sehen.«

Der Junge war gut. Mateo, wie der kleine Dieb hieß, führte Sam durch den ganzen Palast und erzählte ihm zu allem und jedem eine Geschichte. Es war, wie Sam vermutet hatte: Der Junge sah die Welt mit den Augen eines Diebes. Niemand hielt den Scharlachroten und seinen Führer auf. Sie folgten der breiten Treppe, die von der Eingangshalle des Palastes nach oben führte, bis zu ihrem Ende und betraten einen der fünf Türme des Palastes, von dem aus Sam die ganze Stadt überblicken konnte. Selbst für ihn, der mehr Dächer bestiegen hatte, als er zählen konnte, war dieser Anblick neu.

Schließlich stiegen sie wieder hinab, und Mateo wollte an einem opulent ausgekleideten Flur vorbeigehen, als Sam ihn zurückhielt. Schon bei ihrem Aufstieg hatte Mateo nichts über diesen Teil des Palastes gesagt. Wände bespannt mit roter Seide und kunstvoll geknüpfte Teppiche. Sam musste die Frage, wer hier lebte, nicht stellen.

»Dort findet Ihr die Gemächer des Weißen Königs und der Beraterin«, erklärte der Junge dennoch. Mateos Stimme war nur noch ein Wispern. »Dort können wir nicht hin.«

»Ja, es ist sicher sogar für einen Wächter verboten«, meinte Sam.

»Nicht nur deshalb.« Mateo warf Sam einen hastigen Blick zu. »Es heißt, Sabah sei die Geliebte des Todes.« Seine Stimme war kaum noch zu hören. »Man sagt, die Nacht geht in ihrem Herzen auf und macht es grausam.«

Sam warf Mateo einen belustigten Blick zu, doch der Junge zitterte plötzlich, und Sam hielt ihn nicht länger zurück. Stattdessen ließ er sich von Mateo hinab in die Eingangshalle und von dort aus nach Paramythia führen.

Das Wispern von Stimmen und das Rascheln von Seiten empfing sie, kurz bevor sie das Ende der langen Treppe erreicht hatten. Es schien fast, als wollte dieser Ort sie willkommen heißen. Die Große Galerie überwältigte Sam aufs Neue und entfachte in ihm den Wunsch, die Worte zwischen den Buchdeckeln lesen zu können. Eine Gruppe Bibliothekare ging mit ernsten Mienen an ihnen vorbei. Aus den Rucksäcken, die sie geschultert hatten, lugten Bücher heraus.

»Das sind Steiger«, flüsterte der Junge.

»Steiger? Was soll das sein?« Sam sah ihn fragend an, doch Mateo deutete zur Antwort nur auf die Männer, von denen der erste nun einen Fuß auf eine der glänzenden Leitern setzte, die hinauf in die oberen Stockwerke der Großen Galerie führten. Einer nach dem anderen erklommen sie die Stufen. Sam und Mateo blieben einen Moment lang stehen und beobachteten sie. Immer höher kletterten die Männer, bis sie zuletzt unter der Höhlendecke kaum noch zu erkennen waren.

»Es gibt hier die Steiger, die dafür sorgen, dass die Bücher hinauf in die obersten Regale kommen. Den meisten Bibliothekaren wird schon schwindlig, wenn sie nur in den ersten Stock müssen, und manchmal schicken sie Jungen wie mich, ihnen Bücher aus den höheren Regalen zu holen, wenn kein Steiger in der Nähe ist.«

»Kannst du lesen?«, fragte Sam erstaunt.

»Oh ja«, erwiderte Mateo stolz. »Nicht besonders gut, aber ich kann fast alle Buchstaben auseinanderhalten. Auch wenn ich die meisten Worte hier nicht verstehe. Die Bibliothekare haben es mir beigebracht, damit ich die richtigen Bücher finde.« Er deutete auf einen anderen Mann, der auf den hinteren Teil der Galerie zuging, in dem die Bücherstraßen ihren Anfang nahmen. Der Mann besaß zwar das graue Gewand der Bibliothekare, doch zusätzlich hatte er eine Art Helm auf dem Kopf, als müsste er sich vor etwas schützen. Auch er trug einen Rucksack, doch an diesen waren Wasserbeutel gebunden. »Ein Wanderer«, beantwortete Mateo die unausgesprochene Frage. »Sie gehen in die entferntesten Bereiche der Bücherstadt. Manchmal sind sie einige Tage unterwegs, bis sie die Orte finden, die sie suchen. Es heißt, manche Viertel von Paramythia besitzen Schächte hinauf ans Licht. Doch manche sind nur über die Bücherstraßen zu erreichen. Dorthin gehen diese Bibliothekare.«

»Und wer darf alles hinab in das Herz der Bücherstadt?«, fragte Sam.

Mateo zuckte die Schultern. »Dort war ich noch nie, und ich habe auch von niemandem gehört, der hinabgestiegen ist. Vielleicht dürfen die Hirten dorthin. Wenn nicht sie, wer dann?«

Die Hirten. Vielleicht meinte er Bibliothekare wie Jacobus. »Ich muss zum Marduk-Tor«, meinte Sam, »aber ich habe Zeit. Wenn du mich auch hier unten noch ein wenig herumführen kannst, bekommst du eine zweite Münze.« Der Lohn war mehr als großzügig. Doch Mateo sah so zerlumpt aus, dass er ihn sicher besser gebrauchen konnte als Sam.

»Ich führe Euch überall hin, Herr«, erwiderte der Junge eilfertig.

»Ich heiße Sa… Hârun«, erwiderte Sam. Beinahe wäre ihm

sein richtiger Name über die Lippen gerutscht. Er musste aufpassen.

Mateo nickte und bedeutete Sam ihm zu folgen. Dann gingen sie hinter dem Wanderer her. Der Mann betrat die Straße der Geographie, und sie folgten ihm eine Weile. In den Regalen, an denen sie vorbeigingen, hatten nicht nur Bücher ihren Platz gefunden. Zahllose Papierrollen lagen fein säuberlich nebeneinander.

»Landkarten«, sagte der Junge, der Sams Blick bemerkte. Der Wanderer vor ihnen bog in einen Gang ab, der sich plötzlich mitten in einem Buchregal auftat. Mateo aber bedeutete Sam, der Straße zu folgen, auf der sie waren. »Es gibt immer wieder Plätze, auf denen die großen Straßen zusammenlaufen«, erklärte er, während sie an einer Reihe von Büchern entlanggingen, die so groß waren, dass sie Sam beinahe bis zur Hüfte reichten. »Wir kommen gleich zu einem solchen Punkt. Und von dort bringe ich Euch zum Marduk-Tor.«

Während sie der Straße folgten, erzählte Mateo, wie oft er sich schon inmitten der Bücher verlaufen hatte. Er überbrachte gelegentlich den Hirten der einzelnen Viertel Nachrichten. Es gab genug zu tun für einen Jungen wie ihn. Doch selbst er hatte bislang nur einen Teil von Paramythia kennengelernt.

Sie erreichten schließlich den Platz vor dem Marduk-Tor. Erneut zog das steinerne Tor ihre Blicke in die Höhe. Nachtblaue Flügel, umrahmt von tiefblauen Fassadentürmen. Sam konnte sich nicht erklären, weshalb die Erbauer von Paramythia dieses imposante Bauwerk so tief im Schoß der Erde errichtet hatten.

Die Tagwache stand noch vor dem Tor. Sam nickte den beiden in Scharlachrot gekleideten Männern zu, dann bog er mit Mateo ab. Hungrig würde er seinen Dienst nicht beginnen. Sie gingen durch die Werkstatt des Bücherdoktors und fanden die wenigen Tische in der Mitte der Halle, dessen Decke die Bilder

der Asfura zierten, besetzt. Sam suchte sich mit Mateo einen freien Platz am Rand, und eine der Dienerinnen brachte ihnen *Botifarra amb mongetes*. Die Knoblauchwürste und das weiße Bohnengemüse gab es nur in Mythia. Das Gericht machte satt genug, um ohne Magenknurren eine ganze Nacht Wache durchzustehen. Die Dienerin brachte Mateo ebenfalls einen Teller und schenkte Sam einen so wohlwollenden Blick, dass dieser in ihr eine der Frauen aus dem Flur vor der Küche zu erkennen glaubte. Die Augen des Jungen leuchteten. Es sah nicht so aus, als erhielte er regelmäßig eine warme Mahlzeit.

Unter den wenigen Scharlachroten, die zu dieser Stunde hier waren, entdeckte Sam auch Odalric. Der blonde Wächter würdigte ihn jedoch keines Blickes.

Sam wartete, bis Mateo den letzten Löffel Bohnengemüse gegessen hatte, dann drückte er ihm die versprochene zweite Silbermünze in die Hand. Mateo sah sie an wie einen Schatz und ließ sie in einer Hosentasche verschwinden.

Sam neigte ihm den Kopf zu. »Ich habe noch einen weiteren Auftrag für dich.« Während Mateo kaute, beschrieb er ihm den Weg zu der Taverne, in der Majid um diese Zeit erfahrungsgemäß anzutreffen war. »Geh zu dem Mann, den sie dort *den Prinzen* nennen, und sage ihm, dass seinem Cousin die neuen Kleider gut stehen.« Nach beinahe einer Woche war ein Lebenszeichen mehr als angemessen. »Aber sag nicht, woher du kommst oder wer dich schickt.«

Sam sah Mateo nach, während dieser sich eilfertig aufmachte. Draußen war es längst Nacht, doch Sam hatte keine Sorge, dass Mateo etwas zustoßen würde. Selbst für die skrupellosesten Diebe war der Junge zu zerlumpt. Die beiden Silbermünzen würde niemand in seiner Tasche vermuten. Und wenn der Junge etwas Glück hatte, würde Majid dafür sorgen, dass er noch etwas mehr zu essen bekam. Mager genug für eine weitere Mahlzeit sah er jedenfalls aus.

Sam erhob sich, als auch Odalric Anstalten machte zum Marduk-Tor zu gehen. Mehr als ein knappes Nicken hatte der Wächter jedoch nicht für Sam übrig. Stumm bezogen sie Posten vor den tiefblauen Torflügeln, und wie in der vergangenen Nacht erschien Sabah kurze Zeit darauf, unter dem Arm ein dickes Buch. Heute jedoch schien sie in Gedanken versunken und nahm die beiden Scharlachroten kaum wahr, während sie das Tor verschloss und ihren Kopf an den Spalt zwischen den Flügeln drückte und ein Wort wisperte, das zu leise war, um es richtig zu verstehen.

Kaum war die Beraterin des Weißen Königs mit den Schatten verschmolzen, machte sich Odalric wieder auf den Weg und ließ Sam allein. Doch Sam sagte nichts dazu. Er würde sich nicht beklagen, und er würde den arroganten Wächter nicht melden. Vermutlich gab es selbst unter Scharlachroten eine Art Ehrenkodex. Und er würde nicht derjenige sein, der ihn brach.

Auch diese Nacht erschien in Langeweile zu ertrinken. Sam wusste nicht, wie lange er schon allein außerhalb des Lichtkegels im Dunkeln gestanden hatte, als er einen Schrei hörte. Hatte er geträumt? Der Schrei war jenseits der Halle erklungen. Für einen Moment war Sam unschlüssig. Wenn er dem Schrei folgte, würde er das Tor verlassen. Doch wer sollte schon versuchen, in das Herz der Bücherstadt einzubrechen? Außerdem brauchte vielleicht jemand Hilfe. Es gab noch ein Horn, das beim Tor hing. Aber ein Schrei war zu wenig, um hineinzublasen und Hilfe zu holen. Sam starrte in die Schatten. Einzig der Schein der Lampen und ein fernes Licht am Ende der Halle durchbrachen die Dunkelheit. Die Bücherwerkstatt. Wenn Sam sich nicht irrte, war der Schrei von dort gekommen. Er atmete tief durch und lief los.

Sam fand die Ursache für den Schrei tatsächlich in der Bücherwerkstatt. Im ersten Moment sah es so aus, als schliefe der Bücherdoktor. Doch das Muster aus tiefen Kratzern, die ihm ins Gesicht geschnitten waren, und das Blut, das ihm aus der Kehle rann, zeigten nur allzu deutlich, dass der Mann nie wieder erwachen würde. In der Hand hielt er den Griff eines Papiermessers fest umklammert. Die Schneide aber war abgebrochen.

Sam hatte schon vieles in seinem Leben gesehen, doch die Verletzung am Hals des Mannes ließ ihn erschaudern. Sie schien von einem wilden Tier zu stammen. Hastig stolperte er von dem Toten fort. Sein Herz schlug plötzlich so schnell, als wollte es aus seiner Brust entkommen. *Und nun?*, schoss es ihm durch den Kopf, während er sich panisch umsah. Er schien mit dem Toten allein zu sein. Wer auch immer ihn getötet hatte, war fort.

Es war nicht einfach, halb betäubt vor Angst und Aufregung einen klaren Gedanken zu fassen. Zurück zum Tor konnte er nicht gehen, ganz gleich, was Assasil oder Sabah an seinem ersten Tag gesagt hatten. Das Tor zu bewachen war die eine Sache. Aber hier lief ein Mörder zwischen den Buchregalen umher. Oder mehrere.

Doch Sam war nicht allein, auch wenn er sich gerade wie der einsamste Mensch unter der Erde fühlte. Es gab noch andere Wächter hier unten. Einer von ihnen war Odalric.

Das war es! Er musste Hilfe holen, die anderen Wachen alarmieren. Seine Beine brauchten einige Augenblicke, ehe sie aufhörten zu zittern und ihm wieder gehorchten. Er lief, so leise er konnte und so schnell er es in der Dunkelheit wagte, in Richtung der Halle, in der die Tische standen. Der Weg dorthin wurde von einigen Lampen beleuchtet, die ein schwaches Licht abgaben. Offenbar wurde es nie ganz dunkel in Paramythia. Er atmete auf, als er das Licht der Halle sah, in der er Odalric wähnte. Sam verlangsamte seinen Schritt, als er die Halle betrat. Hastig sah er sich um. Und fiel. Er war über eine

Gestalt in Scharlachrot gestolpert, die auf dem Boden lag. Im Schein einer der wenigen noch entzündeten Lampen erkannte Sam Odalrics Gesicht, starr vor Entsetzen und Schmerz. Und so leblos, wie nur der Tod es zeichnen konnte. Das Schwert hielt der Scharlachrote in den Händen, als wollte er sich selbst im Tod noch damit verteidigen. Im Leben hatte es ihm offenbar nicht geholfen. Der augenscheinliche Grund für seine nächtlichen Alleingänge lag in Blau gekleidet neben ihm. Die Augen der Dienerin blickten leblos zur Decke.

Sam kam keuchend wieder auf die Beine. Er zog sein Schwert, während er um die eigene Achse wirbelte wie einer der Derwische, die gelegentlich mit Gauklertruppen aus der Wüste in die Stadt kamen. Sehen konnte er niemanden, doch die leisen Schritte, die er hörte, bestätigten seinen Verdacht: Er war nicht allein. *Natürlich nicht, Sam*, ermahnte er sich. *Zumindest der Mörder wird hier irgendwo sein.* Wenn er Glück hatte, war es nur der eine.

Der Ausgang aus Paramythia war nicht mehr fern. Wenn es ihm gelang, wenigstens bis an den Treppenaufgang in der Großen Galerie zu kommen, konnte er nach Hilfe rufen. Zurück zum Tor zu laufen und in das Horn zu blasen würde nichts bringen. Sam wusste nicht, wie viele Wächter in der Bücherstadt unterwegs waren – die Gefahr, dass er einem oder mehreren Gegnern allein gegenüberstehen würde, war zu groß.

Er machte sich auf den Weg. Vorsichtig, als würde er durch ein Haus laufen, in das er eingebrochen war. Doch diesmal war nicht er der Eindringling. Er lachte beinahe freudlos auf, als ihm einfiel, dass er diesen Dienst vor ein paar Tagen noch als tödlich langweilig eingeschätzt hatte. Nun, mit dem tödlich hatte er recht gehabt. Was ging hier nur vor?

Jeder Schatten, jeder Luftzug ließ Sam innehalten, während er so leise er konnte an den Bücherregalen entlangschlich. Dann endlich erreichte er die Große Galerie. Nur eine einzige

Lampe brannte dort noch. Sie hing an einer Säule in der Nähe des Treppenaufgangs, der unter einem Bogen in der Mauer lag, und kämpfte trotzig gegen die Finsternis zwischen den Regalen und Lesepulten an. Die anderen Lampen waren längst von den Dienern gelöscht worden. Sam huschte an den Pulten vorbei, den Blick starr auf den Bogen gerichtet.

Die Bewegung nahm er nur aus dem Augenwinkel wahr. Ein Schatten, der vor ihm an den Regalen entlangschlich. Seltsam staksig ging eine Gestalt auf den Bogen zu. Sie hatte Sam offenbar nicht bemerkt. Der Mörder? In Sams Kopf wirbelten die Gedanken durcheinander. Sollte er versuchen, den Eindringling festzunehmen? Oder ihm einfach das Schwert in den Rücken stoßen? Angesichts der beiden Toten sicher nicht die schlechteste Idee. *Und wenn es nicht der Mörder ist, Sam?*, fragte er sich. *Sondern Jacobus oder eine der Dienerinnen?* Sam atmete tief durch. Wer immer dort auch ging, war schon fast unter dem Bogen verschwunden. Sam traf eine Entscheidung. »Halt«, rief er. Und tatsächlich blieb die Gestalt stehen. Langsam wandte sie sich zu ihm um, trat in den Schein der Lampe, und Sam keuchte vor Schreck auf.

Die Frau, die ihn anstarrte, durfte es nicht geben. Nein, das war unmöglich. Sie schien wie ein hässliches Spiegelbild der geflügelten Figuren aus dem Deckengemälde. Lange schwarze Haare fielen ihr in verfilzten Flechten über die Schultern. Ihr Leib war mit zu viel grauer Haut bespannt und so dürr, dass es schien, als würde er jeden Moment in sich zusammenfallen. Die Frau war so missgestaltet, dass Sam sich schütteln musste. Finger und Zehen endeten in langen Krallen. An ihrer linken Hand glaubte Sam Blut zu erkennen. Nase und Oberlippe waren zu etwas verwachsen, das dem Schnabel eines Vogels ähnelte. Die Zähne, die darunter zum Vorschein kamen, schienen im Licht der Lampe spitz wie Dolche. Was Sam aber mehr als alles andere erstarren ließ, waren die Flügel, die ihr aus dem

Rücken wuchsen. Lange, mächtige Schwingen, die von grauen Federn bedeckt waren.

Er war eingeschlafen und träumte. Es konnte keine andere Erklärung geben. Sam sah die Frau an, als müsste er nur lange genug seinen Blick auf sie richten, damit sie sich in Rauch auflöste.

Doch sie zischte ihn nur an. Und dann lief sie wütend kreischend auf ihn zu.

4. HAUT UND FEDERN

Sam starrte die Frau wie einen Geist an. Was war das für ein Wesen? Eine Asfura? Der Gedanke war verrückt. *Wach auf, Sam*, dachte er. Doch er wachte nicht auf. Er versuchte sich zu rühren, sein Körper aber reagierte nicht. Er hatte das Gefühl, durch die Augen eines anderen zu blicken. Die geflügelte Frau lief mit ungelenken Schritten auf ihn zu, die gelben Zähne gebleckt. Sie war unbewaffnet, doch ihre Krallen machten das mehr als wett. Zehn messerscharfe Schneiden. Sam hatte gesehen, was sie damit anstellen konnte. Jetzt erst bemerkte er, dass sie humpelte. Sam sah etwas Glänzendes aus ihrem Oberschenkel ragen. Das abgebrochene Papiermesser des Bücherdoktors, schoss es ihm durch den Kopf.

Und dann war sie da. Ohne langsamer zu werden, holte die geflügelte Frau mit einer Hand aus. Ihre Krallen schnitten durch die Luft. Jede ein Versprechen von Tod.

Sam hörte sich schreien. Und endlich löste sich seine Starre. Er kippte zur Seite und riss blindlings sein Schwert in die Luft. Es klang seltsam dumpf, als Krallen auf Stahl trafen. Sam erwartete, dass seine Klinge die Krallen zerschneiden würde, doch offenbar waren diese ebenso hart wie das Metall. Das Schwert wurde Sam aus der Hand gerissen, und er fand sich waffenlos auf dem Rücken liegend wieder, den Fuß seiner Gegnerin auf der Brust.

Die geflügelte Frau sagte etwas in einer Sprache, die Sam nicht verstand. Verwirrt sah er sie an. Ihre Augen waren matt wie angelaufenes Metall. Noch einmal sprach sie Sam an. Dann packte sie ihn plötzlich, hob ihn so mühelos in die Höhe, als sei er eine Puppe, und trug ihn an den Büchern vorbei hinüber zum Bogen.

Ihr Atem strich ihm über das Gesicht, faulig wie alter Fisch. Die Krallen der geflügelten Frau bohrten sich durch seinen Umhang und schnitten in sein Fleisch. Ein drittes Mal sprach sie Sam in ihrer unverständlichen Sprache an.

Sie wird dich töten, schoss es ihm durch den Kopf. Und es gab nichts, was er dagegen tun konnte. Er zappelte in ihrem Griff, doch er konnte sich nicht befreien. Dieses Geschöpf war zu stark. Und er unbewaffnet.

Sam flog durch die Luft, als sie ihn von sich stieß. Er landete direkt unter der einsamen Lampe an einer der Säulen, wo er sich hastig aufrappelte. Der Lichtschein ließ das Geschöpf vor ihm noch unwirklicher aussehen. Als gehörte sie in ein Bild, das er betrachtete. Wie konnte sie nur real sein? Er würde es nie erfahren. Sie holte zum Schlag mit ihren messerscharfen Krallen aus.

Sam blickte nach oben, er wollte nicht sehen, wie der Tod kam. Die Lampe blendete ihn. Dann keuchte er auf, als er begriff, dass er keineswegs so waffenlos war, wie er geglaubt hatte. Die Lampe hing genau über ihm. Er streckte sich und griff im selben Moment nach ihr, in dem die Krallen der geflügelten Frau durch die Luft zischten. Mit aller Kraft hieb er sie gegen ihre Hand. Der Glaskolben mit dem Lampenöl sprang auseinander, und die Flamme setzte die Flüssigkeit in Brand. Ganz gleich, was sie nun tatsächlich war, die geflügelte Frau fürchtete das Feuer ebenso wie ein Tier. Es loderte auf der Hand, mit der sie die Lampe statt ihn getroffen hatte. Panisch versuchte sie, sich das Feuer von der Haut zu schütteln, und wich vor Sam zurück.

Er hatte Glück, dass das brennende Öl ihn nicht traf. Hastig sprang er zur Seite, ehe es seinen Umhang doch noch zu fressen bekam.

Die geflügelte Frau kreischte vor Schmerz und Furcht. Sam hatte sie in diesem Moment offenbar völlig vergessen. Er suchte fieberhaft nach seinem Schwert, während seine Gegnerin durch die Halle taumelte und dabei zwei der massiven Lesepulte umstieß. Endlich fand er es. Sam hob es auf und stürmte auf die geflügelte Frau zu.

In diesem Moment wurde sie sich seiner wieder bewusst und floh. Sie war schnell. Zu schnell. Noch ehe Sam ausholen konnte, schlug sie einmal mit ihren Schwingen und brachte sich damit aus der Reichweite des Schwertes. Dann zischte sie Sam etwas zu, das wie eine Drohung klang, sprang über die Pfütze aus brennendem Öl auf den Bogen zu und verschwand in dem dunklen Treppenaufgang.

Gerettet. Für einen Moment blieb Sam atemlos in der Großen Galerie stehen, während das Lampenöl auf dem Boden ausbrannte und dichten Qualm in die Luft mischte. Die Angreiferin war verletzt. Hätte er nicht gerade dem Tod entgegengeblickt und ihn in den Augen eines Wesens gesehen, das es nicht hätte geben dürfen, wäre Sam vielleicht vorsichtiger gewesen. Doch so hatte er das Gefühl, dass er, der gerade noch die Beute gewesen war, nun selbst jagen musste. Er wollte dieses Wesen zur Strecke bringen. Eine Asfura.

Du bist verrückt, Sam, sagte er sich – und lief der geflügelten Frau trotzdem hinterher.

Der Gang, der über die Treppe in den Palast hinaufführte, lag im Dunkeln. Sam stolperte hastig die Stufen hinauf. Er gab sich keine Mühe mehr, leise zu sein. Wozu auch? Als er das Ende der Treppe erreicht hatte und die verlassene Eingangshalle des Palastes betrat, schrie er so laut er konnte: »Eindringlinge!«

Zwischen den Säulen nisteten tiefe Schatten, und nur wenige Lampen an den Wänden brannten müde. Ihr Schein floss über den Mosaikboden wie zerlaufenes Wachs. Zu Sams Linker lief die breite Treppe empor, die bis zur Spitze des mittleren der fünf Türme reichte. Zu seiner Rechten hingegen befand sich das große Tor, das hinaus in die Stadt führte.

Da! Die geflügelte Frau stand vor dem Tor und rüttelte mit ihrer unverletzten Hand an den verschlossenen Flügeln. Zwei Wächter hätten dort postiert sein müssen. Sam sah ihre toten Körper erst auf den zweiten Blick. Die geflügelte Frau wirbelte in dem Moment zu Sam herum, als dieser eine der Lampen aus der Halterung an der Wand neben sich zog. Vor Feuer schien das Geschöpf mehr Angst zu haben als vor geschmiedetem Stahl. Die Angreiferin blickte ihn mit funkelnden Augen an. Dabei fuhr ihr Blick zwischen seinem Gesicht und dem Feuer in seiner Hand hin und her. Sam holte tief Luft, schrie noch einmal nach Hilfe – und lief los.

Die Asfura entfaltete mit einem Ruck ihre Schwingen und beugte sich vor. Dann schlug sie mit den Flügeln und schoss auf ihn zu. Die Hand, über die sich das brennende Lampenöl ergossen hatte, schützte sie mit der anderen. Gefährlich war sie dennoch. Sie flog so dicht über Sam hinweg, dass er ihren Atem spüren konnte, als sie versuchte, ihre Zähne in sein Fleisch zu bohren. Sam konnte der Attacke gerade noch ausweichen. Er führte dabei einen hastigen Streich mit dem Schwert, der ihn aus dem Gleichgewicht brachte, und fiel zu Boden. Die Klinge rutschte ihm aus der Hand. Noch während er sich wieder aufrappelte, hörte er erneut das Schlagen von Flügeln. Er wirbelte herum. Der Schatten, der auf ihn zuschoss, hatte beide Arme ausgebreitet. Ehe Sam reagieren konnte, wurde er gepackt und emporgerissen. Scharfe Krallen bohrten sich in den Stoff seines Umhangs und durchstachen seine Haut. Er keuchte auf und versuchte verzweifelt, die Asfura mit der freien Hand abzuwehren. Er wagte nicht, ihr die Lampe, die er noch immer eisern umklammerte, gegen den Leib zu schlagen, aus Angst, Öl und Flammen könnten ihn genauso wie sie in Brand setzen. Unbeirrt von seinen Schlägen trug die Kreatur ihn bis fast zur Decke hinauf. Hinter den bunt bemalten Glasfenstern in den Mauern trieb die Nacht wie dunkles Wasser, und nur einige wenige Lichter waren zu sehen, dem Schein von Irrlichtern gleich. Sam rief erneut um Hilfe. Und diesmal reagierte jemand. Eine der verschleierten Dienerinnen erschien in der Halle. Die geflügelte Frau verharrte mit Sam in der Luft und starrte abschätzend auf sie herab, wie ein Falke auf ein Kaninchen.

»Renn«, schrie Sam ihr entgegen. Er hatte Wächter herbeirufen wollen, keine hilflose Frau.

Sie aber blieb stehen. Vermutlich war sie starr vor Angst. Sam fürchtete schon, die geflügelte Frau würde ihn fallen lassen und sich dann auf sie stürzen, als er in einiger Entfernung ein zweites Paar Flügel schlagen hörte. Was zum …? Verdammt, es gab zwei dieser Kreaturen? Einen Moment später erkannte er das Wesen, das er gehört hatte. Und die verbrannte Hand, die es an den dürren Leib drückte. Die Angreiferin aus der Bibliothek. Aber wer um alles in der Welt hielt ihn dann fest?

Die beiden Geschöpfe kreischten einander heiser etwas zu, das wie der wütende Ruf von Papageien klang. Dabei deutete die verletzte Angreiferin auf die Lampe, die in Sams Hand hin und her schwang.

Mit einem angewiderten Laut holte die geflügelte Frau, die Sam gepackt hielt, mit den Armen Schwung, und ehe er etwas tun konnte, schleuderte sie ihn fort.

Sams Schrei hallte laut durch den Raum, als er auf die Brüstung der Treppe zustürzte. Er ließ die Lampe gerade noch rechtzeitig fallen, um das steinerne Geländer zu packen. Seine Beine prallten hart dagegen. Unter ihm zerschellte die Lampe, und der Gestank brennenden Öls mischte sich in die Luft. Mit wild klopfendem Herzen hing er für einen Moment am Geländer, während er aus dem Augenwinkel die beiden Schatten über sich den Treppenaufgang hinauffliegen sah. Unter ihm in der Halle erklangen endlich Stimmen. Offenbar hatten noch andere Sams Rufe gehört. Jemand lief die Treppe herauf, während sich Sam keuchend über das Geländer zog und auf die mit rotem Samt bespannten Stufen fiel. Die Dienerin. In der Hand hielt sie sein Schwert. Für einen Moment sahen Sam und sie sich an. Nur ihre Augen waren zu erkennen. Noch nie hatte Sam so dunkle Augen gesehen. Tintenschwarz wie die Nacht hinter den Fenstern. Sie trug ein blaues Kleid, und um ihren Hals hing ein glänzender Anhänger. Silberne Ranken mit schmalen Blättern, die ineinander wuchsen.

»Geh und hol die Wachen«, brachte Sam zwischen zwei hastigen Atemzügen hervor und zog ihr seine Waffe aus den Händen. Aufregung und Anstrengung ließen seine Stimme seltsam fremd klingen. Er deutete hinauf. »Sie sind dort entlang.« Und damit ließ er die Dienerin stehen.

Sam hörte das Schlagen der Flügel, während er erst ein, dann zwei, dann drei Stockwerke passierte. Sams stoßweiser Atem mischte sich in das ferne Geräusch der Flügel, als er die Stufen hinaufrannte.

Jeder andere Eindringling würde sich selbst eine Falle stellen, wenn er diesen Weg nahm. Doch die beiden, die Sam verfolgte, brauchten nur einen Weg hinaus, um zu entkommen. Gleich, wie hoch dieser über dem Boden lag. Die kunstvoll gearbeiteten Fenster, die auch hier die Wände durchbrachen, waren jedoch zu eng für die geflügelten Frauen. Wenn sie den Palast verlassen wollten, dann nur über den Turm.

Während er die Treppe hinaufrannte, hatte Sam das Gefühl, er würde einem Fremden bei der Jagd zusehen. *Was tust du hier?*, fragte er sich. Er verfolgte zwei Wesen, die es nicht geben durfte. Asfura, die legendären Flügelmenschen. Märchengeschöpfe. Fabelwesen. Halb Mensch, halb Vogel. In den Geschichten, die Sams Mutter ihm vorgelesen hatte, hatten die Asfura den Himmel beherrscht und in Städten über den Wolken gelebt. Sam hatte sich oft vorgestellt, wie es wäre, wenn er fliegen könnte. Keine Grenzen zu haben. Er hatte sich die Geschöpfte hinter diesen Worten wunderschön und erhaben vorgestellt. Die beiden geflügelten Frauen, die er verfolgte, waren dagegen so hässlich, dass sie einem Albtraum entsprungen schienen. Waren sie wirklich die Wesen, von denen die Geschichten berichteten? Oder waren das hier ganz andere Kreaturen? Es war gleich. Sie waren Wirklichkeit, so wenig er das auch glauben mochte.

Beim nächsten Absatz japste Sam erschöpft. Niemand würde ihm einen Vorwurf machen, wenn er stehen blieb und auf Verstärkung wartete. Doch vermutlich wären die beiden geflügelten Frauen dann fort. *Und wer würde dir die Geschichte glauben, Sam?*, fragte er sich. *Man würde am Ende noch denken, du hättest etwas mit den Toten zu tun.*

Die Tür am Ende der Treppe, die hinaus auf den Turm führte, stand offen. Sam war schon oft genug geflohen und wusste, worauf viele Jäger nicht achteten. Sie waren so auf ihre Beute fixiert, dass sie nicht merkten, wann sie selbst in eine Falle liefen. Die Tür war der einzige Weg, den er nehmen konnte. Und das wussten auch die beiden Angreiferinnen. Sam verzichtete auf jede Form der Heimlichkeit und sprang mit einem langen Satz durch die Tür hinaus auf den Turm.

Sam wusste von seinem Rundgang mit Mateo, was ihn erwartete. Eine kreisrunde Plattform, umgeben von einer hüfthohen Brüstung, über ihm der Nachthimmel. Er nahm die Umgebung nur aus dem Augenwinkel wahr. Noch während er sich auf dem Steinboden abrollte, hörte er, wie eine schnelle Bewegung die Luft zerschnitt. Eine der Asfura hatte sich mit den Füßen in den Stein der Turmwand gekrallt und hing den Kopf voran über der Tür. Ihre Klauen verfehlten ihn knapp. Wäre Sam vorsichtiger aus der Tür getreten, so hätte sie ihn geköpft.

Mit einem ärgerlichen Grollen stieß sich die Angreiferin ab, drehte sich in der Luft und landete vor Sam auf dem Boden.

Hastig sah Sam sich um. Die andere Asfura befand sich am Rand des Turms, die mächtigen Flügel ausgebreitet. Ihre Silhouette zeichnete sich scharf gegen den Nachthimmel ab. Sie humpelte die letzten Schritte auf die Brüstung zu, und Sam glaubte etwas Glänzendes in ihrem Oberschenkel zu erkennen. Offenbar hatte die Unverletzte der beiden versucht, Sam aufzuhalten, damit ihre Gefährtin unbehelligt fliehen konnte. Doch nun verharrten beide.

Der volle Mond übergoss die Nacht mit Silber und färbte der Asfura, die gerade versucht hatte, Sam zu töten, den Leib. Doch selbst das vermochte ihr die Hässlichkeit nicht zu nehmen. Für einen Moment standen sich Sam und das Wesen wortlos gegenüber. Ein leichter Wind zog durch die Nacht und brachte das aufgeregte Kreischen zahlloser Vögel mit sich. Sonst blieben sie um diese Zeit stumm, verborgen zwischen dichten Baumkronen oder in Mauerspalten versteckt, und warteten, dass sich die Sonne wieder zeigte. Doch heute hatte sie etwas aufgeschreckt. Oder besser: jemand.

So dürr die geflügelte Frau auch sein mochte, unter ihrer Haut zeichneten sich deutliche Muskeln ab und verrieten, wieviel Kraft in der Asfura steckte. Die Flügel hatte sie angelegt, den schnabelhaften Mund geöffnet, sodass Sam die raubtierhaften Zähne erkennen konnte.

»Was bist du?« Die Frage war mehr als unnötig. Vermutlich verstand das Wesen ihn nicht einmal. Doch Sam wollte wissen, ob es wirklich zu den Geschöpfen zählte, von denen er als Kind gehört hatte. »Bist du eine … Asfura?«

Die geflügelte Frau legte den Kopf schief. »Asfura.« Krächzend wiederholte sie das Wort.

Sam starrte sie an und konnte kaum begreifen, dass sie wirklich sprach.

Sie schien das Wort zu kosten, als wüsste sie nicht, ob es ihr schmeckte. Dann runzelte sie die Stirn. Noch einmal formte ihr lippenloser Mund den Namen, dann spuckte sie plötzlich aus, und ein Knurren drang aus ihrer Kehle, das Sams Blut gefrieren ließ.

Ein Schwarm Vögel flatterte aufgeregt durch die Nacht, als die geflügelte Frau auf Sam zusprang. Ihre Krallen schnitten durch die Luft, und er riss das Schwert gerade noch rechtzeitig in die Höhe, ehe ihm die Angreiferin die Kehle zerfetzte. Sie schlug blitzschnell drei oder vier Mal nach Sam, und nur mit viel Glück gelang es ihm, dem Tod auszuweichen. Dann hörte er wieder das furchtbare Zischen von Krallen. Doch diesmal erklang es hinter ihm.

Noch während sich Sam zur Seite fallen ließ, verfluchte er sich dafür, dass er die verletzte Asfura vergessen hatte. Er kam mit dem Rücken auf dem Boden auf und stöhnte vor Schmerz. Dann sah er nach oben.

Die Asfura füllte beinahe sein gesamtes Blickfeld aus. *Das war es, Sam*, fuhr es ihm durch den Kopf. Er sah seinem Tod ins Auge. Endgültig. Er hätte nicht gedacht, dass er so sterben würde. Durch die Klinge eines Wächters, ja. Oder weil der morsche Stein einer Hauswand unter seinem Tritt nachgab. Einmal hatte er sogar einem leibhaftigen Tiger gegenübergestanden, der seinen Herrn und dessen Reichtümer bewacht hatte. Doch das war das Leben – und der Tod – eines Diebes. Und nun würde er als Hârun, Wächter von Paramythia und seiner langweiligen Bücher, sterben. Sein Tod aber würde alles andere als langweilig sein. Aufgeschlitzt von einer Asfura. Das konnten nicht viele von sich behaupten.

Die geflügelte Frau beugte sich vor und holte aus, um ihm die Kehle zu zerfetzen. Der Versuch, das Schwert hochzureißen und es der Angreiferin in den Leib zu stoßen, wäre zwecklos. Sie würde ihn mühelos abwehren. Doch es steckte bereits eine

Klinge in ihrem Fleisch! Sam trat zu. Und das Papiermesser drang vollends in das Bein der geflügelten Frau ein. Statt Sam zu erschlagen, presste sie brüllend die krallenbewehrte Hand auf die Wunde. Ihr Schrei erfüllte die Nacht und ließ alle Vogelstimmen ersterben. Die andere Angreiferin kreischte wütend auf und lief zu ihrer Gefährtin. Sam kam mühsam auf die Beine, während die Asfura einknickte, als beugte sie aus Ehrfurcht vor ihm das Knie.

Unverwundbar waren seine Gegnerinnen also nicht. Und ganz gleich, was sie nun waren, sie würden es nicht überleben, wenn er ihnen den Kopf vom Hals schlug. Sam holte mit dem Schwert aus.

Er hatte noch nie einen Menschen getötet. Schwerter und Messer hatte er stets verabscheut. Immer hatte er sich vor dem Tag gefürchtet, an dem er sich würde entscheiden müssen, ob er jemandem den Tod bringen sollte. Doch dies hier war kein Mensch.

»Nein!«

Der Schrei ließ Sam innehalten. Unwillkürlich sah er zum Eingang des Turms. Die Dienerin, die dort erschienen war, trat so unbekümmert hinaus auf die Plattform, als wären diese Geschöpfe nicht gefährlicher als Nachtigallen. Sam erwartete fast, dass ihr gleich ebenfalls Flügel aus dem Rücken wuchsen.

Die Dienerin machte einige schnelle Schritte, dann aber blieb sie stehen und sah sich um. Sam konnte den eigenen Unglauben in ihrem Blick erkennen. War es dieselbe, die er unten in der Eingangshalle gesehen und die er geschickt hatte, um Hilfe zu holen? Wieso um alles in der Welt war sie dann hier heraufgerannt?

Das Wesen, das Sam verletzt hatte, schlug plötzlich mit den Flügeln. Torkelnd wie ein Jungtier, das zum ersten Mal das Nest verlässt, erhob es sich in die Luft. Unwillkürlich hieb Sam nach dem Geschöpf, doch sein Schlag ging fehl, und ehe er es ein zweites Mal versuchen konnte, war die andere Angreiferin bei ihm und drosch ihm eine Faust ins Gesicht. Ihre Kraft war übermenschlich. Sam hatte das Gefühl, der Kopf würde ihm von den Schultern gerissen, und für einen Moment verschwamm sein Blick. Er stürzte zu Boden, das Schwert fiel ihm aus der kraftlosen Hand.

Wie durch einen Schleier sah er die geflügelte Frau, in deren Bein er das Papiermesser getrieben hatte, weiter aufsteigen. Dutzende Vögel begleiteten sie. Sie hatten ihr Schweigen wieder aufgegeben, und ihr Geschrei erfüllte die Luft. Nach zwei Atemzügen sah Sam wieder klar. Die Asfura stieg in die Nacht und kreiste über dem Turm, eskortiert von einem Vogelschwarm.

Dann schob sich die Gefährtin der Angreiferin in Sams Blickfeld.

Und wieder glaubte Sam, seinen eigenen Tod zu begrüßen.

Die Asfura öffnete ihren schnabelartigen Mund. Ihr fauliger Atem stieg Sam in die Nase.

Wäre doch bloß die Dienerin nicht gekommen. *Was dann Sam?*, fragte er sich. *Du hättest die eine getötet, aber die andere hätte dich vermutlich dennoch erwischt. Du hättest nicht heraufkommen sollen.*

Nein, und dennoch war er gekommen. Er hatte diese Märchengeschöpfe nicht einfach gehen lassen können. Und nun musste er den Preis für seine Kühnheit bezahlen. Müsste jetzt nicht das eigene Leben vor seinen Augen ablaufen? Bilder, die zeigten, was in den Jahren seit seiner Geburt geschehen war? Die Mutter, die ihm vorlas. Der Vater, der ihn zum Dieb gemacht hatte. Und der Bruder …

»Nein!«

Wieder die Dienerin. Ihr Ruf hallte durch die Nacht, und wie zur Erwiderung kreischten die Vögel über dem Turm. Die Asfura wandte ihr den Kopf zu. Vermutlich würde das Geschöpf auch sie zerfetzten, wenn es mit Sam fertig war. Die geflügelte Frau sah sie an wie eine Hyäne ein verletztes Schaf.

Sam kroch zurück, griff sich sein Schwert und kam wankend auf die Beine. Dann stolperte er hastig auf die Dienerin zu. Er war nie besonders heldenhaft gewesen. Für einen Dieb, der nur seine Beute im Sinn hatte, war Heldenmut keine sonderlich hilfreiche Eigenschaft. Doch er hatte sich entschieden, kein Dieb mehr zu sein, und als Scharlachroter würde er die Frau schützen. »Lauf!«, keuchte Sam und postierte sich schützend vor ihr. »Ich halte sie auf.«

Zu seinem Entsetzen rührte sich die Dienerin nicht.

Das blaue Gewand ließ nur einen schmalen Schlitz für die Augen frei. Tintenschwarze Augen und ein Anhänger aus silbernen Ranken. Es war also tatsächlich die Dienerin, die er unten getroffen hatte.

Sam wunderte sich noch, dass ihm solche Dinge im Angesicht des eigenen Todes auffielen, als sie plötzlich den Stoff hob, der ihr Gesicht bedeckte. Der Kuss, den sie ihm auf die Lippen drückte, war flüchtiger als ein Windhauch, doch Sam glaubte ihn noch zu spüren, als sie den Schleier längst wieder gesenkt hatte.

Und dann trat sie an ihm vorbei, und ihrem Mund entfuhr ein Krächzen, das so gar nicht zu den Lippen passen wollte, die Sam gerade gespürt hatte. Er dachte im ersten Moment, es seien Laute, die aus Angst geboren waren. Doch die geflügelte Frau schien zu lauschen, überrascht und verzückt. Und antwortete.

Sam konnte nicht glauben, was hier geschah. Die Dienerin sagte erneut etwas in einer Sprache, die er nicht verstand. Wenn es überhaupt eine Sprache war. Und die Nacht hielt den Atem an. Es war mit einem Mal vollkommen still. Die Vögel schwiegen, und der Wind hatte sich gelegt. Nur das Krächzen erfüllte die Dunkelheit.

Dann ging die Asfura auf die Dienerin zu und schlang ihr die Arme um den Leib.

Sam sah atemlos zu, wie das Geschöpf die Dienerin an sich presste und die Flügel entfaltete. Er musste sie retten! Das Schwert hielt er noch immer in Händen, doch ehe er ausholen und der geflügelten Frau die Federn vom Rücken schneiden konnte, hatte sie sich in die Luft geschwungen. Der Schlag ihrer Schwingen rief noch mehr Vögel herbei, deren Kreischen sich plötzlich wieder erhob. Ein Schwarm Krähen hielt auf die Asfura zu, in deren Armen die Dienerin hing. Die andere Vogelfrau schloss zu ihr auf, und gemeinsam flogen sie fort.

Sam blickte ihnen so lange nach, bis sie nur noch Schatten waren, die mit der Nacht verschmolzen. Ein Traum, der zu Ende geträumt war.

Er wusste nicht, wie lange er mit klopfendem Herzen dort stand. Irgendwann löste er sich aus seiner Starre, als die Aufregung nachließ und ihn sein fröstelnder Körper daran erinnerte, dass die Frühlingsnächte in Mythia noch die lebhafte Erinnerung an den vergangenen Winter in sich trugen.

Als er zur Treppe gehen wollte, hielt er inne und bückte sich. Eine graue Feder lag in einer Fuge zwischen den Steinen. Sam hob sie auf und sah sie an. Ein Traum? Nein! Wesen aus Haut und Federn.

5. IMMER NOCH EIN DIEB

Torflügel aus schwarzem Zedernholz. Mit Samt überzogene Wände, so rot, als wären sie mit Rubinstaub gefärbt. Blattgold, das Ranken über den glänzenden Boden trieb. Und ein Wächter, dessen Uniform zu makellos war, als dass er je in ihr gekämpft haben konnte. Keine Frage, der Vorraum zum Thronsaal des Weißen Königs sollte einen Vorgeschmack auf den Reichtum des Herrn von Mythia geben.

Sam saß auf einer Bank, deren ebenfalls goldene Armlehnen in den Köpfen zweier Löwen endeten. Er war zu müde und zu verwirrt, um sich von dem Prunk beeindrucken zu lassen. Während der Soldat weiter vor dem Tor stand, das in den Thronsaal führte, und so starr geradeaus sah, als wäre sein Blick an die Wand geheftet wie Metall an einen Magneten, schwirrten die Gedanken durch Sams Kopf. Keiner der anderen Wächter hatte den Turm bestiegen. Hatte die Dienerin niemanden gerufen? Vermutlich nicht. Offenbar gab es eine Verbindung zwischen ihr und den Asfura. Nur welche?

Keiner der Wächter, die in der Eingangshalle durcheinandergelaufen waren – inzwischen hatte man offensichtlich bemerkt, dass etwas passiert war –, hatte beachtet, wie Sam die Treppen herabkam und sich zwischen die anderen mischte. Er hatte unter den Männern den Offizier erkannt, der ihn für den Dienst in Paramythia eingeteilt hatte. Als er zu ihm getreten war, trugen zwei Soldaten gerade die Leichen von Odalric und seiner toten Liebhaberin durch die Halle. Die Torwächter waren bereits fortgebracht worden.

»Wir dachten, wir würden deinen kalten Körper ebenfalls

dort unten finden.« Die Worte des Offiziers klangen entsetzlich nüchtern. So, als mache es keinen Unterschied, welcher Tote das Scharlachrot der Wache mit seinem Blut tränkte.

Die Lügen, die er für den Offizier spann, entstanden wie von selbst. Eindringlinge, die er in Paramythia entdeckt und bis in den Palast verfolgt hatte, und die ihm zuletzt entkommen waren. Mitgenommen genug sah er für die Geschichte aus. Im Grunde stimmte es sogar, was er da erzählte. Doch das Wichtigste ließ er weg. Wer hätte ihm geglaubt, wen genau er wohin verfolgt hatte?

Das Gesicht des Offiziers verriet nicht, ob er Sam glaubte oder nicht. Doch er schickte ihn in sein Quartier, nachdem er zwei Dutzend Scharlachroten den Befehl gegeben hatte, die Gänge von Paramythia zu durchkämmen. Zwei magere Dutzend. Angesichts der Größe Paramythias wären auch doppelt so viele Männer mehr als ein paar Tage mit dieser Aufgabe beschäftigt gewesen. Viel mehr.

Aber Sam hatte seine Schuldigkeit für heute getan und war schlafen gegangen, auch wenn es lange gedauert hatte, bis er zur Ruhe kam. Er war erst aufgewacht, als ein Diener an seine Tür klopfte und ihn zum Weißen König rief. Sam hatte damit gerechnet, dass jemand ihm Fragen stellen würde. Aber nicht dass sich der Herr von Mythia selbst darum kümmerte,.

Er lehnte sich auf der Bank zurück, gähnte lautlos und sah an sich herab. Er besaß nur diese eine Robe, die nach dem Kampf mit der Asfura an vielen Stellen zerrissen und schmutzig war. Keine passende Garderobe für eine Audienz beim König. Aber sie würde zeigen, dass Sam gekämpft hatte. Nur, was sollte er über seine Gegner sagen? Dem Offizier hatte er nur so viel berichtet, wie er musste. Doch der Weiße König würde sicher mehr wissen wollen. Darüber grübelte Sam nach, seit er hier saß. Die Wahrheit klang nur allzu sehr wie ein Hirngespinst. Aber würde sich eine Lüge besser anhören?

Das Geräusch von Schritten hinter dem Tor riss Sam aus seinen Gedanken. Der Wächter löste den Blick von der Wand und nahm Haltung an. Die Flügeltüren öffneten sich, und ein Diener erschien, der in so viel Samt und Brokat gekleidet war, dass er selbst wie ein König aussah. Er gab sich keine Mühe, die Missbilligung in seinem Blick zu verbergen, als er Sams zerrissene Kleidung musterte. Durch ein knappes Handzeichen forderte er ihn auf mitzukommen.

Der Thronsaal war zu beiden Seiten mit so vielen goldgerahmten Spiegeln versehen, dass Sam jeden seiner Schritte auf dem Weg zu der Empore betrachten konnte, auf der der Thron des Weißen Königs stand. Noch saß niemand dort, und Sam nutzte die Gelegenheit, sich umzuschauen. Dicke Teppiche, in die ein verschnörkeltes Lilienmuster gewebt war, machten jeden seiner Schritte so lautlos wie die einer vorsichtigen Katze. Obwohl das Licht eines sonnigen Tages durch die wandhohen Fenster fiel, waren Kerzen entzündet worden, die in Leuchtern von der mit Blattgold überzogenen Decke hingen.

Zwischen den Spiegeln zierten einige große Ölgemälde die Wände. Porträts von Männern, Frauen und Kindern, denen es offenbar verboten gewesen war, auch nur die Andeutung eines Lächelns auf den Lippen zu zeigen, während sie Modell gestanden hatten. Sam fühlte sich, als würde er ersticken, wenn er nur allzu lange inmitten des Prunks verweilen musste.

Als sie nur noch wenige Schritte von der Empore entfernt waren, bedeutete der Diener Sam stehenzubleiben. Dann ging er die beiden Stufen hinauf und verschwand hinter dem Thron durch eine Tür, die sich lautlos schloss. Mythias Herrschersitz wurde von geschmiedeten Abbildern seines Wappentiers bewacht: zwei geflügelte Löwen, so golden wie der restliche Prunk im Raum, die rechts und links des Throns standen und suchend in die Ferne sahen, als forschten sie nach einer Bedrohung für das Reich.

Einen Augenblick nachdem der Diener verschwunden war, öffnete sich die Tür wieder, und Assasil erschien. Sam gelang es gerade noch, Haltung anzunehmen, als der Herr der Wache mit schnellen Schritten zwischen einen der Löwen und den Thron trat. Eine militärische Ausbildung hatte Sam nie erhalten, doch er hatte bei zahlreichen seiner Aufträge die Wächter des Königs beobachtet. Auch wenn er nie in den Palast selbst eingebrochen war, sondern nur in einige der Lager am Hafen, in denen der Weiße König Teile seiner Schätze unterbrachte, die man ihm über das Meer hinweg sandte. Für die steife Haltung, die Sam nun selbst einnahm, hatte er die Wächter im Hafen stets aufrichtig bedauert.

Assasil wandte Sam stumm das maskierte Gesicht zu. Musterte er ihn durch die schmalen Sehschlitze? Sam glaubte die Blicke wie Finger auf seiner Haut zu fühlen. Assasil sagte auch dann nichts, als Sabah erschien. Die Beraterin des Weißen Königs war hier noch strahlender als im Schein der Lampen Paramythias. Ihr weißes Kleid funkelte, als wäre es aus den Kristallfäden gesponnen, die man von der Diamantmotte gewann, ein Tier, noch seltener als die Edelsteine, nach denen es benannt war. Auch jetzt vermochte Sam nicht zu erraten, wie alt die Beraterin war. Ihr Antlitz schien so ebenmäßig wie auf einem der gemalten Porträts an den Wänden. In dem schmalen, ernsten Gesicht funkelten die bernsteinfarbenen Augen so hell, als würde ein Licht in ihnen leuchten. Sie trat auf der anderen Seite neben den Thron.

Und dann kam er.

Der Weiße König war Legende. Er hatte schon regiert, als Sams Vater noch jung gewesen war. Dem Mann, der auf dem Thron Platz nahm, war das Alter jedoch kaum anzusehen. Er hielt sich aufrecht wie ein junger Soldat. Die Augen in dem Gesicht, das noch schmaler war als das der königlichen Ratgeberin, bedachten Sam mit einem wachen Blick. Das schlohweiße

Haar war dicht wie das Gefieder eines Schwans und sein Bart so lang, dass er ihm beinahe bis auf den Schoß fiel.

Der Weiße König. Schon oft hatte Sam gehört, dass sich hinter legendären Namen nur allzu gewöhnliche Menschen verbargen. So wie *die Kobra*. Der Name gehörte dem berüchtigtsten Frauenmörder Mythias. Er hatte sich die Bezeichnung nicht nur aufgrund seiner Lust am Töten verdient, sondern auch durch die Tatsache, dass er sein Äußeres so problemlos wechselte wie eine Schlange die Haut. Das Bild, das sich Sam als Junge von der *Kobra* ausgemalt hatte, war furchterregend gewesen. Doch der Mann, den die Soldaten des Weißen Königs vor vielen Jahren schließlich gestellt hatten, war den Geschichten über seine Ergreifung nach so unscheinbar gewesen, dass er wohl niemals jemandem aufgefallen wäre, hätte er bei seiner Ergreifung nicht eine blutige Klinge in der einen Hand gehalten und in der anderen den abgetrennten Kopf der Toten zu seinen Füßen.

Der Weiße König aber machte dem Namen und dem Ruf, der ihm vorauseilte, alle Ehre. Sams Müdigkeit war im selben Moment verflogen, als der König seinen Blick auf ihn richtete. Bis eben noch hatte Sam geglaubt, er würde die Rolle des Wächters Hârun tragen wie ein fremdes Kleidungsstück. Etwas, das er überwarf, ohne dass ihn die falsche Identität verändern würde. Doch nun fühlte er eine seltsame Verbundenheit zu dem König Mythias in sich aufsteigen und ein ungewohntes Gefühl darüber, dass er die Uniform des Palastes trug: Stolz.

»Wie heißt du?« Die Stimme des Weißen Königs war sanft und fordernd. Ernst und nachsichtig. Sams eigener Vater hatte nie so geklungen.

»Hârun, Herr.« Sam warf der Beraterin des Weißen Königs einen schnellen Blick zu. *Mann mit dem falschen Namen.* Die Lüge schmeckte bitter auf der Zunge, und Sam gefiel es nicht, den König betrügen zu müssen. *Reiß dich zusammen,* wies er sich selbst zurecht. *Du hast ihm sogar sein verdammtes Krönungsei gestohlen. Was macht dir da ein falscher Name aus?*

»Erzähle, was geschehen ist. Wieso lebst du, während der zweite Wächter des Marduk-Tores tot ist?«

Sam hatte mit der Frage gerechnet und sich die passenden Worte längst zurechtgelegt. Sie waren nichts als die Wahrheit. Zumindest der Anfang. *Die Wahrheit ist die stärkste Lüge*, hatte ihm sein Vater beigebracht. Sam war selbst immer wieder erstaunt, wie viel leichter die Menschen Lügen schluckten, wenn sie zunächst von der Wahrheit gekostet hatten. Als würde sie den fauligen Geschmack des Betrugs überdecken. Also erzählte er von Odalrics Suche nach einem Nachtmahl, von den Schreien in der Dunkelheit, seiner Entscheidung, das Tor zu verlassen. Alles stimmte, bis zu dem Moment, da er die geflügelte Frau gesehen hatte. »Der Mann, den ich in der ersten Halle in Paramythia entdeckt habe, Herr, war ein geübter Kämpfer«, begann er das Netz aus Lügen zu knüpfen. Unwillkürlich erinnerte er sich an den Wächter des Hofjuweliers und fügte der Lüge ein wenig Wahrheit bei. »Die Haut schwarz, der Wuchs immens. Wir rangen miteinander, dann floh er hinauf in den Palast. Ich habe ihn verfolgt, doch er ist mir entkommen.«

Stille. Anklagend oder nachdenklich? Sam wusste es nicht. Er hatte sein Gesicht im Lauf der Jahre darin geübt, Unschuld zu zeigen. Es ließ ihn auch jetzt nicht im Stich. Dennoch fühlte er sich unter dem Blick des Königs und seiner Beraterin wie ein Kind, das versuchte, seine Eltern hinters Licht zu führen. Was sich unter dem Helm Assasils abspielte, vermochte er nicht zu sagen.

»Wieso bist du oben gewesen?« Sabah hatte den Kopf schräg gelegt, während sie Sam musterte.

Verdammt, schoss es ihm durch den Kopf. Woher wusste sie, wo er gewesen war? Er war sich sicher, dass ihn niemand gesehen hatte. *Zeit für noch mehr Lügen,* dachte er. »Ich habe befürchtet, der Angreifer sei hinauf in die oberen Stockwerke gelaufen, um den König zu töten.«

Sabah zog die makellose Stirn kraus. »Ein Einbrecher tötet in Paramythia, um anschließend den König anzugreifen?«

Ehe Sam eine Antwort auf die Frage finden konnte, trat Assasil einen Schritt vor. »Warum hast du keinen Alarm geschlagen?« Die Stimme wurde durch den Helm so weit verzerrt, dass sie beinahe ebenso unmenschlich klang wie das Krächzen der geflügelten Frauen.

»Ich habe einer Dienerin aufgetragen, Hilfe zu holen, ehe ich hinaufgerannt bin, Herr.«

»Du sagst, er war schwarz«, fuhr Assasil fort. »Ein Kämpfer aus Kusch?«

Kusch. Das Land jenseits des Kataluna-Gebirges befand sich offiziell im Krieg mit Mythia. Die beiden Reiche kämpften um den Besitz der Wüste, die zwischen ihnen lag. Um eine endlose Einöde, die keinen Wert besaß. Und doch reichte das vertrocknete Land aus, Blut zu fordern, als wollte es sich damit tränken. Sam wusste nicht, wann zum ersten Mal Truppen aufeinandergetroffen waren, um zu entscheiden, wer die Wüste sein Eigen nennen durfte. Beim bislang letzten Mal war er noch ein Kind gewesen. Er wusste noch, wie er mit den anderen Jungen jubelnd durch die Straßen gelaufen war, als Mythia die Schlacht gewonnen hatte.

»Ja, Herr«, antwortete Sam. »Ich denke, er stammte von dort.« Es gab einige Männer aus Kusch in Mythia. Ehemalige Soldaten. Einige büßten seit zwanzig Jahren als Sklaven dafür, dass sie für ihren König in die Schlacht gezogen waren. Andere hatten mehr Glück gehabt und waren frei geblieben. Sie verdienten ihr Geld als persönliche Wächter. Warum sollte sich nicht einer der Sklaven befreit und versucht haben, den Weißen König zu töten?

Assasil nickte andeutungsweise, während sich Sabah zum Weißen König hinabbeugte. Die beiden flüsterten einen Moment miteinander. Dann richtete der Weiße König wieder den Blick auf Sam. »Du bist entlassen. Dank dir wissen wir nun, wer hinter dem Angriff steckt.«

Sams Blick zuckte zwischen dem Weißen König und seiner Beraterin hin und her, und ein ungutes Gefühl stieg in ihm auf. »Herr«, sagte er, »verzeiht mir die Frage, doch was werdet Ihr tun?«

Statt des Weißen Königs antwortete Sabah. »Zur Strafe, dass einer von ihnen Blut in diesem Palast vergossen hat, werden wir die Sklaven aus Kusch zusammentreiben und nach Hause schicken.«

»Herrin?« Sam verstand nicht, was sie meinte. Nach Hause geschickt zu werden war kaum eine Strafe. Das ungute Gefühl, das in seinem Magen rumorte, wurde stärker.

»Sie dürfen Mythia verlassen.« Sabah verzog keine Miene, ihr Gesicht wurde dennoch hart. »Zu Fuß. Ohne Wasser. Und aneinander gekettet.«

Sam schluckte die Worte hinunter, die ihm auf die Zunge sprangen. Die armen Hunde erwartete nichts als der Tod. Sie alle. Einige könnten es vielleicht tatsächlich schaffen, sofern sie unterwegs ein Wasserloch fanden. Doch ein paar würden unterwegs auf jeden Fall sterben … und aneinander gekettet würden sie die anderen mit in den Tod ziehen. Wenn erst einer starb, dann ein zweiter, dann ein dritter … Am Anfang würden die Lebenden die Toten noch tragen können. Doch irgendwann würde die Last zu schwer werden. Der Weiße König und seine Beraterin hatten soeben das Todesurteil für Dutzende Männer unterzeichnet. *Und du hast es geschrieben, Sam.* Die Schuld ließ sein Herz schwer werden, als füllte es sich mit Blei und er bekam für einen Moment kaum Luft. Sam hatte gelogen. Doch was hätte er anderes tun sollen? Sagen, dass er zwei geflügelte Frauen bis zum Turm verfolgt hatte, ehe sie davongeflogen waren und eine der Dienerinnen mitgenommen hatten, die ihre Sprache beherrschte?

Nein. Der Weiße König hätte ihn für einen Lügner gehalten oder für einen Verrückten und am Ende ihn der Morde bezichtigt. *Und*, fragte er sich, *erleichtert das deine Schuld?* Er überlegte, ob er behaupten sollte, den Täter doch nicht richtig erkannt zu haben, aber die Lüge war bereits ausgesprochen und das Netz gesponnen. Auf zahllose Unschuldige wartete nun der Tod. Na ja, vielleicht war es besser für die Männer, als bis in alle Ewigkeit ein Sklavendasein fristen zu müssen. *Ja, Sam, rede es dir nur schön. Du hast ihnen den Tod gebracht. Sollen sie dir etwa dafür danken?*

Er verbeugte sich und ging so rasch aus dem Thronsaal, wie es die Höflichkeit erlaubte. Er glaubte den Blick der Beraterin auf seinem Rücken zu spüren. Doch als er sich am Tor noch einmal umwandte, sah er niemanden mehr auf dem Podest.

Sam glaubte, in dem prächtigen Palast endgültig ersticken zu müssen. Er brauchte frische Luft. Mühsam verdrängte er den Gedanken an die zum Tode Verurteilten und versuchte sich darüber klar zu werden, was für Geschöpfen er gefolgt war. Er konnte noch immer nicht fassen, was er gesehen hatte. Geflügelte Wesen gab es nur in Geschichten. Doch die Spuren ihrer Krallen trug er nur allzu deutlich auf den Schultern. *Glaub also lieber daran, Sam.*

Die Sonne, die ihm ins Gesicht schien, als er durch das Palasttor hinaustrat, war warm, und in ihrem Licht verblassten alle dunklen Erinnerungen. Der Palast von Mythia thronte inmitten eines weiten Meeres aus Straßen und Gassen. Der helle Sandstein, aus dem er gemacht war, leuchtete im Morgenlicht. Vier Türme an seinen Ecken und einer in der Mitte ließen das Gebäude wie eine gigantische Krone wirken, die so hoch in den Himmel wuchs, dass sich kein anderes Bauwerk der Stadt mit ihr messen konnte. Sam sah zu dem Turm hinauf, den er gestern Nacht bestiegen hatte. Wohin waren die Asfura geflohen? Waren sie noch in der Stadt oder hatten sie längst das Weite gesucht? Nun, eine von ihnen war verletzt. Und sie hatten die Dienerin mit sich genommen. Vielleicht befanden sie sich noch irgendwo in Mythia.

Hoffnung keimte in Sam auf. Er wollte aufdecken, was es mit den Vogelfrauen auf sich hatte. Und wer weiß, wenn er sie fand, gelang es ihm vielleicht sogar, die Sklaven zu retten. Dazu aber brauchte er eine Spur. Und es gab nicht viele, die nachts unterwegs waren und aufmerksam beobachteten, was um sie herum geschah. Sam verzog das Gesicht, als ihm klar wurde, wo er seine Suche beginnen musste.

In Geschichten hieß es stets, diejenigen, die sich jenseits des Gesetzes bewegten, würden die Dunkelheit suchen. Sich in den Teilen der Stadt verbergen, die der Kontrolle des Königs längst entglitten waren. Das mochte vielleicht für die zutreffen, die zum Fußvolk gehörten. Die vielen Namenlosen, die ihren Herren, den Anführern der Diebe und Mörder, Reichtum bescherten. Doch Sam wusste, dass die, die wirkliche Macht hatten, das Licht suchten. Jeder sollte sehen, wie viel die großen Herrscher der Rechtlosen besaßen. Es war ein Spiel mit dem Feuer, doch die Fürsten der Straße, wie sich die Anführer der Gesetzlosen nannten, spielten es nur allzu gern.

Sams Weg führte ihn nicht allzu weit fort vom Palast. Vier Straßen liefen auf den kreisrunden Platz zu, auf dem der Palast stand. Sam folgte einer der breiten Alleen, die zu beiden Seiten von mächtigen Akazien gesäumt war. Das Licht des Tages drang nur schwerfällig durch das dichte Blätterdach und warf gesprenkelte Schatten auf die Straße. Die Stadt war bereits zum vollen Leben erwacht. In den Küchen der hochherrschaftlichen Anwesen wurde das Mittagessen vorbereitet. Der Duft von gebratenem Fleisch mischte sich in die Luft. Sam hörte seinen Magen knurren und war froh, als er in das Marktviertel der Stadt kam. Hier fand er einen der Jungen, die Brot verkauften, das ihre Mütter noch vor Anbruch des Tages gebacken hatten, und zählte ihm zwei Münzen in die schmutzige Hand. Das Fladenbrot, das er dafür bekam, erinnerte ihn an jenes, das seine eigene Mutter ihm früher gemacht hatte. Wie seltsam, dass man sich so viel besser an die Gerüche und Geschmäcker der Kindheit erinnerte als an die, die man als Erwachsener kennenlernte.

Die Taverne, in der Sam hoffte, fündig zu werden, befand sich in der Nähe eines der größten Marktplätze der Stadt. Die Menschen, die hier einkauften, zahlten gerne mehr dafür, dass sie unter ihresgleichen blieben.

Den Mann, den Sam suchte, fand er draußen vor der Taverne sitzend, am größten der Tische, die der Wirt aufgestellt hatte. Sam betrachtete ihn für einen Moment. Das schwarze Leder, aus dem seine Hose gemacht war, glänzte, als sei es aus der Nacht selbst geschnitten worden. Und das Hemd, das er trug, war so rot wie die Sonne am Abend. Majid sah darin aus wie ein Pirat, und er hielt Hof, als sei er ein Graf. So zumindest nannte er es, wenn er sich morgens die Berichte der Diebe anhörte, die von den Raubzügen der vergangenen Nacht erzählten, und notierte, was sie erbeutet hatten. In der Akribie, mit der er festhielt, was alles den Besitzer gewechselt hatte, konnte er es mit den Steuereintreibern des Weißen Königs aufnehmen. Es war nicht schwer, ihm den Dieb anzusehen. Doch solange er nur vor der Taverne saß und Kaffee trank, gab es keinen Grund, ihn festzunehmen. Majid machte sich keine Sorgen. Er genoss es geradezu, sich offen zu präsentieren und so zu tun, als sei er unschuldig wie ein Kind.

Majid war einige Jahre älter als Sam, und für ihn immer so etwas wie ein großer Bruder gewesen. *Und nicht nur für dich, Sam*, dachte er, während er sich zwischen einem Gemüsestand und dem Verkäufer von polierten Töpfen und Pfannen seinen Weg bahnte. Einige Leute drehten sich empört zu ihm um, als Sam sie anrempelte. Doch ein Blick auf die scharlachrote Uniform genügte, und sie wandten sich wieder ab.

Der hagere Mann, der mit Majid ins Gespräch vertieft war, zuckte nur unmerklich, als er Sam aus dem Augenwinkel bemerkte. Der alte Isembart war eine Legende unter den Dieben und so alt, dass viele glaubten, er habe im Lauf seiner Karriere irgendwo einmal ein Lebenselixier mitgehen lassen. Tatsächlich war es ungewöhnlich, dass Männer, die das Ende ihres Lebens bereits fest im Blick hatten, noch immer Nacht für Nacht in die Häuser der Stadt einstiegen. Die meisten setzten sich irgendwann zur Ruhe. Oder fanden ein Plätzchen in den Kerkern Mythias. Isembart aber konnte das Stehlen offenbar einfach nicht lassen. Er stand auf, ehe Sam den Tisch erreichte, und verschwand so elegant wie ein Fisch zwischen Wasserpflanzen im Strom der Menschen, die an Majids Tisch vorbeizogen. Selbst Sams geschultes Auge hätte beinahe übersehen, dass er einem hochmütig dreinblickenden Mann dabei die Geldbörse aus der Jackentasche zog.

»Samir, der verlorene Sohn.« Majid grinste ihn an und musterte ihn von oben bis unten. Immer dieser tadelnde Tonfall. Als müsste er noch immer auf ihn aufpassen, so wie er es während ihrer Kindheit getan hatte. »Das sind also deine neuen Kleider. Ein Scharlachroter. Die Farbe steht dir nicht. Sie macht dick und lässt dich träge aussehen.«

Sam erwiderte nichts und setzte sich neben seinen Cousin. Einen Moment sahen sie beide den Menschen zu, die sich an den Marktständen entlangschoben.

»Ich hätte nicht gedacht, dass wir uns schon so bald wiedersehen«, brach Majid schließlich die Stille. »Die knappe Nachricht, die dein Bote mir gestern Nacht gebracht hat, klang nicht danach.«

»Die Pläne haben sich geändert.«

Majid nippte an seinem Kaffee und strich sich lässig das lange Haar aus der Stirn, das so schwarz war wie das Gefieder einer Krähe. Alle Männer in der Familie von Sams Vater besaßen pechschwarzes Harr. »Du hast dich gut versteckt. Normalerweise kriege ich alles heraus. Doch keines der Augen und keines der Ohren, die für die Ikariq sehen und hören, haben dich wahrgenommen.«

Ikariq. In der Sprache der Wüstenstämme bedeutete das Wort *die Elstern*. Sehr passend. Die Diebe, die sich unter dem Wappen der Elstern zusammengefunden hatten, galten als die erfolgreichsten der Stadt. Und als die zufriedensten. Sams Vater Vicente hatte seiner verstorbenen Frau zuliebe einen Wüstennamen für seine Organisation gewählt. Er hatte schon immer gewusst, wie er andere für sich einnehmen konnte. Vicente hatte schon mehr als einen Mann, der sich hatte fangen lassen, mit Hilfe der nötigen Bestechungssumme aus dem Kerker befreit. Die Männer liebten ihren Fürsten dafür, auch wenn der Gerettete zur Wiedergutmachung anschließend das Doppelte für Vicente erbeuten musste.

»Ich brauche etwas von dir«, sagte Sam und sah seinem Cousin dabei zu, wie er einer Blumenverkäuferin, die er an ihren Tisch gewunken hatte, mit seinem charmantesten Lächeln eine Tulpe abkaufte. Sie sah nicht einmal auf die glänzende Münze, die er ihr in die schwielige Hand drückte und die sicher mehr wert war als der ganze Bund Blumen, den sie hielt. Ihr Blick war einzig auf Majids gepflegte Zähne gerichtet, die wie Perlen in der Sonne glänzten. Eitelkeit war unter Dieben nur allzu verbreitet.

»Ich hoffe, Sie erlauben mir, dass ich Ihnen diese Blume als Erinnerung an mich schenke«, sagte er so schmeichelnd, als wollte er ihr gleich einen Antrag machen. »Sie sollten eine davon für sich selbst haben, auch wenn sie es nicht mit Ihrer

Schönheit aufnehmen kann, die, wenn ich das sagen darf, makellos ist.«

Die junge Frau, die kaum zwanzig Jahre alt sein konnte, kicherte wie ein kleines Mädchen und steckte sich die Tulpe in den Ausschnitt. Sie warf Majid einen langen Blick zu, ehe sie wieder in der Menge verschwand.

»Was könnte eines der Königskätzchen von einem einfachen, unbescholtenen Mann wollen?«, fragte Majid, während er der Blumenverkäuferin nachsah.

Ein Königskätzchen. Die Diebe Mythias hatten den Wächtern der Stadt den Namen verpasst, da diese sich die Löwen des Königs nannten. Früher hatte Sam darüber gelacht, auf der eigenen Haut aber fühlte sich der Name unerwartet schlecht an. »Unbescholten? Sitze ich neben dem Falschen? Ich dachte immer, für den zweiten Mann bei den Ikariq wäre *unbescholten* ein Schimpfwort.«

Majids Mund verzog sich kurz zu einem Lächeln, dann wurde Sams Cousin plötzlich ernst. »So gerne ich der zweite Mann bin, Vicente hätte lieber dich an seiner Seite gesehen. Ich kann es verstehen. Ihr seid nun beide allein und …«

»Jeder trifft seine Entscheidungen«, schnitt Sam ihm das Wort ab. »Und muss mit ihnen leben. Gestern Nacht ist … *jemand* in die Bücherstadt eingebrochen.«

»Paramythia? Verbringst du nun dort deine Zeit? Nein, das war keiner von uns«, sagte Majid und runzelte die Stirn. »Du kennst unsere Männer.«

»Ja, ich kenne sie. Und ich weiß, dass es keiner von ihnen war. Jemand hat getötet. Und ist geflohen. Ich muss ihn finden.«

Majid betrachtete Sam eine Weile schweigend. »Es ist etwas Persönliches. Ich spüre das. Was treibt dich an? Hat der, den du suchst, jemanden getötet, den du kanntest?«

»Sie waren zu zweit«, sagte Sam. »Und ich kannte die Toten

kaum. Aber du hast dennoch recht. Es ist persönlich. Hast du etwas gehört? Hat jemand etwas Ungewöhnliches gesehen in der letzten Nacht?«

Majid trank den letzten Schluck seines Kaffees und erhob sich. »Drei unserer Männer scheinen tatsächlich etwas … Ungewöhnliches gesehen zu haben. Schatten in der Luft, zu groß für Vögel, die irgendwo in der Universität niedergegangen sind. Ich habe angenommen, dass es ein betrunkenes Hirngespinst war. Sollte ich mir deswegen Sorgen machen?«

Sam sah ihn an. *Mehr als du dir vorstellen kannst*, dachte er bei sich. Doch er schüttelte nur den Kopf. »Danke«, sagte er.

Majid machte Anstalten, in der Menge zu verschwinden. Dann aber hielt er inne. »Wenn du willst, kann ich Vicente etwas ausrichten.«

Sam wollte schon verneinen, doch dann nickte er. »Sag ihm, ich werde ihn festnehmen, wenn ich ihn das nächste Mal sehe. Ich bin nun ein Königskätzchen.«

Majid setzte ein spöttisches Lächeln auf. »Ein Königskätzchen? Du bist ein Dieb, Sam. Und du wirst es immer bleiben.« Damit verschwand er in der Menge.

Sam sah ihm nach. Immer ein Dieb. *Nein*, dachte er und schüttelte unwillkürlich den Kopf. Dieses Leben hatte er hinter sich gelassen. Er erhob sich und tauchte ebenfalls in den Strom der Menschen ein. Die Universität. Der Weg dorthin würde ihn durch die halbe Stadt führen. Bevor er aber losgehen konnte, musste er zurück zum Palast und sich umziehen. Das Scharlachrot der Wache würde in Mythias berühmtem Hort des Wissens zu viele Fragen nach sich ziehen.

Als Sam eine halbe Stunde später aus dem Seiteneingang des Palastes trat, den die Soldaten und Bediensteten nutzen, wunderte er sich, wie fremd sich seine alten Kleider anfühlten. Kaum hatte er die Rolle eines Scharlachroten angenommen, schien er sein altes Leben vergessen zu haben. *Du bist ein Dieb, Sam. Und du wirst es immer bleiben.* Nun, Majid hatte sich in diesem Punkt geirrt. Sam war offenbar schon mehr Wächter, als er es selbst geglaubt hatte. Er entschied sich, eine der Kutschen zu nehmen, deren Fahrer an der Seite des Palastes auf reiche oder einflussreiche Kunden lauerten wie Aasgeier auf ein verwundetes Tier. Der Kutscher sah Sam wenig erfreut an, als er sich in den offenen Wagen setzte. Sam konnte es ihm nicht verübeln. Die Sachen, die er trug, waren so einfach, dass er mit ihnen nicht weiter auffiel. Außer in einer Kutsche, die normalerweise Gäste des Weißen Königs beförderte.

»Zur Universität«, sagte er knapp.

Der Kutscher reagierte nicht und erst, als er dem Mann eine Silbermünze vor die Nase hielt, verwandelte sich dessen abweisende Miene in einen Ausdruck von Gier und Eilfertigkeit.

Auch mit der Kutsche nahm der Weg eine gute Stunde in Anspruch. Die Universität lag am anderen Ende der Stadt, und die Straßen in Mythia waren fast überall zu eng für mehr als zwei Kutschen, sodass sich die vielen Gefährte bereits bei dem geringsten Hindernis stauten.

Sam nutzte die Zeit, um die Augen zu schließen, und es gelang ihm tatsächlich, ein wenig zu schlafen. Kein Wunder, als Dieb hatte er sich viele Nächte um die Ohren geschlagen, und sein Körper war daran gewöhnt, immer dann zu ruhen, wenn sich die Gelegenheit dazu ergab. Als Sam die Augen wieder öffnete, erhob sich vor ihm bereits der hohe, baufällige Uhrenturm, der aus dem Herzen der Universität wuchs. Sam ließ den Kutscher halten und brachte die letzten Meter zu Fuß hinter sich.

Er hatte nie eine Schule von innen gesehen, geschweige denn die Universität, die allein den verzogenen Sprösslingen reicher Eltern vorbehalten war. Die Sandsteinmauer, die das weitläufige Gelände umspannte, war nicht einmal ansatzweise hoch genug, um einen Dieb aufzuhalten. Sam erkannte ohne Mühe wenigstens fünf Stellen, die sich eigneten, um an ihr emporzuklettern. Doch es war bald Mittagszeit, und aus dem großen Tor, hinter dem der Universitätsgarten und die Gebäude lagen, strömten bereits Studenten und Lehrende, vermutlich auf dem Weg zu einer der Tavernen, die die Straßen im Universitätsviertel säumten. Zu viele Augen, um unbemerkt einzubrechen. Aber gerade genug Leiber, um ihn zu decken, wenn er die Universität durch das Tor betrat. Sam wartete und schloss sich der ersten Gruppe an, die ihr Mittagessen wohl bereits beendet hatte. Acht junge Männer, die in schwarzen, hochgeschlossenen Anzügen hinter einem alten Mann hertrabten. Der Andacht nach zu urteilen, mit der sie an seinen Lippen hingen, war er vermutlich ihr Professor. Sie sahen aus wie eine Gruppe schwarzer Käfer. Sam hängte sich an sie dran und sah zu, dass sich immer einer der Käfer zwischen ihm und den zwei betagten Universitätswächtern befand, die zu beiden Seiten des Tores Posten bezogen hatten.

Hinter dem Tor ließ er die Gruppe ziehen und sah sich um. Der Garten der Universität glich einem weitläufigen Park, umsäumt von hohen, roten Sandsteingebäuden. Sam folgte einem der Kieswege, der sich wie eine Schlange zwischen den Bäumen und Häusern entlangwand. Mehrmals musste er einer entgegenkommenden Gruppe von Studenten ausweichen, die ihn nicht einmal eines Blickes würdigten. Er ärgerte sich nur kurz über die Arroganz. Für einen Einbrecher gab es nichts Besseres, als unsichtbar zu bleiben, auch wenn er eigentlich kein Einbrecher mehr war.

Je länger Sam durch die Universität strich, desto törichter kam er sich vor. Es dämmerte inzwischen, und er hatte Stunden damit verbracht, sich überall umzusehen. Umsonst. Er hatte keine Spur der Angreiferinnen gefunden. Was hatte er auch erwartet? Dass die geflügelten Frauen hier herumspazierten oder in einem der Orangenbäume hockten, deren Blüten einen zarten Duft in die Luft des bald endenden Tages mischten? Sam hatte versucht, den Unterhaltungen der Studenten ebenso zu lauschen wie denen der Bediensteten. Wenn einer von ihnen etwas Auffälliges gesehen hatte, würde darüber gesprochen werden. Doch es schien nichts Interessanteres zu geben als die anstehende Ernennung eines neuen Dekans für Rechtswissenschaften und die Gerüchte über eine außereheliche Schwangerschaft der Frau des Professors für Medizin.

Sam wollte sich gerade wieder auf den Weg zum Tor machen und zum Palast zurückkehren, als er plötzlich innehielt. Die junge Frau, die mit schnellen Schritten den Kiesweg entlanglief und sich die braunen Haare aus der Stirn strich, erregte seine Aufmerksamkeit. Sie kam ihm nur vage bekannt vor … doch den Anhänger, den sie um den Hals trug, erkannte er wieder. Die silbernen Ranken schimmerten im Licht der bereits tiefstehenden Sonne. Hastig wandte er das Gesicht ab, als sie näherkam und an ihm vorbeilief. Er ging einige Schritte weiter, ohne die Richtung zu ändern oder anzuhalten, um sie nicht auf sich aufmerksam zu machen. Erst dann sah er sich nach ihr um. Die Frau verschwand in einem Gebäude, das direkt an den baufälligen Uhrenturm grenzte. Mit Ausnahme des kurzen Moments, als sie ihren Schleier für den Kuss gelüftet hatte, war ihr Gesicht in der vergangenen Nacht verhüllt gewesen. Und im Dunkeln hatte er auch ohne Schleier nicht viel gesehen. Doch der Anhänger war unverkennbar. Falls es nicht mehrere dieser Schmuckstücke gab. Nein, es konnte kein Zufall sein, dass Majid ihm von der Universität berichtet hatte und er hier einen Hinweis auf die geheimnisvolle Dienerin fand.

Sam eilte zu der Tür, die hinter der Frau zugefallen war. Einen Moment lang hielt er inne, bis er sicher war, dass sie sich im Innern weit genug entfernt hatte. Er würde schließlich doch noch einmal in seinem Leben einbrechen müssen, wenn er mehr erfahren wollte. Und wieder kamen ihm die Worte seines Cousins in den Sinn. *Du bist ein Dieb, Sam. Und du wirst es immer bleiben.*

Nun, zumindest heute würde Majid doch recht behalten.

6. VOM JÄGER ZUM GEJAGTEN

Sam folgte der Frau so leise er konnte in das Gebäude hinein. Den Namen, der auf einer kleinen angelaufenen Plakette neben der Tür zum Vorschein kam, als er sie mit seinem Ärmel rieb, ließ er sich von einem Bediensteten vorlesen, der an dem Turm vorbeikam. *Hakim ed-Din, Facultad de Filología, Universitat de Mythia.* Dieser Gelehrte war den Worten des Dieners nach ein Experte für Bücher und Sprache. Und er stammte aus einem der Wüstenreiche. Nicht sehr verwunderlich. Eine ganze Reihe der Wissenschaften, die es in Mythia zur Blüte gebracht hatten, fanden ihren Ursprung jenseits der Berge. Warum dies so war, wusste Sam nicht. Vielleicht wurde der menschliche Geist umso lebendiger, je lebloser die Welt war, die ihn umgab. Die Gelehrten der Wüste waren schon immer gern gesehene Gäste in Mythia gewesen. Ganz im Gegensatz zu denen, die in der Stadt des Weißen Königs Zuflucht suchten, um Krieg und Hunger zu entfliehen.

Der Steinboden des langen Gangs, auf den aus den angrenzenden Zimmern das tiefrote Abendlicht sickerte, machte leises Gehen selbst für Sam zur Herausforderung. Es gelang ihm nur mit Mühe, so zu laufen, dass seine Schritte nicht zu hören waren. Immer wieder hielt er inne und warf einen Blick in die angrenzenden Räume, um nach Menschen Ausschau zu halten. Oder nach Kreaturen, die es gar nicht geben durfte. Aber er konnte keine Spur von irgendjemandem ausmachen, gleich ob geflügelt oder nicht.

Das einzig Ungewöhnliche waren die Dinge, mit denen die Zimmer vollgestopft waren. Sam hätte glauben können, er sei in der Requisitenkammer des Teatro Real gelandet, des großen Theaters von Mythia. Zeichnungen von geflügelten Wesen, Männern wie Frauen, zierten die Wände eines Zimmers, das außerdem noch zahllose Vitrinen beherbergte. Die Geschöpfe auf den Bildern ähnelten nicht einmal im Ansatz denen, die Sam in der vergangenen Nacht begegnet waren. Er blickte muskulösen, ernst dreinblickenden Kreaturen entgegen, die, hätten sie keine Flügel am Rücken getragen, nicht von Menschen zu unterscheiden gewesen wären.

In den Vitrinen aus Holz in weiteren Räumen erkannte Sam einige seltsam aussehende Präparate. Von Neugier getrieben schlich er in eines der Zimmer und musterte die Stücke. Eine makabre Sammlung. Teile von Flügeln. Knochen, an die fein säuberlich armlange, graue Federn gesetzt worden waren. Spitze Krallen, die Sam nur allzu sehr an die erinnerten, die er auf seiner eigenen Haut gefühlt hatte. Unwillkürlich strich er sich über die Verletzungen an der Schulter, während er die nächste Vitrine inspizierte. Ein dunkles Horn wie von einem der Rhinozerosse, die südlich der Wüste lebten. Sam hatte einmal als Kind eines von ihnen aus der Nähe gesehen, als ein Zirkus die Stadt besucht hatte. Das bedauernswerte Geschöpf hatte die faszinierten Blicke der Menschen mit müden Augen erwidert und seinen plumpen Leib in dem engen Käfig träge hin und her geschoben. Das Horn, das hier hinter Glas lag, war dem des gefangenen Tieres zwar ähnlich. Doch es war schwarz und viel länger, wenn Sams Erinnerung ihn nicht trog.

Er entdeckte noch mehrere ungewöhnliche Dinge, während er von einer Vitrine zur nächsten ging. Hufe, die denen von Pferden glichen, aber die viel schmaler waren. Geschuppte Hautfetzen, die im Licht der Abendsonne wie Perlmutt schimmerten. Und Bruchstücke einer Papierseite, deren Buchstaben keinen von denen ähnelten, die Sam in Mythia je gesehen hatte.

Sam trat wieder auf den leeren Gang hinaus und schlich hastig weiter. Dabei blickte er vorsichtig in die übrigen Zimmer, die allesamt verwaist waren. Er sah auch in ihnen Vitrinen, doch er widerstand der Versuchung, sie zu betrachten, und fuhr mit der Suche nach der Frau fort. Allein sie konnte ihn zu den geflügelten Frauen führen oder ihm zumindest erklären, was es mit ihnen auf sich hatte.

Der letzte Raum am Ende des Ganges war größer als die anderen und so hoch, dass die Decke nicht zu erkennen war. Dies musste der Fuß des baufälligen Uhrenturms sein. Sam sah hinauf, doch sein Blick verlor sich in der Dunkelheit. Dann musterte er den Raum. Ein Halbrund von Stühlen zog sich über drei Wände. An der vierten, die ihm gegenüberlag, hing eine große Tafel, und neben ihr führte eine Tür in einen weiteren Raum. In der Mitte stand ein Tisch.

Zu seiner Rechten führte eine Steintreppe hinauf zu einer Art metallenen Galerie, die von einer kunstvollen Balustrade gesäumt wurde und etwa auf Höhe des ersten Stocks lag. Von dort schlängelte sie sich an der Wand entlang weiter in die Höhe, bis sie sich schließlich in der Finsternis unter dem Turmdach verlor. Auf der Galerie standen Bücherregale. Gegen den Reichtum Paramythias schienen sie ärmlich, doch einige Tausend Bände mussten auch hier aufgereiht sein.

Die Tür neben der Tafel war nur angelehnt. Für einen Moment überlegte Sam, ob er einen Blick hindurch werfen sollte. Doch dann wurde auf der anderen Seite der Tür ein Licht entzündet. Sam konnte gedämpfte Stimmen hören. Er hielt inne. Sollte er wieder gehen? Es war bereits spät. Wenn er pünktlich zum Dienst erscheinen wollte, musste er sich ohnehin bald auf den Weg machen. Er könnte morgen wiederkommen und weiter nach Hinweisen suchen. Doch womöglich würde er dann keine mehr finden. Vielleicht hatte die Frau die Asfura dann bereits aus der Stadt gebracht. Oder die geflügelten Wesen kehrten in den Palast und nach Paramythia zurück, falls sie noch zu beenden hatten, wobei Sam sie gestört hatte. Zu viele Möglichkeiten. Nein, er musste mehr herausfinden.

Kurzentschlossen schlich Sam zu der Treppe, atmete tief durch und stieg lautlos empor. Jeder Diebstahl, jeder Einbruch wurde stets begleitet von der Angst, entdeckt zu werden. Sie war wie ein Gift, das in Maßen genossen ebenso berauschend war wie der stärkste Wein in Mythias Tavernen. Sam hatte zu den Dieben gehört, die es liebten, das eigene Herz schneller schlagen zu hören und die Sinne geschärft zu wissen. In diesen Momenten konnte er besser hören und sehen als jemals sonst. Die Aufregung legte sich wie ein vertrauter Mantel um ihn, während Sam auf der Galerie nach Deckung Ausschau hielt. Er fand sie hinter einer Leiter, die dazu diente, die Bücher zu erreichen, die zuoberst in den Regalen standen. Nur einen Moment später wurden die Stimmen im Nebenraum lauter. Sam sah zwei Menschen durch die gegenüberliegende Tür treten, wobei sie eine dritte Gestalt zwischen sich stützten. Samirs Herz setzte einen Schlag aus, als er erkannte, wem sie da halfen. Ein dürrer Leib und Flügel aus grauen Federn.

Sam erkannte die Dienerin sofort wieder, doch den in schwarzen Samt gekleideten alten Mann an ihrer Seite hatte er noch nie gesehen. Er mochte einmal sehr groß gewesen sein, doch die Jahre hatten ihn in sich zusammensinken lassen. Der gepflegte volle Bart des Alten hatte fast die gleiche Farbe wie die Federn der Asfura. Sein Haar aber wuchs auf seinem Kopf so spärlich wie Kükenflaum. Er schien den Ausdruck einer ständigen Frage im Gesicht zu tragen, und die Stirn war so tief gerunzelt, als hätte ihm das viele Nachdenken ein Muster in die Haut getrieben. Auf der Nase balancierte er eine runde Brille. Offenbar fiel sie ihm öfter einmal herunter, denn er hatte sie an eine dünne Schnur gebunden, die er um den Hals trug. Die Frau und er führten die Asfura zu dem Tisch in der Mitte des Raums.

»… hat mir nicht mehr gegeben«, hörte Sam sie sagen. »Er wurde schon misstrauisch und fragte, wozu ich denn so viel Alraunen, Mohn und Bilsenkraut bräuchte.«

Der Alte brummte zur Erwiderung etwas, das Sam nicht verstehen konnte.

»Wir sind keine Ärzte«, sagte die Dienerin darauf und hielt der Vogelfrau den Kopf, während diese sich auf den Tisch legte.

»Ich kann auch keinen holen, oder?«, meinte der Alte nun so laut, dass Sam ihn verstehen konnte.

Die beiden beugten sich über den Tisch. Sam schob sich vorsichtig hinter der Leiter hervor und beugte sich über die Balustrade der Galerie.

Der Alte richtete das Licht der Lampe, die er trug, auf das Bein der geflügelten Frau. Eine der krallenbewehrten Hände der Asfura war bandagiert, und ein Verband, dunkel vor Blut, war um ihren Oberschenkel gebunden. Feuer und eine Klinge. Mit beidem hatte Sam sie verletzt.

Der Mann reichte die Lampe der jungen Frau und griff nach der Schere auf dem Tisch. Vorsichtig löste er die Verbandsschichten und hielt jedes Mal inne, wenn seine Patientin ein drohendes Grollen hören ließ. Schließlich hatte er den Verband entfernt. Die Wunde war von der Galerie aus schlecht zu erkennen, doch Sam sah dennoch das Blut, das hervorquoll. Vermutlich hatte jemand das abgebrochene Papiermesser entfernt und so erst die Blutung in Gang gesetzt. Ein Fehler, der nur allzu oft begangen wurde. Der Fremdkörper verschloss die herbeigeführte Verletzung meist so gut, dass man ihn besser im Fleisch ließ, bis ein Arzt greifbar war, der die anschließende Blutung auch wieder stillen konnte. Die Ikariq beschäftigten für solche Fälle gleich zwei Mediziner. Je einer für die beiden häufigsten Blessuren, die man als Dieb davontrug. Der eine verstand sich ausnehmend gut darauf, gebrochene Glieder zu richten und zu schienen, der andere war ein Künstler mit Nadel und Faden. Doch welchen Arzt hätten der Alte und die Frau rufen sollen? Irgendwann mussten sie die Klinge herausziehen.

»Wir sollten die Wunde nähen«, hörte Sam die Frau sagen.

Sam konnte das Gesicht des Mannes nicht sehen, doch seine Stimme verriet, wie erschrocken er über die Worte war. »Himmel, du hast es selbst gesagt. Wir sind beide keine Ärzte. Wer sollte es tun?«

»Ich.« Die Stimme der Frau war weitaus fester als seine, auch wenn sie die eigene Unsicherheit nicht ganz verbergen konnte. »Ich habe Nadel und Faden besorgt. Und etwas, um die Asfura zu beruhigen.«

Sam wusste nicht, was die geflügelte Frau von all dem verstanden hatte. Doch nun schnellte die unverletzte Hand vor und packte den Hals des Alten, der sich in ihrem Griff wand wie eine Maus zwischen den Krallen einer Katze. Sie zog ihn zu sich und krächzte ihm einige heisere Worte in einer fremden Sprache entgegen. Der Alte war zu sehr mit den Krallen um seinen Hals beschäftigt, um zu antworten, doch die Frau erwiderte etwas in Worten, die denen der Kreatur glichen, und die Hand entließ den Alten.

Während dieser hastig einige Schritte zurückstolperte, ging die Dienerin durch die Tür und kehrte kurz darauf mit einer Schale zurück. Sie beugte sich zu der geflügelten Frau hinab und schien auf sie einzureden. Dann strich sie ihr beinahe zärtlich über das strähnige Haar. Sam konnte es kaum glauben. Genauso gut hätte sie eine Löwin streicheln können. Sam konnte den Alten nun gut erkennen. Misstrauisch sah er zu, wie die Frau einen Lappen aus der Schale nahm und ihn der Kreatur über Mund und Nase legte. Sam hatte von dieser neuen Methode gehört, die Verletzten den Schmerz bei einer Operation ersparen sollte. Ein bestimmter Pflanzensud wurde auf diese

Weise inhaliert. Bei den Ikariq setzte der Arzt stattdessen die altbewährte Methode ein: hochprozentigen Alkohol.

Die Bewegungen der geflügelten Frau erschlafften bald. Die Dienerin zog nun Nadel und Faden hervor und machte sich an der Wunde zu schaffen.

Ein Lufthauch ließ Samir aufblicken. Eine lange graue Feder schwebte ihm direkt vor die Füße. Er runzelte die Stirn und bückte sich danach. Sie war so lang wie sein Unterarm und dennoch so leicht, dass er ihr Gewicht kaum in der Hand spürte. Wo kam sie …?

Sam wirbelte in dem Moment herum, in dem er auch schon das Klacken hörte. Krallen auf Metall. Er starrte in das Gesicht einer Asfura, die plötzlich neben ihm auf der Galerie stand. Ihre Flügel waren ausgebreitet. Graue Federn, die ihr aus dem Rücken wuchsen. Sie richtete einen Finger auf Sam und krächzte etwas.

Du hast die Schwester vergessen, Sam, schalt er sich. Er wusste nicht, woher sie so plötzlich gekommen war. Aber das war ihm in diesem Moment gleichgültig. Nur sein Überleben zählte. Er hatte schon von zu vielen toten Dieben gehört, die gezögert hatten, anstatt im rechten Moment alle Heimlichkeit aufzugeben und fortzulaufen. Er warf die Leiter, hinter der er sich zuvor verborgen hatte, dem Geschöpf entgegen und lief los.

Begleitet vom wütenden Krächzen der geflügelten Frau stolperte Sam die Treppe hinunter. *Sieh nicht nach hinten.* Eine der Weisheiten seines Vaters, die er jedem Dieb einbläute für den Fall, dass dieser fliehen musste. Man verlor nur Zeit. Sam sah sich weder nach der geflügelten Frau noch nach dem Alten, der Dienerin oder dem Geschöpf um, dessen Haut sie gerade zusammennähte. Er musste hinaus. Nur das zählte. Wenn er Glück hatte, würde es das Monster auf der Galerie nicht wagen, sich draußen offen zu zeigen.

Sam achtete nicht auf die Schreie hinter sich, als er aus der

Tür stürmte, durch die er gekommen war. Den Gang, den er eben noch in aller Vorsicht entlanggeschlichen war, rannte er nun so schnell hinunter, dass seine Schritte laut von den Wänden widerhallten. Hinter ihm ertönte das Klacken von Krallen.

Der Drang sich umzusehen war groß. *Sieh nach vorne, Sam*, sagte er sich. *Du weißt, was dich jagt.*

Die Nacht kündigte sich bereits an. Die Sonne war gerade untergegangen, und der Mond zeigte sich blass am Abendhimmel, halb verborgen hinter einigen Wolken. Er färbte den Kiesweg silbern. Nicht weit entfernt erstreckte sich eine breite Rasenfläche, das Gras kurzgeschnitten wie das Fell eines Schafs. Eine Gruppe Kastanien wuchs in ihrer Mitte, und unter den dichten Ästen sammelte sich die Dunkelheit, als würde die Nacht dort ihren Ursprung nehmen. Sam wusste nicht, wie gut die geflügelte Frau im Dunkeln sehen oder ihn wittern konnte. Doch unter freiem Himmel war er einer Gegnerin, die fliegen konnte, hoffnungslos unterlegen.

Sam hielt auf die Bäume zu. In sein Keuchen mischten sich das Schlagen von Schwingen und ein krächzender Ruf. Im ersten Moment glaubte Sam, er gelte ihm, doch dann wurde der Ruf dutzendfach erwidert.

Die Stimmen waren viel heller als die der Asfura, doch zusammen so bedrohlich, dass Sams wild schlagendes Herz für einen Moment stolperte. Vor ihm schienen die Bäume ihr Blätterkleid in den Himmel zu spucken. Doch was da plötzlich auf Sam zuhielt, waren keine Blätter, sondern Vögel. Dem Gekreische nach vermutlich ein Schwarm Finken, die überall in Mythias Bäumen nisteten. Der Abend färbte ihr sonst leuchtend grünes Gefieder dunkel, und ihr wütendes Gezwitscher erfüllte die Luft. Sam riss die Arme schützend vor das Gesicht, als die ersten ihn erreichten. Er fühlte Dutzende Schnäbel, klein und spitz, die nach ihm hackten. Das eigene Blut, das ihm warm über die Haut lief. Sam schlug einige von ihnen fort, doch es kamen immer mehr nach. Sam stolperte zur Seite, fort von den Bäumen und ihren gefiederten Wächtern. Kaum dass er die Richtung geändert hatte, ließen ihn die Vögel in Frieden. Offenbar waren sie einzig dazu gerufen worden, ihn unter freiem Himmel zu halten.

Er rannte schneller über das Gras, während die Nacht um ihn herum endgültig aufzog. Hinter sich vernahm er das Schlagen der Flügel nun deutlicher. Doch außer seiner Verfolgerin und dem Gezwitscher der Finken war nichts zu hören. In den dunklen Fenstern der Gebäude, die den Rasen säumten, spiegelte sich das fahle Mondlicht, und vor Sam ragte der große Schatten der Mauer auf. Das Tor war verschlossen, doch ein Regenfass stand nur wenige Schritte entfernt. Ein Sprung hinauf, ein weiterer über die Mauer und er wäre in Sicherheit. Die Asfura würde es nicht wagen, ihn in aller Öffentlichkeit zu jagen. Hoffentlich.

Der Rand des Fasses war so schmal, dass Sam beinahe abgerutscht wäre. Doch es gelang ihm, das Gleichgewicht zu halten, auf den Mauersims hinaufzuspringen und von dort auf die andere Seite. Für einige Augenblicke geriet er aus dem Tritt, und das rutschige Kopfsteinpflaster vor der Mauer ließ ihn beinahe stürzen. Der Platz, der sich vor der Universität von Mythia erstreckte, war wie ausgestorben. Doch nicht allzu weit entfernt begann das Viertel Ciutadella, dessen Straßen wie krumme Finger bis zum Hafen reichten und das selbst zu dieser Zeit so belebt war, dass die Stadtwächter dort umhergingen, um nach dem Rechten zu sehen. Wenn Sam bewaffnete Hilfe suchte, würde er sie dort finden. Sam erkannte die Lichter der Tabaginen wie nimmermüde Augen in der Nacht. Der direkte Weg führte über den Platz. Wenn er Glück hatte, konnte er …

Der Lufthauch unterbrach Sams Gedanken. Auch wenn er ihn kaum fühlte, reagierte er so instinktiv, als würde er jede Nacht vor einem geflügelten Monster flüchten. Die Krallen verfehlten ihn nur knapp, als Sam sich zur Seite warf. Blind schlug er nach dem Schatten, und seine Faust traf Federn und Haut. Er prallte hart auf den Boden auf und kam so hastig wieder auf die Beine, dass er einige Schritte über den Platz taumelte. Die geflügelte Frau rollte ebenfalls über das Pflaster. Sie hatte sich noch nicht wieder gefangen, als Sam bereits weiterrannte. Bis zum Ciutadella würde er es sicher nicht mehr schaffen, doch zu seiner Linken erhoben sich bereits die ersten Häuser, die den Platz an dieser Seite säumten. Hinter den dunklen Fenstern regte sich nichts, und die Nacht nistete sich immer tiefer in den engen Gassen ein. Sam hatte vor Jahren einmal einem Kaufmann, der am Ende der Straße wohnte, einen nächtlichen Besuch abgestattet. Und soweit er sich erinnerte, standen die Häuser dort so dicht beieinander, dass man sie nur zu Fuß oder auf dem Rücken eines Pferdes betreten konnte. Kutschen passten nicht hinein. Und Asfura mit ausgebreiteten Flügeln hoffentlich ebenfalls nicht.

Sam hatte die Gasse beinahe erreicht, als er wieder das Schlagen der Flügel hörte. *Schneller*, trieb er sich an. *Oder du endest wie eine Maus im Schnabel eines Falken.*

Sam trieb sich weiter an. Seine Füße flogen über das Kopfsteinpflaster, und mehr als einmal konnte er einen Sturz nur noch mit Glück verhindern. Das Geräusch wurde dennoch lauter. Der Mond goss Silber auf die Fassaden der Häuser, die steil vor ihm in die Höhe ragten. Nur noch wenige Schritte trennten Sam von der rettenden Gasse, als er die Krallen auf der Haut spürte. Er duckte sich, stolperte und fiel der Länge nach zwischen die Häuser. Panisch wandte er sich um, und zum ersten Mal wagte er es, nach seiner Verfolgerin zu sehen. Die Asfura passte tatsächlich nicht in die Gasse hinein. Nicht solange sie ihre Flügel ausgebreitet hatte. Stattdessen schoss sie nun kerzengerade in die Höhe, dem Nachthimmel entgegen. Sam blickte ihr für die Dauer eines Herzschlages nach, dann kam er wieder auf die Füße und rannte tiefer in die Gasse. In der Luft mochte sie im Vorteil sein, doch zu ebener Erde war er seiner Verfolgerin überlegen, ungelenk wie sie auf ihren Füßen war.

Soweit Sam erkennen konnte, verlief die schmale Straße krumm wie ein wilder Fluss, und die Häuser standen an einigen Stellen so eng beieinander, dass Sam sie zu beiden Seiten hätte berühren können, wenn er die Arme ausbreitete. Als er weiterging, fand das Mondlicht kaum noch einen Weg in die Gasse, und bald war es so finster, dass Sam nur mit Mühe die Hand vor Augen sehen konnte. Er war sich sicher, dass nicht einmal eine Eule ihn hätte erspähen können, und er hoffte, dass die Augen der geflügelten Frau nicht besser waren.

Während sich Sam vorwärts tastete, hatte er das erste Mal die Gelegenheit, über die Ereignisse in der Universität nachzudenken. Wer war dieser Hakim ed-Din, der den beiden Kreaturen und der jungen Frau half? Und woher war die Asfura gekommen, die Sam bis zur Gasse verfolgt hatte? Aus dem Turm? Nun, alle Antworten waren wertlos, solange es ihm nicht gelang, dem Wesen zu entwischen. Und dann? Vielleicht sollte er Assasil alles berichten und mit einem Dutzend Scharlachroter in den Uhrenturm zurückkehren. Doch zuerst musste er überhaupt einmal den Palast erreichen.

Ein Hund bellte irgendwo in der Ferne, und der Wind pfiff Sam entgegen. Doch von der Asfura hörte er nichts. Sam folgte dem gewundenen Weg, bis er in einiger Entfernung das Ende der Gasse erspähte. Lichter jenseits des Spalts, den die Häuser bildeten. Die Gasse führte, soweit er sich erinnerte, auf eine der größeren Straßen, die auch in der Nacht mit Laternen beleuchtet wurden. Von dort aus war es zwar immer noch ein weiter Weg bis zum Palast, doch ganz so schutzlos wie jetzt würde er dann nicht mehr sein. Zumindest, wenn die Asfura das Licht scheute.

Am Ende der Gasse drückte sich Sam gegen eine der Hauswände und spähte hinaus.

Die Straße, die vom Schein mehrerer Laternen erhellt war, lag still vor ihm. Von Wächtern war weit und breit nichts zu sehen. Doch die Schritte, die Sam aus einiger Entfernung hinter der nächsten Ecke zu hören glaubte, erinnerten ihn nur allzu sehr an das gelangweilte Schlurfen eines Soldaten, der wusste, dass er noch die ganze Nacht auf den einsamen Straßen auf und ab gehen musste. Sam sah sich noch einmal um und wollte gerade losgehen, als er etwas hinter sich hörte. Er wirbelte herum.

Und verfluchte sich dafür, dass er nicht nachgedacht hatte.

Warum schaust du zur Seite?, schalt er sich. *Sie ist ein verdammter Vogel.*

Der Schatten, der zwischen den Häusern in die Gasse fiel, stieß ein heiseres Krächzen in die Nacht und kam wenige Schritte von Sam entfernt so leichtfüßig auf der schmalen Gasse auf wie eine Katze. Die Flügel hatte die Verfolgerin angelegt. Ehe Sam reagieren konnte, stürzte sie sich mit gebleckten Zähnen auf ihn.

Sam wollte ins Licht springen, doch die geflügelte Frau war schneller. Sie packte Sam und schlug ihn mit ihren harten Krallen gegen den Kopf. Und die Dunkelheit, die sich nun um ihn legte, gebar nicht die Nacht, sondern seine Ohnmacht. Ein heiseres Krächzen drang noch undeutlich zu ihm durch, dann war um ihn nur noch Leere.

7. KEINE WAHL

Der Schmerz kam zuerst. Warum tat das Leben nur so oft so weh? Als gehörte der Schmerz so untrennbar zu ihm wie die zweite Seite einer Münze. Sams Bewusstsein kehrte nur widerwillig aus der Tiefe zurück, in die der Schlag der geflügelten Frau ihn geworfen hatte. In seinem Kopf drehte sich alles, obwohl er die Augen geschlossen hielt. Kein allzu gutes Zeichen. Doch wenigstens zeigte dies, dass er nicht tot war. Auch wenn Sam sich nicht sicher war, ob er den Tod den Schmerzen nicht vorziehen würde.

Die letzten Momente vor seiner erzwungenen Ohnmacht kamen ihm wie ein dunkler Traum vor. Die geflügelte Frau, die wie ein Falke vom Himmel zwischen die Häuser gefallen war. Der Schlag. Die Dunkelheit.

Um ihn herum erklangen Stimmen.

»Wir können froh sein, dass er noch lebt.«

Jemand sprach. Ein Mann. Seine Worte klangen angstgetränkt. Vielleicht jemand, der ihn gefunden hatte? Aber warum sollte er froh und gleichzeitig beinahe panisch sein?

»Er kann sich noch mehr freuen. Sie töten normalerweise.«

Eine Frau. Sie schien ärgerlich. Sam zwang seine Augen auf. Und bereute es sofort. Helles Lampenlicht blendete ihn und fachte den Schmerz in seinem Kopf an wie der Wind ein Feuer. Sam hörte sich selbst stöhnen, und die Stimmen um ihn erstarben.

Er fühlte eine Hand auf seinem pochenden Kopf. Etwas Kühles strich über seine Stirn, und der Schmerz nahm ein wenig ab. Sam unternahm einen zweiten Versuch, die Augen zu öffnen, und diesmal gelang es ihm, sie offen zu halten. Das Bild, das sich ihm zeigte, war so verschwommen, als blickte er durch milchiges Glas. Doch dann wurde es langsam klarer. Er war in einem großen Raum, dessen Wände er nicht erkennen konnte. Eine junge Frau beugte sich über ihn. Sie kam ihm vage bekannt vor. Natürlich, die Dienerin. Sie trug nun ihr blaues Gewand. Nur den Schleier hatte sie noch nicht vor das Gesicht gezogen. Ihre braunen Haare fielen ihr ins Gesicht. Sie musterte ihn mit tintenschwarzen Augen. Sam war sich nicht sicher, was er in ihrem Blick las. Sorge? Misstrauen? Vermutlich von beidem etwas. Der Alte, der hinter ihr stand, war da schon einfacher zu entschlüsseln. Er beäugte Sam so ängstlich, als sei dieser ein Monster. Oder blickte er an ihm vorbei?

Sam wandte den Kopf. Und sah in das Gesicht einer schlafenden Asfura. Die verletzte geflügelte Frau war offenbar noch betäubt vom Kräutersud. Sie schnappte im Schlaf mit dem schnabelhaften Mund.

Sam versuchte sich so abrupt aufzurichten, dass der Alte erschrocken aufkeuchte. Sein Kopf reagierte darauf mit einem wütenden Pochen. »Ich hoffe, eure Patientin schläft noch eine Weile. Wo genau bin ich hier eigentlich? In einem Zoo?« Seine Stimme klang so heiser, als gehörte sie der geflügelten Frau und nicht ihm.

»In einem alten Hörsaal« Die Antwort hatte der Mann gegeben.

»Ein Hörsaal?« Sams Kopf schien sich entgegengesetzt zum Rest seines Körpers zu drehen. »Was ist das?«

»Ein Ort, an dem Menschen etwas lernen«, plapperte der Alte, in dessen Angst sich ein belehrender Ton mischte. »Zumindest früher. Heute will ja keiner mehr etwas von der Wissenschaft der Sprache und der Geschichten hören. Kein Wunder, dass sie mich hier in diesen baufälligen Turm verbannt haben. Nicht mehr viele kommen hierher. Aber du scheinst da anders…«

»Nein«, unterbrach ihn die Frau. »Er ist kein Student, der dir heimlich bei deinen Arbeiten zusehen wollte. Er ist ein Wächter.«

Ein Wächter. Sie hatte ihn erkannt. Natürlich. Sie hatte sein Gesicht gesehen. »Du bist Hakim ed-Din«, sagte Sam und richtete mühsam den Blick auf den Mann. Der Alte erbleichte, als würde ihm der Klang des eigenen Namens die Farbe aus dem Gesicht waschen. Er war das schwächste Glied der Kette, die Sam derzeit band. Vielleicht gelang es ihm, sie an dieser Stelle zu zerreißen.

»Woher kennt er meinen Namen?« Die Stimme des Alten überschlug sich fast vor Furcht.

»Wir wissen, wer den Monstern hilft.« Sam fühlte Übelkeit in sich aufsteigen. Vermutlich eine Folge des Schlags gegen den Kopf. Wenn er hier war, musste auch die … Er erspähte die zweite Asfura einige Schritte hinter dem Alten in den Schatten, die den Raum jenseits des Lichtscheins erfüllten. Die Umrisse ihres Körpers verschmolzen fast mit der Finsternis. Ihre Augen aber leuchten wie die einer Katze.

»Ich habe es dir immer gesagt«, jammerte der Mann. »Sie werden uns erwischen.«

Die Frau warf dem Alten einen kurzen Blick zu, dann beugte sie sich wieder zu Sam hinab. »Du bist der Scharlachrote, der die Asfura verletzt hat. Wie heißt du?«

»Samir«, murmelte er. Für einen Moment war Sam zu verwirrt, um sich an seine Wächteridentität zu erinnern. Die Beiläufigkeit, mit der die Frau dem Wesen diesen Namen gab, verblüffte ihn so sehr, als würde die Kreatur damit erst Wirklichkeit. Tatsächlich eine Asfura. Fabelwesen. Märchenfigur. »Und du bist die Frau, die ich gestern geküsst habe.«

Der Alte richtete einen ebenso fragenden wie tadelnden

Blick auf die Dienerin. Sie öffnete den Mund, doch offenbar wusste sie nicht, was sie sagen sollte. Blut schoss ihr in die Wangen und rötete ihre Haut. Doch dann fing sie sich wieder. »Wenn ich mich recht entsinne, habe ich dich geküsst, Wächter«, sagte sie.

Die Asfura krächzte abermals, und als Sam zu rasch den Kopf wandte, überkam ihn neuer Schmerz. Er stöhnte, unfähig, sich zu konzentrieren. Es war nicht einfach, zu denken, wenn sich der eigene Kopf anfühlte, als sei er gespalten.

»Wir sollten ihn töten und vom Himmel fallen lassen.«

Sam starrte die geflügelte Frau verblüfft an. Sie hatte keine Worte nachgeahmt, sondern wirklich gesprochen. Auch wenn es klang, als sei ihr Mund nicht für die Sprache der Menschen gemacht. »Irgendwo über ihrem Palast. Sie werden nie darauf kommen, von wo er heruntergefallen ist.«

Sam fühlte die Angst in sich aufsteigen wie Wasser in einem tiefen Brunnen. Angst war sein Verbündeter gewesen, wenn er auf Raubzüge gegangen war, denn sie sorgte dafür, dass er nie unachtsam wurde. Zu oft hatte er von Dieben gehört, denen nicht die Soldaten des Weißen Königs, sondern die eigene Überheblichkeit zum Verhängnis geworden war. Doch wenn sie zu stark wurde, bekam die Angst einen neuen Namen und wurde zum Raubtier. Panik war einer der größten Feinde der Diebe, denn sie fraß alle Gedanken und konnte ebenso wie die Überheblichkeit für einen schnellen Tod sorgen. »Sie wissen, dass ich hier bin.« Die Lüge rutschte ihm wie von selbst auf die Zunge. »Sie werden kommen, wenn ich zu lange fortbleibe.« Den Alten überzeugten die Worte. Sam las es ihm vom Gesicht ab. Doch die Frau war nicht so leicht zu täuschen.

»Du bist neu in der Wache. Und willst uns erzählen, dass man dich hergeschickt hat? Auf eine Mission außerhalb des Palastes? Du wärst erstaunt darüber, wie viel die Dienerinnen im Palast hören. Was sie sehen und erfahren. Wusstest du, dass Assasil eine persönliche Garde besitzt? Nur wenige haben sie gesehen, doch unter den Dienerinnen heißt es, sie seien tödlich und er setze sie für die gefährlichsten Aufträge ein. Ich habe sie einmal in Paramythia gesehen. Große Soldaten, ihre Gesichter unter Helmen verborgen, die denen ihres Herrn ähneln. Ich glaube, außerhalb der Palastmauern weiß niemand von ihnen.« Sie legte den Kopf schräg und musterte Sam.

Verdammt, von einer geheimen Gruppe hatte Sam tatsächlich noch nie gehört. Sam versuchte, sich die Überraschung nicht anmerken zu lassen, doch die junge Frau schien ihn weit besser lesen zu können als der Alte.

»Du wolltest herausfinden, was dir deine Augen in jener Nacht gezeigt haben«, fuhr sie mit leiser Stimme fort, als würde sie in ihm wie in einem Buch lesen. »Wahnsinn oder Wirklichkeit? Wahrheit oder Albtraum?«

Sam nickte unweigerlich, ehe er sich selbst daran hindern konnte. *Sie hat dich längst durchschaut, Sam*, sagte er sich. *Wen willst du hier noch täuschen? Den alten Narren?*

Die Frau beugte sich zu ihm hinab. »Sie sind echt. Wenn du mehr über sie wissen willst, wenn du begreifen willst, was sie sind, dann kann ich dir so viel über sie erzählen, wie du nur willst.«

»Kani!« Die Stimme des Alten klang ebenso erschrocken wie vorwurfsvoll. »Er wird die anderen Wächter holen, und dann sind wir und alle Asfura verloren.«

Alle Asfura? Sam begriff nicht, doch ehe er fragen konnte, sprach die Frau schon weiter.

»Er ist allein. Ein Scharlachroter aus Paramythia. Und er könnte uns helfen.« Für einen Moment glaubte Sam im Schein der Lampe einen Anflug von Unsicherheit auf ihrem Gesicht zu erkennen. »Kannst du mich in das Herz der Bücherstadt bringen?«

Stille. Für einen Moment sagte niemand etwas. Die geflügelte Frau hatte ohnehin nur das eine Mal gesprochen, doch dem Alten hatten die Worte der Frau namens Kani die eigenen von der Zunge gespült. Sie sah Sam erwartungsvoll an. Sie wollte hinter eines der Tore, die zum Herzen Paramythias führten. Doch was hoffte sie dort zu finden, außer weiteren Büchern, aufgereiht in endlosen Straßen und Gassen, die sich unter denen der Menschen entlangzogen?

Sams Blick wanderte von ihr zu dem Alten, Hakim, und dann zu der Kreatur. Was würde geschehen, wenn er sich als nutzlos erwies? Er war allein. Keine gute Verhandlungsposition. Er hatte keine Wahl.

Aber Sam durfte nicht hinter das Tor. Einen Fremden, selbst wenn der wie Kani eine Dienerin war, konnte er erst recht nicht dorthin bringen. Wenn er die Frau in das Herz der Bücherstadt führen sollte, würden sie einbrechen müssen. Wie Diebe. *Sehr passend, Sam*, dachte er bei sich. *Du kannst nicht verleugnen, was du bist.* »Ich könnte es«, sagte er langsam, als müsste er sich erst überwinden, »doch was erhalte ich dafür?«

»Vielleicht töten wir dich dann nicht.« Die Worte stammten von der geflügelten Frau.

Kani drehte sich zu der Asfura um und sagte einige Worte in der fremden Sprache, die so sehr nach Vogellauten klang, dass Sam sie genauso wenig verstehen konnte wie das Gezwitscher von Spatzen. Dann wandte sie sich wieder zu Sam um. »Ich werde dir sagen, was du wissen willst.« Kani zögerte. »Aber ich brauche dein Wort, das du über all das hier schweigst.«

Sam sah zwischen der geflügelten Frau und Kani hin und her. Einzig sie stand zwischen ihm und den Krallen, die ihm den Leib aufreißen konnten. Es wäre einfach, ihr zu versprechen, sie in das Herz Paramythias zu führen und sie dann im Palast den anderen Wächtern zu übergeben. Dem Weißen König die geflügelten Frauen zu präsentieren und um Nachsicht für seine Lügen im Thronsaal zu bitten. Einfach, aber falsch. Wenn dieser Hakim und sie etwas Dunkles im Schilde führten, wäre er längst tot. Irgendein Geheimnis lag über all dem hier. Die geflügelten Frauen, die mordend aus den Büchergassen gekommen waren. Die Dienerin, die Vogellaute beherrschte. Und das Herz der Bücherstadt, zu dem sie Zutritt suchte. Sam fühlte plötzlich den unwiderstehlichen Drang zu erfahren, was hinter all dem steckte. Der Wunsch war ebenso heiß wie das Jagdfieber, das ihn überkam, wenn er auf einen Diebeszug ging. *Und wenn dir nicht gefällt, was deine Augen dir zeigen, Sam, kannst du sie immer noch ausliefern*, sagte er sich.

»Ich verspreche es.«

Als hätte sie seine Gedanken gelesen, trat die unverletzte Asfura an seine Seite. Sie beugte sich zu ihm, und Sam konnte nur noch auf den tödlich spitzen Schnabelmund sehen. »Ich habe deinen Duft gerochen«, zischte sie drohend. Wenn die Asfura Menschenworte aussprach, klang ihre Stimme noch schrecklicher als ohnehin schon. »Ich würde ihn überall wiederfinden. Selbst wenn du dich am Ende der Welt verbirgst, könnte ich dich finden. Verrätst du das Mädchen, werde ich dich jagen. Ich werde dich bei lebendigem Leib aufreißen und ausweiden. Wenn du nicht wissen willst, wie dein Inneres aussieht, solltest du dein Wort halten.«

Sam versuchte das Bild aus seinem Kopf zu verbannen, das ihre Worte ihm in den Geist gemalt hatten. Vergeblich. »Warum willst du überhaupt dort hinein?«, fragte er Kani, während sich die Asfura zurückzog.

Für einen Moment wechselten Hakim und Kani einen Blick, als suchte sie seine Zustimmung. Dann nickte der Alte widerwillig, und Kani atmete tief durch. »Weil wir glauben, dass die Asfura aus dem Herzen der Bücherstadt kommen.«

Sam runzelte die Stirn. So viele Fragen nahmen in seinem

Kopf Gestalt an. *Weil wir glauben?* Weshalb sagten die Asfura nicht einfach, woher sie kamen? Woher beherrschte Kani ihre Sprache? Warum hatte sie die Asfura in der vergangenen Nacht hierhergebracht? Die Fragen brachten Sams noch immer schmerzenden Kopf beinahe zum Platzen. Ein Gedanke aber drängte sich vor allen anderen in seinen Geist. »Wenn du dorthin willst«, sagte er, während er sich mühsam auf die wackligen Füße stellte, »müssen wir jetzt gehen. Mein Dienst dürfte bald beginnen. Wenn ich nicht dort bin …«

»Ich muss ebenfalls zum Wachwechsel dort sein«, erwiderte Kani und half Sam vom Tisch herunter. »Auch für mich beginnt dann der Dienst. Wir werden den Palast rechtzeitig erreichen.«

Bei den ersten Schritten wollten ihm die Beine nicht recht gehorchen. Sam brauchte einen Moment, ehe er die Kontrolle über seinen Körper zurückgewann. Sein Kopf fühlte sich an, als klaffte ein tiefes Loch in ihm, doch als er sich über das Haar strich, klebte kein Blut an seinen Fingern.

»Er wird dich verraten«, jammerte Hakim und sah Kani zu, wie sie sich einen Mantel überzog. Mit sorgenvoller Miene drückte er ihr ein in blaues Leder eingeschlagenes Buch in die Hand. »Darin findest du die Karte. Und du bekommst noch etwas von mir. Warte.« Er verschwand aus dem Hörsaal, lief in den Flur und kehrte einige Augenblicke später mit etwas zurück, das im Lampenlicht unwirklich schimmerte. Sam konnte es nicht genau erkennen, doch als er es Kani in die Hand drückte, sah sie ihren Vater mit mildem Zweifel an.

»Es wirkt«, raunte er ihr zu. »Glaub mir. Du weißt, wie sie funktionieren. Für den Notfall.«

Die geflügelte Frau erschien so plötzlich hinter Sam, dass er zusammenzuckte. Krallen drückten gegen seinen Hals, und er fühlte Federspitzen auf der Haut. »Wenn sie nicht wiederkommt, finden wir dich«, krächzte die Asfura. Als Sam sich umwandte, las er ein Versprechen auf ihrem Gesicht. *Und dann werden wir dich töten.*

Kani führte Sam nicht auf das Tor der Universität zu, wie er erwartet hatte, sondern weiter in das Gelände hinein. Die Häuser lagen mittlerweile wie ausgestorben da. Hinter einem alten, knorrigen Olivenbaum führte ein kleiner Trampelpfad vom kiesbestreuten Hauptweg fort, an dessen Ende eine Hütte lag, der selbst das schmeichelnde Mondlicht kein schöneres Bild auf den verfallenen Leib malen konnte.

»Die alte Umm«, sagte Kani und klopfte an die Tür. »Sie kann uns helfen, schnell genug im Palast zu sein.«

»Und wie?«, fragte Sam. Er hatte bereits überlegt, wie sie es schaffen sollten, rechtzeitig zurück zu sein, damit sein Fehlen nicht auffiel. Das Ziffernblatt des baufälligen Uhrenturms zeigte beharrlich vier Minuten nach zehn an. Soweit Sam wusste, war dies der Zeitpunkt gewesen, an dem einmal ein Blitz dort oben eingeschlagen hatte, während einer der Gelehrten irgendein Wetterexperiment durchgeführt hatte. *Vielleicht dieser Hakim selbst*, dachte Sam.

Sam hätte sich eigentlich schon vor seiner Flucht vor der Asfura auf den Weg zum Palast machen müssen, um pünktlich zum Dienst zu erscheinen. Doch nach seinem unfreiwilligen Nickerchen dürfte es unmöglich sein, die Strecke zu Fuß schnell genug zu schaffen, und Kutschen fuhren nachts nicht mehr. Mit Flügeln hätten sie es sicher rechtzeitig geschafft. Doch weder ihm noch Kani wuchsen sie aus dem Rücken, und wenn die Asfura sie getragen hätte, wären sie sicher aufgefallen.

Die Alte, die die Tür öffnete, musterte Kani einen Moment lang fragend, ehe sie sie mit einer übersichtlichen Zahl an Zähnen anstrahlte. Sam dagegen warf sie einen misstrauischen Blick zu, dann strich sie sich das strähnige Haar aus der Stirn.

Während Kani die Frau um Hilfe bat, fragte sich Sam, wie die Alte wohl dafür sorgen sollte, dass sie rechtzeitig ihren Dienst in Paramythia aufnehmen konnten. Sie war in etwas gekleidet, dass sicher auch am Tag keine eindeutige Farbe hatte. Sam vermutete, dass sie zu den Arbeiterinnen der Universität gehörte, die man zwar brauchte, aber gerne übersah. Die alte Umm nickte und winkte Kani und Sam herein.

»Wir haben Glück«, wisperte Kani ihm zu. »Umm fährt gleich los. Sie nimmt uns mit und bringt uns am Palast vorbei.«

»Was fährt sie denn?«, fragte Sam, doch Kani antwortete nicht, sondern lächelte nur geheimnisvoll.

Einen Moment später wusste Sam, was die Alte transportierte. Der scharfe Gestank umgab sie bereits, ehe sie die Mauer und das schmale Seitentor erreichten, zu dem die Alte sie führte. Vor dem Einspänner stand ein Gaul, der es an Jahren gut mit der Alten aufnehmen konnte.

»Wir müssen noch aufladen«, brummte Umm. »Ihr habt Glück, dass ich noch nicht weg bin. Ich warte auf meinen Sohn, aber der Taugenichts kommt wieder einmal zu spät. Dabei warten die Färber schon auf mein flüssiges Gold.« Sie lachte mindestens ebenso dreckig wie der alte Isembart, wenn er einen seiner Witze erzählte, und warf Kani einen amüsierten Blick zu. Flüssiges Gold. Sam musste nicht fragen, was in den Fässern lagerte, die für die Färber bestimmt waren. Sein Vater hatte ihm einmal erklärt, welche seiner Körperausscheidungen dabei half, dass sich die Frauen der Kaufleute in so leuchtenden Farben zeigen konnten. »Jede von ihnen trägt damit auch einen Teil von dir«, hatte er Sam erklärt und gelacht, als er dessen angewiderten Gesichtsausdruck bemerkt hatte. Es gab zwar in Teilen von Mythia eine moderne Kanalisation, doch bis in die Armenviertel und offenbar auch in die Universität reichte sie nicht. Und anscheinend waren auch noch nicht alle Teile des Palastes an die unterirdischen Abwasserrohre angeschlossen. Überall dort wurde das flüssige Gold, wie es die Alte nannte, in Fässer gefüllt und von den Urinsammlern zu den Färbern gebracht.

»Wir werden dir helfen«, versprach Kani, und als Sam protestierend den Mund öffnete, fügte sie hinzu: »Es sei denn, wir haben Zeit, auf deinen Sohn zu warten.«

Nein, dachte Sam. Sie mussten los. Also seufzte er und packte mit an.

So sehr Sam auch Acht gab, er konnte nicht verhindern, dass ihm einige Spritzer des flüssigen Goldes über die Finger liefen, als er die Fässer auf den altersschwachen Karren hievte. Die Tropfen klebten ihm wie Pollen auf der Haut, und er glaubte sie auch dann noch zu spüren, als er sie längst abgewischt hatte. Kani schien da weniger zimperlich.

Umm holte derweil eine Lampe, öffnete das Seitentor, und als alle Fässer aufgeladen waren und Kani und Sam Platz zwischen ihnen gefunden hatten, setzte sich der Wagen holpernd in Bewegung. Umm lenkte ihn gekonnt aus dem Tor. Das Klappern der Räder erfüllte die Nacht.

Sam ließ sich vorsichtig zwischen die Fässer sinken und betrachtete Kani. Er hatte allen Grund, ihr zu misstrauen. Mehr noch: Sie zwang ihn zum Verrat. Und dennoch hatte er nicht das Gefühl, dass sie ihn hintergehen wollte. Plötzlich musste Sam lachen.

»Was ist?«, fragte Kani und runzelte die Stirn. Auf ihrem Gesicht mischten sich das silbrige Licht des Mondes und der Schein der Lampe. Silber und Gold. Und Sam bemerkte, dass sie in beidem eine Schönheit besaß, die es ohne Weiteres mit der Sabahs aufnehmen konnte.

»So stelle ich mir eine Kutschfahrt mit einer Frau in der Nacht vor«, sagte er und klopfte gegen eines der Fässer.

Sie musste lächeln, und Sam konnte in diesem Moment kaum glauben, dass dieses Mädchen in ein dunkles Geheimnis um geflügelte Frauen verwoben war.

»Also«, fragte er leise, »weshalb der Kuss?«

Nun war es Kani, die lachte. »Du triffst leibhaftige Asfura, entdeckst ihre Zuflucht mitten in Mythia, und das Erste, was du mich fragst, ist, weshalb ich dich geküsst habe?«

»Ich bin sicher, dass es für die Asfura eine gute Erklärung gibt.«

»Und für meinen Kuss nicht?«, fragte Kani.

Sam lächelte schief und erntete dafür ein Stirnrunzeln. Mit seinem Lächeln hatte er oft genug Frauen für sich gewinnen können. Doch Kani reagierte nicht so, wie er es gewohnt war. Sie war auch die erste Frau, die ihn zuerst geküsst hatte. An ihr war alles anders als bei den Frauen, die er bislang getroffen hatte. Und er war sich nicht sicher, was er davon halten sollte.

»Ich wollte mich bedanken. Du hast dich vor mich gestellt und mich schützen wollen. Das war süß.«

»Süß?«, meinte Sam empört. »Verdammt, das war …«

»… mutig?«

Mutig. Ja, das klang gar nicht so schlecht. Noch nie hatte man Sam so bezeichnet. Schlau, geschickt. Das waren Worte, die ihn bislang begleitet hatten. Er musste grinsen, während um sie die Flüssigkeit in den Fässern bei jedem Rumpeln geräuschvoll umherschwappte. »Was hat es mit den Asfura und all dem auf sich?«, fragte er.

Kani rückte näher an Sam heran, sodass er die Linie ihrer Lippen im Mondlicht deutlich sah. *Verdammt, Sam, konzentrier dich,* rief er sich zur Ordnung. Für einen stummen Moment konnte er sie dennoch nur anstarren.

»Mein Vater und ich glauben, dass Paramythia mehr ist als nur eine gigantische Bibliothek.« Sie hatte die Stimme gesenkt, und unter dem Klappern der Räder waren ihre Worte selbst für

Sam kaum zu verstehen. Die Alte Umm würde nichts von ihrer Unterhaltung mitbekommen.

»Dein Vater?«, fragte Sam. »Hakim?« Nun, das hatte er bereits geahnt.

»Der größte Gelehrte Mythias. Ein Universalgenie. Maler, Mechaniker, Bildhauer und Architekt. Und keiner kennt sich besser aus, wenn es um Sagen und Mythen geht«, erwiderte Kani, während der Wagen durch die nächtlichen Straßen klapperte. »Früher, als ich noch ein Kind war, hat er mindestens ebenso viel Zeit in der Bücherstadt wie in der Universität verbracht. Und ich war bei ihm.«

»Kein hübscher Ort für ein Kind«, bemerkte Sam.

»Er war voller Geschichten«, gab Kani zurück. »Ich konnte lesen und schreiben, lange bevor reichere Kinder meines Alters für gewöhnlich unterrichtet werden.«

»Warum bist du eigentlich eine Dienerin?«, fragte Sam. »Wenn dein Vater ein Lehrer ist, müsstest du doch nicht andere bedienen.«

»Du meinst, mit Wissen würde man reich? Nein, leider hat es weniger Wert als Gold oder Silber, auch wenn es keinen größeren Büchernarren auf der Welt gibt als den Weißen König. Paramythia wächst ebenso unerbittlich wie die Armenviertel der Stadt über dem Bibliothekslabyrinth. Nur werden Männer wie mein Vater, die all das Wissen in den Büchern suchen, damit nicht reich. Ganz im Gegensatz zu denen, die mit den Büchern handeln. Aber wir sind dennoch nicht arm.« Sie sah ihn scharf an. »Und ich müsste nicht unbedingt im Palast arbeiten, so schön es in Paramythia auch ist. Ich bin aus einem anderen Grund dort.« Sie zögerte weiterzureden und sah sich um, als könnte sie auf den nachtgrauen Hauswänden die nächsten Worte lesen. »Früher durften Männer wie mein Vater in Paramythia ein und aus gehen«, fuhr sie noch leiser fort. »Nur das Herz war ihnen allen immer verschlossen, und unter den

Gelehrten wurde heftig darüber diskutiert, welche Bücher dort lagern. Dann kamen vor einigen Jahren die ersten Gerüchte über seltsame Vorkommnisse auf.«

Sam runzelte die Stirn. »Vorkommnisse? Was genau meinst du damit? Ist etwas aus Paramythia verschwunden?«

Kani schüttelte den Kopf und senkte die Stimme noch weiter, bis ihre Worte über dem Geklapper der Wagenräder kaum noch zu hören waren. »Es ist etwas hinzugekommen.«

»Noch mehr Asfura?«, fragte Sam. Er sprach so laut, dass Kani vorwurfsvoll einen Finger an die Lippen legte. »Noch mehr Asfura?«, wiederholte er nun leiser, und Kani nickte. »Wie viele von diesen Vogelfrauen gibt es denn?«

»Heute sind es sechs unter dem Turmdach«, meinte sie. »Die erste von ihnen hat mir ihre Sprache beigebracht.«

»Das Gekrächze?«

»Oh, es ist eine wunderschöne Sprache. Und leicht zu lernen. Zumindest fällt es mir sehr leicht. Doch ich spreche nicht nur von den Asfura.«

Sam starrte sie an, als hätte sie ihm gerade eröffnet, dass sie selbst verborgene Flügel am Rücken trug. »Was denn noch? Fliegen Drachen zwischen den Buchregalen umher?« Er hatte einen Witz machen wollen, doch für einen kurzen Moment war er sich nicht sicher, welche Antwort ihm Kani geben würde.

»Nein«, sagte sie schließlich und hob eine Augenbraue. »So ein Unsinn. Das erste Wesen, das angeblich verwirrt durch Paramythia gelaufen ist, war eine Bahride.«

»Eine Wasserfrau?« Sam hatte alle Mühe, leise zu bleiben. Bahriden kamen nur in Geschichten vor. Geschöpfe, die im Wasser lebten. Mit Frauengesichtern und schuppiger Haut, von der es hieß, man könnte Umhänge aus ihnen schneidern, die unsichtbar machten. Den Geschöpfen, die in den Märchen die Flüsse bevölkerten, sagte man Sanftmütigkeit und Hilfsbereitschaft nach. Doch ihre Schwestern, die ihr Heim im Ozean hatten, galten als raubtierhaft und tödlich. Zähne so scharf wie die der Teufelsfische, die in Schwärmen jedes Tier angriffen, das unachtsam genug war, in ihre Nähe zu kommen. Doch während man einige der Teufelsfische ausgestopft in Museen bewundern konnte, waren Bahriden nur in Erzählungen anzutreffen. *Bis jetzt, Sam*, sagte er sich. *Offenbar leben sie nicht nur zwischen Buchseiten.*

»Ein Gelehrter, den mein Vater gut kannte, hat geschworen, dass er eine Bahride in Paramythia gesehen hat. Das war noch vor meiner Geburt. Ihre Haut soll perlmuttfarben und sie selbst etwa so groß wie ein Kind gewesen sein. Sie ging auf Füßen, die denen einer Flussgans ähnelten, und als er sie ansprach, ist sie schreiend davongelaufen.«

»Weiß er auch von den Asfura?«, fragte Sam atemlos. Noch gestern hätte er Kanis Geschichte als Unsinn abgetan. Doch nun erschien fast alles vorstellbar. Wie schnell das Unmögliche doch Wirklichkeit werden konnte.

»Nein«, sagte Kani, und ein Schatten fiel über ihr Gesicht. »Er starb wenige Tage später.« Sie zögerte.

Sam las die unausgesprochenen Worte in ihrem Blick. Offenbar hatte nicht das Alter seinem Leben ein Ende gesetzt. »Und es gab noch mehr als diese eine Bahride?«

Kani nickte, während ihr Wagen laut klappernd in eine breite Straße einbog. »Aber nicht alle wurden von den Gelehrten, die sie sahen, genau erkannt. Manche waren nicht mehr als flüsternde Schatten, die in den Büchergassen umherliefen. Andere hörte man nur. Hufgeklapper, ein tiefes Grunzen, Schritte, die den Boden zum Beben brachten. Wer weiß, was davon alles stimmt. Wenn man sich zu lange in Paramythia aufhält, beginnt man die Bücher sprechen zu hören. Doch dann, vor einigen Jahren, sah mein Vater eine der Asfura mit eigenen Augen. Er war an jenem Abend der letzte Gelehrte, der noch da war, und die Wächter hatten ihre Posten verlassen, um zu essen. Es gelang ihm mit mehr Glück als Verstand, das verwirrte Geschöpf aus Paramythia herauszuschaffen und in den Turm zu bringen. Seither dreht sich in seinem Leben alles darum, das Geheimnis um Paramythia zu lüften.«

»Weshalb fragt ihr die Vogelfrauen nicht einfach?«

»Oh, ein guter Vorschlag«, erwiderte Kani spöttisch. »Du solltest es selbst einmal als Wissenschaftler versuchen. Mein Vater war anfangs froh, dass ihm die Asfura nicht die Kehle zerrissen hat. Sie sind misstrauisch, und in ihnen kocht eine Wut, die schwer zu bändigen ist. Es hat Wochen gedauert und viel rohes Fleisch gebraucht, bis er ihr Vertrauen gewonnen hatte, und dann hat er sie tatsächlich gefragt.« Kani sah sich um, und Sam folgte ihrem Blick. Die dunklen Fenster in den Fassaden der prächtigen Häuser erschienen wie die Augen schlafender Wesen. Sam wartete ungeduldig, bis sie fortfuhr: »Sie wusste noch ihren Namen und was sie ist. Doch an alles andere hatte sie keine Erinnerung mehr. Als gäbe es einen Teil von ihr, der ihr selbst verborgen ist. Sie weiß nicht mehr, wo sie geboren wurde, noch, wie sie nach Paramythia kam. Und wie ihr geht es auch den anderen, die mein Vater in den Büchergassen fand. Sie kennen ihren Namen und sprechen ihre eigene und unsere Sprache. Aber alles andere scheint für sie verloren, wie Träume, die vergessen sind.«

»Diese anderen«, meinte Sam, während sich am Ende der breiten Straße der Palast wie der Kern einer Frucht aus der Nacht schälte, »findet er sie dort wie Straßenkatzen, die kein Zuhause mehr haben?«

Ein kurzes Lächeln erschien auf Kanis Gesicht, flüchtig wie ein Windhauch. »Nein«, sagte sie. »In all der Zeit waren es nur die sechs Asfura. Mein Vater fand die ersten in den entlegenen Teilen der Bücherstadt. Er selbst ist einer der wenigen Wanderer, die sich in die ältesten Bereiche Paramythias gewagte haben. Er sagt immer, er sei schon ein halber Qazani, eines der kleinwüchsigen Geschöpfe aus den Märchen, die im Schoß der Erde nach Gold und Silber graben. Doch dann, vor zwei Jahren, wurde Paramythia für die Gelehrten geschlossen. Nicht einmal mein Vater, der sein halbes Leben unter der Erde verbracht hat, durfte mehr hinein. Mittlerweile haben sie das Verbot zwar wieder ein wenig gelockert, doch sie sind noch immer wachsam, und manche Bereiche der Bücherstadt sind für Besucher noch immer verschlossen.«

»Also hast du dich als Dienerin in den Palast geschlichen, um für deinen Vater weiterzusuchen?«

Kani verzog das Gesicht, als hätte sie in eine der Limonen gebissen, die in wenigen Wochen überall in Mythia an den Bäumen hängen würden. »Er wird langsam zu alt für solche Sachen. Und als Dienerin komme ich im Gegensatz zu den Gelehrten an jeden Ort in Paramythia. Bis auf das Herz.« Sie seufzte. »Glaub mir, Essen zu kochen und Teller und Tassen für einen Haufen Scharlachroter herumzutragen, von denen die wenigsten ihren eigenen Namen schreiben können, ist nicht mein Traum vom Leben.«

Zu seiner Überraschung spürte Sam einen Stich im Herzen. Er selbst hatte ebenfalls nie gelernt, seinen eigenen Namen zu schreiben. Selbst seine Initialen brachte er kaum fehlerfrei zu Papier. Er hatte sich deswegen nie Gedanken gemacht. Worte machten in seiner Welt nicht satt. Doch für Kani schienen sie wichtiger als die nächste Mahlzeit zu sein. Und für sie war er nur einer dieser dummen Wächter. *Was ärgerst du dich darüber, Sam?*, fragte er sich. *Ihr habt beide fremde Kleider übergestreift. Du die eines Wächter und sie die einer Dienerin.*

»Aber wenn ich an diesem Abend nicht dort gewesen wäre, hätte ich die beiden Asfura nicht retten können«, fuhr sie fort. »Sie sind aus dem Herzen entkommen, ehe die Tore verschlossen wurden. Und haben sich in Paramythia verborgen, bis es still und leer geworden war, ehe sie es gewagt haben, nach einem Ausweg zu suchen.«

Und dabei einige Menschen zerfetzt haben, dachte Sam. »Und was hoffst du im Herzen Paramythias zu finden?«, fragte er. Die Nacht nistete schläfrig zwischen den Zweigen der Mandelbäume, die die Straße säumten, doch Sam war sich sicher, dass aufmerksame Augen sie längst erspäht hatten. Sicher waren die Vorkehrungen zum Schutz des Weißen Königs seit gestern verstärkt worden. Den Einbruch in das Herz der Bücherstadt würde das nicht einfacher machen.

»Antworten«, sagte Kani, während sie ihren Mantel abstreifte. »Es gibt so viele Fragen. Woher kommen die Asfura, und weshalb haben sie die Erinnerung an alles verloren, was geschehen ist? Welche Wesen finden sich noch in Paramyhtia? Warum sollen nicht auch andere Fabelwesen mehr sein als nur bloße Einbildung?«

Sam lächelte spöttisch. »Wovon sprichst du? Von Dschinnen und Drachen? Glaubst du, die Märchen aller Welten schicken ihre Figuren ins Herz der Bücherstadt?«

»Wer weiß«, sagte Kani, und ihre Augen funkelten im Licht des Mondes. »Wer weiß.«

8. EIN HERZ AUS TINTE

Die alte Umm lenkte den Wagen zu einem der Seitentore des Palastes. Der Posten, der davor Wache hielt, war ein blasser Junge, den Sam spielend überlistet hätte, wenn er in den Palast hätte einbrechen wollen. Er sah misstrauisch zu ihnen herüber, doch er hielt gebührenden Abstand, als er bemerkte, was der Karren geladen hatte. Sam zeigte dem Jungen das Abzeichen, das er als Wächter der Stadt tragen durfte. Auch Kani besaß einen Anhänger wie Sam, den sie aus einer Tasche ihres Kleids zog. Den geflügelten Löwen, Mythias Wappentier. Der Legende nach waren die Gründer Mythias über das Meer gekommen, geleitet von einem Schwarm Möwen. Und das Fleisch der Löwen, die sie an der Stelle erlegten, an der sich heute der Palast erhob, sollte ihnen die nötige Stärke gegeben haben, sich gegen alle Angreifer zu behaupten, die Mythia in seinen jungen Tagen bedroht hatten.

Der Scharlachrote winkte sie so rasch durch, als würde ihnen der Inhalt der Fässer auf der Haut kleben. Kani warf er dennoch ein schüchternes Lächeln zu, ehe sie sich den Schleier bis zum Mund hinunter zog. Auf Sams Frage nach der Uhrzeit murmelte er nur ein schläfriges: »Noch zwanzig Minuten.«

Wachwechsel. Sam musste sich noch umziehen. Er schlug Kani vor, dass sie sich in einer halben Stunde in der Bücherstadt treffen sollten, doch sie wollte davon nichts wissen und bestand darauf, mit ihm mitzukommen. Offenbar vertraute sie ihm nicht genug, um ihn allein zu lassen. Nun, an ihrer Stelle würde er das auch nicht tun. Dienerinnen waren auch in der Nähe der Wächterquartiere nichts Ungewöhnliches. Sam hatte in den wenigen Tagen, die er im Palast lebte, hin und wieder eine von ihnen in den Räumen der Wächter verschwinden sehen. Der Mann, mit dem Sam sich sein Zimmer teilte, war ein schweigsamer Kerl, der sich die Zeichnung einer Frau und zweier Kinder neben das Bett genagelt hatte. Seine Familie, die in einem fernen Dorf lebte, wie er Sam in einer ihrer seltenen Unterhaltungen berichtet hatte. Dieser Umstand verhinderte jedoch nicht, dass Sam in seiner ersten Nacht davon geweckt worden war, dass sein Zimmernachbar im Anschluss an seine Schicht nicht allein heimgekommen war. Als nun Sam in Begleitung einer Dienerin den Raum betrat, warf der andere Wächter ihm einen so anzüglichen Blick zu, dass dieser fühlte, wie ihm das Blut in die Wangen schoss.

»Kein guter Moment«, raunte der Scharlachrote Sam zu. »Dein Dienst beginnt gleich. Und gerade heute solltest du nicht zu spät kommen. Sie haben die Posten doppelt besetzt und schauen genau hin, wer wo und wann erscheint.«

Sam warf Kani einen kurzen Blick zu, doch er konnte in ihren Augen nicht lesen, was sie dachte. Sollten sie nicht besser versuchen, an einem anderen Tag in das Herz der Bücherstadt zu gelangen? Nun, sie konnten heute zumindest nachschauen, ob es überhaupt eine Gelegenheit gab und sich notfalls immer noch zurückziehen.

Kani ging vor die Tür, während Sam seine Uniform anzog und sein Schwert nahm. Die Worte seines Zimmernachbarn, dass der Raum nach Sams Schicht frei wäre, überhörte er geflissentlich. Wenige Minuten später trat er zu Kani hinaus. Sie mussten sich beeilen, wenn sie nicht zu spät kommen wollten.

Sams Befürchtung, dass Kanis Anwesenheit auffallen könnte, wenn so viele Augen darauf achteten, wer Paramythia betrat, erwies sich indes als grundlos. Mehr Wächter bedeuteten auch mehr Dienerinnen, die dafür sorgten, dass die Bewaffneten versorgt wurden. Während Sam kurz vor dem Treppenabgang wartete, der nach Paramythia führte, eilte Kani in die Küche und kehrte mit zwei Flaschen Wein zurück.

Sie stiegen die Treppe hinab, und bald schon umfing sie der geschichtenschwere Duft von Papier, der Sam seit seinem ersten Tag in der Bücherstadt in der Nase hing. Kani schritt so selbstsicher den Weg zwischen den Büchern entlang, als sei sie hier geboren worden. Auf Sam machten die Bücher noch immer einen unberechenbaren Eindruck. Sie schienen ihn mit ihrem Versprechen zu locken, dass sie ganze Welten und das Wissen von Generationen zwischen ihre Deckel pressen konnten. Und gleichzeitig waren sie zu ihm, der nicht lesen konnte, so abweisend, als wollten sie ihren kostbaren Inhalt in einer Rüstung aus Leder schützen.

Zwei Scharlachrote, deren Schicht wohl ebenfalls gleich beginnen würde, hasteten an Sam und Kani vorbei und bogen dann links in einen Seitenweg ein, der mitten durch ein Regal führte, das von einer Phalanx aus hohen, braunen Büchern gefüllt wurde.

Sie haben die Posten doppelt besetzt und schauen genau hin, wer wo und wann erscheint. Sams Zimmernachbar hatte recht gehabt. Doppelte Posten bedeuteten neben Sam selbst noch drei Wächter, die sie austricksen mussten, und nicht nur einen. *Denk dir etwas aus, Sam*, sagte er sich. *Eine Idee, wie ihr durch das Tor kommt.*

Als die beiden Wächter außer Sicht waren, griff Sam Kanis Arm und zog sie zu der Bücherwand zu ihrer Rechten. Sie sah ihn verärgert an, doch er legte zur Erklärung nur den Finger auf die Lippen. »Es stehen heute vermutlich noch drei andere Scharlachrote dort am Tor. Wenn wir hineinwollen, müssen wir sie loswerden. Oder ihnen etwas … vorspielen.« Sam war nichts Besseres eingefallen als das, was er Kani nun zuraunte. Und das anzügliche Lächeln seines Zimmernachbarn hatte ihn in seiner Idee bestärkt.

Kani verengte ärgerlich die Augen, als er ihr von dem Plan erzählte. »Das ist deine Idee? Wie selbstlos! Aber unnötig.« Sie hielt ihm die Flaschen unter die Nase. »Ich habe selbst einen Plan. Wir müssen die Posten nur ablenken. Ich schlüpfe durch das Tor und später wieder hinaus. Kein Grund, uns als Liebespaar auszugeben.«

Sie wollte sich losreißen, doch Sam hielt sie fest gepackt. »Ich bin dafür verantwortlich, was hinter dem Tor geschieht. Es könnte gefährlich sein.«

Sie funkelte ihn an. »Wenn ich mich recht erinnere, musste ich dich auf dem Turm retten. Nicht umgekehrt.«

Sam lächelte sie schief an. »Na dann«, sagte er leise und ließ sie los, »pass auf, dass auch heute nichts passiert.«

Sie waren kaum drei Meter auf dem Platz vor dem Marduk-Tor gegangen, als sich fremde Schritte unter ihre mischten. Aus den Schatten, die wie dunkle Spinnennetze zwischen den Säulen hingen, schälte sich der Offizier. »Hârun«, rief er.

»Ja, Herr«, antwortete Sam. Aus dem Augenwinkel bemerkte er Kanis Stirnrunzeln, als sie den falschen Namen hörte. Er drückte ihren Arm unauffällig, damit sie nichts sagte.

Der Offizier wirkte bleich im Licht der Lampen. Vielleicht steckte ihm die Angst vor Paramythia und den vermeintlichen Mördern in den Knochen. *Je glänzender die Rüstung, desto stumpfer ist der Mut ihres Trägers.* Es war eine der vielen Weisheiten, die Sam von seinem Vater gelernt hatte. Und wie die meisten hatte sie sich als zutreffend erwiesen.

»Du bist spät.«

»Herr, wir …« begann Sam, doch der Offizier war an Erklärungen offenbar nicht interessiert. »Was macht sie hier?«, fragte er mit einem Kopfnicken zu Kani.

Sam sah aus dem Augenwinkel, wie sich Kanis Blick vor Ärger verdüsterte. Für den Offizier war sie offenbar nicht wichtig genug, um sie direkt anzusprechen. »Sie soll die Torwachen fragen, ob sie etwas wünschen«, sagte Sam hastig, ehe sie antworten konnte.

»Zu meiner Zeit wurden die Wächter nicht bedient wie Grafen«, brummte der Offizier missmutig und holte tief Luft, als sei sie hier unten schwerer zu atmen als über der Bücherstadt. »Verdammtes Grab«, meinte er grimmig, während er widerwillig auf das Tor zuging. »Man könnte fast meinen, man fühlt, wie einem die Erde auf die Brust geschaufelt wird.«

Offenbar bewegte sich sein Vorgesetzter nur ungern unter der Erde.

Sam zog Kani hinter dem Offizier her. Wie einem die Erde auf die Brust geschaufelt wird? *Nicht schlecht*, dachte Sam bei sich, als ihm eine Idee kam. »Was führt Euch hier hinunter, Herr?«, fragte er.

Das Atmen des Offiziers wurde schwerer. Offenbar fühlte er sich tatsächlich wie in einem Grab. »Ich muss zu Assasil. Er ist im Herzen der verfluchten Bücherstadt.«

Sam musste sich anstrengen, eine ausdruckslose Miene beizubehalten. Volltreffer. »Dann müsst Ihr noch tiefer hinein in das Bücherlabyrinth?«

Der Offizier nickte knapp und wischte sich den Schweiß von der Stirn. »Als ob ich ein Bote wäre«, murmelte er verärgert.

»Sicher habt Ihr Wichtigeres zu tun, Herr«, meinte Sam, während die Wachen vor ihnen Haltung annahmen, als sie ihren Offizier erkannten. »Gerade heute müssen wir alle auf der Hut sein. Und sicher gibt es oben im Palast viele Posten, die Ihr kontrollieren müsst.«

Der Offizier wurde noch etwas langsamer, als er ohnehin schon war.

»Wir sind zu viert, Herr«, fuhr Sam fort und deutete mit dem Kinn auf die drei Wachen am Ende des Platzes vor dem Tor. »Sicher könnte einer von uns die Nachricht an Eurer Stelle überbringen.«

Nun blieb der Offizier endgültig stehen und fuhr sich mit der Zunge über die Lippen, als schmeckte er bereits die Freiheit.

»Sicher ist es noch ein weiter Weg bis zu Hauptmann Assasil«, fügte Sam hinzu. »Wenn Ihr wünscht …«

»Nun«, begann Sams Vorgesetzter mit hörbarer Erleichterung, »vielleicht hast du recht. Ich war noch nicht oft dort unten. Und ich bedaure das nicht. Das verdammte Herz macht einen ganz verrückt. Geh du ruhig an meiner Stelle. Und geh allein. Niemand darf dich begleiten. Assasil ist im alten Lesekreis. Du musst dich immer links halten, dann kommst du von selbst dorthin. Richte ihm aus, dass der Weiße König ihn zu sprechen wünscht. Sofort.« Er wischte sich den Schweiß von der Stirn. »Und morgen, wenn deine Schicht endet, will ich, dass du mir ausführlich berichtest, was der König dich heute Morgen gefragt hat.« Er nickte knapp. »Öffnet das Tor!«, rief er den anderen Wächtern zu. Dann wandte er sich um. Mit einem Mal ging er so rasch, dass er beinahe stolperte.

Sam griff nach Kanis Arm. »Kein Wort«, zischte er ihr zu, während er den Blick starr auf das Tor gerichtet hielt. Folgsam hatten die anderen Scharlachroten begonnen, an dem Tor zu ziehen. Der Spalt, der sich zwischen den riesenhaften Flügeln öffnete, schien zu schmal, um hindurchpassen. Tiefe Dunkelheit lauerte dahinter, und für einen Moment beneidete Sam den Offizier, dem es erspart geblieben war, in das Herz von Paramythia zu gehen.

Sam griff die Lampe, die an der letzten Säule vor dem Tor hing. Doch ehe sie durch den Spalt schlüpfen konnten, stellte sich ihnen einer der Wächter in den Weg. Die scharlachrote

Uniform spannte sich ihm so eng über den Leib, als wäre sie für einen dünneren Mann genäht worden. An der Hand, die er erhob, zählte Sam nur drei Finger, und seine Haut war ebenso grau wie sein dichter Bart. Die Farbe verloren die Wächter, wenn sie zu lange zwischen den Büchern ihren Dienst taten. Sam hatte noch vor seinem ersten Tag unter der Erde davon gehört. Doch die fehlenden Finger zeigten ihm noch etwas: Viele der Scharlachroten in Paramythia kamen aus dem Kreis derer, die zu alt oder zu versehrt für eine Aufgabe über Tage waren. Für sie musste das Leben im Bücherlabyrinth eine reizvolle Alternative zu Hunger und Armut unter dem Himmel sein.

»Nur Wächter«, sagte der andere so hochmütig, als wäre er die rechte Hand des Weißen Königs.

»Der Offizier schickt uns beide«, entgegnete Sam und wollte den Alten beiseiteschieben, doch der Graubart machte keine Anstalten, sie durchzulassen.

»Natürlich.« Sein Lachen war wenigstens ebenso dreckig wie der Blick, den er Kani zuwarf. »Lass mich raten. Ihr erledigt den Auftrag und sucht euch dann ein ruhiges Plätzchen für die Nacht. Aber daraus wird leider nichts. Wir tun hier unseren Dienst für Schwinge und Löwe.«

Sam presste verärgert die Lippen aufeinander. Er wollte keinen Streit anfangen. Er musterte die beiden anderen Wächter, die sich bislang im Hintergrund gehalten hatten. Einer von ihnen sah noch älter aus als der Graubart. Der Dritte im Bunde war jünger als Sam und einen Kopf größer. Die Dummheit ließ ihnen beiden die Gesichter zur Maske erstarren. Wenn Sam den Graubart überzeugte, hatten sie gewonnen.

»Die hier sind für Assasil«, sagte Kani und hob die beiden Weinflaschen in die Höhe.

Der Blick des Graubarts haftete an den Flaschen wie der eines Kindes an einem Stück Schokolade.

»Vielleicht vergesse ich ja eine von ihnen hier und bringe

ihm nur die andere Flasche.« Kani schenkte dem Scharlachroten ein verführerisches Lächeln.

»Wieso?« Der jüngere Wächter legte fragend den Kopf schief. »Dann hat der Hauptmann nur noch eine Flasche.«

Der Graubart löste den Blick widerwillig von den Flaschen und richtete ihn auf seinen Kameraden. »Ja, und wir haben auch eine. Lass sie hier«, fügte er an Kani gewandt hinzu. »Und wenn sich dein Begleiter als wenig standhaft herausstellt, dann weißt du, wo du mich finden kannst.« Er ließ noch einmal sein dreckiges Lachen hören und zog Kani die Flasche mit seinen drei Fingern so geschickt aus der Hand, dass Sam in ihm das Talent für einen Taschendieb erkannte.

Sie schlüpften durch das Tor. Im ersten Moment zögerte Sam, durch den Spalt zu gehen. Dunkelheit hatte ihm nie viel ausgemacht. Doch die Schwärze, die sich jenseits des Marduk-Tores erhob, schien wie eine Wand. Das Licht der Messinglampe vermochte sie kaum zu durchdringen, und Sam wäre beinahe gestolpert, als sein Fuß von der ersten Stufe rutschte. Noch eine Treppe. Sie führte hinab. Weiter in die Tiefe. Damit hatte er nicht gerechnet. Plötzlich konnte er verstehen, weshalb sich der Offizier so bereitwillig darauf eingelassen hatte, den Auftrag abzugeben.

»Pass auf«, raunte er Kani zu und tastete in der Dunkelheit, bis er ihre Hand fühlte. Dann begannen sie den Abstieg.

Ihre Schritte hallten unnatürlich laut in dem Treppenabgang wider, und als Sam sich nach wenigen Stufen noch einmal umwandte, konnte er den Torspalt in der Finsternis schon nicht mehr erkennen. Er sah wieder hinab. Weit unten erkannte er fahles Licht. Vermutlich das Ende der Treppe.

»Wir haben nicht viel Zeit«, raunte er Kani zu. »Sabah, die Beraterin des Weißen Königs, ist vermutlich ebenfalls hier unten. Sie sucht ein Buch für die Nacht. Bald schon wird sie Paramythia verlassen. Dann versperrt sie das Tor.«

Kani nickte. Ihr Gesicht schien im Licht der Lampe ebenso zeitlos wie das der Beraterin. »Ein erster Blick«, gab sie zurück. »Wir können morgen wiederkommen, um uns länger umzusehen.«

Morgen? Etwa mit einer neuen Lüge? Sam wollte etwas erwidern. Doch dann erstarben ihm die Worte auf den Lippen. Da war etwas zwischen dem Tappen ihrer Schritte. Ein Geräusch, so leise wie der Schlag eines Flügels. Ein Wispern. Als würden die Schatten, die zwischen den Stufen nisteten, miteinander flüstern, während Sam und Kani an ihnen vorbei ins Herz der Bücherstadt gingen. In ein Herz aus Tinte.

Die Treppen schienen niemals aufzuhören, und Sam wunderte sich schon, wie Menschen so tiefe Gänge in die Erde hatten graben können, als der Lichtschein am Ende der Treppe die Dunkelheit endlich zerschnitt. Warm ergoss sich das Licht in den Treppenabgang und beleuchtete die letzten Stufen. Kani schien in ihn hineintauchen zu wollen, als sei sie ein Fisch, der ins Wasser sprang, doch Sam hielt sie zurück. Auch wenn sie nicht eingebrochen waren, konnte ein wenig Vorsicht nicht schaden.

Rasch warf er einen Blick in den breiten Gang, der auf beiden Seiten von der Treppe wegführte. Er war so hoch, dass Sam die Decke nicht erkennen konnte, und es schien, als wäre er ebenso wie das Tor, durch das sie gegangen waren, für Riesen gemacht. Der Gang wurde zu beiden Seiten von Bücherregalen flankiert. Natürlich. Was sonst hatte Sam hier erwartet? Säulen ragten in die Höhe und verloren sich in der Dunkelheit, die über ihnen nistete. Lampen hingen an ihnen wie die Vogelhäuser, die Mythias Einwohner im Winter an den Stämmen der kahlen Bäume anbrachten, sie beschienen den glatt polierten Weg, der zwischen den Büchern entlangführte. Der Weg musste uralt sein, aber die Kunstfertigkeit, mit der er angelegt worden war, hatte die Zeit nicht zerstören können.

»Bist du je zuvor hier gewesen?«, fragte er Kani. Als sie nicht antwortete, wandte sich Sam zu ihr um.

Wie verzaubert stand sie da. Das Flüstern war noch immer zu hören. Leise wie das Zirpen von Grillen, die in Mythias Sommernächten ihr Lied in die Nacht schickten. Sie schien zu träumen, und das Flüstern war ihr Schlaflied. Vermutlich waren es Stimmen, die aus anderen Gängen zu ihnen drangen. *Hoffentlich menschliche*, dachte Sam.

Er berührte Kani am Arm, und sie schrak zusammen, als wäre sie tatsächlich aus einem Traum erwacht.

»Bist du je zuvor hier gewesen?«, wiederholte er seine Frage.

»Nein«, raunte sie heiser. »Aber trotzdem kommt mir das alles hier vertraut vor.«

Sam runzelte die Stirn. Vertraut? Nein, sicher nicht. Aber vielleicht fühlte man so, wenn man das Kind eines Gelehrten und Büchernarren und darüber hinaus schon oft in Paramythia gewesen war. »Und jetzt sollten wir unseren Auftrag erfüllen.«

Kani blickte ihn fragend an.

»Assasil finden.« Er sah sich um und seufzte. Die Bücher kamen ihm anders vor als die, die oben in den Regalen standen. Diese hier schienen zu lauschen, während die Schritte von Sam und Kani nun das leise Flüstern überdeckten. Nach links. Zum alten Lesekreis. Sam fühlte sich beobachtet, während sie an den Buchreihen entlangschritten wie Könige, die eine Militärparade abnahmen. Sein Blick strich über die Buchrücken. Keiner der Titel war länger als ein Wort. Silberne Lettern auf braunem Leder. Manche glänzten im Licht der Lampen, als würden die Flammen in den Buchstaben selbst brennen. Andere Namen dagegen waren so verblasst, dass Sam sie selbst dann nur schwer hätte lesen können, wenn die Schriftzeichen keine Geheimnisse für ihn geborgen hätten.

Noch nie hatte Sam so dicke Bücher gesehen. Irgendwann löste sich sein Blick von ihnen, und er sah zu Kani. Wie verzückt sie aussah. Als wäre dies ein magisches Reich, in das sie durch eine glückliche Fügung geraten war. »Es sind nur Bücher«, meinte er, »auch wenn hier unten irgendetwas ist, das nicht hierher gehört.« Er durfte nicht vergessen, dass weitere Asfura zwischen den Bücherregalen entlangschleichen konnten, verwirrt und angriffslustig. Wozu sie fähig waren, hatte er selbst erlebt. Auch mit Kani an seiner Seite konnte es lebensgefährlich sein, auf eine von ihnen zu treffen.

Sie sah ihn zweifelnd an. »Nur Bücher?« Sie schien belustigt. »Dieser Ort ist ganz einfach wunderbar. So viele Mythen ranken sich um ihn. Nun, unter Gelehrten wie meinem Vater zumindest. Spürst du nicht die Magie dieses Ortes?«

Sam runzelte die Stirn. »Nein«, erwiderte er. »Wovon sprichst du?«

Kanis Finger strichen über die Buchrücken, als fühlten sie nicht Leder, sondern die Haut von lebenden Wesen. »Die Geschichten. Mythen und Erzählungen. Dieser Teil Paramythias ist allein ihnen vorbehalten.«

»Ja«, warf Sam ein, der sich an die Litanei von Jacobus erinnerte. »Oben sind die acht Viertel der Bücherstadt. Wissenschaft, Philosophie und so weiter. Die wirklich interessanten Bücher hat man hierhin gesperrt.«

Zumindest waren sie für ihn interessanter als die übrigen.

Kani warf Sam einen anerkennenden Blick zu. »Ich wusste gar nicht, dass du liest«, meinte sie. »Die meisten Wächter sind Idioten.«

Lesen? Die Erwiderung lag ihm auf der Zunge. Doch er schluckte sie mühsam hinunter wie ein zu großes Stück Fleisch. Die Anerkennung in ihrem Blick schmeichelte ihm. Und außerdem hatte sie recht. Die meisten Wächter waren tatsächlich Idioten.

»Wie heißt du nun wirklich?«, fragte sie so unvermittelt, dass Sam beinahe stehen geblieben wäre. »Hârun oder Samir?«

Hätte er ihr im Hörsaal doch nicht seinen richtigen Namen genannt. Andererseits mochte er es, wenn sie ihn aussprach. »Für meine Freunde Samir«, erwiderte er, und es gelang ihm, ihr damit ein kleines Lächeln auf die Lippen zu zaubern.

Sie gingen weiter, bis sich der Weg vor ihnen zu einem runden Platz öffnete. Kani war einen Schritt voraus und griff plötzlich nach Sams Hand. »Was ist?«, zischte er und legte seine Finger um den Griff seines Schwertes.

Kani sagte nichts, und Sam trat neben sie. Der Platz war nicht so weitläufig wie die, die er oben in der Bücherstadt gesehen hatte. Vier Gänge liefen auf ihn zu und schnitten Löcher in die gewölbten Wände. Hier trug nicht die Decke, die sich über ihnen in der Dunkelheit verlor, Bilder auf der steinernen Haut, sondern die Wände. Und was für welche! Sie schienen gerade erst mit frischer Farbe aufgetragen worden zu sein. Strahlende Figuren, so lebendig und echt, dass Sam glaubte, ihren Atem zu spüren. Die Wesen schienen jeden Moment aus den Bildern zu treten. Und es waren keine Asfura. Nein, die Geschöpfe, die die Wände bevölkerten, trugen keine Federn am Rücken. Dunkle Haut. Menschenleiber mit zwei kräftigen Beinen und Pferdehufen statt Füßen. Die Nushishan, die Halbpferde. Herren der Steppen. Von ihnen hatte Sam weniger Märchen gehört als von den Asfura. Dennoch schienen die Bilder eine große Geschichte zu erzählen. Viele der Abbildungen konnte Sam nicht zuordnen. Doch die beiden Pferdemenschen, die im Wettstreit nebeneinander herliefen, erinnerten ihn an etwas. »Schams und Hilal, die beiden Königssöhne«, sagte er so leise, als könnten seine Worte die Bilder erwecken, wenn er zu laut sprach. »Der eine trug ein silbernes Fell, der andere ein goldenes. Sie wollten herausfinden, wer der Schnellste von ihnen war. Der Sieger sollte dem Vater auf den Thron folgen. Doch es zeigte sich, dass keiner langsamer als der andere war. Und so dauert ihr Wettstreit noch immer an.«

»Sonne und Mond, die einander jagen.« Kani nickte offenbar beeindruckt. »Du kennst sie? Ich mag die Geschichte.«

»Wie hübsch.« Die Stimme ließ sie beide zusammenfahren. Der Wächter, der so plötzlich vor ihnen stand, als sei er tatsächlich einem der Bilder an den Wänden entstiegen, trug einen Helm. Er war dem von Assasil so ähnlich, dass Sam im ersten Moment glaubte, er stünde vor dem Herrn der Wache selbst. Doch beim zweiten Hinsehen entpuppte sich der Helm als weit weniger kunstvoll, und die Uniform des Mannes war nicht schwarz, sondern scharlachrot wie Sams. Das also musste einer von Assasils Elitewächtern sein, die nur die gefährlichsten Aufträge für ihren Herrn erledigten. Was tat einer von ihnen hier unten? Wusste Assasil von den Asfura? Oder gab es einen anderen Grund, weshalb er einen von ihnen in das Herz der Bücherstadt geschickt hatte?

Sam war so überrascht, dass er einen Moment kein Wort herausbrachte. *Wunderbar*, dachte er bei sich. *Du hast bereits alles verlernt, Sam. Lässt dich von einem Wächter überraschen.* Er hatte ihn einfach nicht gehört. Offenbar war dieser Wächter anders als die, denen Sam bisher begegnet war. Er warf Kani einen kurzen Blick zu. »Wir sollen Assasil eine Botschaft überbringen«, sagte Sam dann.

Der Mann unter dem Helm antwortete nichts.

»Er ist doch im alten Lesekreis?«, fügte Sam hinzu.

»Ja«, erwiderte der Scharlachrote schließlich. »Und dazu braucht es zwei von euch?«

»Ich bringe Wein für euch«, sagte Kani und hielt die Flasche hoch.

Der Wächter schwieg einen Moment, und Sam fühlte sich wieder wie ein Dieb, der entscheiden musste, ob er darauf hoffte, dass seine Lüge ihn schützte, oder besser floh. »Wir trinken nicht«, sagte der Mann hinter dem Helm. »Und die Botschaft werde ich überbringen.«

»Nein«, erwiderte Sam. »Mein Offizier hat …« Er verstummte, als er Kanis Hand auf dem Arm fühlte. »Na gut«, sagte er dann in der Hoffnung, ihre Gedanken erraten zu haben. »Er soll sich beim Weißen König einfinden. Sofort.«

»Gut«, sagte der Wächter und deutete auf den Gang, aus dem Sam und Kani gekommen waren. »Geht.«

Die beiden verbeugten sich und gingen zurück. Doch kaum hatten sie das Blickfeld des Wächters verlassen, blieben sie stehen.

»Komm«, flüsterte Kani und schlich wieder zurück.

Sam hatte damit gerechnet. »Wir haben nicht viel Zeit. Denk daran: Wenn Sabah und alle Scharlachroten das Herz verlassen, werden die Tore geschlossen. Und wenn wir uns verirren …«

Kani bedachte Sam mit einem triumphierenden Lächeln. »Oh, keine Angst. Wir werden schon nicht den falschen Weg nehmen.« Sie stellte die Flasche ab, griff in eine Tasche ihres Gewandes und zog ein kleines, in blaues Leder eingeschlagenes Buch hervor. Sam erkannte es als jenes, das Hakim ihr in die Hand gedrückt hatte.

»Was willst du mit noch einem Buch?«, fragte Sam. »Davon gibt es hier genug.«

»Nein, so eines gibt es selbst hier nicht. Es sind die Aufzeichnungen meines Vaters, die er sich über Paramyhtia gemacht hat«, erwiderte sie mit vor Aufregung glänzenden Augen. »Es gibt einige wenige Bücher dort, die sich mit dem Herzen selbst beschäftigen. Und in einem von ihnen …«, sie schlug das Notizbuch auf und blätterte zu einer bestimmten Seite, »war diese Karte abgebildet. Mein Vater hat sie abgezeichnet. Sie umfasst sicher nicht das ganze Herz, denn es soll beinahe so groß sein wie ein ganzes Viertel von Mythia. Aber hier«, sie deutete auf einen Punkt, »ist das Marduk-Tor. Wenn die Karte stimmt, werden wir jeden Weg finden, den wir suchen. Im Grunde muss ich sie nicht einmal ansehen. Ich habe zahllose Stunden damit verbracht, sie zu studieren und mir dabei ausgemalt, wie es sein würde, durch diese Bücherstraßen zu gehen.«

Sam runzelte die Stirn. Er hatte sich zwar auch schon Pläne von Häusern eingebläut, doch nie zum Vergnügen, sondern nur, weil er anschließend dort eingebrochen war. Sam warf einen Blick auf die Karte. Nun, schlecht war sie nicht. »Hilfreich. Wenn sie stimmt«, meinte er.

Kani erwiderte nichts darauf. Ihre Augen leuchteten noch heller vor Aufregung. »Komm«, sagte sie. »Lass uns herausfinden, was sich in dem geheimnisvollen Herz von Paramythia verbirgt. Ihm seine Geheimnisse stehlen.«

Stehlen? Sam musste lächeln. Damit kannte er sich aus.

Bereits nach der dritten Abzweigung war Sam froh, dass sie die Karte dabeihatten. Das Herz von Paramythia war wie eine Stadt innerhalb der Bücherstadt. Oder besser: unter ihr. Sam versuchte nicht daran zu denken, wie tief sie unter der Erde waren. Als Dieb hatte er zwar gelernt, mit Höhen zurechtzukommen, denn nicht selten hatte ihn sein Weg über die Dächer Mythias geführt. Doch bislang hatte er sich nie tiefer hinab als in die Keller der von ihm Bestohlenen begeben müssen.

»Wir sollten nicht zu lange hier herumirren«, wisperte Sam, als sie in einen weiteren riesigen Gang einbogen, der wie der vorherige aussah. Buch an Buch, aufgereiht wie Soldaten in ledernen Rüstungen. Einzig die Bilder an den Säulen unterschieden die Wege, denen sie folgten. Die Figuren waren allesamt Nushishan, doch die Geschichten waren immer andere. »Ich will hier unten nicht die Nacht verbringen müssen.«

Sam fürchtete weniger die zu erwartenden zweideutigen Kommentare der anderen Wächter, wenn er das Herz Paramythias erst am nächsten Morgen wieder an Kanis Seite verlassen würde. Er spürte vielmehr, dass es ihm zunehmend schwerer fiel weiterzugehen. Die Luft schien weniger zu werden, als gäbe es hier unten nicht genug davon.

Während sie an einem der zahllosen Regale entlangstrichen, hatte er plötzlich das Gefühl, der Atem würde ihm endgültig knapp, und die Worte des Offiziers kamen ihm wieder in den Sinn. *Man könnte meinen, man fühlt, wie einem die Erde auf die Brust geschaufelt wird.* Erde oder Papier. Er blieb stehen und stütze sich gegen eines der Regale, während Kani aus dem Gang trat, dem sie gefolgt waren. Ein weiterer Platz öffnete sich vor ihnen. Sam musste einige Male tief durchatmen, bis er ihr folgen konnte. Doch gerade als auch er den Gang verlassen wollte, stürzte Kani zurück und stieß so heftig gegen Sam, dass sie beide hinfielen.

»Was um …«, begann er, doch sie presste ihm eine Hand auf den Mund.

»Da ist etwas«, zischte sie so leise, dass er sie kaum verstehen konnte. Sie nahm die Finger wieder fort. Ihre Münder waren einander so nahe, dass Sam ihren Atem auf den Lippen spürte. Für einen Moment sahen sie sich stumm an, und Sam war wieder auf dem Turm, als Kani ihn …

»Gut«, krächzte Sam verwirrt. Dann runzelte er die Stirn. »Also ich meine natürlich …« Er räusperte sich ungewohnt verlegen. »Du hast dir hoffentlich nicht wehgetan.«

Kani sah an sich herab. »Nein«, murmelte sie und erhob sich langsam wieder. Sie deutete auf den Platz. »Da ist etwas«, wiederholte sie. Sam erhob sich ebenfalls und schob sich an ihr vorbei.

Ein Wächter, vermutete er. Doch die beiden miteinander flüsternden Schatten, die auf der anderen Seite des Platzes gerade in einem der Gänge verschwanden, hatten wenig gemein mit der Statur eines Wächters. Die Gestalten waren sicher einen Kopf kleiner als Sam und gingen so unbeholfen, als wären sie das Laufen nicht gewöhnt. Einer von ihnen torkelte wie betrunken, während der andere sich bemühte, seinen Gefährten zu stützen. Das Seltsamste an ihnen aber waren die Geräusche, die sie beim Gehen machten. Ein lautes, tiefes Klacken hallte über den Platz, als trügen die Gestalten eisenbeschlagene Schuhe, und es wurde erst leiser, als die Schatten in den Gang einbogen.

Sam und Kani starrten sich an. »Asfura?«, fragte er, und sein Herz klopfte plötzlich so schnell, als gehörte es in die gemalte Brust eines der rennenden Pferdemenschen über ihm.

»Keine Flügel«, erwiderte Kani. Und ehe Sam sie zurückhalten konnte, schlich sie leise wie eine Katze aus dem Gang auf den Platz. Er fluchte still und atmete tief durch. Sollte er sie gehen lassen und umkehren? Selbst wenn er sie allein hinter den Schatten hätte herlaufen lassen wollen, wäre er auf dem Rückweg sicher in dem Gewirr aus Gängen verloren gegangen. *Denk nicht an die Erde über dir, Sam*, sagte er sich und folgte Kani.

Der Platz war leer und nur schwach von wenigen Lampen beleuchtet. Erst aus dem Gang, in dem die Schatten verschwunden waren, drang wieder hellerer Lichtschein. Dieser Weg unterschied sich völlig von den anderen. Er war weitaus kürzer und beherbergte kein einziges Buch. Das Klacken drang von links an sein Ohr. Ein weiterer Weg, der sich anschloss. Nicht so dunkel wie der Platz und noch kürzer als der, in dem Sam und Kani nun waren. Sie bogen hinein und folgten ihm. Er führte sie auf eine Galerie aus Metall, die einen kreisrunden, glockenförmigen Raum umspannte. Sam trat aus dem Gang und sah sich auf der Galerie um. Fackelschein erhellte die Wände, an denen sich zahllose Regale von tief unten bis hinauf zur Deck zogen. Noch mehr Bücher. Offenbar hatten sie den alten Lesekreis gefunden.

Sieben weitere Gänge liefen auf die Galerie zu, und acht Wendeltreppen führten hinab. Weder die Treppen noch die Gänge besaßen ein Geländer.

Die Gestalten, denen sie gefolgt waren, erkannte Sam auf den zweiten Blick zu seiner Rechten. Er brauchte einen Moment, bis er begriff, dass das Bild, das seine Augen ihm zeigten, echt und nicht gemalt war. Zwei Menschen, so dunkelhäutig wie die Sklaven aus Kusch. Sie sahen sich verängstigt um, und als sie ihn bemerkten, blickten sie ihn ebenso erschrocken an wie er vermutlich sie. Pferdebeine lugten unter den weiten Hosen hervor, die sie trugen.

»Keine Asfura«, wisperte Sam.

9. LAUTE BEUTE

Er fühlte, wie jemand von hinten nach seiner Hand griff und sie fest drückte. Kani, den Blick auf die beiden Geschöpfe geheftet, die ängstlich zurückwichen. »Nushishan«, murmelte sie so leise, als könnte sie selbst nicht glauben, was sie gerade gesagt hatte.

Die Erwiderung lag Sam bereits auf der Zunge, doch er schluckte sie hinunter. Kani hatte recht. Es musste so sein. So unbegreiflich es auch war. *Glaub daran, Sam*, sagte er sich. *Warum sollten Hufe weniger wirklich sein als Flügel?* Nun, im Grunde durfte es weder die einen noch die anderen geben. Und nichts erklärte, weshalb Märchenfiguren in Paramythia umherliefen, als wären sie von hier aus in die Welt gelesen worden.

»Ruhig«, wisperte Kani und hielt die Hand ausgestreckt, wie eine Reiterin, die ein Pferd beruhigen wollte. Die beiden Gestalten blickten sie so starr vor Entsetzen an, als hätte Kani gerade ein Messer gezogen. Sie hielten dennoch still, während die Frau auf sie zuschritt. Kani streckte einem der Geschöpfe die Hand direkt vor die Nase. Und dann senkte das Wesen den Kopf.

Im ersten Moment hatte Sam befürchtet, das Geschöpf würde zubeißen. Doch es schnüffelte an Kanis Hand, und zu Sams Verblüffung ließ es sich schließlich sogar von ihr berühren. Sam bemerkte, dass sein Mund wie von selbst aufklappte.

»Wer seid ihr?« Kanis Stimme war so leise, dass Sam sie kaum verstand.

Er machte einen Schritt auf sie zu, um sie besser zu verstehen, und die Pferdemenschen – Sam beschloss, dass diese

Geschöpfe tatsächlich zu den Fabelwesen gehören mussten – drehten abrupt ihre Köpfe in seine Richtung. »Ist schon gut«, wisperte er und hob beschwichtigend die Hände in die Höhe.

Eines der Wesen machte dennoch einen Schritt nach hinten und setzte seinen Fuß auf die Treppe, die sich hinter ihm in die Tiefe wand.

»Geh weg«, zischte Kani. »Du erschreckst sie.«

»Ich erschrecke sie?«, entgegnete Sam. »Wer ist hier das verdammte Monster? Ich …«

»Hey!«, rief eine tiefe, blecherne Stimme von unten herauf.

Verdammt, Sam hatte nicht nach unten gesehen. Die Nushishan hatten ihn zu sehr abgelenkt. War das ein Wächter? Sam reagierte instinktiv. Sie durften eigentlich nicht hier sein. Erst recht nicht in Begleitung von zwei Fabelwesen. Mit einer schnellen Bewegung griff er nach Kani, die wiederum ihre Hand dem Geschöpf neben ihr auf den Arm legte. Der Mund in dem dunklen Menschengesicht öffnete sich, und Sam glaubte den Schrei schon zu hören. Hastig presste er dem Wesen eine Hand auf die Lippen, während er Kani losließ und das Geschöpf mit Gewalt zu sich riss. Wer immer auch dort unten war, sollte besser keinen von ihnen sehen. Ehe Sam Kani zuflüstern konnte, dass sie den anderen Pferdemenschen holen sollte, geriet das Geschöpf am Rand der Treppe in Panik. Es machte einen, dann zwei weitere Schritte zurück. Seine Hufe fanden auf dem Metall der engen Wendeltreppe jedoch keinen Halt. Der Pferdemensch ruderte mit den Armen, als würden ihm im nächsten Moment Federn aus der Haut wachsen. Dann stürzte er mit einem wiehernden Schrei ab.

Sam musste alle Kraft aufwenden, um das andere Geschöpf in seinem Griff zu halten und ihm gleichzeitig die Hand auf den Mund zu drücken.

Kani kam ihm zu Hilfe. Sie presste ihren Kopf gegen den des Wesens und wisperte leise Worte. Menschenworte. Offenbar beherrschte Kani zumindest die Sprache dieser Geschöpfe nicht. In Kanis Flüstern mischten sich die Stimmen von unten. Einige dunkel und befehlend und eine so voller Angst, dass sie sich überschlug.

Als Sam spürte, dass sich der Nushishan ein wenig entspannte, ließ er ihn los und ging in die Knie. Kani sah ihn fragend an, doch er legte nur einen Finger auf die Lippen. Dann schlich er in Richtung der Treppe. Hier oben brannten nur wenige Lampen, und Sam hielt sich in den Schatten, die den Boden wie dunkles Wasser bedeckten. Er lauschte, doch er hörte auf der Metalltreppe keine Schritte, sondern weiterhin nur die Stimmen. Mit klopfendem Herzen lugte er vorsichtig hinab. *Stell dir einfach vor, du siehst von oben herab, Sam*, dachte er bei sich. *Nicht von unten in eine noch tiefere Tiefe.* Damit kam er weitaus besser klar. Höchstens zwei Stockwerke unter sich erkannte er den kreisrunden Boden, umgeben von Buchregalen und beschienen vom Licht zahlloser Lampen. Der Raum war kaum breit genug für fünf Männer. In der Mitte des Kreises stand ein Lesepult, daneben erkannte er zwei behelmte Gestalten. Und zu ihren Füßen lag das Geschöpf. Der größere der Männer war in eine schwarze Robe gehüllt. Assasil. Der Herr der Wache schien auf den Pferdemenschen einzureden oder ihn etwas zu fragen, während der andere – Sam glaubte in ihm den Wächter zu erkennen, dem Kani und er über den Weg gelaufen waren – das Wesen ruppig auf die Füße zog. Der Pferdemensch knickte indes sofort wieder ein. Offenbar hatte er sich bei dem Sturz ein Bein gebrochen. Der Nushishan gab panische Laute von sich, die wie ein aufgeregtes Wiehern klangen. Doch plötzlich verstummten sie allesamt. Der Nushishan hörte mit einem Mal auf, sich zu wehren, und der Scharlachrote, der ihn hielt, wandte wie auch Assasil den Kopf einem Gang zu, der in den Kreis führte.

Und dann kam sie: Sabah. Es schien, als bündele sie alles

Licht des Raums. »Noch einer?«, fragte sie mit ihrer dunklen Stimme und legte ein Buch, das ebenso dick war wie die, die Sam in den Gängen gesehen hatte, auf das Lesepult. Dann trat sie auf den Nushishan zu. Der Pferdemensch starrte sie wortlos an. Er war wie verzaubert. »Du weißt nicht, was geschehen ist«, sagte Sabah, und Sam glaubte, eine Spur von Mitleid in ihren Worten zu hören. »Aber das musst du auch nicht.«

Nun, dachte Sam, *damit war wohl klar, weshalb Assasil seine Elitewächter in das Herz der Bücherstadt geschickt hatte.* Sie jagten die Fabelwesen, die sich hier herumtrieben. Und Sabah war ebenfalls in die Sache verwickelt. Doch wie?

Sie streckte ihm eine Hand entgegen, so wie es auch Kani getan hatte. Doch diesmal scheute der Pferdemensch, und sein Bein knickte abermals ein.

Sabahs Blick fuhr über seinen verletzten Lauf. »Es schmerzt sicher«, sagte sie, »aber bald sind alle Qualen vorbei.« Sie wandte den Kopf, und eine andere Gestalt trat hinter ihr aus dem Gang hervor.

Dieses Wesen schien wenigstens ebenso seltsam zu sein wie der Pferdemensch. Lang und dürr war es, als wäre es ein in die Länge gezogener Mensch. Haare trug es keine auf dem Kopf, und in den feingliedrigen Fingern hielt es zwei Bücher. Die Augen in dem runden Gesicht, faltenfrei wie das eines Kindes, waren so weiß, als wäre alle Farbe aus ihnen gewaschen. Es blickte umher, obwohl Sam nicht sicher war, ob dieses Geschöpf wirklich sehen konnte.

Sabah nahm ihm die Bücher aus den Händen. »Zwei?«, fragte sie. »Wo ist der andere?«

Der Pferdemensch begann zu zittern und sich gegen den Wächter zu wehren, der ihn gepackt hielt, doch es gelang ihm nicht, sich loszureißen.

»Die Namen sind verblasst«, sagte Sabah leise, während sie in die Bücher sah. »Aber die Worte, die nicht mehr gelesen werden können, sind kein Geheimnis für mich.« Sie sah den Nushishan an. »Und wenn du wieder dort bist, wo du hingehörst, werden wir den anderen suchen.« Sabah reichte dem Dürren die beiden Bücher, dann wandte sie sich dem Pferdemenschen zu. Ihre Hand schnellte so rasch vor, als würde ihr eine Schlange aus der Schulter wachsen. Der Nushishan zuckte zurück, doch Sabah griff seine Hand und drückte sie auf eines der Bücher, die der Dürre hielt.

Nichts geschah.

Nun drückte sie die dunklen Finger des Wesens auf den Einband des anderen Buches, und dieses Mal leuchtete das Leder kurz auf.

»Ah«, sagte sie und trat an das Lesepult in der Mitte des Raums. Sie öffnete das Buch, das sie dort abgelegt hatte, und zu Sams Erstaunen blätterten sich die Seiten von selbst um. Sam begriff nicht, wie das möglich sein konnte. Er beobachtete das Buch mit demselben Erstaunen, mit dem ein Kind einem Gauklertrick zusieht. Irgendwann kamen die Seiten zur Ruhe, und Sabah blickte in das Buch. Als sie gefunden zu haben schien, was sie gesucht hatte, beugte sie sich zu dem Dürren und wisperte ihm etwas ins Ohr. »Es wird bald nicht mehr schmerzen«, sagte sie an den Pferdemenschen gewandt. Dann blickte sie erstmals auch Assasil an. »Finde den anderen. Ich will nicht noch einen von ihnen in den Bücherstraßen umherirren sehen.« Ihre Stimme hatte plötzlich einen so harten Ton angenommen, dass Sam zu frösteln begann.

»Ich wurde zum Weißen König gerufen«, entgegnete Assasil. Sam fragte sich, ob seine Stimme menschlicher klingen würde, wenn Assasil den Helm absetzte.

»Dies hier ist wichtiger. Ich werde ihm berichten, dass du unabkömmlich bist«, sagte Sabah, und Sam glaubte die Kraft, die sie in ihre Stimme legte, in seinem Herzen fühlen zu können. »Schließe den Flüchtigen ein, sobald du ihn gefunden hast. Wenn die andere schläft, werde ich zurückkehren und mich um ihn kümmern.«

Die Andere? Sam verstand nicht.

Assasil schwieg einen Moment. Dann deutete er eine Verbeugung an. »Wie Ihr befehlt. Es ist bereits spät, Herrin. Zeit, das Herz zu verlassen und die Tore zu versiegeln.«

Sabah blickte ihn noch einen Moment lang an, dann wandte sie sich um und verschwand wieder in dem Gang, aus dem sie gekommen war. Sam wollte sich noch ein wenig weiter vorbeugen, um zu sehen, was nun geschah, doch da spürte er eine Hand auf der Schulter. Er fuhr herum und sah in Kanis Gesicht.

»Komm«, sagte sie und zog an seiner Schulter. »Wir müssen weg.«

An Kanis Seite zitterte der verängstigte Pferdemensch. Wie verloren er aussah. Als wäre er hier zwischen den Büchern gestrandet, ohne zu wissen, wo er nun hinsollte. Oder wo er herkam. *Nun, vielleicht stimmte das sogar*, dachte Sam. Die Asfura hatten es ebenfalls nicht gewusst. Er wollte gerade etwas sagen, als er den Schrei hörte. Es klang, als würde einem Tier ein glühendes Eisen in den Leib getrieben.

Sam starrte in Kanis entsetzte Augen. Sie brauchte nichts zu sagen. Sie mussten fliehen, ehe Assasil auf die Suche nach dem Nushishan ging und dabei sie beide fand. Und das so schnell sie konnten.

Sie liefen los, doch als Sam sah, dass Kani den Pferdemenschen mit sich zog, blieb er stehen. »Was soll das?«, zischte er leise. »Willst du, dass sie uns auch kriegen?«

»Ich lasse ihn nicht zurück!«

Sam hatte große Lust, sie zu zwingen, das Geschöpf hier zu lassen. So verwirrt, wie es war, würde es den Scharlachroten kaum etwas sagen können, das sie auf Sam und Kanis Spur brachte. Wenn es überhaupt reden konnte. Doch in Kanis

Blick konnte er lesen, dass es aussichtslos war. Sie würde ihre Meinung nicht ändern. *Stell ihn dir als eine besonders große Beute vor, Sam*, dachte er bei sich. *Und als eine besonders laute*, fügte er in Gedanken hinzu, während er die Hufe des Wesens betrachtete. Hufe auf Stein waren verräterisch laut.

Sam zog sein Schwert, und der Nushishan wimmerte, als er den Stahl sah. Kani stellte sich vor das Geschöpf, doch Sams Klinge schnitt nicht in Fleisch, sondern in scharlachroten Stoff. Mit seinem Schwert trennte er zwei Streifen aus seiner Robe. Er kniete sich vor den Pferdemenschen und umwickelte die Hufe. Dann sah er zu dem Nushishan auf. Pferdehufe und Menschenaugen, die ihn ängstlich ansahen. Das musste ein Traum sein.

Was war dort unten nur geschehen? Sam bekam die Frage nicht aus dem Kopf, während sie den Weg zurück zum Treppenaufgang folgten, nun so leise, dass keiner sie hören konnte. Zu ihrem Glück begegneten sie niemandem, und der Nushishan folgte ihnen so anstandslos, als hätten sie ihn mit Stricken gebunden und nicht bloß mit beruhigenden Worten.

Vor der Dunkelheit, die sich über die Treppe gelegt hatte, scheute das fremde Wesen. Doch an Kanis Hand ließ er sich führen. Der Aufstieg schien ewig zu dauern, und mehr als einmal lauschte Sam in die Finsternis hinter sich. Doch da waren weder Schritte noch Stimmen. Vermutlich glaubten die Wächter, dass der andere Pferdemensch irgendwo zwischen den Regalen herumirrte.

Das Marduk-Tor stand noch immer einen Spalt offen. Von oben schnitt das Licht durch die Dunkelheit, doch ehe sie das Tor durchschritten, bedeutete Sam Kani zurückzubleiben. Sie nahm den Nushishan bei der Hand und drückte sich mit ihm so tief in die Schatten, dass Sam sie kaum noch sehen konnte. Dann straffte er sich und trat aus dem Spalt.

Die Wachen auf der anderen Seite bedachten Sam mit so

süffisanten Blicken, dass er froh darüber war, dass Kani noch hinter dem Tor wartete. Wenigstens waren sie dadurch abgelenkt genug, dass sie die Schnitte in seiner Robe nicht bemerkten. Wer konnte sagen, was sie dann gedacht hätten. Der Wein hatte sie bereits in Stimmung gebracht, und der Jüngste von ihnen hatte offenbar so großen Hunger, dass das Knurren seines Magens den Graubart neben ihm verstummen ließ, der gerade darüber spekulierte, weshalb Kani nicht bei Sam war.

»Geht und holt euch noch etwas zu essen. Ich bleibe hier«, bot Sam sich an, und hoffte, dass seine Stimme so unbeschwert klang, dass niemand die Lüge in ihr schmecken konnte.

Der, dessen Magen geknurrt hatte, klopfte ihm auf die Schulter. »Willst wiedergutmachen, dass du Spaß hattest und wir nicht, was?« Sam hätte ihm das anzügliche Lächeln nur allzu gerne aus dem Gesicht geschlagen, doch er musste seine Rolle weiter spielen und nickte nur.

»Und wenn Assasil kommt?«, fragte der Scharlachrote mit dem grauen Bart.

Oh, er wird noch eine ganze Weile damit beschäftigt sein, einen Schatten durch Paramythias Herz zu jagen, dachte Sam bei sich. »Keine Eile«, sagte er laut. »Der Herr hat von der Beraterin einen Auftrag erhalten. Es wird noch dauern, bis er hier vorbeikommt.« Soweit Sam sich erinnerte, waren die wenigsten Wächter mit zu viel Scharfsinn gesegnet. Und auch diese hier unterschieden sich nicht von denen, die Sam bereits im Lauf der Jahre hatte in die Irre führen können. Die Aussicht auf einen vollen Teller und etwas Abwechslung in einer dunklen Nacht waren zu verlockend.

Die Zweifel auf dem Gesicht des Graubarts konnten Sams Worte zwar nicht ganz verwischen, doch die anderen Scharlachroten überredeten ihn schließlich, mitzugehen. Kaum waren die Schritte der anderen zwischen den Säulen verklungen, erschien Kani mit dem Nushishan.

Das Wesen sah sich mit einer Mischung aus kindlichem Staunen und Furcht um. Sam konnte ihm die vielen Fragen nur allzu deutlich vom Gesicht ablesen. *Wo bin ich? Wie komme ich hierher? Wer bin ich?* Sam glaubte sie zu hören, ohne dass der Nushishan sie stellte.

»Ich bringe ihn in die Universität«, entschied Kani.

»Sie werden euch beide festnehmen«, erwiderte Sam, der schon damit gerechnet hatte, dass sie etwas Derartiges sagen würde. »Glaubst du, du kannst zusammen mit einem Kerl mit Pferdehufen einfach so durch den Palast gehen? Und außerdem werde ich …«

»… hierbleiben.« Kani funkelte Sam an. »Sie suchen ein Geschöpf wie dieses hier. Ein verschwundener Wächter wird sie am Ende noch auf die richtige Spur führen. Und außerdem wird man nur eine Dienerin sehen, wenn ich gehe. Nicht mehr.« Sie griff in eine Tasche ihres Gewands und zog etwas Schimmerndes hervor. Es schien wie aus Sternenlicht gemacht. Kalt und fern. Und als Kani es mit der Zunge befeuchtete und es dem Nushishan auf den Leib drückte, verschwand dessen Gestalt zu Sams Verblüffung beinahe vollständig. Nur die Umrisse waren unscharf zu erkennen. Der Körper aber schien mit einem Mal wie aus Glas gemacht.

»Erschrick nicht«, wisperte Kani dem durchscheinenden Geschöpf zu. »Du trägst eine Bahridenschuppe am Leib. Sie wirkt eine Zeit lang. Es ist die letzte, die mein Vater noch hatte. Sie nimmt dir die Gestalt, doch du trägst keinen Schaden davon. Bleib an meiner Hand, Nushishan.«

Sam war zu verblüfft, um etwas zu erwidern. »Pass auf dich auf.« Mehr brachte er nicht hervor.

Sie lächelte. »Wir sehen uns im Turm wieder.« Dann zog sie den beinahe unsichtbaren Nushishan mit sich und verschmolz mit den Schatten der Säulen.

10. DER FÜRST DER DIEBE

In den Morgen mischten sich das Poltern von Pferdewagen, das Klappern von Hufen auf Kopfsteinpflaster und das Wiehern ihrer vierbeinigen Besitzer. Der nächste Tag gab sich alle Mühe, Sam daran zu erinnern, wen oder was Kani und er bei ihrem Besuch im Herzen Paramythias aufgelesen hatten. Kani hatte gehofft, jenes Geheimnis, das den Kern der Bücherstadt durchdrang, zu lüften. Doch stattdessen hatten sie ein weiteres gefunden.

Sam hatte längst aufgehört, sich zu wundern. Er schien ohnehin nicht begreifen zu können, was geschehen war, seit er zum ersten Mal den Fuß in das Labyrinth unter der Stadt gesetzt hatte. Er strich über die neue Robe, die er sich besorgt hatte, weil seine alte nicht mehr zu gebrauchen war, nachdem er die Stoffstreifen abgeschnitten hatte.

Zum Glück waren Sams Kameraden von ihrem Nachtmahl bereits zurückgekehrt, als Sabah die Treppe heraufkam. Geistesabwesend, als würde sie die Wächter nicht wahrnehmen, hatte sie das Tor verschlossen und wieder ein Wort dagegen gewispert. Sie hatte das Buch unter dem Arm getragen, das sie auch schon im Herzen Paramythias bei sich hatte. Was wusste sie über die Geschöpfe, die irgendwie den Weg in die Bücherstadt fanden? Sam war so in Gedanken versunken, dass er die Müdigkeit zweier halbdurchwachter Tage und Nächte kaum fühlte.

Sam sog tief die frische Luft ein. Der Wind hatte Nebel vom Meer in die Stadt getrieben. Zwischen den Häusern Mythias hing der Dunst so dicht, dass ganze Straßenzüge kaum zu erkennen waren. Nur wenige Menschen hatten zu so früher Stunde den Weg aus ihren Häusern gefunden, und Sam fühlte sich so allein, als würde ihn das Wissen in seinem Kopf zu einem Ausgestoßenen machen.

Sam hatte den Palast unmittelbar nach dem Ende seines Dienstes und dem Gespräch mit seinem Offizier verlassen. Er hatte den Mann mit derselben Mischung aus Wahrheit und Lüge, die er auch dem Weißen König aufgetischt hatte, schnell zufriedenstellen können. Offenbar wollte der Offizier nur wissen, ob sein eigener Name im Verlauf des Verhörs beim Weißen König genannt worden war.

Sam wischte sich die Feuchtigkeit vom Gesicht, die ihm der Nebel auf die Haut legte. Während er unter den leblosen Augen steinerner Wasserspeier, die die Dachfirste einiger prächtiger Häuser zierten, entlangging, stahl sich eine Frage in seinen Kopf. *Was, wenn du alles einfach vergisst, Sam?* Der Gedanke war ganz unvermittelt gekommen, und nun hing er verführerisch zwischen all den anderen, die sich um Flügel und Hufe an Menschenkörper drehten. Samir blieb stehen, während die reichverzierte Kutsche mit dem Wappen eines von Mythias niederen Adligen so dicht an ihm vorbeifuhr, dass er nur die Hand hätte ausstrecken müssen, um die Tür aufzureißen und dem, der auf den gepolsterten Sitzen saß, die Geldbörse zu entreißen. Er fühlte sich an einem Scheideweg. Als steckte er in einer der Geschichten, von denen es im Herzen Paramythias so viele gab. Und nun? Zurück in den Palast und weiter den Bücherwächter spielen? Wirklich alles vergessen, was geschehen war? Oder versuchen, dem Geheimnis auf die Spur zu kommen, das zwischen den Büchern verborgen lag? *Was für eine Frage, Sam*, dachte er und lächelte. Wie sollte er je wieder seinen Posten vor dem Marduk-Tor beziehen, ohne herausfinden zu wollen, wer oder was da versuchte, von unten heraufzukommen? Oder ob Kani die Flucht gelungen war. Sam konnte sich nicht daran erinnern, je eine Frau wie sie getroffen zu haben. Und das lag nicht allein daran, dass sie mit geflügelten Frauen sprechen konnte. Oder ihn zuerst geküsst hatte. Als er an sie dachte, stieg die Sorge in ihm auf, dass sie vielleicht gefasst worden sein könnte. Sie und der Nushishan waren womöglich schon längst vor den Weißen König und seine geheimnisvolle Beraterin gebracht worden. Und vor Assasil. Nun, vermutlich hätten längst entsprechende Gerüchte die Runde unter den Scharlachroten gemacht. Oder? Verdammt, er musste sie suchen. Sofort.

Die Kutsche fuhr in die richtige Richtung. Einem Impuls folgend lief er ihr hinterher, sprang geschmeidig an der Rückseite auf und ließ sich als blinder Passagier mitnehmen. In seinem früheren Leben hatte er diese Form der Fortbewegung oft gewählt. Für einen Wächter gehörte sich so etwas zwar nicht, aber in dem Nebel, der sich mittlerweile über die Straße gelegt hatte wie ein Fluss in sein Bett, wäre nicht einmal ein Pferdemensch zu erkennen gewesen.

Er wechselte zweimal die Kutsche, bis er das Glück hatte, an einer zu hängen, die zur Universität fuhr. Die Kutsche brachte ihn beinahe bis an den Platz, über den ihn die Asfura gejagt hatte. Auch wenn er nun mehr über die Wesen wusste, die so unvermittelt in seine Wirklichkeit eingebrochen waren, blickte Sam prüfend in den Himmel, während er auf das Tor zur Universität zuging. Doch die einzigen geflügelten Lebewesen waren einige Finken, die zeternd durch den Dunst flogen.

Es hätte Sam wenig Mühe bereitet, die alten Wächter zu narren, doch in seiner scharlachroten Robe gab es in Mythia nur wenige Türen, die ihm verschlossen waren. Die beiden salutierten so inbrünstig, dass sich einer von ihnen mit schmerzverzerrtem Gesicht ans Kreuz fasste. Sam zögerte, dann salutierte auch er. Der Stolz in der Miene der Alten zauberte für einen Moment ein spöttisches Lächeln auf seine Lippen. Doch dann glaubte er, in den beiden klapprigen Soldaten seine eigene Zukunft zu sehen. Würde es ihm gefallen, bis zu jenem Tag Wache zu halten, da er so gebrechlich war wie diese Alten? *Kaum drei Tage in Scharlachrot, und du weißt nicht mehr, was du bist, Sam,* schalt er sich. Ein Wächter oder ein Dieb? *Vielleicht keines von beidem.*

Der Uhrenturm schälte sich unheilvoll aus dem Dunst, als hätte er nur darauf gewartet, dass Sam den Fuß auf den Kiesweg setze, der zu ihm führte. Sam fand die Tür verschlossen vor. Doch ein Fenster an der Seite ließ sich nach oben drücken. Nun, vielleicht war er noch immer mehr Dieb als alles andere.

Er lief Hakim auf dem Flur über den Weg, und das Gesicht des Gelehrten verlor alle Farbe, als er Sams Umhang erblickte. Doch dann erkannte er das Gesicht des Scharlachroten, der so unvermittelt vor ihm aufgetaucht war, und strahlte ihn an. Er winkte Sam in den Hörsaal. »Ein Nushishan«, rief er laut. Und erschrak sogleich über das Echo seiner Stimme, das über die Wände des Turms sprang. »Es ist wunderbar«, fügte er um einiges leiser hinzu. »Und mein Trick mit der Schuppe hat funktioniert. Ich habe sie all die Jahre aufbewahrt, für eine wirklich wichtige Gelegenheit. Und nun war sie da! Er ist natürlich längst wieder sichtbar. Ein Nushishan! Ich kann es kaum glauben.«

Sam nickte nur, doch sein Herz wurde leicht. Erst jetzt merkte er wirklich, wie viel Angst er gehabt hatte.

Hakim war allein, sah man von dem leisen Krächzen ab, das von oben herabdrang. Sam sah misstrauisch hinauf. Und erstarrte. Sechs Asfura hockten dort wie ein Schwarm Raubvögel, die ein unvorsichtiges Kaninchen entdeckt hatten. *Dich, Sam*, dachte er und schluckte. Die anderen waren den beiden, denen er im Palast begegnet war, ähnlich, auch wenn sich die Farbe ihrer Federkleider etwas voneinander unterschied. Eine trug rote Federn, als hätte sie sie mit dem Blut ihrer Feinde gefärbt. Die einer anderen schimmerten blau wie das Meer. Doch sie alle starrten Sam so tückisch an, als warteten sie nur auf einen Vorwand, sich auf ihn zu stürzen und ihn mit ihren spitzen Zähnen auseinanderzureißen.

Schnell wandte sich Sam ab. Er hatte erwartet, den Pferdemenschen hier irgendwo zu sehen. Nun, vermutlich ruhte er sich aus und orientierte sich in dieser Welt, die ihm sicher so fremd erschien wie Sam der Gedanke daran, einem Wesen aus einem Märchen leibhaftig gegenüberzustehen. Kani war sicher bei ihm. Sie hatte sehr beruhigend auf ihn gewirkt.

»Wo ist …«, begann Sam, doch das Geräusch von Hufen, das aus dem Korridor erklang, ließ ihn mitten im Satz innehalten.

»Vorsicht!«, hörte er Kanis Stimme hinter sich.

Sam sprang instinktiv zur Seite. Aus dem Augenwinkel sah er eine Gestalt so schnell an sich vorbeischießen, dass er sie nur schemenhaft erkennen konnte. Sie rannte mit einem Jubelschrei auf den Lippen auf die gegenüberliegende Wand und die dort angebrachten Sitzreihen zu. Der Nushishan. Sam starrte ihn an. Wenn er nicht anhielt, würde er gegen die Stühle prallen. Der Pferdemensch aber dachte offenbar gar nicht daran, stehen zu bleiben. Stattdessen sprang er kaum ein paar Meter von der Wand entfernt ab, schoss über die Sitzreihen hinweg auf den Stein der Turmwand zu und lief, als sei er eine Spinne, einige Schritte in die Höhe. Als sein Körper schließlich zu bemerken schien, dass er auch weiterhin an die Erde gebunden war, stieß der Nushishan sich ab und vollführte in der Luft einen Rückwärtssalto, der einem Zirkusartisten zur Ehre gereicht hätte. Dann landete er vor den Sitzreihen auf beiden Hufen und wollte sich schon wieder umwenden, als Kani von hinten angelaufen kam und seinen Arm packte. »Das reicht«, keuchte sie außer Atem.

Sam bemerkte erst jetzt, dass sein Mund offen stand, und

klappte ihn wieder zu. Der Nushishan hatte keine Ähnlichkeit mehr mit dem zitternden Geschöpf, das sie gestern Nacht zwischen den Büchern gefunden hatten. Er strotzte nur so vor Tatendrang. Auf dem langgezogenen, nachtschwarzen Gesicht lag ein Ausdruck euphorischer Freude, und seine silbergrauen Augen leuchteten hell wie Sterne. Der Pferdemensch schien durch seinen Sprung überhaupt nicht angestrengt. Er strahlte Sam an wie ein Kind, das unvermittelt in das Lager eines Süßigkeitenbäckers gestolpert war. Seine langen, schwarzen Haare fächerten wie der Schweif eines echten Pferdes durch die Luft, während er den Kopf hin und her warf. Sein ganzer Körper vibrierte, als würde sein Blut kochen.

»Was … was ist mit ihm?«, fragte Sam.

Ehe Kani oder Hakim antworten konnten, hatte der Pferdemensch seinen Mund aufgerissen und entblößte eine Reihe großer, makellos weißer Zähne, die wie Perlen glänzten. »Frei!«, rief er und strahlte sie einen nach dem anderen an. »Frei!«

»Er sagt nichts anderes«, erklärte Kani, während sie einen neuerlichen Versuch des Pferdemenschen, sich von ihr loszureißen, nur mit Mühe unterbinden konnte.

»Was, schon den ganzen Morgen?«, fragte Sam.

»Nein«, antwortete Hakim und lächelte selig. »Die ganze Nacht. Seit er hier ist.«

Sam hob überrascht die Augenbrauen. »Er führt sich schon die ganze Zeit so auf?«

»Ein Nushishan«, meinte Hakim, als sei dies Antwort genug. Dann schien er Sam die Unwissenheit von der Stirn abzulesen. »Wenn er das wirklich ist, und daran dürfte wohl kaum ein Zweifel bestehen, dann ist sein ganzer Körper dafür gemacht, durch die Welt zu galoppieren. Sie in ihrer ganzen Weite und Breite zu erkunden.«

»Wie ein echtes Pferd?« Sam sah den Nushishan nachdenklich an. Gut, dass er und dieses andere Geschöpf nicht genauso aufgedreht durch das Herz der Bücherstadt gelaufen waren, sonst hätten sie niemals entkommen können. Ganz gleich wie groß das Zentrum des Labyrinths auch sein mochte, Hufgetrappel wäre niemals unentdeckt geblieben.

»Pferde.« Hakims Stimme klang mit einem Mal abfällig. Er rückte sich die runde Brille zurecht, die ihm schief auf der Nase saß, und sein Gesicht zeigte einen Ausdruck leichten Tadels. »Ein Nushishan ist mehr Pferd als der schnellste Hengst. Kraftvoller, ausdauernder, unbändiger. Man könnte sagen, die Pferde sind nur Nachahmungen der Pferdemenschen. Er ist der Herr der Steppen. In den Märchen heißt es, sie könnten in nur einem Tag und einer Nacht von der Sandwüste bis zur Eiswüste laufen.«

Sam hob eine Augenbraue. Die Eiswüste. Sie war so weit weg, dass wohl niemand aus Mythia sie je gesehen hatte. Ein Mythos. *Genauso wie die Nushishan,* dachte er. Als er den Pferdemenschen betrachtete, dessen drahtiger Körper noch immer wie in der vergangenen Nacht nur von einer weiten Hose bedeckt wurde, fragte er sich, ob Mythen die Wahrheit zumindest manchmal am treffendsten beschrieben.

»Ich frage mich, was mit seinem Freund geschehen ist, der gefangen genommen wurde«, sagte Sam.

Er sah die Bestürzung auf den Gesichtern von Kani und Hakim in demselben Moment, in dem das Schluchzen begann. Tränen, so dick wie Wassertropfen, schossen dem Pferdemenschen in die Augen. Seinem Mund entwich ein Klagegeheul, und er warf sich so abrupt auf den Boden, dass er Kani mit sich riss.

Sie blickte Sam vorwurfsvoll an, dann begann sie den Nushishan zu trösten.

»Sprich ihn um Himmels willen nicht darauf an«, tadelte Hakim und zog sein Notizbuch aus der Tasche, das Kani gestern bei sich getragen hatte. Er schlug es auf und begann etwas hineinzuschreiben. »Beim letzten Mal hat der Anfall eine Stunde gedauert.«

»Eine Stunde?«, fragte Sam. Nun, er wusste, wie es war, um jemanden zu trauern. Aber eine Stunde lang heulen? *Warum nicht, Sam? Wie lange hast du heimlich geweint? Tage? Oder waren es nicht eher Wochen?*

»Beim ersten Mal sind es sogar zwei Stunden gewesen«, bemerkte Hakim, während sein Stift über das Papier kratzte. »Interessant«, murmelte er. »Die Gefühle schlagen zu beiden Seiten ungewöhnlich stark aus.«

»Es ist eine Folge des Aufwachens.« Die Stimme war hoch über Sam erklungen.

Er fuhr herum und starrte auf die unverletzte Asfura, die wie ein Todesbote lautlos herabschwebte. Als sie landete, glaubte Sam, den Geruch von frischem Blut in der Nase zu haben. Vielleicht hatten Kani und Hakim die Wesen gefüttert? Er schüttelte sich, es war ihm, als würde der Duft des Blutes wie Schleim auf seiner Haut kleben.

»Wenn es ihm so ergeht wie uns, dann wird sich das wieder geben«, fuhr die Asfura fort. Ihre Stimme klang so krächzend wie die eines Rabens. »Am Anfang beherrschen ihn die Instinkte. Der Verstand schaltet sich erst später ein.«

»Am Anfang von was?«, fragte Sam.

»Dem Erwachen«, meinte die Vogelfrau. »Es scheint bei ihm so zu sein wie bei meiner Schwester, mir und den anderen, die sich mit uns dort oben verbergen.«

»Das Erwachen? Dann habt ihr geschlafen, bevor ihr in Paramythia erschienen seid?«, fragte Sam.

Die Asfura schob sich eine Kralle zwischen die Zähne und zog ein Stück Fleisch hervor. Offenbar war sie wirklich gefüttert worden. »Wenn es so war, dann war der Schlaf traumlos. Keine Erinnerungen. Nur die Namen, die wir im Herzen tragen.«

»Namen?« Die Vorstellung, dass die geflügelten Frauen ebenso wie Menschen Namen trugen, erschien Sam im ersten Moment seltsam. Die Asfura in den Sagen besaßen zumindest keine. Offenbar stimmten die alten Geschichten auch in diesem Punkt nicht mit der Wirklichkeit überein. Namenlose, wunderschöne Wesen. Nein, die echten Asfura waren genau das Gegenteil.

»Ich heiße Kelaino, die Dunkle«, krächzte die Vogelfrau. »Und die, der du die Klinge ins Bein getrieben und Feuer über die Haut geschüttet hast, heißt Aello, die Geliebte des Windes.«

Sam sah misstrauisch nach oben. Aello hatte die Verletzung sicher nicht vergessen. Wie nachtragend waren Asfura? Sam wollte es lieber nicht herausfinden.

»Ich heiße Sam«, stellte er sich vor. »Und er?« Sam deutete auf das heulende Bündel, das in Kanis Armen lag.

»Er nennt sich Shagyra«, sagte Kani leise.

Beim Klang seines Namens hob der Nushishan den Kopf. Er schien sich wieder zu beruhigen.

»Und er weiß auch nichts?«, fragte Sam. Doch die Antwort war den anderen nur allzu deutlich in die Gesichter geschrieben.

»Wir müssen noch einmal nach Paramythia«, wisperte Kani, während sie sich erhob.

Noch einmal? Sam schüttelte den Kopf. Zufall und Glück hatten sie hinter das Marduk-Tor gebracht. Doch er bezweifelte, dass sich noch einmal eine so günstige Gelegenheit ergeben würde. Und am Ende erfuhr Assasil vielleicht noch von der Dienerin und dem Wächter, die heimlich die Stufen ins Bücherherz hinabstiegen. »Es ist zu gefährlich«, wiegelte Sam ab.

Kani setzte zu einem Widerspruch an, doch Hakim kam ihr zuvor. »Nein«, sagte er und sah Sam an, »ich glaube, das

Geheimnis um Paramythia werden wir dort nicht lüften können.«

Sam musterte den dünnen Mann verwirrt. Auf der Straße hätte er ihn kaum bemerkt. Und wenn er ihm doch aufgefallen wäre, so hätte er ihn als schwächlich und ungefährlich eingestuft. Doch hier, in dem verlassenen Hörsaal, strahlte er wenigstens ebenso viel Autorität aus wie der Herr der Wache, und auf seine Weise erschien er Sam ebenso gefährlich.

Sam konnte ihm ansehen, dass er etwas ausheckte. Etwas, von dem Sam fürchtete, dass es ihm nicht gefallen würde.

»Die Beraterin«, fuhr Hakim fort, »Sabah, sie hatte ein Buch in den Händen, oder?«

Das Buch. Ja, Sam erinnerte sich. Sie hatte darin etwas nachgeschlagen und es dem Dürren zugewispert. *Nein Sam*, verbesserte er sich, *die Seiten des Buchs haben sich von selbst umgeschlagen.* Noch ein Geheimnis. Und was war mit dem Dürren selbst? Gehörte er zu einem fremden Volk, das Sam bislang noch nie gesehen hatte? Oder war er ein Geschöpf, das von demselben Ort kam wie die Asfura und der Nushishan? Nun, in diesem Moment war es gleich. Hakim hatte etwas vor. Und Sam ahnte, was es war. »Ihr wollt es stehlen lassen.« Sam hatte den Ausdruck auf Hakims Gesicht schon oft gesehen. Stets hatte er die Gesichter seiner Auftraggeber geziert, kurz bevor sie ihm einen Auftrag erteilt hatten. Diese Mischung aus Gier, Vorfreude und Aufregung. Als sei er ein Wüstengeist, dem man seinen Wunsch nur zuflüstern musste, damit er in Erfüllung ging. *Hol mir das Bild. Besorg mir den Schmuck. Bring mir dieses Kunstwerk.* Das Wort *stehlen* hatten sie alle gemieden, als würde es an ihnen kleben bleiben wie Pech.

Auch Hakim zuckte zusammen. »Also ich, ich … also stehlen, ich …«

»Ja«, sagte Kani und trat auf Sam zu. Ihr machte das Wort offenbar nichts aus. »Kannst du mir helfen, es zu stehlen?«

Sam sah sie stumm an. Ein Wächter oder ein Dieb? Er seufzte. »Ich hätte es einmal gekonnt«, meinte er, ohne die Frage zu beantworten, die daraufhin auf ihrem Gesicht erschien. Wie rau seine Stimme klang. Als kratzten die Worte ihn in der Kehle. Er wollte erfahren, was es mit Paramythia auf sich hatte. Aber er wollte nicht mehr der werden, der er einmal gewesen war. In sein altes Leben hatte sich zu viel Bitterkeit gemischt. Und überhaupt, was dachte sich Kani? Sabah hatte das Buch bislang jede Nacht aus Paramythia mitgenommen. Sicher brachte sie es stets in ihr Gemach. Sie konnten kaum dort hineinmarschieren und es einfach stehlen. Sabah. Sie war ebenfalls ein Geheimnis. Auf Sam hatte es den Eindruck gemacht, als ob sie genau wusste, was dort unten vor sich ging. Was war sie? Sicher nicht nur eine weise Frau. In den Straßen Mythias zumindest gab man ihr andere Namen. Die farblose Fee. Die Geisterfrau. Die Geliebte des Weißen. Nun, ob sie dem König mehr als nur ihren Rat schenkte, wusste Sam nicht. Doch für einen Geist war sie zu lebendig, und wie eine Fee sah sie nicht aus. *Aber das Buch hatte sich dennoch von selbst aufgeschlagen, Sam.*

»Dann versuche ich es allein.« Kani sah ihm trotzig in die Augen. Es fehlte gerade noch, dass sie die Arme verschränkte und mit dem Fuß aufstampfte.

»Du kämst nicht einmal bis vor ihre Tür.« Das Gemach der Beraterin befand sich im innersten Winkel des Palastes, wie Sam seit Mateos Führung wusste. Und sicher war es umgeben von so vielen Wachen, dass Kani schon die Asfura an ihrer Seite gebraucht hätte, um dorthin zu gelangen. Oder sie hätte ein ganzes Schuppenkleid der wasserliebenden Bahriden umlegen müssen. Nein, Kani mochte schlau und mutig sein. Doch hier brauchte man andere Talente.

»Aber du würdest es sicher schaffen«, stieß Kani verärgert hervor.

Sam konnte den Spott in ihren Worten beinahe schmecken. Für einen Moment war er versucht, ihr mit *Ja* zu antworten. Doch dann besann er sich eines Besseren. »Ich kenne zumindest jemanden, der es schaffen könnte. Jemanden aus einer Organisation namens Ikariq.«

Hakim keuchte überrascht auf. »Die Meuchelmörder? Nein, mit denen lassen wir uns nicht ein.«

Meuchelmörder? *Himmel*, dachte Sam, offenbar endete die Klugheit von Kanis Vater an der Tür seines Hörsaals. »Diebe«, verbesserte er ihn. »Sie sind Diebe.«

»Sie werden Gold verlangen«, meinte Kani.

Seine Tochter war da schon um einiges schlauer. »Sie würden, wenn ihr allein zu ihnen geht«, erwiderte Sam. »Aber ich werde mitkommen. Und sie werden es umsonst machen.« Warum tat er das? Hatte er sich nicht vorgenommen, nie dorthin zurückzukehren? Wie schnell dieses *Nie* endete. »Ich … kenne da jemanden.«

»Was hast du gegen sie in der Hand?«

Kani flüsterte ihm die Frage zu, während sie auf ein Haus zugingen, dessen Zwiebeldach so golden glänzte, als wollte es der Mittagssonne Konkurrenz machen. Die Wände waren frisch getüncht, und der Garten, der sich um das weitläufige Anwesen zog, war so kunstvoll angelegt, als residierten hier die höchsten Gäste des Weißen Königs.

»Nichts«, gab Sam ruhig zurück und blickte sich verstohlen um. Er hatte bereits fünf Wachen gezählt, und der Schatten, den er hinter einem der obersten Fenster erspähte, hielt etwas in Händen, das verdächtig einem Bogen ähnelte. Kani dürfte nichts davon aufgefallen sein.

Sam wunderte sich einmal mehr über sich. Er ging ausgerechnet in das Haus, das er nie mehr hatte betreten wollen, um mit dem Mann zu sprechen, den er nie mehr hatte treffen wollen. *Aber da hast du auch noch nichts von geflügelten Frauen und behuften Männern gewusst, Sam. Nein*, dachte er, wenn er das Geheimnis um Paramythia wirklich lüften wollte und der Schlüssel dazu in dem Buch der Beraterin lag, dann gab es keinen anderen Ort und keinen anderen Mann, zu dem er gehen konnte. Den Nushishan hatten sie in Hakims Obhut gelassen. Sam war sicher, dass der alte Gelehrte in keinem Moment in der Lage war, den nur so vor Kraft strotzenden Pferdemenschen zu bändigen. Aber Kelaino, die Asfura, hatte Kani versprochen, dafür zu sorgen, dass Shagyra in dem alten Turm blieb.

Kani blickte ihn nachdenklich an, während sie in den Steinweg einbogen, der auf das Hauptportal des Hauses zuführte. Offiziell gehörte es einem der angesehensten Händler der Stadt, dessen Wohlstand mit guten Geschäftsbeziehungen zu Kunden jenseits des Meeres erklärt wurde. Nun, *Händler* traf es ganz gut, wenngleich der Mann, dem das Haus gehörte, nur das weitergab, was er zuvor hatte erbeuten lassen. Kaum hatten sie den Fuß auf die erste der drei Stufen vor dem Eingang gesetzt, öffneten sich die beiden Flügel des Portals, und eine Gestalt trat heraus.

Wie dramatisch, dachte Sam und verdrehte die Augen. Ein flüchtiger Blick zu Kani zeigte ihm, dass sie der Auftritt ebenso wenig beeindruckte wie ihn, und er musste grinsen.

»Was für eine Überraschung!« Majid lächelte sie überschwänglich an. »Ein Wächter unseres geliebten Königs und eine Prinzessin, wie mir scheint. Zumindest könnte keine schöner sein als Ihr.« Majid trat an Sam vorbei, wobei er ihn unauffällig mit der Schulter schubste, und blieb vor Kani stehen. Während er ihr in die Augen sah, nahm er ihre Hände in seine und führte sie zur Andeutung eines Kusses an die Lippen.

Kani lächelte ihn an, und Sam glaubte zu erkennen, dass sie ein wenig geschmeichelt war. Es überraschte ihn ebenso wie der Anflug von Ärger, den er darüber empfand. Ein wenig öliger Charme, und sie war geblendet, als hätte sie das erste Mal in ihrem Leben ein Kompliment gehört.

»Ich hatte mir das Heim von Mythias größter Diebesbande … größer vorgestellt.« Sie lächelte unbeirrt weiter, und Sam war beeindruckt. Nun, offenbar war sie doch nicht so einfach zu blenden.

Auch Majid war überrascht. Einen Moment lang blickte er sie stumm an, dann lachte er laut los. »Sam hat Euch offenbar erzählt, wie man mit unseresgleichen reden muss.«

Kani blickte Sam fragend an, ohne das Lächeln abzulegen. »Nein, das hat er nicht.«

Sam konnte ihr die Frage vom Gesicht ablesen. *Was hast du mit ihnen zu tun?*

»Kommt«, sagte Majid und bot Kani einen Arm. »Der Anführer unserer … Diebesbande erwartet Euch.«

Eine Vorhalle aus Marmor, Teppiche, so dick, dass sogar ein Elefant geräuschlos auf ihnen hätte laufen können, und so viele Diener, als müsste hier ein ganzer Trupp Grafen bedient werden. All dies war nicht mehr als eine Kulisse für die Eitelkeiten der Diebe. Die Ikariq schrien den Gästen entgegen, wie reich die Organisation im Lauf der Jahre geworden war. Sie stiegen eine Treppe empor, deren Stufen unverschämt breit waren. Als Kind war Sam sie stundenlang hinauf und hinunter gerannt. Sie hatten hier gerne gespielt. Majid, er und … Jamal. Der Name, den er so sorgsam verdrängt hatte, sprang ihn an, als hätte er nur darauf gewartet, dass Sam an diesen Ort zurückkehrte. Sam fühlte den Schatten förmlich, der ihm über das Gesicht fiel. Und er spürte Kanis fragenden Blick. Sie war aufmerksam. Eine der wichtigsten Eigenschaften einer Diebin. Sie wäre sicher talentiert.

Er tat, als bemerke er es nicht. Majid führte sie einen Flur entlang, der zu beiden Seiten von Bildern geziert wurde, deren Besitzer hohe Belohnungen darauf ausgesetzt hatten, sie wiederzubekommen. *Stehle bei jedem Auftrag immer auch etwas für dich selbst.* Eine Weisheit, die Sams Vater stets vorgelebt hatte. Der Flur führte auf eine Tür zu, die golden wie das Dach des Anwesens war. Zwei Wachen standen links und rechts davon. Sie waren so breit, dass Sam sich problemlos hinter jedem von ihnen hätte verbergen können. Keiner von ihnen trug eine erkennbare Waffe, aber Sam wusste, dass sich unter ihren weiten Jacken ebenso kurze wie scharfe Klingen befanden. Die beiden waren um einiges älter als Sam, und er kannte sie, seit er denken konnte. Sie hatten wie Sams Mutter zu einer der Karawanen gehört, die Zucker nach Mythia brachten, und soweit Sam wusste, hatte seine Mutter sich dafür eingesetzt, dass sie einen Platz bei den Ikariq fanden. Zumindest war dies die Geschichte, die er erzählt bekommen hatte. Was dachten sie wohl darüber, dass er nun in Scharlachrot zurückkehrte? Sie zeigten es nicht. Die beiden blicken den Ankömmlingen mit so unergründlicher Miene entgegen, als wären sie bei einer Sphinx in die Lehre gegangen, und ihre Gesichter, so dunkel wie gemahlener Kaffee, erinnerten Sam für einen schmerzhaften Moment an diejenigen, die er mit seiner leichtfertigen Lüge zum Tod verurteilt hatte.

»Wohin genau gehen wir eigentlich?«, wisperte Kani.

Sam wollte antworten, doch Majid, der die Enge des Flures nutzte, um sich ein wenig näher an Kani zu drücken, war schneller. »Ihr werdet die Ehre erhalten, vor den Fürsten der Diebe Mythias zu treten.«

Der Fürst der Diebe. Es gab bei Mythias Dieben keine Übertreibung, die zu groß war, um sie nicht zu benutzen.

Majid hob die Arme wie ein Zeremonienmeister, während einer der beiden Wächter die Tür öffnete. »Vor den Herrn der

Ikariq.« Majids Stimme schwoll an, als wären sie in einem Theater. »Der große Vicente erwartet euch.«

Das überraschte Frauenkichern passte nicht recht in den dramatischen Moment. Die Frau, die vom Schoß des Mannes rutschte, der am Ende des riesigen Raums hinter einem lächerlich großen Schreibtisch saß, hatte einen Ausdruck auf dem jungen Gesicht, als sei sie ein Kind, das man gerade beim Naschen erwischt hatte. Sam kannte sie nicht. Es gab viele Frauen, die sich gern von dem Prunk blenden ließen, den die Ikariq angehäuft hatten, und die die Nähe zu den Gesetzlosen als aufregend empfanden. Sie wischte dem Mann vor sich die Farbe von den Lippen und strich sich das ebenso rote Kleid glatt, das ein wenig verrutscht war. Die Scham, die sich auf ihre Miene legte, war so schlecht gespielt, dass Majid Sam einen vielsagenden Blick zuwarf. Leichtfüßig eilte die Frau über die dicken Teppiche an ihnen vorbei, und der schwere Duft von Rosen wehte hinter ihr her. Soweit Sam wusste, kosteten diese Düfte ein Vermögen.

Der Mann hinter dem Schreibtisch grinste wie ein Junge, während er sich aufrecht aufsetzte. Das Haar glänzte noch ein wenig mehr, als Sam es in Erinnerung hatte. Der Bleikamm, der in Essig getunkt das Grau aus Vicentes Haaren strich, lag immer griffbereit neben dem Herrn der Elstern. Es war ein traditionelles Instrument aller in die Jahre kommender Männer und Frauen, sich die Haare zu färben.

Das Lächeln, das Vicente ihnen schenkte, war blendend. Sam wusste, dass die Prozedur, der Vicente sein wolkenweißes Gebiss verdankte, alles andere als angenehm war. Der Hausbarbier der Ikariq schliff die Zähne zunächst und versetzte sie mit einer Säure, die alle Farbe aus Vicentes Gebiss wusch. Das Jammern von Mythias oberstem Dieb erfüllte jedes Mal die Flure des weitläufigen Anwesens. Es war schmerzhaft, doch die Aussicht auf gelbe Zähne schien Vicente mehr zu ängstigen als einige Stunden voller Schmerzen, die er meist mit etwas Hochprozentigem betäubte. Vicente war ein Gauner. Unehrlich bis ins Mark. Und der einzige Mann, der es je geschafft hatte, in den Palast Mythias einzubrechen, ohne gefangen genommen zu werden. Wenn ihnen einer helfen konnte, in das Gemach der Beraterin einzudringen, dann war er es. Ausgerechnet.

Sam sah ihn an, und für einen Moment trafen sich ihre Blicke. Kani und er waren nicht auf direktem Weg zum Haus der Ikariq gegangen. Zuvor hatte er sie zum Palast geführt. Eine halbe Stunde hatte Kani warten müssen, während Sam etwas im Palast *besorgt* hatte: seine zerrissene Uniform, die er noch am Morgen dem Schneider auf einen Haufen mit Stoffresten geworfen und gegen eine neue eingetauscht hatte. Er hatte nun eine neue Verwendung für sie im Sinn. Ehe er wieder zu Kani gestoßen war, hatte er Mateo gesucht und ihm eine glänzende Münze in die schmutzige Hand gedrückt. Neben der Adresse des Diebesfürsten hatte Sam ihm auch eine Botschaft für Vicente ins Ohr gewispert: *Der, der dich besuchen wird, ist nichts als ein Wächter.* Er hoffte, Vicente hatte die Botschaft erhalten und ignorierte sie nicht. Sam musterte seinen Vater nun aufmerksam. Was las er in dessen Blick? Freude, Gekränktheit, Spott?

»Guten Tag«, begrüßte er sie. »Ich heiße euch willkommen in meinem bescheidenen Heim. Was kann ich für die Freunde unseres geliebten Königs tun?«, fragte er, und Sam stellte erleichtert fest, dass Vicente tatsächlich tat, als kannten sie sich nicht. »Ich hoffe, ich werde nicht festgenommen.« Sams Vater warf ihm einen wissenden Blick zu.

Sam schluckte die Erwiderung hinunter und stellte Kani seinem Vater vor.

»Sehr erfreut.« Vicentes Stimme hatte schon vor zwanzig Jahren so geklungen, als striche sie über kantige Felsen. Doch der Genuss von zu viel Schnaps und der Rauch zahlloser Zigarren hatte sie noch rauer werden lassen. Tatsächlich zog er nun ein lächerlich langes Exemplar aus einer Schublade seines Schreibtischs und betrachtete die Zigarre, als wäre sie eine Stange Gold. »Wie sieht es aus, Kani, meine Gnädigste?« Vicente erhob sich von seinem Stuhl, der, wie Sam wusste, eine Maßanfertigung war. Die hölzernen Beine waren so viel länger als gewöhnlich, dass Vicentes Füße nicht den Boden berührten. Im Stehen reichte er Sam nur bis zur Brust, was deutlich wurde, als er wie ein Pfau auf sie zustolzierte. »Darf ich Euch eine anbieten? Ihr Tabak kommt aus einem Land jenseits des Meeres, und nicht einmal der Weiße König hat bessere in seinem Palast.« Vicente lachte verschmitzt. »Wir bedienen uns beide aus demselben Lagerhaus.«

Kani betrachtete die Zigarre, die beinahe so lang wie ihr Unterarm war. »Sicher kommt der Tabak aus Baku, jenseits des Meeres, und die Sorte, die Ihr raucht, heißt Bahico. Im Palast wird in der Tat viel Wert auf guten Tabak gelegt. Aber nein, ich rauche nicht.«

Vicente zeigte sich ehrlich verblüfft. Es war selten genug, dass sein Gesicht die Gefühle in seinem Herzen offenbarte. »Ich bin beeindruckt. Von Eurem Anmut und Eurer Intelligenz. Beides findet man nur selten in ein und derselben Frau.« Er schenkte ihr sein Perlenlächeln und deutete auf eine Sitzgruppe, deren Polster so weich waren, dass Kani, Sam und Majid fast einen Fuß tief in sie einsanken. Nur Vicentes Sessel war härter, sodass er ihnen nun wieder auf gleicher Höhe entgegenblickte. Er klatschte in die beringten Hände, und eine Dienerin kam durch die goldene Tür, um Obst und Wasser zu bringen. Vicente blickte ihr nach, während sie den Raum verließ. Als die Tür wieder geschlossen war, entzündete er seine Zigarre, nahm einen Zug und stieß den Rauch aus, als sei er ein Drache, der sein Feuer schürte. »Nun«, sagte er, »ich wiederhole meine Frage. Was kann ich für die Freunde unseres geliebten Königs tun? Ein Auftrag in seinem Namen dürfte es kaum sein. Wollt ihr beide vielleicht die Häuser wechseln?« Er warf Sam einen Blick zu. »Vom Palast des Weißen Königs in den des Fürsten der Diebe?«

»Ihr sollt für uns etwas stehlen.« Sam merkte, wie die Worte sein Herz schneller schlagen ließen.

»Aha, etwas stehlen. Da seid ihr an der richtigen Adresse«, meinte Vicente und stieß eine dichte Rauchwolke aus. »Und was könnte es wohl sein? Ein altes Erbstück vielleicht, das Ihr entbehrt, meine Schöne?« Selbst im Zigarrenrauch glänzten seine Zähne.

»Ein Buch aus dem Gemach von Sabah, der königlichen Beraterin.« Kanis Worte schnitten durch den Qualm und brachten Vicente so sehr zum Husten, dass ihm fast die Zigarre aus der Hand fiel.

Sam musste lächeln und wandte sich Majid zu, der ihn mit undurchdringlicher Miene betrachtete. »Nur ihr könnt das schaffen«, meinte er.

»Es ist unmöglich«, erwiderte Sams Cousin ungewöhnlich ernst. »Zu viele Wachen und Assasil, der zu riechen scheint, wo wir sind. Warum sollen wir nicht gleich einem Drachen das Feuer stehlen?«

»Weil die längst ausgestorben sind. Wenn sie überhaupt je gelebt haben.« Vicente hatte sich von seinem kleinen Hustenanfall wieder erholt. »Es dürfte wohl kaum einen schwierigeren Auftrag geben. Und keinen kostspieligeren. Aber lasst uns nicht über Geld reden. Noch nicht. Was steht in diesem Buch, dass ihr es so unbedingt haben wollt? Die Zukunft? Zaubersprüche?«

»Wir wissen es nicht«, gab Kani zurück.

Vicente und Majid wechselten einen Blick.

»Es ist weniger gefährlich, als es scheint«, meinte Sam rasch und zog seine zerrissene Uniform unter der Robe hervor, die er im Palast gestohlen hatte. Der Diebstahl des Gegenstands, den er als Nächstes hervorzog, hatte ihm mehr Mühe bereitet. Um an das Abzeichen eines Scharlachroten zu kommen, hatte er all seine Kunstfertigkeit aufwenden müssen. Er war dem Schnarchen in den Wächterquartieren gefolgt und hatte einen Mann ausfindig gemacht, der allein im Zimmer war. Ausgerechnet der Graubart. Er schlief so tief, dass Sam ihm das Schmuckstück, das er nun dem anerkennend nickenden Majid in die Hand drückte, vorsichtig über den Kopf hatte ziehen können.

»Wie es scheint, gibt es hier noch einen talentierten Dieb«, meinte Vicente süffisant. »Also, ihr wollt ein Buch, von dem ihr den Inhalt nicht kennt, aus einem Raum stehlen, der vermutlich wie kaum ein zweiter bewacht wird. Das wird nicht ganz so einfach werden. Erst einer hat es geschafft, in den Palast einzubrechen und wieder zu entkommen. Einer, der genau weiß, worauf zu achten ist.« Vicente fuhr sich über die eintätowierte Krone, die seinen Hals zierte, als könnte er deren Spitzen ertasten. Der Fürst der Diebe. Den Titel hatte er sich redlich verdient. »Ich denke, ich weiß, wo sie wohnt«, meinte Vicente in Gedanken versunken. »Nach meinen Informationen hat sie ihr Gemach direkt neben dem des Weißen Königs. Auch mit der Uniform und dem Abzeichen wird es lebensgefährlich sein, dort einzudringen.«

»Fürchten sich die Diebe der Ikariq?«

Einen anderen hätten die Worte wenigstens einen Schlag ins Gesicht gekostet, doch Vicente sah Sam nur an und lachte. »Fürchten? Dieses Wort kennen wir nicht. Es gibt keinen Ort, an den wir nicht gelangen können. Doch dieser hier ist heikel, und wenn unser Mann erwischt werden sollte, könnte der Weiße König beschließen, seinen maskierten Hund endgültig von der Leine zu lassen und uns zu jagen. Es ist gefährlich.« Er grinste Majid an. »Und deshalb ein großer Spaß.«

Majid lehnte sich lässig in seinem Polster zurück. »Nun gut.

Die Uniform und das Abzeichen machen das Unmögliche etwas weniger aussichtslos. Ich mache es. Muss mir sowieso meine Krone verdienen.« Er grinste Vicente an. »Den Titel des Prinzen der Ikariq gibt es nicht geschenkt.«

Der Fürst der Diebe nickte. »Gut. Dann bleibt nur ein Punkt. Wie wollt ihr das bezahlen?«

Ehe Sam etwas sagen konnte, griff sich Kani an den Hals und wollte sich an ihrem Anhänger zu schaffen machen. Doch Vicente schüttelte den Kopf. »So schön er auch ist, er wird nicht ausreichen.«

»Nein«, sagte Sam und griff ein weiteres Mal unter seine Robe. Das, was er nun hervorzog, bedeutete ihm mehr als jedes andere von Menschenhand gemachte Stück. Der Anhänger war aus Messing, angelaufen, und die Zeit hatte ihn schlecht behandelt. Er zeigte einen Vogel, der seine Flügel spreizte. Sams Mutter hatte ihn bis zu ihrem letzten Tag um den Hals getragen, und Sam hatte ihn seinem Vater gestohlen, als er sie an den Tod verloren hatte. Es gab nichts Wertvolleres für ihn auf der Welt. Doch für das Geheimnis um Paramythia würde er den Anhänger aufgeben. Oder besser: ihn zurückgeben.

Vicentes Gesicht zeigte für einen kurzen Augenblick all die Jahre, die es schon erlebt hatte, als fiele die Maske von ihm ab, die er trug. Er sah den Anhänger an, als wüsste er nicht, ob er ihn an sich reißen oder fortwerfen wollte. Dann aber griffen seine Finger nach dem Schmuckstück, das Sam ihm hinhielt. »Ja«, sagte er leise. »Das wird als Bezahlung ausreichen.« Als er die Hand fest um den Vogel schloss, hatte er wieder das Bild des charmanten Diebesfürsten auf sein Gesicht gezwungen. »Majid wird den Auftrag also durchführen. Morgen Abend, um neun Uhr. Der König spricht an diesem Tag Recht und wird sicher wie üblich mit wichtigen Würdenträgern und Adligen gemeinsam essen. Die Geliebte des Weißen wird dabei wie immer an seiner Seite sein. Nie endet der Gerichtstag vor dem Sonnenuntergang. Er wird also ebenso lange beschäftigt sein wie sie«, sagte Vicente entschieden. »Beschreibt Majid, wie das Buch aussieht. Wartet zwei Tage, bis sich die Aufregung gelegt hat, dann könnt ihr es hier abholen.«

Sam nickte und erhob sich. Er sah auf Vicentes Hand, die den Anhänger umklammerte, als fürchtete er, der Vogel könnte sich in die Luft erheben. *Der Anhänger ist nicht fort, Sam,* dachte er. *Und sie hätte es so gewollt.*

Sie hatten die goldene Tür noch nicht erreicht, als Kani sich an Sam wandte. »Was war das für ein Anhänger?«, fragte sie.

Sam wollte ihr bedeuten zu schweigen, doch Vicente hatte die Frage ebenfalls gehört. »Der einzige Besitz, den meine tote Frau hatte, ehe ich sie geheiratet habe«, sagte er, ehe Sam reagieren konnte. »Ich ahnte, dass er ihn hatte. Mein Sohn ist eben auch ein meisterhafter Dieb.«

11. SAND UND RINDE

Sam sah Kani an, dass sie die Fragen nur mühsam zurückhalten konnte. Doch sie zwang die Lippen zusammen, damit ihr die Worte nicht herausschlüpften, ehe sie weit genug vom Haus der Ikariq entfernt waren.

Wieso hatte er es ihr nicht gesagt? Um seine neue Identität zu schützen? Nein, natürlich nicht. Kani und er waren beide auf ihre Weise Betrüger, und das Wissen und das Geheimnis, das sie teilten, band sie enger aneinander als jeder Schwur. *Weil sie schon Wächter nicht besonders leiden konnte. Was hätte sie dann erst gesagt, wenn sie gewusst hätte, dass du einmal ein Dieb warst, Sam?* Ja, das war die ehrliche Antwort. Wie seltsam, früher hatte er sich nie darum geschert, was andere von ihm dachten. *Der Sohn des Diebesfürsten wird bevorzugt behandelt.* Er hatte solche Vorwürfe oft gehört. Und sie alle durch sein Geschick in Luft aufgelöst. Er war der beste Dieb der Ikariq geworden. Angetrieben vom Ehrgeiz, es dem Vater zu beweisen. Und angetrieben von dessen Schlägen. Denn Vicente war dem eigenen Nachwuchs gegenüber noch strenger gewesen als bei den anderen Jungen in der Organisation.

Sie bogen in eine Straße ein, die *Allee der Zuckerbäcker* genannt wurde. Der Duft von süßem Teig und Zimt lag in der Luft. Zwischen den Eingängen der Wohnhäuser drängten sich die Schaufenster der Konditoren und Pâtisserien. Eine Chocolateria nach der anderen pries hinter riesigen Fensterscheiben ihre kunstvollen Arbeiten an. Neben normalen Zuckerwaren, Bonbons und Kuchen gab es Figuren aus Schokolade und Marzipan, die so fein gearbeitet waren, dass jeder Bissen ein Verbrechen darstellte. Der Zucker und die vielen Gewürze, deren Duft sich hier schmeichelnd um die Besucher wand, stammten aus den Ländern der Wüste, und so war es nicht verwunderlich, dass es hier auch einige Läden gab, die süße Kunstwerke aus exotischeren Gegenden in den Auslagen zeigten. Haarfeines Konofeya mit Pistazien in Honig und Datteln. Dazu Nougat und Baklaua sowie die berühmten Zuckerkugeln aus Kaffa, die wie Perlen in Schalen aus Schokolade lagen. Sams Mutter war mit einer Zuckerkarawane in die Stadt gekommen und hatte sich einer mitreisenden Familie angeschlossen, die genau hier in der Straße eine Zuckerbäckerei eröffnet hatte. Dem Mann der Familie war der Umgang mit Zucker nur erlaubt worden, weil er nachweisen konnte, dass er Kenntnisse in der Arzneimittellehre hatte. Noch immer wurde Zucker wie ein Medikament behandelt, und noch immer ging der Beruf des Zuckerbäckers mit dem des Apothekers einher. *Konfekt* – das Wort stammte von Confectionari ab, dem Namen der Arzneimittelhersteller. Sam hatte alles behalten, was seine Mutter ihm je über ihre Herkunft erzählt hatte.

Der Gedanke an seine Mutter versetzte Sam einen Stich. Auch nach all den Jahren war die Wunde nicht verheilt, die ihm ihr Tod ins Herz getrieben hatte. Die Vorstellung, dass er das Einzige fortgegeben hatte, das er noch von ihr besessen hatte, erschien ihm plötzlich seltsam unwirklich. *Aber das Geheimnis, das nun gelüftet wird, ist es wert,* dachte er. Und vor allem hätte sie es so gewollt. Ja, die Kluft zwischen Vater und Sohn hätte ihr mehr Kummer bereitet als die Tatsache, dass Sam ein ebenso geschickter Dieb geworden war wie sein Vater.

Er bemerkte Kanis Blick aus dem Augenwinkel. Plötzlich bog sie ab und betrat eines der Geschäfte. Sam sah ihr noch verwundert nach, als sie auch schon wieder heraustrat und eingehüllt in eine Wolke aus Schokoladenduft mit einer Papiertüte in der Hand auf ihn zukam. Sie griff hinein und zog etwas Rundes hervor.

»Hier.« Das Wort war Aufforderung und Bitte zugleich.

Der Schokoladenball, den sie ihm auf die Zunge schob, zerfloss, kaum dass Sam den Mund geschlossen hatte. Zimt, Chili und Orangenschale. In Sams Mund breitete sich ein Glück aus, das alle dunklen Gedanken aus seinem Herzen vertrieb.

»Medizin gegen Kummer«, meinte Kani und lächelte. »Es ist das einzige Mittel, das mein Vater kennt, um Traurigkeit zu verbannen.« Sie atmete tief durch, als müsste sie die nächsten Worte daran hindern, übereinander zu stolpern. »Also, weshalb hast du nicht gesagt, dass du ein Dieb bist?«

Sam genoss noch einen Moment die Schokolade. Dunkel und bitter. »Weil ich keiner mehr bin«, sagte er dann. »Die Leute mögen keine Diebe, weißt du? Wir sind nicht sehr beliebt.«

Sie gingen eine Weile schweigend nebeneinander her. Vielleicht erwartete Kani mehr erklärende Worte, doch Sam wollte ihr keine geben. Ihr nicht den Grund verraten, weshalb er gegangen war und den Ikariq den Rücken zugewandt hatte. Diese Wunde schmerzte noch zu sehr.

Sam war dankbar, dass sie keine weiteren Fragen stellte, doch als der Uhrenturm in Sicht kam, gab er ihr eine Antwort, die selbst eine Frage war. »Hättest du den Dieb gemocht, selbst wenn er dir bei dem Geheimnis um die Bücherstadt geholfen hätte?«

Sie gingen über den Platz, der von der Mittagssonne beschienen wurde, und Kani sah nachdenklich auf die Schatten, die sie beide auf das Pflaster warfen. Zwei dunkle Gestalten, so wie die Wesen, die Paramythia ausspuckte. Als sie am Tor ankamen, wandte sich Kani um und sah ihn an. »Ja«, sagte sie leise, »ich hätte ihn gemocht. Der Wächter hätte den Preis nicht bezahlt, um das Buch zu besorgen.« Und dann stellte sie sich auf die Zehenspitzen, hauchte ihm einen Kuss auf die Wange und ging durch das Tor.

Trotz zu vieler Stunden ohne Schlaf brauchte Sam eine ganze Weile, bis er in seinem Bett zur Ruhe kam. Was brachte sein Herz eher zum Klopfen? Der bezahlte Preis, die Aussicht auf Antworten oder der zweite Kuss? Am Abend verschlief er beinahe den Beginn seines Dienstes, und die Stunden vor dem Marduk-Tor schienen ihm endlos. Irgendwann trat Sabah aus dem Tor, verschloss es und besprach es wieder mit einem gewisperten Wort. Diesmal war sie allein. Sie warf Sam und den anderen Scharlachroten nur einen flüchtigen Blick zu, dann ging sie schweigend fort, tief in Gedanken versunken, das geheimnisvolle Buch unter den Arm geklemmt. Vermutlich würde sie nun auch die übrigen Tore verschließen und versiegeln. Sam sah ihr nach, den Blick auf das Buch gerichtet. Wie einfach es wäre. Er müsste es ihr nur entreißen. Allerdings würde er damit wohl nicht einmal durch eine einzige der Bücherstraßen kommen, ehe er überwältigt würde. Nein, der geplante Diebstahl war der einzige Weg.

Kani sah er in dieser Nacht nicht, und der nächste Tag verging träge, obwohl er doch aufgeregt war. Dann endlich näherte sich die neunte Stunde. Sam hatte die Robe der Scharlachroten bereits angelegt und saß auf seinem Bett wie eine Puppe, die darauf wartete, dass man nach ihr griff. In seinen Gedanken sah er Majid, wie er in der beschädigten Robe und mit dem gestohlenen Abzeichen den Gang hinunterschritt, der zum Gemach der Beraterin führte. Majids Kunstfertigkeit im Öffnen von Schlössern übertraf sogar die von Sam. Das Buch würde problemlos unter die scharlachrote Robe passen.

Sam atmete tief durch, um die Aufregung zu vertreiben, die ihn erfüllte. Es sollte alles funktionieren. In zwei Tagen schon konnten sie Hakim das Buch bringen und vielleicht das Geheimnis um Paramythia lüften. Und Majid hätte sich die Spitzen seiner Krone verdient. Sams Vater würde sicher noch einige Jahre der Fürst der Diebe bleiben. Doch nach dem Einbruch bei Sabah wäre für alle Zeit sichergestellt, dass die anderen Majid folgten, wenn er dann der neue König der Diebe wurde.

Alles würde gut.

Doch Sam fühlte sich, als würde alles schieflaufen. Er wusste nicht, woher die Sorge kam. Instinkt? Weil er nicht selbst einbrach, sondern untätig herumsaß? Er wusste es nicht, doch irgendwann hielt er es nicht mehr aus. In der Ferne hatte er eine Uhr neunmal schlagen gehört. Majid war da. Vermutlich bereits im Gemach der Beraterin. Und Sam beschloss nachzusehen, ob alles in Ordnung war.

Mit klopfendem Herzen, als würde er selbst jagen, ging er die Treppe des Palastes hinauf und schritt über dicke Teppiche, vorbei an den Ölgemälden von früheren Königen Mythias, die Sam so anklagend musterten, als würden sie den Dieb in ihm erkennen.

Der Wächter fiel unter den anderen Wächtern, denen er auf dem Weg begegnete, wie erwartet nicht auf. Und dann stand Sam vor der Tür, die in das Gemach von Sabah führte. Es war gut gewesen, dass er sich von Mateo hatte herumführen lassen. *Du musst das Heim des Bestohlenen besser kennen als der Bestohlene selbst.* Eine der Diebesweisheiten, die Sam auch als Scharlachroter berücksichtigte.

Die Beraterin musste sich sehr sicher fühlen. Es gab keine Wache vor ihrem Gemach. Die Tür war aus Zedernholz. Dunkle Muster zogen sich darüber, vielleicht Buchstaben einer fremden Sprache. Das Schloss schien aus Silber, und die

Tür stand einen winzigen Spalt auf. *Sieh zu, dass dich auf dem Rückweg nichts aufhält.* Majid hatte sich an Vicentes Weisheit gehalten. Sam wollte wieder gehen. Er würde am Ende noch unerwünschte Aufmerksamkeit auf sich lenken und ihren Plan gefährden. Er sollte froh sein, dass offenbar alles gut lief. Gerade wollte sich Sam umwenden, als er den Anhänger auf der Schwelle bemerkte. Er lag neben einer Stoffmaske, wie sie die Diebe der Ikariq benutzten. Sie musste Majid gehören. Offenbar hatte er sein Gesicht verbergen wollen, falls doch jemand in das Gemach kam, während er das Buch suchte. Den Anhänger aber hatte Sam bei ihm noch nie gesehen. Wieso lag beides da? Das ungute Gefühl verstärkte sich. Er bückte sich nach der Maske und dem Anhänger, und sein Herz schlug ihm mit einem Mal bis zum Hals, als er ihn erkannte. Silberne Ranken mit schmalen Blättern. Kani hatte ihn getragen. War sie etwa ebenso töricht wie er gewesen und hatte nachgesehen, ob alles in Ordnung war? Aber wieso lag ihr Anhänger dann auf dem Boden? War er ihr vom Hals gerissen worden?

Es gab nur einen Weg, um Antworten zu erhalten. Sam hob beides auf und atmete tief durch. Dann drückte er leise die Tür auf und schlüpfte hindurch. Doch gerade als er über die Schwelle trat, wurde das Muster auf der Tür plötzlich lebendig. Die Linien schossen wie Schlangen vor. Sam versuchte auszuweichen, doch sie waren zu schnell und bissen ihm in den Hals. Er unterdrückte einen Schrei und riss sich los. Er fühlte das eigene Blut auf der Haut, und das Muster verlor alles Leben, als Sam die Tür hastig wieder bis auf einen Spalt zudrückte. *Verdammt*, dachte er, *was war das?* Magie? Nun, was immer es auch war, es hatte Kani vermutlich den Anhänger vom Hals und Majid die Maske vom Gesicht gerissen.

Kein Wunder, dass es keine Wachen gab. Sam stolperte fort von der seltsamen Tür. Den Anhänger ließ er in einer Tasche seiner Robe verschwinden, doch die Maske band er sich um den Kopf. Er wusste nicht, ob außer Kani und Majid noch jemand hier war. Sam sprang in den Raum. Und ihm stockte der Atem.

Das Gemach der Beraterin schien ein Teil der Wüste zu sein. Sand bedeckte den Boden so vollkommen, dass Sam glaubte, er würde eine Düne sehen. Kaum dass er einen Schritt in den Raum hineingemacht hatte, wurde die Luft so heiß, dass sie beinahe in den Lungen schmerzte. Sie war so trocken, dass Sams Hals augenblicklich brannte. Die Wände waren mit Marmor verkleidet, grau im sterbenden Licht des Tages, das durch hohe Fenster fiel. In der Mitte des Raums stand ein Baum. Sam hatte noch nie einen wie diesen gesehen. Er reichte vom Boden bis zur Decke und seine Äste streckten sich von einer Wand bis zur anderen. Der Stamm war so mächtig, dass es mehrere Männer gebraucht hätte, ihn zu umfassen. Er trug kein einziges Blatt, und es schien Sam fast, dass sich die Äste bewegten, als er auf den Baum zuging. Sam sah sich verblüfft um. Er begriff nicht, wie es diesen Ort inmitten des Palastes geben konnte. *Magie* – das Wort erklang erneut in Sams Kopf, lauter als zuvor. Magie. Es war verrückt. Oder? *Warum nicht Sam?,* fragte er sich. *Das würde auch die Wesen erklären, die die Bücherstadt auszuspucken scheint. Und Bücher, die sich selbst umblätteren.*

Abseits des Baumes stand ein kleiner Tisch. Ein silbernes, längliches Ding lag darauf. Es hatte beinahe die Ausmaße von Sams Unterarm und war verziert mit Schriftzeichen, die er noch nie gesehen hatte. Staub bedeckte den Rest des Tisches und malte die Umrisse eines Vierecks darauf. Ein Buch, schoss es Sam durch den Kopf. Es musste noch vor Kurzem darauf gelegen haben. Sein Herz schlug höher. Also hatte Majid es bereits in den Fingern? Aber wo war er dann? Und wo war Kani?

Wie zur Antwort hörte er ein Stöhnen. Sam wirbelte herum. Dort war nur der Baum. Er sah hinter den Stamm. Nichts. Das Stöhnen aber erklang erneut, und Sam starrte auf den Baum, als würde dieser den Ursprung der Stimme in sich verbergen. Wo um alles … Da bemerkte Sam den Spalt. Und den blauen Stofffetzen, der heraushing. Wie von Kanis Kleid, schoss es ihm durch den Kopf. Er kam sich einen Moment lang töricht vor, als er versuchte, den Spalt mit seinen Fingern aufzudrücken. Glaubte er etwa, dass der Baum Kani gefressen hatte? Doch der Spalt öffnete sich tatsächlich ein wenig, und Sam erkannte einen Arm.

Er schob alle Gedanken beiseite und zog weiter. Für Erklärungen war später Zeit.

»Hilfe!« Der Ruf war schwach, aber Sam konnte ihn deutlich verstehen. Kani. Sein Herz schlug so schnell, als wollte es aus seiner Brust entkommen, und er riss kräftiger an der Rinde. Doch das reichte nicht. Sam nahm sein Schwert und versuchte, den verdammten Spalt aufzuhebeln.

Ihr Arm schob sich aus dem Spalt und tastete nach Sam. Er brauchte all seine Kraft, um ihr Gefängnis weiter zu öffnen. Der Schweiß rann ihm den Rücken hinunter. Seine Robe klebte ihm am Körper. Er drückte fester, und der Spalt weitete sich. Doch nun schien der Baum zum Leben zu erwachen. Er schüttelte sich, als würde ihn ein Schauer durchlaufen, und Sam spürte einen Widerstand. Der Spalt begann sich wieder zu schließen.

»Nein!« Es war sein Schrei, der die trockene Luft erfüllte. Der Baum war stärker als Sam, und zu seinem Entsetzen schloss sich der Spalt, ohne dass er etwas dagegen tun konnte. Sein Schwert fiel ihm aus den schweißnassen Fingern. Eine Hand noch im Spalt tastete er mit der anderen nach der Klinge, hob sie auf und versuchte sie in das Holz zu schlagen. Er würde den Spalt aufschneiden. Doch das Holz war härter als der Stahl seiner Waffe. Wie konnte das sein? Sam stöhnte vor Anstrengung. Er hörte Kani schreien, als ihr Arm eingezwängt wurde.

»Halt durch!«, rief er und sah sich panisch um. Als ob ihm

hier etwas helfen könnte, das stärker war als sein nutzloses Schwert. Es gab doch nur den Baum. Und das silberne Ding, schoss es ihm durch den Kopf. Vielleicht eignete es sich besser als Hebel.

Sam zögerte noch kurz, dann zog er die Finger aus dem Spalt und stürzte auf den Tisch zu. Er griff das silberne Ding, rannte zurück und wollte es gerade in den Spalt rammen, als eine Klinge daraus hervorschoss.

Ein Schwert? Sam ließ es vor Schreck fast fallen. Die Klinge war so schmal, dass sie kaum zu sehen war, und durchscheinend, als wäre sie aus Glas. *Verdammt*, dachte Sam, *war sie aus dem Silber gewachsen?* Sie würde zerbrechen, wenn er mit ihr den Spalt aufhebelte. Aber der Griff schien einigermaßen stabil. Sam hieb die Klinge mit aller Macht in den Spalt des Baums. Wider Erwarten brach sie nicht. Stattdessen trennte sie einige Späne von dem Stamm ab. Und ein Schrei erfüllte den Raum, der nie und nimmer von einem Menschen stammen konnte. Die Äste begannen wütend um sich zu schlagen, als suchten sie nach der Waffe, die in den Spalt gefahren war. Der Schnitt, den Sam dem Holz zugefügt hatte, war lang, aber nicht tief. Doch er reichte offenbar aus. Der Spalt öffnete sich, und Sam erkannte Kani, einen Arm um den Leib geschlungen, als presste sie etwas gegen ihre Brust. Wurzeln hatten sich um sie gelegt. Sam hackte mit der Waffe darauf ein. Er trennte die Wurzeln durch, und Kani stolperte ihm entgegen.

Das Entsetzen war ihr ins Gesicht gemalt. Sie zitterte, und er musste sie fortziehen, ehe die Äste sie wieder erwischten. Sie schlang ihm den freien Arm um den Hals, dann riss sie sich plötzlich los und hielt ihm etwas entgegen. Ein Buch. Sabahs Buch. Sam nahm es ihr aus den kraftlosen Fingern.

»Der Dieb«, keuchte sie außer Atem.

Sam sah in den Spalt, der sich bereits wieder zu schließen begann. Majid. Sam erkannte ihn im Inneren des Baums. Es schien fast, als wollte der Baum ihm seinen Cousin noch ein letztes Mal zeigen. Für einen Moment trafen sich ihre Blicke. Noch nie hatte Sam mehr Angst in den Augen eines Menschen gesehen. Er wollte zu ihm, ihn aus dem Gefängnis aus Borke und Rinde befreien, doch da öffnete sich die Tür zum Gemach der Beraterin wie von Geisterhand, und Sabah glitt in den Raum.

Verdammt, dachte Sam. Sie war bereits zurück von dem Essen, das der Weiße König nach dem Gerichtstag ausrichtete.

Die anbrechende Nacht färbte ihr Gewand grau, und ihr sonst so ernstes Gesicht war von Überraschung gezeichnet. Sie sah von Kani zu Sam und schließlich auf das Buch. »Gib es mir.« In ihrer Stimme lag so viel Nachdruck, dass sich Sams Hand wie von selbst bewegte. Erst im zweiten Moment hielt er sie zurück. Und hinter ihm schloss sich der Spalt. Sam sah es aus den Augenwinkeln und wollte auf den Baum zustürzen. Doch Sabahs Stimme ließ ihn innehalten, als würden ihre Worte seine Beine binden wie Stricke.

»Bleib stehen.« Sabah kam drohend auf ihn zu. »Gib es mir!« Sie streckte die Hand aus.

Sam stellte sich vor Kani. Die Beraterin des Weißen Königs stand zwischen ihnen und der Tür. Eine unbewaffnete Frau. Selbst Sam, der es sonst tunlichst vermied, ein Schwert in die Hand zu nehmen, sollte sie überwinden können. Doch was war sie wirklich? Eine Hexe? *Was sonst, Sam?,* fragte er sich. Wie konnte es all das hier geben, wenn nicht Magie im Spiel war?

»Ich will euch nicht verletzen!« Sie trat noch einen Schritt auf Sam und Kani zu.

Sam spürte die Finger der Äste im Nacken, als Kani und er zurückwichen. Es war, als wollte ihn der Baum daran erinnern, wen er in seinem Inneren trug. »Lass meinen Cousin frei.«

Sabah blickte kurz zu dem Spalt. »Wenn der Baum ihn in

sich aufgenommen hat, ist er für euch verloren. Ihr versteht nicht, was hier vor sich geht. Sie regt sich bereits. Früher als sonst. Sie ist so wütend.« Ein Schauer durchlief den schlanken Leib der Beraterin, und sie keuchte auf. »Ihr müsst gehen, ehe sie kommt. Und ihr müsst das Buch zurückgeben. Es muss in den Spalt ...«

Sie zuckte plötzlich und griff sich an den Leib, als hätte eine Klinge sie durchbohrt. »Nein«, grollte sie, und ihre Stimme wurde mit einem Mal so tief, als gehörte sie einer Anderen. Draußen erstickte die Nacht den Tag endgültig und sickerte wie schwarzes Wasser durch die Fenster. Sabah fiel auf die Knie und wand sich auf dem Boden. Der Baum trieb mit einem Mal dunkle Blätter. Sie wuchsen so rasch aus den kahlen Ästen, als strebten sie der Finsternis entgegen. Es schien, dass die Nacht nicht nur vor dem Fenster, sondern auch in Sabahs Leib aufstieg. Die Dunkelheit färbte ihr Kleid so schwarz, dass es aussah, als mischten sich Tintenfäden in den hellen Stoff.

Sam verstand nicht, was das zu bedeuten hatte, doch er begriff, dass sie fliehen mussten, solange sich ihnen die Gelegenheit bot. So sehr es ihn schmerzte, verdrängte er alle Gedanken an Majid, packte Kanis Hand und zog sie hinter sich her. Als sie an der Beraterin des Weißen Königs vorbeiliefen, erhob diese sich wieder.

Was immer sie auch geschwächt hatte, war vorüber. Die Beraterin deutete mit dem Finger auf Sam. »Halt!«

Der Befehl erreichte Sams Körper, ohne den Umweg über seinen Geist zu nehmen. Die Beine gehorchten ihm nicht mehr, und er wandte sich um wie eine Marionette.

»Gib es mir.« Dieselben Worte wie eben, doch nun lag eine Härte in ihnen, die Sam schaudern ließ. Vor ihm stand noch immer dieselbe Frau. Dasselbe Gesicht, dasselbe Haar. Aber der Blick war anders. Nicht erhaben und ernst wie gerade zuvor. Sondern lodernd und voller Wut. Es war, als hätte ihr die

Nacht nicht nur das Kleid, sondern auch die Seele gefärbt. *Ihr müsst gehen, ehe sie kommt.* Was hatte Sabah gemeint?

»Wirf es in den Baum.« Kanis schwache Stimme riss ihn aus seinen Gedanken. Und dann fühlte er ihre Hand auf dem Arm. Es war, als würde die Berührung das Leben in seinen Leib zurückbringen. Oder die Stricke zerschneiden, die ihn hielten. Er konnte sich wieder bewegen.

»Gib es mir«, wiederholte die Beraterin.

»Nein«, rief Sam. Oh, er würde ihr das Buch nicht geben. Offenbar war Sabah nicht nur eine Hexe, sondern auch verrückt. Nun, Sam hatte nie bereut, seinem Instinkt zu folgen. Und in diesem Moment spürte er, wie falsch es wäre, der Dunklen das Buch zu geben.

Das Gesicht der Beraterin verzerrte sich vor Ärger, als sie sah, dass Sam sich zurück zum Baum wandte. »Gib es mir.« Sie zischte nun wie eine Schlange.

Sam verlor keine Zeit. Ehe sie auch nur einen Schritt auf ihn zu machen konnte, hatte er bereits ausgeholt. Er schleuderte das Buch auf den Baum zu. Die Beraterin warf sich wie ein Tier auf alle Viere, und als das Buch neben dem Spalt gegen den Stamm schlug, kreischte sie triumphierend auf. Das Buch klappte auf. Und Sam und Sabah blickten beide auf die Worte, die in einer seltsamen Anordnung die Seiten füllten. Es ähnelte Majids Aufzählung der Diebe und ihrer Beute. Waren das hier ebenfalls Namen?

Sabah keuchte auf und krabbelte los, geschickt wie eine Spinne. Sie spuckte ein Wort in die Luft, und das Buch blätterte sich von selbst um. Nur ein Wort stand auf der Seite, die nun zu sehen war. Sabah keuchte, als sie es sah, doch ehe sie ihre Finger auf das Buch legen konnte, gerieten die Äste des Baums in Bewegung. Einige schlugen nach der Frau, sodass sie ihnen ausweichen musste, und einer schoss auf das Buch zu und zog es zum Stamm. Unter den Flüchen der Beraterin öffnete sich der Spalt, das Buch verschwand in ihm, und der Baum schloss sich wieder.

Sam zögerte keine Sekunde mehr. Der Einbruch war gescheitert. Majid war tot, und das, was sie so unbedingt hatten haben wollen, lag außerhalb ihrer Reichweite. Die Niederlage schmeckte bitter in Sams Mund. Nun ging es nur noch darum, dass sie überlebten. Die Tür stand noch immer offen. Seine Finger fanden die von Kani, und gemeinsam liefen sie los, während Sabah hinter ihnen zeternd gegen den Stamm schlug. Sam sah aus den Augenwinkeln, wie sie plötzlich herumwirbelte und die Arme hob. Sie war wie ein Schatten, den die Dunkelheit nährte. Der wuchs und mächtig wurde.

Lauf weiter, spornte er sich an. *Schneller.*

Sabahs Stimme dröhnte durch das Gemach, so tief und befehlend, als wären ihre Worte in einen Zauber getränkt. Sie befahl ihnen stehenzubleiben, doch ihre Stimme, gleich wie unmenschlich sie war, hatte keine Macht mehr über sie.

Das Muster auf der Tür griff diesmal nicht nach ihnen. Als sie über die Schwelle sprangen, fiel die Tür mit einem lauten Krachen zu, und alle Flüche erstarben hinter dem Holz.

Kanis Gesicht war von Schrecken verzerrt. Er hätte ihr nur zu gerne einen Moment Ruhe gegönnt. Sie gefragt, was sie in dem Gemach durchgemacht hatte und weshalb sie überhaupt dort gewesen war. Aber sie hatten keine Zeit. Sam wusste nicht, was mit Sabah geschehen war. Doch es machte beinahe den Eindruck, dass sich die Tür geschlossen hatte, um sie einzusperren. Nur, wie lange konnte sie Sabah aufhalten? Weg. Sie mussten weg.

Sie hatten kaum die Treppe erreicht, als sie die Wachen sahen. Sechs maskierte Soldaten in Scharlachrot, die von unten heraufkamen. Und hinter ihnen ein Mann in Schwarz.

Verdammt! Wie war Assasil auf sie aufmerksam geworden? Die weiß gekleidete Gestalt hinter dem Anführer der Wache gab Sam die Antwort. Die Elitewachen waren nicht wegen ihnen hier. Der König von Mythia hatte wie seine Beraterin vor ihm das Essen mit den Adligen und übrigen Speichelleckern verlassen.

Für einen kurzen Moment hatte Sam die Hoffnung, sie könnten einfach an der Leibgarde vorbeigehen. Ein Soldat und eine Dienerin. Sie gehörten in den Palast. Doch Sam trug eine Maske und Kanis Kleid sah mehr als mitgenommen aus.

Einen Lidschlag lang blickten die Wachen sie stumm an. Dann trat Assasil drohend vor.

Ein von mehreren Lampen beschienener Flur, der hinter ihnen endete. Und eine Treppe, deren Abgang versperrt war. Es gab nur einen Weg.

Sam stieß seine seltsame Waffe vor, Assasil entgegen. Er hätte ihn treffen müssen, doch der Herr der Wache wich aus, als habe er den Schlag kommen sehen. Assasil brüllte einen Befehl, und hinter ihnen wurde die magische Tür aus den Angeln gerissen.

Es war, als würde sich die Nacht in dem Flur ausbreiten. Kälte floss auf sie zu wie eisiges Wasser. Die Lichter an den Wänden verloschen, und aus den Schatten schoss die Beraterin des Weißen Königs auf sie zu.

Sam zerrte Kani hinter sich her, die Treppe hinauf. Die Stufen führten nur eine Etage weiter und endeten in einem weiteren Flur. Ein Dienstbotentrakt. Der dunkle Gang lag verlassen vor ihnen. Zahllose Türen säumten den schmalen Flur, der an einem hohen Fenster endete. Hinter dem Glas goss der Mond Silber auf den Boden. Und Sam hörte die schweren Schritte hinter sich. Er umklammerte Kani, als könnte er sie vor dem schützen, der da kam. Assasil hatte den Ruf eines Henkers. Es hieß, er sei im Kampf nicht zu besiegen. Zu stark und zu schnell, selbst für die besten Kämpfer. Nicht viele hatten eine Begegnung mit dem Herrn der Wache von Mythia überlebt.

Und die, denen dieses Kunststück gelungen war, sprachen voller Grauen von dem Mann unter dem Helm.

Nur wenige Augenblicke, und er würde am Ende der Treppe erscheinen. Sam wandte sich zu Kani um. Vorbei. Sie waren am Ende. Er blickte sie an, und seine Finger fanden Kanis Anhänger in seiner Tasche. Die Kette war zerrissen. Als würde es etwas ändern, wenn er sie ihr zurückgab, legte er ihn um ihren Hals und verknotete die Enden.

Doch kaum trug sie den Anhänger, schien auf einmal neue Kraft durch sie hindurchzufließen. Ihr müder Blick klarte sich auf, und sie sah sich um, als sei sie erst jetzt wieder bei Sinnen. »Vorsicht!«, schrie sie und zog ihn mit sich fort von der Treppe.

Assasil nahm die letzten beiden Stufen mit einem Satz. Fackelschein erleuchtete ihn von hinten, doch plötzlich erstarben die Lichter, als würde ein Schatten sie ersticken.

Sabah, schoss es Sam durch den Kopf. Er stieß Kani auf das hohe Fenster zu und hielt Assasil die Waffe entgegen. Als ob er damit eine wirkliche Bedrohung darstellte. Der Herr der Wache zog als stumme Erwiderung sein eigenes Schwert. Es war breit und schartig, und als er damit nach Sam hieb, tönte ein Klagen durch die Luft, als fühlte sie selbst den Schmerz, der für Sam bestimmt war.

Die ungleichen Klingen prallten aufeinander. Und Assasil wurde das Schwert aus der Hand gerissen.

Sam konnte es nicht glauben. Er starrte von seiner Klinge zu dem Schwert, das klirrend zu Boden fiel. Dann sah er zu Assasil, der wie erstarrt schien. Ohne nachzudenken, griff er an.

Assasil aber war schnell. Viel schneller, als Sam es für möglich gehalten hätte. Er schien sich bereits zu bewegen, noch ehe Sam ausgeholt hatte. Jeder seiner Streiche ging fehl, als ob sein Gegner stets wüsste, wohin er die Klinge führen würde. Und dann schlug der Herr der Wache zu. Nicht mit einer Waffe, sondern mit der bloßen Faust.

Sam schmeckte das Blut, als der Hieb ihm die Lippen aufriss. Hinter ihm wehte auf einmal kalte Luft durch den Flur. Offenbar hatte Kani das Fenster geöffnet. Er hörte ein Krächzen. Die Sprache der Asfura? Es war gleich. Sam konnte ihr Ende nur noch herauszögern. Nun, immerhin hatte er sich auf den Beinen halten können. Er richtete seine Klinge drohend auf seinen Gegner.

Und Assasil hielt inne. »Hast du es?« Die Stimme klang dumpf hinter der Maske.

Es? Dann begriff Sam. Das Buch. Er schüttelte den Kopf.

»Ihr werdet mit mir kommen und erklären, weshalb ihr es stehlen wolltet.« Assasil machte einen Schritt auf Sam zu.

Die silberne Klinge zitterte in der Luft wie der Stachel eines Skorpions. Hinter Sam erklang wieder das Krächzen, doch es schien seltsamerweise ferner als zuvor.

Auch Assasil schien es zu hören. Für einen winzigen Moment war er abgelenkt.

Sam vernahm den Schlag von Flügeln hinter sich. Er wusste nicht, was dort vor sich ging. Aber das brauchte er auch nicht. Er stieß mit seiner Klinge zu, und das Silber drang in Assasils Bein wie in Butter. Sein Schrei ließ Sam zusammenzucken. Der Herr der Wache knickte ein, als wollte er vor Sam einen Kniefall machen. Und Sam riss ihm den Helm vom Kopf. Er wollte ihm einen Schlag ins Gesicht verpassen, doch seine Faust verharrte in der Luft. Er keuchte auf. Das war unmöglich.

»Überrascht?« Auch ohne Helm klang die Stimme bedrohlich. Und der Schrecken, den sie verbreitete, lag nicht nur in der Boshaftigkeit, mit der sie getränkt war. Die Lippen, über die sie strich, gehörten in ein Gesicht, das so rot war, als wäre es mit Blut gefärbt. Das spitze Kinn und die kleinen Augen ließen es wie das eines Ziegenbocks wirken, doch erst die kurzen, breiten Hörner, die Assasil aus dem Kopf wuchsen, machten klar, dass er kein Mensch war. Verdammt, was war er?

Sam zog die Klinge aus dem Fleisch und stach wieder zu. Diesmal traf er nicht. Assasil warf sich zurück, hinein in die Dunkelheit, die die Treppe herauf drängte. Sabah trat aus den Schatten hervor.

»Schnell. Wir fliehen!«, rief Kani.

Sam wirbelte herum. Er sah sie am weit geöffneten Fenster stehen. Und hinter ihr, mit den breiten Flügeln schlagend, schwebte eine der Asfura in der Luft.

Sam wusste nicht, wieso sie plötzlich hier war. Er hörte Assasils wütenden Ruf nach einem Schwert und Sabahs Verwünschungen. Er rannte los. Es waren nur wenige Schritte bis zu Kani. Um ihn herum verdichtete sich die Nacht. Sie schien Finger nach ihm auszustrecken. Sam wurde langsamer. Und hinter sich hörte er Sabah triumphieren. Jeder Schritt war eine Qual. Er sah in Kanis Gesicht und erkannte die eigene Angst in ihren Augen. Noch einmal nahm er alle Kraft zusammen. Er sprang. Unendlich langsam flog er durch die Luft.

Dann prallte Sam gegen Kani, der Helm rutschte ihm aus den Fingern, doch sie fing ihn auf. Für einen Moment taumelten sie, dann rissen zwei Arme sie aus dem Fenster. Die Asfura drückte sie an ihre hagere Brust.

Und Sabahs Triumph schlug in wütendes Kreischen um.

Sam fühlte, wie sie emporgehoben wurden. Fort vom Palast und allen Schrecken, die er bereithielt.

12. GESCHICHTSSTUNDE

Das Fliegen fühlte sich nicht so an wie der Moment, in dem Sam vom Dach des Juweliers gefallen war, oder gar so, wie er es sich als Kind immer vorgestellt hatte, wenn seine Mutter ihm Geschichten von den Asfura erzählte. Es war besser! Es schien ihm, als wäre er sein ganzes bisheriges Leben zu Unrecht an die Erde gefesselt gewesen und nun endlich frei. Kelaino, die Asfura, stieg mit ihnen so hoch, dass Sam glaubte, sie würden gleich die Sterne berühren. Unter ihnen wurde der Palast schnell kleiner, und das rote, gehörnte Gesicht blieb in der Finsternis zurück. Noch mehr Fragen. Noch mehr Geheimnisse. In Sams Kopf drehte sich alles, während die Vogelfrau über die Stadt flog. Er sah zu Kani hinüber. Sie hing schwer atmend im Griff der Asfura. Sie lebte. Im Gegensatz zu Majid. Der Gedanke an seinen Cousin traf Sam wie eine Klinge ins Herz. *Verdammt*, dachte er. Sie waren auf der ganzen Linie gescheitert.

Er glaubte, das Gesicht seines Cousins in der Nacht zu sehen. Schmerzverzerrt und leidend. Schnell blickte er hinab, um seinen Augen etwas anderes zu zeigen. Mythia war ein helles Muster im Dunkeln. Wie leuchtende Schlangen dort, wo Laternen die Straßen säumten. Und einzelne Punkte in jenen Teilen der Stadt, wo nur in den Häusern Licht zu finden war. Der Anblick war so schön, dass er Sam für einen Moment tatsächlich die Trauer aus dem Herzen wusch. Die Asfura flog ruhig, und der stete Schlag ihrer Flügel zerschnitt die Nacht. Sie war gerade zur rechten Zeit erschienen. Weshalb? »Wo kommst du her?«

Die Asfura hielt Kani und ihn gegen die magere Brust gedrückt und senkte nun den Kopf. »Sie hat uns gebeten, ein Auge auf den Palast zu halten«, krächzte sie. »Und als sie mich gerufen hat, bin ich gekommen.«

Natürlich. Das Krächzen. Kani hatte die Asfura durch das offene Fenster gerufen.

»Was hat euch verfolgt?«, fragte die Asfura.

Sam starrte an ihr vorbei, als könnte er die Antwort in der Nacht lesen. Ja, was? Eine Hexe und ein Monster. Von Wesen wie diesen hatte Sam noch nie gehört. Vielleicht wusste Hakim mehr über sie. Sie mussten … Er stockte. Sein Dienst. Er müsste eigentlich zu dieser Stunde in Paramythia erscheinen. »Kehr um!«, sagte er, anstatt ihr zu antworten.

»Du gibst mir keine Befehle, Mensch«, erwiderte die Vogelfrau ungerührt.

»Er muss das Tor bewachen«, wisperte Kani. Wie schwach ihre Stimme plötzlich wieder klang. Der Moment der Stärke in dem Korridor war vorüber. »Bitte.«

Ohne auch nur einen Lidschlag lang zu zögern, drehte die Asfura ab, und unter ihnen erkannte Sam nun die breiten Alleen, die auf den Palast zuliefen. Seine Türme waren wie mit Silber überzogen. Friedlich und unscheinbar lag er da und gab keinen Hinweis auf die Geheimnisse, die er barg. Und die Gefahren. Sam fühlte plötzlich Widerwillen in sich aufsteigen, dorthin zurückzukehren. Sam sah auf Assasils Helm, den Kani so weit von sich weg hielt, als könnte er ihr die Haut verbrennen. Für wie viele Bedauernswerte war er das Letzte gewesen, was sie in ihrem Leben gesehen hatten? Zu viele. Und keiner hatte wohl auch nur geahnt, was für ein Geschöpf sich unter ihm verbarg. Sam hielt die silberne Waffe in den Fingern, deren Klinge wieder im Schaft verschwunden war.

Eine Wolke schob sich vor den Mond, und nur noch die Lichter Mythias erhellten die Nacht, während die Asfura in einem Park niederging. Sams Beine zitterten ein wenig, als sie sein Gewicht wieder tragen mussten. Er sah sich um, doch um diese Zeit war niemand hier. Einzig in den Bäumen bewegte sich etwas. Vögel stoben daraus hervor in die Nacht und kreisten über ihnen, als wäre die Vogelfrau ihre Königin.

Sam übergab die Waffe vorsichtig an Kani. Wer wusste schon, wann die Klinge wieder aus dem Griff fuhr. »Gib sie Hakim«, sagte er. »Wir treffen uns im Morgengrauen.«

Sie nickte, doch als er sich umwenden wollte, hielt sie ihn am Arm fest. »Der Dieb will doch nicht wieder zurück in den Palast, oder?«, fragte sie mit einem Lächeln und zog ihm die Maske vom Gesicht. Dabei berührten ihre Finger Sams Verletzung am Hals. Er glaubte, die magischen Ranken von Sabahs Tür erneut in seinem Fleisch zu spüren, und zuckte zusammen.

»Was ist?«, fragte Kani.

»Es ist nichts«, erwiderte Sam schroff, doch Kani zog die Robe etwas zur Seite und sah besorgt auf die Wunden. »War das Assasil?«

»Nein, die Tür«, erwiderte Sam. »Oder zumindest etwas, das auf ihr sitzt. Dieses Muster. Es ist lebendig geworden, als ich durch die Tür gegangen bin. Erinnerst du dich nicht? Ich schätze, es hat dir deinen Anhänger vom Hals gerissen.«

Kani fasste sich an den Hals, den die Kette nun wieder zierte. »Ich erinnere mich nicht«, sagte sie so leise, als suchte sie nach den richtigen Worten. »Ich weiß noch, dass ich die Tür angelehnt fand. Und dann …«, ihr Gesicht verzerrte sich, »ein Schrei. Der Dieb hat geschrien. Und ich bin hinein.« Sie sah Sam verwirrt an. »Und dann war ich in dem Baum.« Ihre Stimme brach, als steckte ihr ein Splitter in der Kehle.

Sam las ihr die stumme Frage vom Gesicht ab. Was war geschehen? Er wusste es nicht.

Kani fuhr behutsam über Sams Verletzung. »Das muss behandelt werden.«

»Morgen«, sagte Sam knapp. »Ich kann damit nicht zum Arzt des Palastes gehen, nicht wahr?« Wenigstens war seine Nase nicht gebrochen, auch wenn er Assasils Schlag noch immer spürte. Es gelang ihm mit Mühe, ein schiefes Lächeln zustande zu bringen. Dann zog er den Stoff seines Gewands wieder über die Wunde.

»Versprichst du es?«, fragte Kani, während die Asfura sie von hinten umschlang wie eine Geliebte.

»Ja«, antwortete Sam und sah der Asfura nach, als sie mit Kani wieder in den Himmel stieg, eskortiert von zahlreichen Vögeln. Dann lief er zum nahen Palast.

Der Junge am Seiteneingang warf nur einen schläfrigen Blick auf das Abzeichen, das Sam ihm entgegenhielt. Im Palast liefen die Soldaten durcheinander wie Ameisen, die ihre Brut vor Eindringlingen verteidigen mussten.

Sam stahl sich zwischen ihnen hindurch, und obwohl er sich beeilen musste, ging er zunächst zum Hofschneider. Die Tür war nicht abgeschlossen, und er fand den Arbeitsraum wie erwartet verlassen vor. Sam zog eine alte, verschlissene scharlachrote Robe aus einer Truhe, in der Stoffreste aufbewahrt wurden. Sein Herz klopfte verräterisch laut, als er die Robe unauffällig in der Nähe einer der Palasttreppen platzierte. Ein Einbrecher, der seine Tarnung aufgegeben hatte und geflohen war. Sam erzählte mit der Robe eine Geschichte. Hoffentlich glaubten Sabah und Assasil sie.

Hastig entfernte er sich, und erst, als er die Treppen in die Bücherstadt hinabgestiegen war und ihn der Duft der Seiten aufs Neue umfing, fühlte er sich sicher. Paramythia lag so ruhig und friedlich vor ihm, als wollten die Bücher ihn vergessen lassen, was er im Palast erlebt hatte. Sam lief durch die Gassen zwischen den Regalen, strich an den verwaisten Arbeitsbänken des Bücherdoktors vorbei und überquerte den unterirdischen Platz, bis er vor dem Marduk-Tor stand.

»Du kommst spät«, begrüßte ihn der Graubart. Von den anderen Wächtern konnte Sam keine Spur entdecken. Offenbar waren sie damit beschäftigt, nach weiteren Eindringligen zu suchen.

»Ist viel los da oben«, erwiderte Sam und trat neben den alten Wächter. »Irgendein Einbruch, habe ich gehört.«

Der Graubart verzog das zerfurchte Gesicht. »Wem sagst du das? Ich habe wohl mein Abzeichen verlegt. Verdammtes Alter! Irgendwann vergesse ich noch zu atmen. War gerade auf der Suche danach, als ich von dem Einbruch hörte. Es gibt immer wieder einen Verrückten, der versucht, in den Palast einzudringen. Einen Dieb, der dem Weißen König die Krone stehlen will, oder einen Revolutionär, der es auf den Kopf unter ihr abgesehen hat. Doch es geschieht fast nie, dass es einer hineinschafft. Und nun ist das bereits der zweite Vorfall in wenigen Tagen. Ich habe gehört, Assasil ist außer sich.«

Ja, das glaubte Sam gerne. Der letzte erfolgreiche Einbruch in den Palast lag mehr als zwei Jahrzehnte zurück. Das Zepter des Weißen Königs hatte Sam oft genug gesehen. Es lag nun im Schlafzimmer seines Vaters und war der Grund, weshalb Vicente der Fürst der Diebe von Mythia war. Jeder Fürst der Straße wusste, wo es war. Die Konkurrenz unter denen, die jenseits des Gesetzes standen, war groß, doch das Ehrgefühl band sie so eng aneinander, dass der Weiße König nie herausgefunden hatte, wer ihm das Zepter vor der Nase entwendet hatte. Und dann hatte Sam ihm auch noch sein Krönungsei gestohlen. Wie der Vater, so der Sohn.

Der Graubart war redselig in dieser Nacht, und er erzählte Sam viele Geschichte aus der Zeit, in der er selbst noch jung gewesen war. Von den goldenen Jahren, wie er sie nannte. Schon damals hatte er Paramythia bewacht, und die Bücherstadt war ein Ort des Wissens gewesen. Schlaue Männer aus der Universität seien oft hier gewesen, und es habe dort sogar einen eigenen Eingang nach Paramythia gegeben, der jedoch längst vergessen war. Er sei geschlossen worden, als Sabah in den Palast gekommen war. »Muss gut dreißig Jahre her sein«, murmelte der Graubart gedankenverloren. »War damals schon so schön wie heute. Wird nicht älter, während ich immer mehr wie eine verdammte Rosine aussehe.« Er kicherte heiser.

»War sie damals schon immer in Weiß gekleidet?«, fragte Sam einem Impuls folgend.

»In Weiß?« Der Graubart runzelte die Stirn. »Nein, nicht immer. Manchmal ist sie so dunkel wie die Nacht. Verstehst du? Nicht nur ihr Kleid. Sie war einige Male hier unten, vor deiner Zeit, Kleiner, und mir lief es jedes Mal kalt den Rücken herunter. Hat versucht, das Tor zu öffnen, das sie ein paar Stunden vorher erst geschlossen hatte. Ist ihr aber nie gelungen. Ich weiß nicht, ob sie schlafwandelt oder so etwas. War immer ein wenig seltsam, sie so zu sehen.«

Seltsam?, dachte Sam. Wohl eher unheimlich.

In dieser Nacht ließ sich niemand mehr in Paramythia blicken. Sam hatte befürchtet, Sabah könnte aus irgendeinem Grund hier unten bei ihm erscheinen und ihn zufällig wiedererkennen. Die Maske mochte sein Gesicht verdeckt haben, doch die Beraterin war womöglich zu Dingen fähig, die er sich nicht vorstellen konnte.

Die Nachricht, dass ein Einbrecher in den Palast gelangt und seine offenbar gestohlene Robe gefunden worden sei, machte am nächsten Morgen schnell die Runde. Von einem Toten im Gemach der Beraterin oder dem Diebstahl von Assasils Helm redete indes niemand.

Sam hielt sich noch eine Weile in seinem Zimmer auf, als wollte er sich nach der Nacht ausruhen. Tatsächlich sank er für eine Stunde in einen unruhigen Schlaf, und in seinen Träumen begegnete er Majid, dem Flügel aus dem Rücken und Äste aus den Schultern wuchsen. Majid packte Sam und flog mit ihm so weit in die Höhe, dass Sam glaubte, die Sterne berühren zu können. Dann ließ Majid ihn fallen.

Den Schrei noch auf den Lippen erwachte Sam. Er war allein, doch der Soldat, mit dem er sich den Raum teilte, stürmte nur wenige Augenblicke später herein. Aufgeregt winkte er Sam herbei. »Komm«, sagte er außer Atem. »Alle Wächter sollen sich in der Halle einfinden.«

Es gelang Sam, verwundert auszusehen. Insgeheim hatte er damit gerechnet, dass die Anwesenheit aller Palastwachen überprüft werden würde. Die Halle war bereits von lautem Stimmgewirr erfüllt, als Sam mit dem anderen Wächter in das Meer aus Scharlachrot eintauchte. Die meisten Gesichter waren ihm fremd, doch er erkannte aus der Ferne den Graubart, und gerade als er ihn erreicht hatte, verstummten alle wie auf einen stillen Befehl. Sam folgte den Blicken der Wächter zur Treppe. Langsam, so als sei sie die Königin im Palast, trat Sabah auf sie zu. Sie war wieder in Weiß gekleidet, und die Wut, die ihr Gesicht in der vergangenen Nacht entstellt hatte, war dem tiefen Ernst gewichen, den er schon so oft darauf gesehen hatte. Sabah blieb auf dem ersten Absatz stehen. Auf dem Boden waren noch die Spuren des Brandes zu sehen, den Sams Lampe beim Kampf gegen die Asfura verursacht hatte.

Die Soldaten blickten Sabah wie gescholtene Kinder entgegen. Und während sie die Männer so eingehend musterte, als könnte sie ihnen ins Herz blicken, bereitete sich unter den Scharlachroten eine Stille aus, die tiefer war als die zwischen den Büchern.

»Es gibt einen Verräter.« Ihre Worte erfüllten die Halle so mühelos, als hätte ein Riese sie ausgesprochen. Jedes von ihnen war eine Anklage.

Eine Anklage gegen dich, Sam, dachte er. Was wusste sie?

»Ihr habt von dem Einbrecher gehört, der in mein Gemach eingedrungen ist. Doch es gibt noch einen zweiten. Seine Leiche wurde gefunden.« Ihr Blick wanderte die Reihen der Männer entlang. »*Eine* gestohlene Robe mag ein Einzelner an sich bringen können, doch zwei deuten auf einen Feind innerhalb dieser Mauern hin. Hauptmann Assasil sucht bereits nach den Hintermännern. Und ihr«, sie machte eine kurze Pause, »werdet den Spuren folgen, die er findet.«

Unter den Männern erhob sich leises Gemurmel. »Was glaubt sie, wer sie ist?«, zischte der Graubart neben Sam. »Gebietet sie über die Wache?«

Die Worte waren so leise gesprochen, dass Sam sie nur mit Mühe verstand, doch der Blick der Beraterin lag mit einem Mal allein auf dem Mann neben Sam. Sie kam die Stufen herab, und das Meer aus Scharlachrot teilte sich. Sie ging an den Reihen der Männer entlang, bis sie vor Sam und dem Graubart stehen blieb. Der Alte blickte sie trotzig an, während die Männer unauffällig von ihnen abrückten.

»Ich bin der Mund und das Ohr unseres Königs«, sagte sie mit ihrer dunklen Stimme, »während dein Herr seine Hand ist. Wenn nun der Weiße König befiehlt, dass seine Wachen den Verräter in seinem Palast finden sollen, so ist es unerheblich, welche Lippen euch diesen Befehl überbringen. Meine oder seine. Doch natürlich kann ich dem Weißen König deine Bedenken mitteilen.«

Die Drohung schwang zwischen den Worten der Beraterin offen mit, und Sam konnte die Schweißperlen sehen, die dem Alten auf die Stirn traten wie Morgentau.

»Das wird nicht nötig sein, Herrin«, sagte der Graubart so schwer atmend, als hätte die Angst vor Sabah ihm die Luft aus den Lungen gedrückt.

Sie hielt seinen Blick noch einen Augenblick länger gefangen, dann sah sie plötzlich zu Sam. Sie runzelte die Stirn, als würde sein Anblick sie irritieren. »Der Mann mit dem falschen Namen«, wisperte sie. »Und mit einem fremden Geruch.« Ihre Finger strichen ihm über den Hals, so wie es auch Kani getan hatte, und verharrten über der Wunde, als könnte sie die verräterischen Linien unter dem Stoff ertasten. Die Wunde, die ihm das seltsame Muster beigebracht hatte, tat noch weh. Doch sie schmerzte bereits weniger als noch gestern Abend in ihrem Gemach. Sabah zog die Hand wieder zurück. »Du wirst den Verräter finden?«

»Natürlich, Herrin.« Sams Kehle war wie ausgetrocknet, doch er brachte die Worte halbwegs sicher hervor.

Sabah nickte. »Gut. Dann such.« Sie wandte sich den Männern zu, die um sie herum standen. »Und ihr anderen auch«, rief sie. »Die Offiziere werden euch die Orte nennen, die Hauptmann Assasil untersucht sehen will. Wagt es nicht, ohne einen Namen zurückzukehren.«

Und damit verließ sie die Halle und ließ die Scharlachroten stehen wie eine Gruppe zurechtgewiesener Schüler. Sams Blick fand den des Graubarts.

»Verdammt«, murmelte der Alte. »Ich dachte, als Wächter von Paramythia seien die Tage und Nächte ereignislos.«

Ja, sagte Sam zu sich, *das habe ich auch geglaubt. Und mich dabei gründlich geirrt.*

Es dauerte eine Weile, bis Sam schließlich die Universität erreichte. Der Apotheker, dem er das schmerzende Muster auf seinem Hals zeigte, hatte ihm mit sorgenvollem Blick eine Salbe auf die Wunden gestrichen, von denen er annahm, sie seien Spuren eines Tieres. Sie brannten noch, als Sam den Uhrenturm vor sich aufragen sah. In seinem Kopf herrschte noch immer ein furchtbares Durcheinander. Die Asfura, der Nushishan, Sabah und Assasil. Sie alle verband ein Geheimnis, das die Bücherstadt in ihrem Herzen aus Tinte trug. Ein Geheimnis, das ein Opfer gefordert hatte. Majid. Der Gedanke an seinen Cousin, der gestorben war, um Sabahs geheimnisvolles Buch in die Finger zu bekommen, schnürte ihm beinahe die Kehle zu. Sam fühlte die Wut noch immer, als er den Korridor betrat, der zum alten Hörsaal im Turm führte. Die Tür in den Turm war unverschlossen, doch die, die in den Hörsaal führte, gab nicht nach, als er die Klinke hinunterdrückte. Auf Sams Klopfen hin hörte er Hakim vorsichtig fragen, wer dort sei.

»Die Wache«, erwiderte Sam bissig. Offenbar verstand Kanis Vater keinen Sarkasmus, denn es dauerte einige Minuten, in denen hinter der Tür getuschelt wurde, bis Sam geöffnet wurde. Hakim starrte misstrauisch an ihm vorbei und verschloss die Tür wieder, während sich Sam in den Hörsaal drückte.

Shagyra, der Pferdemensch, hatte sich offenbar daran gewöhnt, wieder *frei* zu sein, wie er es nannte. Zumindest lief er nicht mehr wild umher, sondern saß, die Pferdeläufe lässig über die Lehne vor ihm gelegt, auf einem der Stühle. Als er Sam sah, sprang er jedoch auf und war mit einem gewaltigen Satz bei ihm. »Und?«, fragte er aufgeregt.

»Und was?«, gab Sam zurück, noch immer bissig.

»Hat man herausgefunden, dass du dabei gewesen bist?«, fragte der Pferdemensch und zuckte mit dem Kopf wie ein Hengst, der die Nase in den Wind legte, um zu wittern.

»Dann wäre ich wohl kaum hier«, erwiderte Sam.

»Du trauerst um den aus deiner Herde.« Shagyra legte den Kopf schief.

Sam wollte ihm die passenden Worte entgegenwerfen. Er war doch kein verdammtes Tier. Er … Sam erstarb die Erwiderung auf der Zunge. Seine Herde. Seine Familie. Im Grunde passte der Vergleich gut. Ja, Sam trauerte. Es tat weh. Ein Schmerz, den er vor nicht allzu langer Zeit schon einmal gefühlt hatte. Wenngleich er da stärker gewesen war.

»Ich weiß, wie das ist«, sagte der Nushishan. »Der andere, der bei mir war, ist fort. Er ist nicht aus den Gängen entkommen, durch die wir geirrt sind. Ich will nie wieder dorthin. Nie wieder!«

Sam nickte. Ja, das konnte er verstehen.

»Geht es dir gut?«

Sam blickte sich um und sah Kani, die aus dem Raum neben der Tafel trat. Sam hatte befürchtet, dass sie im Inneren des Baums Verletzungen erlitten hatte, die ihm gestern Nacht nicht aufgefallen waren. Doch sie war offenbar wieder wohlauf. »Nein«, sagte er, und seine Stimme klang feindseliger als gewollt. Doch die Wut darüber, dass er Majid nicht hatte retten können, ließ den Schmerz in seinem Herzen so stark werden, dass es ihn fast verrückt machte. »Ich habe meinen Cousin verloren. Ich kannte ihn verdammt noch mal mein ganzes Leben lang. Und du hättest sterben können. Ich auch. Und weshalb? Weil wir ein Buch haben wollten. Sind ein paar Seiten ein Leben wert? Und, und …«, seine Stimme überschlug sich fast, »was war das für ein Baum? Und Assasil? Und Sabah? Es ist wie ein verfluchtes Märchen.« Er sah zu Shagyra, der ihn mit so großen Augen musterte, als würde er zum ersten Mal jemanden sehen, der die Beherrschung verlor. »Verdammt, gibt es denn in diesem verfluchten Palast kein normales Lebewesen mehr?«

Kani war so plötzlich bei ihm, dass er zurückzuckte. Sie legte ihm tröstend die Hand auf die Wange, doch er wandte sich ab, während die Salbe auf den Wunden, die das verzauberte Muster in seine Haut geschlagen hatte, heftiger brannte.

»Was sind die beiden?«, fragte Sam ärgerlich. »Eine Nachtfrau und ein roter Ziegenmann?« Märchengestalten. Sagenwesen. Sie kamen nur in Geschichten für Kinder vor, doch Sam war mittlerweile geneigt, auch an die zu glauben.

Sam hatte Kani angesehen, doch die Antwort gab ihm Hakim. »So ein Unsinn«, sagte er mit leichtem Tadel in der Stimme. »Nachtfrau und roter Ziegenmann. Also wirklich. Ihr seid auf eine Wüstenhexe und einen Iblis getroffen.«

Sam starrte ihn fassungslos an, doch Hakim schien das gar nicht zu bemerken. »Ein Iblis ist ein sehr aggressives Geschöpf. Man nennt sie wegen der Farbe ihrer Haut auch Blutgesichter – und weil es in den Geschichten über sie heißt, sie würden sich das Blut ihrer Opfer als Zeichen des Triumphs über das Gesicht reiben. Es gibt einige wenige Erzählungen über sie. Und sie alle sind in Blut getränkt. Sie sind Krieger. Der Kampf bedeutet ihnen alles. Sie sind ein wenig langweilig. Viel interessanter sind die Geschichten über die Sahiras, die Wüstenhexen. So lautet ihr eigentlicher Name. Sabah scheint eine von ihnen zu sein. Hast du je von den Wüstenhexen gehört?«

Sam schüttelte stumm den Kopf.

»Sie stammen aus der Wüste«, sagte der Alte und rückte seine Brille zurecht. »Manche sagen, der Sand gebärt sie in sternenlosen Nächten. Andere behaupten, sie wurden niemals geboren, sondern leben seit dem Anbeginn der Zeit. Ganz gleich wo sie herkommen, die Hexen sind und bleiben ein Teil der Wüste – oder auch die Wüste selbst, wenn du verstehst, was ich meine. Was auch immer sie sind, ihre Macht ist enorm. Es gibt solche Sahiras, die dem Licht gehören. Dienerinnen des Tages. Und solche, die dunkel sind. Schwestern der Nacht. Wissenschaftlich betrachtet kann man wenig zu ihnen sagen. Ich habe leider kein Artefakt von ihnen in meiner Sammlung, was aus meiner Sicht darauf hindeutet, dass sie tatsächlich nicht sterben oder es aber so wenige von ihnen gegeben hat, dass keine Überreste bekannt sind. Ich hätte nie gedacht, dass Sabah eine von ihnen ist. Aber die Sache mit dem Baum hat mich auf die Spur gebracht.« Hakims Augen leuchteten wie bei einem Kind, das vor einem Berg Geschenke stand.

»Der Baum?«, wiederholte Sam tonlos.

»Ja, natürlich«, sagte Hakim und sah Sam verwirrt an. »Er verwurzelt die Sahiras in dem Teil der Wüste, der sie hervorgebracht hat. Manche sagen, sie entsteigen dem Leib eines Baumes. Andere aber meinen, die Wüstenhexe und ihr Baum teilen sich die Wurzeln. Ich dagegen bin überzeugt davon, dass sie wie Menschen geboren werden. Aus dem Schoß einer anderen Sahira. Sie sind auch ohne Baum stark. Aber erst in seiner Nähe erlangen sie ihre volle Macht.«

»Ja, natürlich«, wiederholte Sam, dem der Kopf schwirrte.

»Komm«, sagte Hakim und winkte Sam, ihn in den Raum neben der Tafel zu begleiten, offenbar ein Studierzimmer.

Sam konnte sich nicht erinnern, je einen so vollgestopften Raum gesehen zu haben. Berge von Papier stapelten sich ringsum in die Höhe und ließen nur einen schmalen Weg frei, der auf einen überladenen Schreibtisch zuführte. Staub tanzte in der Luft und bedeckte die Papiertürme wie Schnee.

»Warte«, murmelte Hakim und begann einige der Stapel anzuheben, die daraufhin bedrohlich ins Wanken gerieten.

Der Alte schien nach etwas zu suchen »Hier ist es«, riss Hakim ihn aus seinen Gedanken. Sam sah auf die Seiten, die ihm der Alte unter die Nase hielt. Sie waren offenbar aus einem Buch herausgerissen. Der Größe nach konnten sie in sein Notizbuch gehören. Die Buchstaben, die sich auf den Seiten drängten, mussten in großer Hast geschrieben worden sein. An einigen Stellen liefen sie ineinander.

Sam musste sich nicht die Blöße geben, ihm zu erklären, dass die geschriebenen Zeichen ebenso geheimnisvoll für ihn waren, als würden sie einer fremden Sprache entstammen. Hakim legte den Finger auf die erste Zeile. Er befeuchtete sich die Lippen und las:

Und die Sahira öffnete die Augen mit dem ersten Licht des Tages. Sie wusste, wer sie war. Wusste, dass ein zweites Herz in ihrer Brust schlug. Eines, das nicht ihres war. Doch die Erinnerungen an die Nacht vergingen so schnell, dass sie keines der Bilder festhalten konnte. Sie rannen ihr durch die Finger wie der Sand, auf den sie ihre Füße setzte. Jeden Morgen verschwamm die Erinnerung an das, was gewesen war, wie das Spiegelbild auf einem See, der in Bewegung geriet.

Sie strich sich die Nacht vom Leib, als hätte sie Spuren auf ihrem weißen Kleid hinterlassen. Die Sahira atmete tief durch. Der Morgen schmeckte nach Möglichkeiten. Nach Freiheit. Die Nacht dagegen war wie eine Decke, die alles erstickte. Die ihr eigenes Herz umschlang wie ein dunkles Band. Woher kam sie? Die Frage verblasste ebenso wie die Erinnerungen.

Die Sahira wandte sich um. Und erblickte den Baum. Vertrocknet, blattlos. Sie strich sanft über die Rinde und weckte den Geist, der in dem Stamm lebte. »Was ist in der Nacht geschehen?« Die Sahira erinnerte sich, dass sie diese Frage schon einmal gestellt hatte. Oder mehr als einmal?

Die Rinde gebar ein Gesicht. Es war alt und jung zugleich. Falten aus Rinde und die Augen eines Kindes. »Dunkelheit.« Die Stimme des Baums war tief wie die eines Riesen.

Die Sahira runzelte die Stirn. Sie fühlte ihre Magie in dem Baum. Im Sand. Im Himmel. Überall. Sie war die Wüste, und die Wüste hatte sie geboren. Sie wollte sich bereits abwenden, als sie das Blatt im Sand liegen sah. Es war so schwarz, als hätten Flammen vergeblich versucht, es zu verzehren. Als sie es aufhob, fühlte sie die zweite Präsenz. Eine Spur des zweiten Herzens. Und für einen Moment färbte sich ihr Gewand grau.

»Wer ist sie?«, fragte die Sahira. Sie fühlte, dass die Magie in dem Blatt von einer Frau stammte. Ihr ähnlich. »Hat sie dir das Blatt geschenkt?«

»Sie ist Ihr.« Der Baum schien sie erwartungsvoll zu mustern.

»Ich will zu ihr.« Eine zweite Sahira? Das war unerhört. Sie würde es nicht tolerieren. Sie … stockte, als sie den Mann wahrnahm. Er kam mit dem Wind. Ihr Geliebter. Sein Kuss verdrängte beinahe die Erinnerungen an das Blatt und die fremde Magie aus dem Herzen. Beinahe. Als ihr Geliebter später wieder ging, neigte sich der Tag bereits dem Ende entgegen. Die Sahira trat zu dem Baum und stellte sich vor den Stamm. Mit einem kräftigen Ruck brach sie einen Ast ab. Er war kaum so lang wie ihr Unterarm und ebenso dünn. Sie strich mit dem Blatt über das Holz, und es wurde zu Silber.

»Was tut Ihr?« Die Stimme des Baums klang beinahe wie zuvor. Beinahe. Die Sahira hätte die Sorge fast überhört.

»Sie kommt mit der Nacht, nicht wahr?« Sie sah die Knospen an den Ästen. Die nachtschwarzen Blätter würden sich bald zeigen.

»Sie ist die Nacht, so wie Ihr der Morgen seid.«

»Und wem dienst du?« Nun richtete sie den Blick auf das Gesicht in der Rinde.

»Der Sahira.«

Die Antwort gefiel der Hexe. Sie hauchte den silbernen Griff an, den sie auf dem Ast gezeichnet hatte, und eine Klinge fuhr heraus.

»Sie ist unsterblich.« Der Baum klang beinahe belehrend. Beinahe.

»Die einzige Hand, die eine Sahira töten kann, ist ihre eigene.« Und damit stach sie sich die Klinge so sanft in den Arm, dass nur ein einziger Tropfen Blut ihre Haut benetzte. Er wurde jedoch von der Klinge aufgesogen, als wäre sie ein durstiges Tier, und die Wunde schloss sich, als sei sie nie da gewesen.

»Wehe dir«, rief die Wüstenhexe in die anbrechende Nacht. »Ich weiß, wer du bist. Und um dich zu töten, muss ich dich nicht sehen.«

Die Nacht kam, als wollte sie die Worte der Sahira ersticken. Sie warf den silbernen Griff zwischen die Äste des Baums, und die Klinge fuhr zurück in ihn hinein. Dann fiel die Hexe in einen Schlaf voller dunkler Träume.

Und die Sahira öffnete die Augen mit der ersten Dunkelheit der Nacht. Sie wusste, wer sie war. Wusste, dass noch ein zweites Herz in ihrer Brust schlug, das nicht ihres war. Und sah nicht die silberne Waffe zwischen den Blättern des Baums. Sie hörte nur die Schläge von Flügeln. Ihr Geliebter kam mit dem Wind. Und sie hatte die ganze Nacht für ihn Zeit.

≈

»Was ist das?«, fragte Sam.

»Eine Erzählung«, raunte Hakim. »Ich habe sie in Paramythia gefunden.« Er beugte sich zu Sam, bis ihre Nasen beinahe zusammenstießen. »Sie stammt aus dem Herzen.«

»Ihr wart im Herz?«, entfuhr es Sam.

Hakim legte einen Finger auf die Lippen und sah zu der Tür hinüber. Doch nichts regte sich im Hörsaal, und er fuhr flüsternd fort: »Nicht so laut. Kani habe ich oft mit nach Paramythia genommen. Aber im Herzen war nur ich. Und sie weiß nichts davon.« Er räusperte sich. »Ich war zweimal dort. Es hat mich zwei Bahridenschuppen gekostet. Zwei von drei Schuppen, die ich besessen habe. Die dritte hat Kani bekommen und für den Nushishan benutzt. Es war …«, er sah Sam an wie ein Kind, das bei einem Streich erwischt worden war, »ein Abenteuer. Und ziemlich verwirrend, denn man braucht eine Weile, bis man unsichtbar seine Hände gebrauchen kann. Ich bin in das Herz der Bücherstadt hinabgestiegen.« Hakims

Augen leuchteten vor Aufregung. »Hast du es auch gehört, als du dort warst?«

Sam wusste, was er meinte. »Das Flüstern.«

Der Alte nickte aufgeregt. »Es ist, als würden die Bücher leben. Uralte Bücher. Sie müssen aus den ersten Tagen Paramythias stammen. Ich weiß nicht, wie lange ich dort umhergestrichen bin. Es kam mir vor wie Tage. Ich war noch jung. Wie lange ist das nun her? Vierzig Jahre? Oder mehr? Nun, irgendwann stand ich vor Büchern, wie ich sie noch nie gesehen habe. So groß, dass sie mir beinahe bis zur Brust reichten. Und so alt, dass ich mich kaum getraut habe, sie zu öffnen. Das Papier fühlte sich warm an. Da war ein besonderes Buch, selbst unter den einzigartigen Exemplaren, die ich dort fand. Alle anderen Bücher hatten als Titel nur ein einzelnes Wort. Doch auf diesem war es anders. Hier standen zwei. *Sabah* und *Layl.*« Ein so verträumter Gesichtsausdruck erschien auf seinem Gesicht, als erinnerte er sich an seinen ersten Kuss. Sam jedoch war sich nicht sicher, ob die Lippen des Alten je ein anderes Paar berührt hatten. Andererseits gab Kani einen deutlichen Hinweis darauf, dass einmal eine Frau den Weg des Alten gekreuzt haben musste.

»Und aus diesem Buch stammt die Geschichte?« Sam deutete auf die Seiten, die Hakim in der Hand hielt.

»Die Geschichte? Ach so, natürlich.« Der Alte nickte verwirrt. »Die Geschichte der Hexe mit den zwei Herzen. Hier steht es.« Er kniff die Augen zusammen, als würde es ihm Mühe bereiten, die Buchstaben zu entziffern. »Habe es selbst abgeschrieben. Bis ich wieder sichtbar und erwischt wurde. Habe geistesgegenwärtig das Notizbuch in meiner Tasche verschwinden lassen. Ansonsten hätte es mir der Wächter sicher abgenommen.« Hakim räusperte sich. »*Geboren in der Stunde, die zwischen dem Tag und der Nacht liegt*«, las er weiter vor. »*Geschaffen aus dem Sand, mit Atem aus Wüstenwind erfüllt. Sie selbst hatte die Welt aus Worten erschaffen, die ihr und den anderen einen Halt boten. Einen Ort, an dem sie sein konnten, ohne zu leben und zu sterben. Mit einem offenem und einem geheimen Namen.*« Hakim stockte. »Mehr als das hier und die Geschichte, die ich dir vorgelesen habe, konnte ich nicht übertragen. Erst Jahre später bin ich zurückgekehrt. Ich habe so lange darauf gewartet, noch einmal in das Herz der Bücherstadt zu gelangen. Und dann, eines Nachts, habe ich es endlich wieder gewagt. Die zweite Schuppe. Doch es dauerte lange, die Bücher von damals zu finden. Und als ich endlich an der richtigen Stelle war, fehlte das Buch, in dem ich gelesen hatte. Ich hatte jedoch keine Zeit, es zu suchen. Ich war nicht mehr allein.«

»Eine Wache?«, fragte Sam und dachte an die behelmten Wächter, die den anderen Nushishan gefangen hatten.

»Nein.« Für einen Moment zitterten Hakims Lippen, als fürchtete er sich vor den Worten, die sie formen würden. »Ach, alte Erinnerungen.« Er sah Sam an und lächelte verlegen. »Nicht wichtig.«

»Und was hat diese Seite mit Sabah zu tun?«, versuchte Sam an den Beginn ihres Gesprächs anzuknüpfen.

»Sabah?« Hakim starrte ihn an, als hörte er den Namen zum ersten Mal.

Himmel, dachte Sam, *wie konnte sich der Alte nur an das Flüstern der Bücher vor vielen Jahren erinnern, wenn er schon vergaß, worüber er gerade gesprochen hatte?*

»Ach so, natürlich!« Hakim schlug sich gegen die Stirn. »Damals glaubte ich nur, dass das Buch, in dem die Geschichte steckt, nur zufällig Sabahs Namen trug. Genauer: Ihren und einen weiteren. Sabah und Layl. Damals, vor vierzig Jahren, lebte Sabah noch nicht in Paramythia. Sie erschien erst Jahre später. Weiß nicht, wo sie herkam. Aber das Buch erzählte von ihr. Da bin ich mir nun sicher. Die Frau, die ihre Worte in das Ohr des Weißen Königs wispert, gleicht der, die auf den

Seiten beschrieben wurde, als würdest du in einen Spiegel aus Tinte und Papier blicken. Und nun weiß ich auch, dass sie wirklich ist, was dort geschrieben steht. Eine Sahira.« Hakim wandte sich um und trat hinter den Schreibtisch. Er ließ sich auf einen Stuhl sinken und verschwand so hinter den Papierbergen. Durch ein schmales Fenster über dem Schreibtisch sickerte schmutziges Sonnenlicht, in dem der Staub tanzte. »All die Jahre habe ich geglaubt, es sei ein Zufall. Was für ein Idiot bin ich gewesen.«

Ein Idiot? *Nein*, dachte Sam, *wer hätte glauben können, dass sich hinter der Beraterin des Königs eine Wüstenhexe verbirgt?* »Woher kommen sie eigentlich alle?«, fragte er. »Ich meine diese Geschöpfe.« Er deutete zum Hörsaal. Alleine Shagyras Existenz war kaum zu glauben. Von allem anderen ganz zu schweigen.

»Ich glaube«, begann Hakim langsam, als müsste er seine Worte sorgsam abwägen, »dass sie irgendwo unter der Stadt hausen. In Gängen, die noch älter sind als die Straßen der Bücherstadt. Vielleicht gibt es dort Zugänge nach Paramythia, die einige von ihnen dann finden.«

Sam runzelte die Stirn. »Das erklärt aber nicht, weshalb sie nicht wissen, wo sie herkommen«, warf er ein. »Mir scheint es eher, als stünden sie unter einem Bann.« Einem magischen Bann. »Vielleicht steckt Sabah hinter allem«, sagte er. »Ich meine, Iblise, Sahiras, Pferdemenschen und Asfura werden ja wohl kaum alle zusammenleben. Oder?«

Er musterte Hakim zwischen zwei Papierstapeln hindurch. Der Alte betrachtete gedankenverloren die Seite aus seinem Notizbuch. »Zehn Völker und zwei Könige«, murmelte der Alte halb zu sich selbst.

»Was?«, fragte Sam, verwirrt von dem plötzlichen Themenwechsel.

Hakim sah auf. »Oh«, meinte er verlegen, »ein weiteres Märchen. Zehn Völker und zwei Könige. Es ist ziemlich alt. Wohl zu alt für einen so jungen Menschen wie dich. Ich glaube, außer mir und ein oder zwei anderen Gelehrten kennt es sowieso keiner mehr. Es heißt darin, einst habe es zwei Könige gegeben, die die Fabelwesen der Welt hinter sich vereinigten, um Krieg gegen die Menschen zu führen. Ich habe immer angenommen, die zehn Völker stünden für zehn Sünden, die die Menschen in diesem Krieg besiegten. Doch wer weiß, vielleicht gab es die Völker wirklich. Oder sogar diese Könige. Wer kann sagen, ob die Wesen, denen wir begegnet sind, nicht zu den einstigen Dienern dieser Könige gehören? Ich weiß nicht, wie lange Asfura und Nushishans leben. Oder vielleicht sind es auch deren Nachfahren, die ohne Kenntnis über ihre Herkunft in den dunklen Gängen hausen.« Er sah Sam mit einem Mal eindringlich an. »Dieses Rätsel muss gelöst werden. Nicht nur, um das Geheimnis um die Fabelwesen zu lüften. Alleine dies wäre es wert, sein Leben zu riskieren. Nein, es geht auch um unsere Freiheit. Sie sind stark. Ein Iblis und eine Sahira im innersten Zirkel des Palastes. Was planen sie? Was haben sie vor? Wollen sie den Weißen König stürzen? Wollen sie Mythia übernehmen? Sie sind gefährlich!«

Oh ja, das waren sie. Ohne die seltsame Waffe, die er im Gemach der Sahira gefunden hatte, wäre Sam sicher nicht mit dem Leben davongekommen. Er sah die Klinge und Assasils Helm auf dem Tisch an. Kani musste beides hier hingelegt haben. Die Klinge war im Griff verborgen. Sam nahm ihn in die Hand und betrachtete das Muster, das sich wie Ranken über das Silber zog. Wenn dies Worte waren, so verstand er sie ebenso wenig wie die auf der Seite von Hakim. »Habt Ihr je so etwas gesehen?«, fragte er und hielt den Griff der Waffe so, dass der Alte ihn durch die Papierstapel hindurch erkennen konnte.

Hakim schüttelte langsam den Kopf. »Nein«, sagt er. »Die Zeichen hier …«

Lautes Klopfen schnitt ihm die Worte ab. Hakims Miene erstarrte, als er aufstand und an Sam vorbei in den Hörsaal lief. Hakim blieb einen Schritt vor der Tür in dem Korridor stehen, als könnte er sich an dem Holz die Finger verbrennen.

Sam trat neben Kani, die ernst zu ihrem Vater sah.

»Wer ist da?«, fragte Hakim durch die geschlossene Tür.

Einen Moment herrschte Stille.

Und dann wurde die Tür aus den Angeln gerissen. Hakim versuchte noch zur Seite zu springen, doch das zersplitternde Holz begrub ihn unter sich. Vier Soldaten drängten an dem am Boden liegenden Mann vorbei in den Hörsaal. Sie alle trugen Helme, die ihre Gesichter verbargen. Einer von ihnen aber riss ihn sich vom Kopf, als würde er darunter keine Luft bekommen.

»Euer Ende«, grollte Assasil.

13. AUFGESPÜRT

Sam starrte die Männer fassungslos an. Für einen Moment vermochte er nicht, sich zu rühren. Stimmen drangen aus dem Korridor. Hinter Assasil und seinen Soldaten mussten noch weitere Angreifer sein. Wie hatten sie nur herausgefunden, dass Sam und Kani in Sabahs Gemach gewesen waren? Und wo sie nach ihnen suchen mussten? Ein Schatten sprang an Sam vorbei, zu schnell, um ihn genau zu erkennen. Dann erklang ein dumpfes Keuchen, und mit einem Tritt gegen Assasils Brust katapultierte Shagyra den Iblis durch die Türöffnung.

Kani stürzte an Sam vorbei zu ihrem Vater, der sich unter den Resten der Tür ächzend regte. Zwei von Assasils Männern wandten sich Shagyra zu, doch der dritte sprang zu Kani. Ehe sie ihren Vater erreicht hatte, packte er sie und zog sie zu sich.

Sam zögerte keinen Moment. Er hatte noch immer den Griff der silbernen Waffe in der Hand, als er nun auf den Soldaten zulief.

»Ein hübsches Nest haben wir da aufgespürt. Unser Informant hat offenbar nicht gelogen, als er von der fliegenden Frau gefaselt hat«, knurrte der Mann unter dem Helm hervor. »Und da ist sogar ein Wächter. Verräter!«

Verdammt. Offenbar hatte jemand Kani und die Asfura gestern Nacht gesehen. Sam hatte erwartet, dass der Mann Kani loslassen würde, sobald er sich einem neuen Angreifer gegenübersah. Doch der Behelmte zog ein langes Schwert und richtete es auf Sams Brust, ohne dass er Kani losließ.

»Lass sie frei!«, rief Sam. Hinter ihm kam Assasil wieder auf die Beine. Wut verzerrte das unmenschliche Gesicht, und aus einer Wunde an seiner Stirn malte schwarzes Blut ein Muster auf die rote Haut.

Shagyra war von den beiden anderen Soldaten gepackt worden. Er wand sich wie ein Fisch an Land, doch gegen die beiden Behelmten kam er nicht an. Für einen Moment bedauerte Sam den Nushishan, der nun doch noch das Schicksal seines Gefährten erleiden würde. Sie hatten ihn nur für eine kurze Weile vor dem Tod verbergen können. Nun hatte dieser ihm jedoch seine Boten geschickt.

Sam aber musste sich um Kani kümmern. Er richtete den Griff auf seinen Gegner, und wie auf einen stummen Befehl hin fuhr die Klinge heraus. Wie leicht sie war. Sam bemerkte erst jetzt, dass er ihr Gewicht kaum fühlte. So schmal wie die Sichel des Neumonds war sie. Nicht sehr eindrucksvoll, doch Sam wusste, dass sie dem Schwert seines Gegners mehr als ebenbürtig war. Sam konnte zwar nicht erkennen, was unter dessen Helm vor sich ging, doch er glaubte zu bemerken, dass der Soldat zögerte.

»Dies ist nicht deine Waffe, Mensch. Gib sie zurück.«

»Dann komm und hol …« Sam brach ab, als wären ihm die Worte von der Zunge geschnitten worden. Mensch? Sein Blick zuckte zu Assasil, der ihm den Rücken zugewandt hatte und drohend auf Shagyra zuging. Die Behelmten wunderten sich offenbar nicht darüber, dass ihr Herr aussah, als sei er einem Märchen entsprungen. Genauso wie derjenige, den sie fest gepackt hielten.

»Ihr seid ebenfalls Iblise.« Kani sprach die Worte aus, die auch Sam hatte sagen wollen. Das kurze Auflachen unter dem Helm war Antwort genug. Dann erstarb es plötzlich, und der Soldat machte einen Satz auf Sam zu, wobei er Kani so heftig gegen Sam stieß, dass sie beide fast zu Boden stürzten. Nur mit Mühe gelang es Sam, auf den Beinen zu bleiben und Kani hinter sich zu ziehen.

Der Iblis hieb mit dem Schwert nach Sam. Es war ein kraftvoller Angriff, auch wenn er nur mit einer Hand geführt wurde. So große Schwerter bedurften eigentlich zweier Hände, doch offenbar verfügte ein Iblis über weit mehr Kraft als ein Mensch.

Egal welcher Zauber in Sams Waffe steckte, sie machte ihn nicht stärker oder schneller. Doch ein Zauber musste in ihr stecken, denn die Waffe parierte den Schlag so sicher, als sei sie selbst ein Langschwert und nicht so dünn, dass man sie kaum sah. Sam spürte nicht einmal die Wucht des gegnerischen Hiebs.

Zur selben Zeit stieß Shagyra einen wiehernden Ruf aus. Für einen kurzen Augenblick sah Sam zu ihm hinüber. Offenbar wollte Assasil die Hand um den Hals des Pferdemenschen schließen. Dieser aber sprang, noch immer im Griff der beiden Soldaten, in die Höhe und rammte Assasil beide Hufe gegen die Brust. In den Beinen des Nushishan musste eine ebenso gewaltige Kraft stecken wie in den Armen der Iblise. Einem Menschen hätte der Tritt sicher die Rippen gebrochen, doch Assasil taumelte nur wütend knurrend zurück.

Und dann fielen die Schatten von der Decke.

Sam erkannte sechs Flügelpaare. Die Asfura. Er hatte sie ganz vergessen. Sie fielen aus der Dunkelheit unter dem Turm und schwärmten aus wie Motten. Zwei griffen die Iblise an, die Shagyra hielten. Die Erste hackte mit ihrem Schnabel einem von ihnen durch das Metall des Helms. Dem anderen zerfetzte die zweite Asfura mit den Krallen die Robe und das Fleisch darunter. Die übrigen aber stürzten sich auf Assasil, der in einer fließenden Bewegung sein Schwert zog. Mit einem gewaltigen Hieb schnitt er der ersten Asfura einen Flügel vom Rücken, die mit einem Kreischen zu Boden fiel. Sam drängte Kani weiter fort, als sein eigener Gegner nach ihm hieb. Kraftvolle Schläge ließen Sam von der aufgebrochenen Tür bis in das Studierzimmer zurückweichen. Seine silberne Klinge konnte die Angriffe parieren, doch er vermochte nicht, dem Iblis eine eigene Richtung aufzuzwingen.

Hinter seinem Gegner erkannte Sam Assasil, der einem Klauenhieb der zweiten Asfura auswich, die ihn angriff. Eine ihrer unverletzten Schwestern riss einen der Iblise in die Höhe. Der wütende Schrei des Behelmten erfüllte die Luft und wurde, kaum dass die Asfura mit ihm in der Dunkelheit unter dem Turmdach verschwunden war, zu einem panischen Kreischen, als der Körper hinabstürzte. Egal ob Fabelwesen oder nicht, der Sturz tötete den Iblis, als wäre er ein Mensch. Hart schlug er auf dem Tisch auf, der inmitten der Sitzreihen stand.

Shagyra nutzte die Gelegenheit und riss sich von dem verletzten Soldaten los, der ihn noch immer gepackt hielt. Da stürmten weitere behelmte Männer in den Hörsaal, und Sam musste dem nächsten Hieb seines Gegners ausweichen.

Er stolperte rückwärts, tastete vergebens nach Kani und hatte alle Mühe, auf den Beinen zu bleiben. Dann sah er sie ein paar Schritt entfernt in den erstbesten Stapel Papier greifen. Sie holte aus und warf die Blätter dem Iblis entgegen. Die unerwartete Attacke verwirrte ihn nur für den Bruchteil eines Augenblicks, doch mehr Zeit brauchte Sam nicht. Die silberne Klinge zuckte vor wie der Stachel eines Skorpions und fuhr in das Fleisch des Fabelwesens.

Der Iblis hielt inne und drückte sich die freie Hand auf die Wunde. »Ihr werdet dennoch sterben«, knurrte er. »Alle.«

Wie zum Beweis der Drohung mischten sich nun verzweifelte Vogelschreie zwischen die Rufe der Soldaten und erstarben nur einen Moment darauf. Dann stürzte Shagyra durch die Tür in den Raum und schlug sie hinter sich zu. Blut lief ihm aus einem Schnitt an der Wange »Wir müssen fort.« Shagyras Nasenflügel bebten, während er mehrmals tief Luft holte.

Sam sah sich um. Es gab keine weiteren Türen mehr. Über dem Schreibtisch, halb verdeckt von weiteren Papierstapeln, befand sich nur das schmale Fenster.

»Halt die Tür zu«, sagte Sam zu dem Pferdemenschen und lief auf das Fenster zu. Er riss die Papierstapel beiseite, nur um dann festzustellen, dass keiner von ihnen durch das Fenster passen würde. Gefangen. Für einen Moment verlor er allen Mut.

Ein lautes Poltern gegen die Tür riss ihn aus seinen dunklen Gedanken. Shagyra hatte offenbar begriffen, wozu ein Riegel verwendet wurde. Doch der schmale Holzstift würde die Iblise nur kurz aufhalten. Sam starrte auf die Waffe in seiner Hand und spürte, wie sich ein bitteres Lächeln auf sein Gesicht malte. Es war eine magische Waffe, wie in den Märchen, die er so geliebt hatte. Als Kind hatte er sich immer genau so eine Klinge gewünscht. Doch sie würde ihn nun, da er sie besaß, nicht retten können. Es waren zu viele Angreifer.

Weitere Schläge ließen die Tür erbeben. »Es …«, begann er, doch er verstummte, als Shagyra mit einem Satz auf den Schreibtisch zusprang. *Er ist verrückt geworden,* fuhr es Sam durch den Kopf, als der Pferdemensch sich von der Platte abstieß und mit beiden Füßen voran gegen das schmale Fenster sprang. Es zerbarst ebenso wie Teile der Mauer, in der es steckte. Mit offenem Mund sah Sam, wie sich Shagyra, dessen Oberkörper noch im Studierzimmer steckte, durch ein nun ausreichend großes Loch in der Wand zwängte.

»Mein Vater«, rief Kani, als Sam sie auf den Schreibtisch drängte.

»Er ist verloren«, entgegnete Sam. Doch noch während er die Worte aussprach, erkannte er, dass Kani ihn dennoch zu retten versuchen würde. Er fügte schnell hinzu: »Für den Moment. Wir geben ihn nicht auf.«

Sie wollte nicht gehen, doch schließlich ließ sie es zu, dass

Shagyra sie durch das Fenster zog. Sie war noch nicht ganz hindurch, als die Tür hinter Sam aufgestoßen wurde. Der Iblis, der in das Zimmer drängte, hatte im Kampf seinen Helm verloren. Tiefe Kratzspuren zierten das rote Gesicht. Er brauchte nur einen Moment, ehe er begriff, dass die Mäuse, die er und die anderen sicher in einer Falle gewähnt hatten, dabei waren, zu entkommen.

Sam sprang auf ihn zu. »Nein«, hörte er Kani von draußen schreien, doch er beachtete sie nicht. Shagyra und sie brauchten Zeit. Und er würde sie ihnen stehlen.

Er hatte seine magische Klinge schon erhoben, als ein Schatten hinter dem Iblis erschien. Graue Haut und zwei Flügel. Kelaino. Assasils Soldat hatte sie offenbar nicht bemerkt, und Sam erkannte seine Überraschung in dem Moment, in dem sich die Hände der Vogelfrau um seinen Hals schlossen. Eine kräftige Bewegung, und der Kopf des Iblis war so weit nach hinten gedreht, dass er seine Mörderin einen Lidschlag lang ansehen konnte. Das Knacken klang, als würde Eisen brechen. Dann fiel der Iblis leblos zu Boden.

Die Asfura sagte nichts. Hinter ihr regierte das Chaos. Sam wusste nicht, ob die Vogelfrauen eine Chance gegen Assasil und seine Monster hatten, auch wenn diese hier einen Iblis auf sehr beeindruckende Weise aus dem Leben gezwungen hatte. Hakim aber wird all das nicht überleben, schoss es Sam durch den Kopf. Der Wunsch, ihn zu retten, brannte in ihm auf. Kurz nur, aber umso heißer. Und Sam fühlte sich schlecht, als er den Helm in einen Beutel stopfte, der auf dem Tisch lag, und die Waffe, deren Klinge wieder in den Griff gefahren war, hinzu steckte. Aber es würde Kanis Vater nicht helfen, wenn er sich selbst opferte. Mühsam zwängte er sich durch das Fenster.

Kani und Shagyra packten ihn und zogen ihn von außen hindurch, kaum dass Sam Kopf und Arme aus dem Loch gesteckt hatte.

»Mein Vater ist noch dort.« Sam sah nur allzu deutlich, wie sehr Kani litt. Und er kannte keine Worte, die ihr Trost bringen würden. Er hätte sie gestohlen, wenn er gewusst hätte, wo es sie gab.

»Wir werden ihn nicht aufgeben.« Die Lüge, die er wiederholte, schmeckte bitter auf seiner Zunge. Doch Kani nickte schwach, während sie mit aller Macht versuchte, die Tränen zurückzuhalten. Dann endlich rannten sie los.

Über ihnen schien die Sonne so lächerlich fröhlich, als amüsierte sie sich über den Tod, der in den Turm Einzug gehalten hatte. Sam sah einige Menschen über die Wege schlendern, die sich zwischen den Bäumen und Gebäuden der Universität hindurchschlängelten. Wasserspeier blickten von den Dächern der Universitätsgebäude herab, und in den Schatten zwischen den Säulen suchten einige Studenten Zuflucht vor der heißen Sonne. Aus dem Augenwinkel bemerkte er einige neugierige Blicke.

Wohin? Sam überlegte fieberhaft. Zum Tor? Er wollte Kani und Shagyra schon in diese Richtung ziehen, als er die Gestalten erkannte, die von dort auf sie zuliefen. Scharlachrot und mit silbernen Helmen auf dem Kopf. Verdammt, wie viele Iblise hatte Assasil mitgebracht?

»Dann eben zu Umm«, brachte Kani hervor, als hätte sie ihm die Gedanken von der Stirn abgelesen. Die Vorstellung, sich zwischen den stinkenden Fässern der Alten zu verbergen, erschien Sam nicht besonders erstrebenswert, doch einen besseren Vorschlag hatte er nicht.

Wenigstens hatten sie noch nicht die Aufmerksamkeit der Scharlachroten erregt. Sie hatten bereits die neue Richtung eingeschlagen, als hinter ihnen ein Schatten durch das Loch in der Wand brach. Eine Asfura. Vermutlich die, die Sam zuvor gerettet hatte. Sie stieg unsicher in die Höhe, als könnte sie ihre Flügel nicht richtig gebrauchen. Und nun blieben einige

Menschen in dem Garten stehen. Sie blickten so fassungslos zu der Vogelfrau, als würden sie alle denselben Traum erleben. *Einen Albtraum*, dachte Sam bei sich, während sie weiterrannten. Doch sie kamen nicht weit. Assasil und ein weiterer Iblis kamen aus dem Turm, die Nachhut der Wächter schloss sich ihnen an. Sam erkannte den Herrn der Wache an seiner schwarzen Robe. Das Gesicht wurde wieder von einem Helm verdeckt. Dass die beiden die Verfolgung aufgenommen hatten, konnte nur bedeuten, dass sie mit den Asfura im Turm fertig waren.

Sie brauchten ein neues Ziel.

Die Iblise waren schnell. Unmenschlich schnell. Sie kamen so rasch näher, dass ihre Schritte bald die der Verfolgten übertonten. Sam wog ihre Chancen ab. Eine Waffe und die Hufe von Shagyra gegen die Monster. Sie standen nicht allzu gut.

»Sieh, die Vögel«, hörte er den Pferdemenschen rufen.

»Für so was haben wir keine …« *Zeit*, wollte er sagen, doch das letzte Wort blieb ihm wie Blei auf der Zunge liegen. Aus den dicht belaubten Kastanienbäumen erhoben sich Vogelschwärme in die Luft. Es waren mehr als in der Nacht, in der Sam vor der Asfura geflüchtet war. Viel mehr. Rot, grün, schwarz. Es war, als wollten sie ein lebendes Mosaik an den blauen Himmel malen. Sam erkannte Krähen, wilde Papageien und Finken. Sie sammelten sich wie auf einen stummen Befehl hin in der Luft. Dann stießen sie wie eine todbringende Wolke auf die Iblise nieder. Schnäbel hackten auf Metall, Stoff und Haut. Sie umschlossen die Soldaten so vollkommen, als seien die Iblise Raupen im Inneren eines Kokons. Die Asfura musste sie gerufen haben.

Sam und die anderen blieben verblüfft stehen. Einen trügerischen Moment lang glaubte Sam, die Vögel, die ihnen die Asfura geschickt hatte, könnten die Iblise besiegen. Ihnen so viele Wunden beibringen, dass selbst diese Geschöpfe daran sterben würden. Doch dann schnitt Stahl durch die Wolke aus Federn, und das Scharlachrot der Wache mischte sich zwischen die kleinen Körper.

Sam wollte die anderen antreiben weiterzulaufen. Doch gerade als er den Mund öffnete, landete Kelaino vor ihnen. Die Mienen von Menschen und Asfura mochten grundverschieden sein, doch den Verlust las er ihr ohne Mühe vom Gesicht ab. Vielleicht waren sie sich doch ähnlicher, als er bislang gedacht hatte.

Sie packte Kani und Sam. »Folg uns, wenn du kannst«, zischte sie Shagyra zu. Dann erhob sie sich in die Luft.

Sam sah den Garten schnell kleiner werden. Die Menschen, die in Panik fortliefen oder fassungslos zu ihnen hinaufsahen. Shagyra, der mit langen Sätzen mühelos hinter der Asfura herlief. Und die Iblise, die sich den Weg aus dem Vogelkokon freischnitten. Ihr Flug dauerte jedoch nicht lange. Kaum hatten sie die Mauer des Universitätsgeländes überquert, landete die Asfura auch schon wieder. Einen Moment später sprang Shagyra über die Mauer. Bei allem Schrecken war ihm die Freude daran, frei zu laufen, nur allzu deutlich anzusehen.

»Verbergt euch«, krächzte die Asfura. »Und sucht weitere wie mich.«

Erst jetzt bemerkte Sam ihre Wunden. Mehrere Schnitte zogen sich über ihren Körper. »Ohne dich schaffen wir es nicht«, keuchte er.

»Doch. Ihr braucht nur Zeit«, erwiderte sie. »Und die verschaffe ich euch.«

Hinter der Mauer der Universität floss ein Arm des Ebro, des großen Stroms, der sich durch Mythia zog. Ein kleiner Fischerkahn trieb darauf. Zwei Männer warfen gerade ihre Angeln ins Wasser.

»Schaffst du den Sprung, Pferdemann?«, fragte die Asfura, während sie zu dem Boot sah.

»Wenn du willst, springe ich über das Flüsschen hinüber und noch viel weiter«, erwiderte Shagyra und entblößte eine Phalanx schneeweißer Zähne.

Die Asfura zeigte dem Nushishan ein rasiermesserscharfes Lächeln. »So weit muss es nicht sein.« Und damit packte sie Kani und Sam erneut und hob ab. Es brauchte nur wenige Schläge mit ihren Schwingen, und sie hatten den Kahn erreicht. Die Männer darauf ließen entgeistert ihre Angelruten sinken, und die Schreie drangen ihnen erst über die Lippen, als die Asfura Sam und Kani absetzte und stattdessen die Fischer packte und mit sich in die Luft riss.

Kaum hatte die Vogelfrau wieder abgehoben, landete Shagyra neben ihnen auf dem Boot. Es geriet für einen Moment so sehr ins Wanken, dass Sam fast der Beutel mit Assasils Helm und der Waffe aus der Hand fiel, während er sich nach Halt suchend an der Reling festklammerte. Doch dann beruhigte sich der Kahn wieder und setzte die Fahrt auf dem Fluss ungerührt fort.

Sam und die anderen aber sahen der Asfura nach, die mit den beiden wild strampelnden Fischern am Turm vorbeiflog.

»Was tut sie da?«, fragte Shagyra, der eine Hand über die Augen gelegt hatte und mit seinem Blick der Vogelfrau folgte.

»Sie legt eine falsche Fährte«, erwiderte Sam. »Und sie stiehlt uns Zeit.«

14. EIN DUNKLER SOMMERNACHTSTRAUM

Der Fluss brachte sie fort von dem Turm und dem Tod, der nun darin nistete, und führte sie in einen Teil von Mythia, den Sam schon lange nicht mehr betreten hatte. Die Fassaden der Häuser, die die mit Schilf bewachsenen Ufer säumten, waren von der Sonne und vielen Jahren verblichen. Der Putz bröckelte, und die Figuren, die die Dachfirste schmückten, waren verwittert und zum Teil sogar von der Zeit fast gänzlich aufgefressen. Man sah dem Viertel an, dass es einmal bessere Tage gesehen hatte.

Sie verließen den Kahn an einer seichten Stelle und verbargen ihn unter den Armen einer Trauerweide, die ihre Blätter müde ins Wasser hängen ließ. Kani sagte kein Wort. Weder als Sam sie und Shagyra in einem verlassenen Schuppen unterbrachte, um für den Nushishan und sich selbst Kleidung zu stehlen, mit der sie sich tarnen konnten, noch als er zurückkam und sie schließlich nach draußen führte. Die Sorge um ihren Vater musste sie verrückt machen. Sam sah sie nachdenklich an, während sie durch eine enge Straße gingen und den mageren Kindern auswichen, die ausgelassen hinter einem zerlumpten Ball herliefen. Kani wirkte, als hätte der Tod über ihr Gesicht gestrichen. Kein Wunder. Der Traum ihres Vaters war es gewesen, mehr über das Geheimnis der Bücherstadt zu erfahren. Es zu lüften. Und nun wurde ihm gerade dies zum Verhängnis.

»Warum sehen mich alle so seltsam an?«, fragte Shagyra, als eine alte Frau ihren Weg kreuzte, die bei seinem Anblick das Zeichen gegen alles Böse machte. Der Nushishan schenkte der

Alten mit seinen perlweißen Zähnen ein Lächeln, das sie vor Schreck aufkeuchen ließ.

»Es sind unsere Sachen«, erwiderte Sam.

»Sie sind hübsch, nicht wahr?«, meinte der Pferdemensch und zog sich die Kapuze über den Kopf, die an seinem Gewand befestigt war.

»Findest du?«, murmelte Sam. Er sah auf die Kutten, die sie trugen. Die Wächterrobe hatte er zu dem Helm und der silbernen Waffe in den Beutel gestopft. Mit den gestohlenen Sachen fielen sie zwar ebenfalls auf, doch sie sorgten auch dafür, dass ihnen niemand zu nahe kam.

Sam sah sich um. Wann war er das letzte Mal hier gewesen? Vor zehn Jahren? Die Ikariq hatten einige sichere Orte in Mythia eingerichtet. Orte, an denen sich ein Mitglied der Organisation verbergen konnte, falls er sich auf der Flucht vor den Scharlachroten befand. Den Ort, an den Sam seine Gefährten nun führte, war sicher der ungewöhnlichste. Er hoffte nur, dass man ihn nicht abweisen würde. Streng genommen gehörte keiner von ihnen den Elstern an.

Sie folgten einer langen Straße, die von zahlreichen Tabaginen gesäumt wurde. Der Rauch von Zigarren zog wie Nebel über die Straße, und laute Musik mischte sich in die aufziehende Sommernacht, die Sam so unwirklich wie ein Traum erschien. Ein dunkler Sommernachtstraum. So alt und heruntergekommen die Häuser auch waren, ihre Bewohner hatten versucht, ihnen mit viel Farbe ein frisches Kleid zu geben. Einige der Steinwände hatten sogar als Leinwände gedient. Die Bilder, die sie auf dem Leib trugen, konnten es an Kunstfertigkeit gut und gerne mit denen aufnehmen, die Sam in Paramythia gesehen hatte, auch wenn die Motive andere waren. Die Gemälde hier zeigten Musiker, Maler oder Artisten. Einwohner von Gràcia, dem Künstlerviertel Mythias.

Die Straße öffnete sich auf einen großen Platz, der so überfüllt war, dass Sam das andere Ende nicht erkennen konnte. Aus zahllosen Garküchen, die mit überladenen Auslagen um die Aufmerksamkeit der Besucher stritten, stieg der Duft von Fisch, mariniertem Fleisch und Gemüse in die Luft. Zwischen den Menschen, die an den Ständen vorbeistrichen, führten Akrobaten ihre Kunststücke vor. Eine zierliche Frau sang nicht weit vom Eingang des Platzes entfernt ein Lied in einer fremden Sprache, während ein Mann, der so alt war, dass er kaum seine Gitarre halten konnte, sie auf seinem Instrument begleitete. Die Menge, die den Platz bevölkerte, war so bunt wie die Häuser, die sie bewohnten.

Das Gebäude, das Sam ansteuerte, lag jenseits des Platzes und war beinahe ebenso hoch wie der Palast und kaum weniger prunkvoll. Das Teatro Real, das berühmte Theater von Mythia. Auch wenn es Jahre her war, dass er das Theater betreten hatte, war es Sam genau in Erinnerung geblieben. Auf der Vorderseite waren drei gewaltige Rundbögen in die Fassade eingelassen, durch die die Besucher das Theater betreten konnten. Über ihnen prangten Skulpturen der Figuren, die auf der Bühne zum Leben erwachten. Sie ähnelten denen, die auf die Decken von Paramythia gemalt waren. Doch aus Stein gehauen und überlebensgroß waren sie noch beeindruckender. Sicher waren bereits die Fackeln entzündet worden, deren Schein die Besucher anzog wie Insekten. Adlige, Kaufleute und hohe Beamte kamen regelmäßig hierher. Nicht etwa, um sich unterhalten zu lassen, sondern vor allem, um gesehen zu werden. Nicht selten, so hieß es, mischte sich das Schnarchen einiger Zuschauer in die Darbietung auf der Bühne.

Der Weiße König hatte eine eigene Loge, die er, wie man erzählte, oft mit seiner Beraterin teilte. Und ganz in deren Nähe hatte Sam als Kind endlose Stunden verbracht. Auch der oberste Dieb der Stadt kam regelmäßig hierher, um sich zu zeigen. Vicente, der erfolgreiche Geschäftsmann. Seine Loge befand sich direkt neben der des Weißen Königs. Sam wusste nicht, durch welchen Schwindel er an den begehrten Platz gekommen war. Es hieß, die Warteliste sei so lang, dass man Glück hatte, wenn man eine Loge zugewiesen bekam, ehe man starb, und dass die Plätze daher beliebte Erbstücke waren. Nun, Vicente fand es offenbar höchst amüsant, direkt vor der Nase von Mythias Monarchen zu sitzen. Zudem war die Requisitenkammer des Theaters einer der Orte, an den die Mitglieder der Ikariq flüchten konnten, wenn ihnen die Pflastersteine von Mythias Straßen unter den Füßen brannten.

Offenbar wurde heute Abend ein Stück aufgeführt. Sam hörte den Lärm der Stimmen, als er Kani und Shagyra zur Rückseite des Theaters führte. Und die beiden Männer in scharlachroten Roben, die er an einer Ecke sah, deuteten darauf hin, dass dem Weißen König heute Abend nach Unterhaltung zumute war.

Sam hatte die Vorliebe seines Vaters und vieler anderer Diebe, sich ihren Feinden offen zu zeigen, nie geteilt. Und die Vorstellung, Kani, sich selbst und den Pferdemenschen in ein Haus voller Wächter zu bringen, behagte ihm ganz und gar nicht. Doch vielleicht war dieser Ort gerade deshalb der richtige. *Die dunkelsten Schatten, um sich in ihnen zu verbergen, findest du direkt vor dem Licht*, sagte Sams Vater immer. Nun würde er sehen, ob die Weisheit stimmte.

Die beiden Scharlachroten standen neben dem Seiteneingang, der von den Schauspielern benutzt wurde. Die unscheinbare Tür einige Schritte weiter aber, zu der eine moosbewachsene Treppe hinabführte, kannten sie offenbar nicht. Sie diente als Fluchtweg, denn das mit Öl gefütterte Feuer, das den großen Theaterraum mit Licht erfüllte, konnte jederzeit außer Kontrolle geraten. Die Tür war daher nie verschlossen, doch sie war auch nur von innen zu öffnen. Auf Sams leises Klopfen hin wurde sie einen Spalt breit aufgedrückt, durch den misstrauisch ein Mann lugte. Er war so bullig, wie es nur die Mitglieder der Schlägerbanden waren, die man für wenige Silberstücke damit beauftragen konnte, unliebsamen Konkurrenten Lektionen zu erteilen, die diese nicht vergessen würden.

Sam kannte ihn flüchtig. Er hatte ihn einmal, bevor er die Ikariq verlassen hatte, im Haus seines Vaters gesehen. Sam konnte sich noch gut an das Losungswort erinnern, das jeder Dieb in Not dem Türwächter sagen musste, und der Bullige nickte, als er es ihm zuraunte.

»Ihr wollt sicher zu Ibratan«, brummte er. Den gestohlenen Sachen schenkte er nur einen kurzen Blick und trat zur Seite.

Er schlurfte ihnen voran durch einen Gang, der so schmal war, dass er an einigen Stellen mit den Schultern an der Wand entlangschabte. Nur gelegentlich erhellten Öllampen ihren Weg. Der Geruch von alten Stoffen, muffig und staubig, und von Schminke mischte sich in die Luft.

Kani schien so in ihre dunklen Gedanken versunken, dass sie kaum bemerkte, wo sie waren. Doch Shagyra sah sich mit gerunzelter Stirn um. Die Vorstellung, wieder einen dunklen Tunnel zu betreten, schien ihm nicht zu gefallen.

Schließlich öffnete sich der Gang in einen Raum, der so vollgestopft war, dass er trotz seiner immensen Größe winzig wirkte. Zahllose Ständer, an denen die Kleider von Prinzessinnen neben Tierfellimitaten hingen. Tische, auf denen Masken aufgereiht waren, so furchterregend wie die Gesichter der Asfura. Und Dutzende Menschen, die so aufgeregt umherliefen, als hätten sie alle irgendetwas in diesem Chaos verloren. Inmitten all des Trubels erkannte Sam den kleinen, hageren Mann, den er suchte. Das Haar war ihm so weit ausgefallen, dass es einen Kranz um seine sorgsam polierte Glatze bildete. Der Bart, den er sich ebenso färbte wie Vicente seine Haare, wuchs ihm sauber geschnitten um den Mund. Er hatte beide Arme in die

Höhe gerissen und fuchtelte mit den Händen herum, wobei er aus beiden Kissen, die er an den Handgelenken trug, Nadeln verlor. Er warf den Ankömmlingen einen ärgerlichen Blick zu, als seien allein sie an all der Unordnung in dem Raum schuld. Dann aber hellte sich plötzlich sein Gesicht auf. »Sam«, rief er mit einer Stimme, die viel zu dröhnend für den kleinen Körper schien. »Sam, Sam, Sam.«

Sam warf Kani und Shagyra einen entschuldigenden Blick zu. Er hätte sie auf Ibratan vorbereiten sollen. *Die Nadel*, wie er auch genannt wurde. Der Chefrequisiteur des Theaters.

»Schätzchen, was machst du denn hier?«, sagte Ibratan und kam leichtfüßig auf sie zu, während er auf dem Weg einer Frau in einem Federkostüm gedankenverloren künstliche Flügel am Rücken befestigte. »Du hättest einen Boten schicken können. Mir bleibt ja fast das Herz stehen.« Ibratan fasste sich theatralisch an die Brust, dann nahm er Sam für den Bruchteil eines Lidschlags in die Arme und hauchte ihm angedeutete Küsse auf die Wangen. Das Gleiche tat er bei Kani und Shagyra, wobei er den Pferdemenschen nachdenklich ansah. »Und was ist mir dir, hm? Warum trägst du so ein hässliches Ding? Scheußlich!«

Mehr als scheußlich, dachte Sam bei sich. Die braunen Kapuzenmäntel, die Shagyra und er trugen, ähnelten nur allzu sehr denen, die viele Todgeweihte in den Bimaristans von Mythia, den Häusern der Kranken, um den Leib gelegt bekamen. Die Pest hatte es nie bis nach Mythia geschafft, aber es gab genug andere Krankheiten, die niemand haben wollte. Den Hautwurm, der einem mit Vorliebe tiefe Löcher in die Arme fraß. Die Blutsprossen, die als unauffällige Tupfen begannen, dann aber, sobald sie sich um den Hals des Erkrankten schlossen, einen qualvollen Tod nach sich zogen. Oder der Herzbeißer, der einem seine Käfereier in winzigen Wunden unter die Brust setzte. Fanden die ewig hungrigen Nachkommen nach dem

Schlüpfen einen Weg hinaus, kam man mit dem Leben davon. Verirrten sie sich jedoch in das Fleisch des Befallenen, so fraßen sie einem das Herz auf.

»Habe so einen Mantel mal bei jemandem gesehen, der kurz davor war, sein Blut auszuhusten«, sagte der Bullige mit Abscheu in der Stimme.

Um sie herum erstarben plötzlich alle Gespräche, und Dutzende Augenpaare richteten sich auf Shagyra. Der Pferdemensch sah sich hastig um und zog sich dabei die Kapuze vom Kopf. »Ich bin nicht krank«, rief er wiehernd. »Ich glaube, ich hatte einmal Flöhe, sonst bin ich kerngesund«, sagte er und lächelte höflich in die Runde.

»Flöhe?« Ibratan zog die Stirn kraus. »Nun, das ist kein Problem. Sieh nur zu, dass du mir nicht zu nahe kommst, Schätzchen. Und wir müssen unbedingt etwas zum Anziehen für dich finden. In den Sachen wirst du auf jeden Fall krank.«

Ibratan fing bereits an, sich an einem der Kleiderständer zu schaffen zu machen, als Sam neben ihn trat. »Wir müssen den Kontaktmann treffen«, raunte Sam ihm zu.

Ibratan warf ihm einen kurzen Seitenblick zu. »Du hast dir einen besonderen Tag dafür ausgesucht«, erwiderte er und zog ein goldenes Gewand hervor. Er hielt es Shagyra vor den Leib, dann schüttelte er den Kopf. »Es passt nicht zu deinen Zähnen. Himmel, woher bekommt man eigentlich solche Zähne? Man könnte meinen, du hast sie einem Pferd gestohlen.«

Einen besonderen Tag? Sam ahnte, was Ibratan meinte. »Er ist ausgerechnet heute hier? Mein Vater?«

Ibratan nickte. »Natürlich. Wenn der Weiße König sich höchstpersönlich in seiner Loge blicken lässt, ist auch der Fürst der Diebe nicht weit.« Er verengte seine mit dunkler Farbe umrandeten Augen, bis es schien, als säße ihm ein schwarzer Balken über der Nase. »Was habt ihr ausgefressen? Habt ihr dem König den Schlüssel zu seiner Schatzkammer unter der

Nase weggezogen? Nun, wenn es dir lieber ist, dass ein anderer euch in Empfang nimmt, dann …«

»Nein«, sagte Sam entschieden und nahm Ibratan das goldene Gewand wieder aus der Hand. »Es trifft sich gut, dass Vicente hier ist. Ich muss mit ihm reden. Es gibt da etwas, das er wissen muss.«

»Du musst so einiges mit ihm besprechen, Schätzchen«, sagte Ibratan vielsagend und wählte einen blauen Samtanzug aus dem Fundus. »Hier«, sagte er und hielt ihn Shagyra an, »damit siehst du aus wie ein Graf. Noch ein weißes Hemd mit Rüschen, und die Damen in den Logen werden nicht mehr auf die Bühne sehen, wenn du verstehst, was ich meine.«

Nun, offenbar verstand Shagyra nicht, was Ibratan sagen wollte. Doch bevor er etwas erwidern konnte, hatte Sam wieder das Wort ergriffen. »Wir brauchen noch ein paar Schuhe. Aber du musst dir etwas Besonderes einfallen lassen. Mein Freund hat … ungewöhnliche Füße.«

Er hob Shagyras Kapuzenmantel an, sodass die Hufe darunter zu erkennen waren.

»Ach herrje«, entfuhr es Ibratan. »Was ist denn mit denen passiert? Du Armer. Warst sicher immer das Gespött der Leute, nicht? Kenne ich. Wenn du ein wenig anders bist, zeigen alle mit dem Finger auf dich.« Ibratan wandte sich ab und griff in eine Kiste.

»Eigentlich hat nie jemand …«, begann Shagyra, doch Sam stieß ihm so fest in die Seite, dass er aufkeuchte.

»So«, meinte Ibratan und hielt ein paar braune, enorm große Stiefel in der Hand. »Mit genug Stoffresten stopfen wir den Teil aus, den deine … Füße nicht ausfüllen.« Er rief einen Assistenten herbei, der wie eine jüngere Version von ihm selbst aussah, drückte ihm die Stiefel in die Hände und deutete kurz auf Shagyras Hufe. Dann wandte er sich an Kani. »Und Euch, meine Schöne, werde ich wie eine Königin kleiden. Selbst die Frauen des höchsten Adels werden empört zu Euch aufblicken.« Er sah sie einen Moment stirnrunzelnd an. »Doch Eure Traurigkeit wird auch mein schönstes Kleid nicht verbergen können. Sagt, hat er Euch unglücklich gemacht?« Er deutete auf Sam. »Erzählt es mir. Ich kenne seinesgleichen. Sie stehlen nicht nur Gold, sondern gelegentlich auch die Herzen zauberhafter Damen. Wenn Ihr es wünscht, spicke ich ihn mit Nadeln, bis er …«

Kani hob abwehrend die Hand. »Nein«, sagte sie leise und zwang ein flüchtiges Lächeln auf ihr Gesicht. »Verschont ihn. Mir wurde etwas gestohlen, doch nicht von ihm.«

Ibratan nickte, auch wenn er sicher nicht verstehen konnte, was sie meinte. Mit einem Fingerschnipsen rief er einen weiteren Assistenten herbei. »Los«, herrschte er ihn an und deutete auf Sam. »Einen dunklen Anzug, goldene Knöpfe, Gamaschen mit silbernen Schnallen. Und einen Hut mit sehr langen Federn.« In dem Lächeln, das Ibratan Sam zuwarf, glaubte dieser Schadenfreude zu erkennen.

»Und nun, meine Liebe«, sagte der Chefrequisiteur, »kümmere ich mich um Euch.«

Sams Plan war es gewesen, unauffällig zu bleiben. Doch kaum hatten sie durch eine Seitentür die Wandelhalle des Theaters betreten, richteten sich alle Blicke auf Kani. Sie zog sie an wie ein Licht die Motten. Ihr Kleid war so silbern wie der Mond. Während die Männer in ihren steifen Anzügen bei Kanis Anblick unwillkürlich ihr charmantestes Lächeln aufsetzten, gefroren die Mienen ihrer Begleiterinnen, als wäre der Winter urplötzlich nach Mythia zurückgekehrt. Sam blickte Kani an, und sie schien in diesem Moment in all ihrer Traurigkeit und Sorge so verletzlich, dass er sich vor sie stellen wollte, um sie vor den Blicken zu schützen. Er nahm ihre Hand in seine. Ihre Finger fühlten sich kalt an, und er schloss seine Hand fest um sie.

Kani sah tatsächlich aus wie eine Königin, und man konnte beim besten Willen nicht die Dienerin des Weißen Königs in ihr erkennen. Aber auch Shagyra schien sich verwandelt zu haben. Hätte Sam nicht gewusst, was sich für ein Geschöpf unter dem Samtanzug und den Stiefeln verbarg, wäre ihm allenfalls das Gebiss seines Begleiters aufgefallen. Die einzigen misstrauischen Blicke, die Shagyra erhielt, galten seiner dunklen Hautfarbe, die für die meisten Menschen in der Regel ein Zeichen dafür waren, dass jemand von der anderen Seite kam. Dass er auch noch von einer anderen Art war, ahnte niemand, so gut, wie der Pferdemensch verkleidet war.

Und er selbst? Sam vermied es, in einen der zahllosen Spiegel zu blicken, die an den mit Blattgold verzierten Wänden hingen, aus Angst, er würde in dem Glas ebenso lächerlich aussehen, wie er sich fühlte. Wozu brauchte man so viele Spiegel? Fast schien es, als müsste die feine Gesellschaft ständig sicherstellen, dass sie noch da war.

Sam trug zu allem Überfluss noch eine rubinrote Tasche, die ihn so weiblich erscheinen ließ, dass Ibratan nun mehr einem Dieb ähnelte als Sam. Nun, wenigstens war sie groß genug, um den Beutel mit Assasils Helm und der silbernen Waffe zu verbergen. Er führte seine Begleiter dennoch so sicher durch die Menge, als wäre er jeden Tag im Theater. *Egal wo du bist, tu so selbstverständlich, dass alle anderen glauben, sie selbst seien fremd.* Noch eine Weisheit von Vicente. Sie hatte sich schon mehr als einmal als hilfreich erwiesen. Sam pflückte drei Gläser mit Cava, dem berühmten Schaumwein Mythias, vom Tablett eines Dieners, reichte sie seinen Begleitern und bahnte sich einen Weg durch die Wandelhalle. Dabei musterte er die Gestalten in ihren ausladenden Kleidern und Festanzügen, die so bunt waren, als wollten sie selbst ein Stück aufführen. Für die meisten diente dieser Ort wohl tatsächlich als Bühne und war damit wichtiger als das Schauspiel selbst. Sam passte sich dem langsamen Trott an, in den hier alle verfielen, und stolzierte mit wippenden Hutfedern zur Treppe, die hinauf zu den Logen führte. Gelegentlich grüßte er wahllos jemanden aus der Menge, schenkte der ein oder anderen Dame mit weißer Lockenperücke ein charmantes Lächeln und raunte dem Wächter, der am Fuß der Treppen stand, so arrogant den Namen des Logenbesitzers zu, den sie aufsuchen wollten, dass er sich beinahe vor sich selbst ekelte. »Vicente Grande.« Natürlich war das nicht sein echter Name. Der Große. Vicente war auf der Straße aufgewachsen, und Straßenjungen wie er besaßen ebenso wenig einen Namen wie die Aussicht auf Reichtum. Zumindest nicht, wenn sie ehrlich blieben. Das Stehlen hatte Vicente jedoch beides beschert.

Hatte in der Empfangshalle noch dichtes Gedränge geherrscht, so offenbarte der Korridor am Ende der Treppe beinahe gähnende Leere. Lediglich einige Diener liefen eilfertig aus einer in die Wand eingelassenen Tür hinüber zu den Logen, um deren Besucher mit Cava und Pralinen zu versorgen. Vier Scharlachrote, die Sam und seine Begleiter so misstrauisch fixierten, als liefen sie Äxte schwingend auf sie zu, machten deutlich, welche die königliche Loge war. Sam aber steuerte die danebenliegende an. Weder kannte er alle Wächter, noch kannten alle Scharlachroten ihn. Dennoch wandte er sich vorsichtshalber ab, als er an ihnen vorbeiging. Shagyra aber, dem der Cava offenbar zu Kopf gestiegen war, entblößte sein breites Gebiss und lächelte die Wächter an, die ihn mit misstrauischen Blicken bedachten. »Keine Sorge, ich hatte nur Flöhe«, sagte er beschwingt, ehe Kani ihn am Arm packen konnte und durch die Tür in die Loge zog.

Die Plätze waren leer. Noch. Sam wies Shagyra und Kani auf die Sitze, doch die beiden starrten nur stumm in den Innenraum des Theaters. Sam hatte ganz vergessen, wie atemberaubend der Blick von hier aus war. Über vier Etagen hinweg zogen sich die Logen. Jedes Geländer und selbst die Decken waren aufwändig mit Bildern aus den berühmtesten Stücken verziert. Schlanke Säulen aus Marmor reichten vom Boden bis zur Decke, von der ein gutes Dutzend gemalter Wesen hinab auf die Zuschauer blickte. An den Wänden der Logen war so viel Blattgold angebracht, dass jede von ihnen zehn Familien aus Mythias Armenvierteln für ein Jahr hätte ernähren können. Zahllose Öllampen waren entzündet worden und ließen den Innenraum erstrahlen, als wollte das Theater dem Weißen König die schönste Bühne bereiten. Dessen Loge lag natürlich genau in der Mitte des halbrunden Innenraums. Sam konnte mit etwas Mühe gerade so in sie hineinsehen, wenn er sich weit genug vorbeugte und so tat, als wolle er die Bühne besser erkennen. Über dem mit Marmor verzierten Baldachin war das Wappen der Stadt angebracht: der geflügelte Löwe. Er fand sich auch zwischen den Lilien aus Silber, die sich am Rand der Loge entlangwanden. Unter dem Baldachin saß noch niemand. Der Weiße König und seine Beraterin waren vermutlich noch auf dem Weg. Anderenfalls hätte es unter den Adligen und Kaufleuten in der Wandelhalle längst ein Gedränge wie auf Mythias Marktplätzen gegeben. Sicher warteten sie dort alle noch solange, bis Mythias Herrscher eintraf, um ihn zu sehen und von ihm gesehen zu werden, während er zur herrschaftlichen Loge ging.

Das Klacken der Tür ließ Sam herumfahren. Er erkannte nur für die Dauer eines Lidschlags die Überraschung auf Vicentes Gesicht. Doch Mythias oberster Dieb setzte sofort wieder sein geschäftsmäßiges Lächeln auf. Er war in Begleitung einer neuen, Sam unbekannten jungen Frau und des alten Isembart. Selbst unter dem festlichen Anzug war die einfache Herkunft des dürren Mannes allzu deutlich zu erkennen.

»Ah, meine Gäste«, begrüßte Vicente sie so überschwänglich, als hätte er sie tatsächlich erwartet. Der Frau an seiner Seite, die ihn um gut zwei Köpfe überragte, obwohl Vicente Stiefel mit besonders dicken Sohlen trug, hauchte er einen Kuss auf die blasse Hand. »Meine Hübsche, würdet Ihr mich und meine Geschäftspartner noch einen Moment über einige schrecklich langweilige Dinge sprechen lassen? Der Graf und Ihr könntet Euch die Zeit ein wenig in der Wandelhalle vertreiben.«

Der Graf. Sam musste sich ein Lächeln verkneifen. Isembart war einem Adligen so ähnlich wie ein Esel einem Hengst. Die Blassgesichtige, die Vicentes Geschmack entsprechend seine Tochter hätte sein können, war augenscheinlich alles andere als begeistert, mit Isembart umherzulaufen. Doch sie schenkte Vicente ein Lächeln, das so falsch wie dessen Haarfarbe war, dann schloss sich die Tür wieder. Langsam füllte sich der Zuschauerraum unter ihnen, und leises Stimmengewirr drang zu ihnen herauf.

»Dies ist … Graf Shagyra«, sagte Sam und deutete auf den trunken lächelnden Nushishan. »Er und seine Gattin wollten sich für die Gastfreundschaft bedanken und die Gelegenheit nutzen, mit Euch über den Auftrag zu sprechen.« Es war ein armseliges Schauspiel, aber ein notwendiges. Im Theater lauschten die Ohren nicht nur den Versen der Schauspieler. Es gab genug Spione und aufmerksame Diener, die davon lebten, dass sie heimlich den Gesprächen in den Logen folgten. Es hieß, manche der Diener sorgten mit andauerndem Cava-Nachschub bewusst dafür, dass sich die richtigen Zungen lockerten. Und es sollten auf diese Weise schon genug geheime Informationen an die falschen Leute gelangt sein. Auch wenn niemand zu sehen war, zweifelte Sam nicht daran, dass unvorsichtig ausgesprochene Worte zu leicht in fremde Ohren geraten konnten.

»Es tut mir leid, dass sich die Lieferung offenbar verzögert«, sagte Vicente, der ein Meister im Nicht-Sagen war. »Aber unser Bote hat sich noch nicht gemeldet.« Er bedeutete Sam und den anderen Platz zu nehmen und setzte sich dann selbst. Natürlich war sein Stuhl hier ebenfalls erhöht worden.

»Soweit ich hörte, hat sich auf dem Weg ein tragischer Unfall ereignet«, sagte Sam, und obwohl er sich bemühte, konnte er das leichte Zittern in seiner Stimme nicht verhindern. »Wir kamen, um Euch zu informieren. Es scheint, als wäre unsere Ware ebenso verloren wie der Überbringer.« Sam musste sich zwingen, seine Stimme ruhig klingen zu lassen. Vor seinen Augen sah er den Baum. Den Spalt im Stamm. Und Majids angstertränkten Blick.

Ein Runzeln trieb für einen Moment feine Risse in Vicentes gepuderte Stirn. »Das betrübt mich zu hören«, sagte er rau. Majid war Vicentes Neffe gewesen und von ihm wie ein Sohn großgezogen worden. Bei aller Härte bedeutete dies auch Zuneigung, gleich wie sorgsam der Fürst der Diebe sie verbarg. Vicente sah Sam an. Was las er in den Augen seines Vaters? Eine Anklage? Die gemeinsame Trauer? Aber sie hatten schon um Jamal nicht getrauert, obwohl sein Tod ihnen beiden das Herz zerschnitten hatte.

Plötzlich strömten die Menschen unter ihnen wie eine Flut in den Zuschauerraum, und das Gewirr der Stimmen ließ Vicente hinabsehen. Sam folgte seinem Blick. Es schien, als wären die Besucher einem stummen Signal gefolgt. Diejenigen, die bereits Platz genommen hatten, erhoben sich rasch. Nur einen Moment später erkannte Sam, was der Grund für die plötzliche Hektik war. Oder besser, wer. Die Loge des Weißen Königs wurde geöffnet. Zwei Wachen traten ein und sahen sich um, dann erschien er selbst, gehüllt in roten Samt. Sam wusste nicht, wie alt der Weiße König war. Es gab Gerüchte, dass er schon seit einem Jahrhundert oder mehr auf der Welt war. Natürlich war diese Zahl völlig übertrieben, wenngleich das weiße Haar des Königs von Mythia von seinen vielen Lebensjahren schlohweiß gewaschen war. Doch gleich wie viele es tatsächlich waren, der Weiße König wirkte wie schon im Thronsaal so voller Leben wie ein junger Mann. Er betrat die Loge mit so festem Schritt, als sei er kaum älter als dreißig. Ihm folgte seine Beraterin. Sam stockte der Atem, als er sie erblickte. Die Wachen wichen vor ihr zurück, als könnten sie sich am Stoff ihres nachtschwarzen Kleides verbrennen. Haut wie Milch und Haare wie Pech. Und ein Kopfschmuck, der in Silber erstrahlte. Zwei Spitzen, die wie Assasils Hörner aus ihrem Kopf zu wachsen schienen. Ein Ornament über ihrer Stirn. Und kunstvoll verzierte Wangenklappen, die ihr bis zum Kiefer reichten. Sie schien wie die Königin eines fernen Landes. Sabah sah aus, als hätte die Nacht selbst sie geboren und ihr ein Kleid aus Dunkelheit gewoben.

Der Weiße König blickte einen Moment lang durch den Saal, als wollte er jeden Einzelnen der Anwesenden betrachten. Dann setzte er sich und alle Menschen im Theater taten es ihm gleich. Kurze Zeit später kam Vicentes blasshäutige Begleiterin zurück. Ihre Haut war beinahe ebenso hell wie die von Sabah, doch bei ihr sah es unangenehm kränklich aus. Sabah hingegen erschien zeitlos schön, auch wenn von ihr in dem dunklen Kleid eine Kälte ausging, als würde ihr der Tod unter der Haut nisten.

Der alte Isembart schob sich hinter der jungen Frau in die Loge und beugte sich zu Vicente hinunter. Auf ein geflüstertes Wort von Vicente hin nickte er und verließ die Loge wieder. Leise schloss er die Tür. Isembart redete nie viel, doch er hörte gut zu, und sicher schickte ihn Vicente hinaus, um unauffällig den Gesprächen derer zu lauschen, die ihre Logen verließen, um miteinander zu tuscheln.

Die Blasshäutige setzte sich neben Vicente, ohne Sam, Kani oder Shagyra Beachtung zu schenken, und klammerte sich an seinem Arm fest, als würde sie sonst über das Geländer fallen. Aufgeregt wie ein Kind sah sie zur königlichen Loge hinüber.

Überall im Theater wurden die Lichter gelöscht, und einen Augenblick später öffnete sich der Vorhang.

Wie unwirklich das alles war. Noch vor wenigen Stunden waren Sam und die anderen nur mit knapper Mühe dem Tod entkommen. Und nun saßen sie hier, wenige Meter vom Weißen König und der Wüstenhexe entfernt, und ließen sich unterhalten. Auf der Bühne sahen ein gehörnter Narr namens Puck und eine Fee ihren Herren, einem König Oberon und seiner Gattin dabei zu, wie sie miteinander stritten. Sam folgte dem Spiel für einige Augenblicke, doch er war zu aufgewühlt, um sich auf das Stück einzulassen. Er konnte Kani ansehen, dass es ihr ebenso erging. Das Licht, das von der Bühne in den Zuschauerraum strahlte, malte ihr einen Glanz auf das Gesicht, der es ebenso schön erscheinen ließ wie das der Beraterin. Schöner noch, denn der zeitlose Ernst darauf wurde nicht von Kälte, sondern von Traurigkeit genährt.

Eine Weile sagte niemand etwas, dann beugte sich Vicente zu Sam hinüber. »Seid Ihr nun also gekommen, um mich von dem Auftrag zu entbinden?«, fragte er, noch immer in seiner Rolle.

»Nein«, erwiderte Sam und fühlte bei den Worten, die ihm als Nächstes über die Lippen kamen, sein Herz verräterisch schnell schlagen. »Wir erbitten Eure Hilfe in einer kleinen Unannehmlichkeit. Der Graf kommt aus einem Land jenseits des Meeres. Er und seine Gattin benötigen eine Unterkunft. Sicher könnt Ihr ein Domizil vermitteln, das ihren Erwartungen gerecht wird.«

Vicente warf Sam einen kurzen Blick zu. Damit schien er nicht gerechnet zu haben. Für einen Moment war Sam versucht, das ganze Schauspiel aufzugeben. Sie beide füllten nur Rollen aus. Genau wie die Menschen auf der Bühne, die Ibratan ebenso wie ihn in ein Kostüm gesteckt hatte. Sam öffnete den Mund. Und stumm sprach er das Wort *Bitte* aus. Wie leicht seine Lippen es formten. Noch vor wenigen Tagen hätte er Vicente nicht einmal angesehen. Doch Kani zuliebe hatte er ihn nun schon zweimal aufgesucht. Es kostete ihn weit weniger Überwindung, als er geglaubt hatte.

Vicente schien für einen Augenblick ehrlich überrascht. Einer der seltenen Momente, in denen sein Gesicht zeigte, was das Herz fühlte. »Natürlich helfe ich, wo ich kann«, sagte er. »Eure Begleiter werden in meinem Haus wohnen. In meinen besten Gästezimmern. Doch was ist mit Euch?«

»Ich?« Sam versuchte völlig unbeteiligt zu klingen. »Ich habe in der missglückten Sache noch etwas zu regeln.« Sam konnte Vicente die Skepsis vom Gesicht ablesen. *Gehe niemals zweimal an denselben Ort.* Zumindest nicht sofort und nicht, wenn etwas schiefgelaufen ist. Nun, diese Weisheit würde Sam nicht beherzigen können. Er wusste, in welche Gefahr er sich im Palast und in Paramythia begab. Aber er musste herausfinden, ob es noch einen Weg gab, an das verfluchte Buch zu kommen. Er hätte den Diebstahl von Anfang an selbst erledigen sollen. *Aber dann wärst jetzt du tot und in Rinde eingeschlossen, Sam*, dachte er. Aus dem Augenwinkel bemerkte er Kanis Blick. Verwirrung mischte sich ebenso in ihn wie Furcht. Doch sie spielte das Spiel mit und sagte nichts.

Es dauerte nicht mehr lange, und der Vorhang schloss sich zum Ende des ersten Akts. Im Licht der Öllampen, die nun wieder entzündet wurden, erhoben sich die Zuschauer, um ein weiteres Mal ihre Runden durch die Wandelhalle zu drehen. Isembart erschien in der Loge, kaum dass Vicente aufstand und Kani sein schneeweißes Lächeln schenkte. Vicente wisperte ihm etwas ins Ohr, dann wandte er sich an Kani und Shagyra. »Eure Hoheiten«, sagte er feierlich, und Sam musste Shagyra seinen Ellenbogen in die Seite stoßen, als dieser sich fragend umsah, »Graf Isembart persönlich wird Euch zu meinem Haus führen, in dem Ihr herzlich willkommen seid. So wie auch Euer Gefährte, wenn er von seinem Auftrag zurückgekehrt ist.«

Vicente sah Sam eindringlich an, und das so vertraute Gesicht zeigte einen ungewohnten Anflug von Sorge. *Wie seltsam*, dachte Sam. Sie hatten sich offenbar erst voneinander lösen müssen, ehe Vicente Furcht davor empfand, dass Sam ihm endgültig abhandenkam. *Vielleicht, weil er schon zu viele Menschen verloren hat*, dachte Sam. Er verbeugte sich und folgte Isembart, der sie aus der Loge führte. Auf dem Flur schlenderten einige Frauen in perlenbesetzten Kleidern mit ihren Begleitern, die sie wie Gockel umschwärmten, auffällig langsam an der königlichen Loge vorbei.

Sam wollte unauffällig an ihnen vorbeischlüpfen, denn ein Dieb sollte immer unsichtbar sein. Doch gerade als er auf der Höhe der Tür war, öffnete sie sich, und die beiden Wächter traten heraus.

Die Frauen wichen vor ihnen zurück, doch sie gingen nicht fort, sondern reckten die Köpfe, um einen Blick in die Loge zu erhaschen. Und dann trat er heraus. Der Weiße König sah jeden von ihnen an, und es war, als würde er ihnen bis ins Herz blicken. Er schien so erhaben, als stammte er direkt aus einem Märchen. Der gütige König, der alles in Ordnung brachte.

Als Sam beschlossen hatte, die Ikariq zu verlassen und sich den Scharlachroten anzuschließen, hatte er der Garde des Königs zugewiesen werden wollen, weil er sich Ruhm versprochen hatte und eine Aufgabe, die nichts mit seinem alten Leben gemein hatte. Doch mit jedem Mal, da er den König sah, änderte sich sein Beweggrund mehr. Er wollte ihn schützen, weil er der König war. Egal, was Sam ihm gestohlen hatte. Er hätte ihn nur zu gerne vor Sabah und den Iblisen gewarnt. Aber ohne Beweise?

Einen Moment später erschien Sabah neben ihm. Die Nacht gesellte sich zum Tag. Und Sam war mit einem Mal wieder in ihrem Gemach und fühlte Rinde unter den Fingern. Oh, er hätte dem Weißen König beinahe vor allen, die hier waren, doch noch die Warnung zugerufen, die ihm über die Lippen drängte. *Sabah ist eine Verräterin. Eine Wüstenhexe. Und ich ein ehemaliger Dieb, der sich in Eure Wache geschlichen hat.* Doch wie hätte ihm der Weiße König glauben sollen? Sam würde eingesperrt, weil er die Beraterin verleumdet hatte. Nein, er musste Beweise finden. Und dazu musste er weiter Hârun, der Wächter sein, der das Tor in Paramythia bewachte.

Sam wollte den Kopf senken und warten, bis der Weiße König und das Wesen an seiner Seite fort waren, doch plötzlich wandte sich Sabah um, während ihr Herr und die Wächter weitergingen. Sams Herz blieb beinahe stehen.

Doch sie sah nicht ihn an. Ihr Blick galt allein Kani. Für einen Moment musterten sich die beiden Frauen stumm. Wie unterschiedlich Schönheit sein konnte. Kalt oder warm. Kani in ihrem silbernen Kleid und Sabah, gehüllt in die Nacht selbst.

»Kennen wir uns?«, fragte sie mit einer Stimme, in der Sam mondlose Finsternis zu schmecken glaubte. »Ihr kommt mir bekannt vor, doch zumindest hier habe ich Euch noch nie gesehen, meine Teuerste. Hat Euch das Stück gefallen?«

»Ja«, antwortete Kani, »es hat mir gefallen. Ich bin das erste Mal hier. Ebenso wie mein Gatte. Wir sind fremd in der Stadt und Gäste dieses Herrn hier.« Sie deutete erst zu Shagyra, dann auf Vicente, der daraufhin erfolglos versuchte, seinen Leib in die Höhe zu strecken, während der Blasshäutigen an seiner Seite vor Aufregung das Blut in die Wangen schoss und sie so rot färbte wie die Hinterteile der Paviane im berühmtem Tiergarten Mythias.

»Ich hatte geglaubt, dass wir uns schon einmal begegnet sind«, sagte die Beraterin tonlos und sog tief die Luft ein, als würde darin ein Duft hängen, den sie wiederzufinden hoffte. »Nun, ich sehe so viele Gesichter.«

»Kani«, stellte sich die Dienerin nun vor. »Euren Namen hingegen kennt sicher jeder Einwohner der Stadt. Sabah, die berühmte Vertraute des Weißen Königs.«

»Namen. Ich habe so viele erhalten«, antwortete die Beraterin. »Manche nennen mich Geisterfrau. Andere die farblose Fee, doch wie Ihr seht, bin ich kein Geist und trage sehr wohl eine Farbe. Namen sind eine wichtige Sache. Sie sind mehr als nur ein Wort, das zufällig ausgewählt wurde und an seinem Besitzer hängt wie ein streunender Hund, der ihm nicht mehr von der Seite weicht. Da wo ich herkomme, ist der Name ein Bild des Herzens. Sabah, der Tag. Er passt wohl nicht hierhin. Findet Ihr nicht? Die Nacht wäre doch so viel passender. Sie trägt dort, wo ich geboren wurde, den Namen Layl. Ein passenderer Name für diese Zeit, nicht wahr?«

Layl? Sam runzelte die Stirn, während er sich den Hut tiefer ins Gesicht zog, als Layls Blick, nun über ihn strich. Es fühlte sich an, als würde ein kalter Windhauch über sein Gesicht fahren. Wechselte sie den Namen mit der Tageszeit?

»Und Ihr seid?« Layls Frage riss ihn aus seinen Gedanken. Sam hob widerwillig den Blick und für einen Moment fürchtete er, sie würde ihn trotz der Verkleidung erkennen. Doch in ihrem Blick fand er keinen Hinweis darauf, und er entspannte sich ein wenig. Sam sah in die tintenschwarzen Augen der Beraterin. Sabah oder Layl. Es machte keinen Unterschied. Sie war eine Hexe. Eine Mörderin. Die Waffe, mit der er sie in ihrem Wüstengemach in Schach gehalten hatte, befand sich in seiner Tasche. Es wäre so einfach, sie hervorzuholen und ihr in den Leib zu stoßen. *Und dann, Sam?*, fragte er sich. *Sie würden dich noch hier an Ort und Stelle töten, und das Geheimnis um Paramythia bliebe für alle Zeit ungelöst.* »Mein Name lautet Samir«, sagte er so knapp wie möglich.

Sabah, nein Layl, wie sie sich nun nannte, zog die weiße Stirn kraus. »Samir, ja, dieser Name passt zu Euch. Ihr habt Glück gehabt. Mehr als viele andere, die nie herausfinden, wie falsch ihr Name ist.«

Sie musterte Sam noch einen Moment, dann wandte sie sich von ihm und den anderen ab und schritt durch den Flur, während ihr die Menge ehrfürchtig Platz machte.

Sam merkte erst jetzt, dass ihm der Schweiß auf die Stirn getreten war. Er sah Kani an. In ihren Blick mischten sich Furcht und Wut. Sie wusste, dass Layl eine Mitschuld am Schicksal von Hakim traf. »Wir werden ihn zurückholen«, wisperte er ihr alle Vorsicht vergessend ins Ohr. »Und das Buch dazu.«

Sie nickte, doch sie sagte nichts.

Ehe Vicente sie und Shagyra mit sich nahm, wandte Sams Vater ihm kurz den Kopf zu. »Passt auf«, raunte er Sam zu. »Die Nacht kann tödlich sein.«

15. DIE WAFFEN EINES DIEBES

So sehr Sam sich auch beeilte, es dauerte fast die halbe Nacht, ehe er wieder in Scharlachrot gehüllt vor dem Marduk-Tor stand. Die Tasche mit Assasils Helm, der silbernen Waffe und Ibratans grässlichem Kostüm hatte Sam unter seinem Bett verstaut. Einmal mehr erschienen ihm die Bücherschluchten schützend und sicher, trotz all ihrer dunklen Geheimnisse. Ein Ort, der immer mehr ihm gehörte. Als würden die Worte von Paramythia sich wie eine Rüstung um ihn legen und ihn vor den Blicken der Wüstenhexe verbergen.

Der Graubart schenkte ihm einen tadelnden Blick, doch er wartete gar nicht erst auf eine Rechtfertigung von Sam. »Na endlich«, brummte er. »Ich dachte schon, ich müsste noch länger allein hier stehen. Die farblose Fee hat das Tor bereits verschlossen, und die anderen haben sich verdrückt, um etwas zu essen, nachdem die Behelmten vorhin hier waren.«

Gut, dachte Sam. So blieb ihm ein erneutes Aufeinandertreffen mit Sabah oder Layl, oder wie immer sie sich auch nennen mochte, erspart.

»Nun, hier unten ist es eigentlich gar nicht so schlecht«, meinte der Graubart. »Auch wenn sie die verfluchte Bücherstadt nun auch noch zu einem Gefängnis gemacht haben.«

Sam runzelte die Stirn, als er seinen Posten neben dem Graubart bezog. »Ein Gefängnis? Wieso?«

Der Wächter zuckte mit den Schultern, während die beiden Öllampen am Tor unruhige Schatten auf den blauen Stein der Fassadentürme malten. »Was weiß ich, wieso. Ich habe ihn nur gesehen, nicht mit ihm gesprochen. Schleppt noch mehr Jahre mit sich herum als ich. Ein paar von Assasils Schoßhunden haben ihn vorhin heruntergebracht. Weiß nicht, was der arme Hund angestellt hat, doch es gefällt mir nicht. Auf Bücher aufzupassen ist in Ordnung. Aber wenn sie hier unten nun Leute verschwinden lassen, das ist etwas anderes. Dann machen sie aus diesem Ort am Ende noch ein verdammtes Grab. Selbst Jacobus, dieser aufgeblasene Wichtigtuer, hat genug Grips in seinem alten Kopf, um das zu begreifen. Er kam kaum eine Stunde, nachdem der arme Hund hinabgebracht worden war, von unten durch das Tor. Hat wohl gesehen, dass die verfluchten Helmträger jemanden zwischen seinen geliebten Büchern verstecken. Es gefällt ihm ganz offensichtlich nicht, so angewidert wie er ausgesehen hat. Aber er hat nicht genug Mumm in seinen alten Knochen, um den Mund aufzumachen. Würde sowieso nichts nützen.«

In Sams Kopf überschlugen sich die Gedanken. »Beschreib ihn mir«, bat er den Graubart, und seine Stimme klang seltsam tonlos in den eigenen Ohren.

»Wieso?«, erwiderte der. »Haben sie vielleicht jemanden erwischt, den du kennst?«

Sam versuchte sich nicht anmerken zu lassen, wie sehr der alte Scharlachrote mit seiner Vermutung ins Schwarze traf.

»Es ist auch gleich«, fuhr der Graubart fort. »Sie werden ihn nicht wieder herauslassen, schätze ich. Der arme Tropf. Vermutlich ein Büchernarr. Trug eine Brille auf der Nase, wie so viele, die zu lange in Bücher starren. Haare hatte er kaum noch, aber einen Bart wie ich. Und ängstlich wirkte er nicht. Vielmehr schien er … aufgeregt wie ein Kind zu sein, als sie ihn hinabführten.«

Aufgeregt wie ein Kind. Es konnte nur einen Menschen außer Kani geben, der so auf eine Gefangenschaft im Herzen der Bücherstadt reagierte.

»Also«, schloss der Graubart, »wenn ich dir einen Rat geben

darf, dann halte dich fern von allem, was hinter diesem Tor vor sich geht. Sonst wirst du vielleicht ebenfalls dort unten verschwinden.«

Sam wusste nicht, wie es ihm gelang, die Stunden seines Dienstes hinter sich zu bringen, ohne der Versuchung zu erliegen, das Marduk-Tor zu öffnen. Es aufzuziehen und hinab in das Herz der Bücherstadt zu steigen. Hinab zu dem Mann, der dort gefangen war. Der Graubart hatte Kanis Vater so treffend beschrieben, als stünde er neben ihnen. Sam atmete tief durch. Er würde Hilfe brauchen, um Hakim zu befreien.

Die anderen Wächter kehrten erst zurück, als die Lichter in Paramythia wieder entzündet wurden. Endlich hatte die Nacht ein Ende. Den Tag, den die Sonne der Stadt über ihnen brachte, imitierten hier unten zahllose Öllichter. Sam zwang sich, nicht an den Lichtmeistern vorbeizurennen, die mit brennenden Holzstäben die Lichter zum Leben erweckten. Feuer und Papier waren keine Freunde. Kein Wunder, dass in einigen Ecken von Paramyhtia Eimer voll Sand standen. Kein Wasser. Offenbar betrachteten die Bibliothekare das Nass als einen ebenso großen Feind für ihre Bücher wie das Feuer.

Die Müdigkeit ließ Sam taumeln, als er aus dem Seiteneingang des Palastes trat. Die Sonne strahlte so hell auf ihn herab, als wollte sie alles Dunkle, das in Paramythia und in dessen Herzen lauerte, ausbleichen. Eine Kutsche brachte ihn zum Haus seines Vaters. Kaum hatte Sam Platz genommen, nickte er ein, und als er wieder erwachte, bog die Kutsche gerade in die Straße ein, in der sich Sams Ziel befand. Erst im letzten Moment erinnerte er sich daran, dass ein Scharlachroter wohl ein zu auffälliger Gast sein würde. Hastig zog er das Kostüm aus der Tasche, die er nach Ende seines Dienstes aus dem Zimmer geholt hatte, und wechselte in der engen Kutsche die Kleidung. Den Hut jedoch ließ Sam in der Tasche, in die er auch die scharlachrote Robe stopfte.

Der Mann, der Sam die Tür zum Haus seines Vaters öffnete, empfing ihn mit ernstem Gesicht. Der Ausdruck darauf passte zu den schwarzen Sachen, die er trug. Offenbar hatte sich der Tod von Majid herumgesprochen. In der Empfangshalle waren die »Kunstwerke«, wie Vicente die aus Porzellan und Gold gefertigten Scheußlichkeiten nannte, die er höchstpersönlich ausgewählt hatte, um Gäste zu beeindrucken, entfernt worden. Stattdessen hatte man auf den Tischen und Anrichten die Dinge drapiert, die Majid im Lauf seines Lebens gestohlen und für sich behalten hatte. Sam hielt für einen Moment inne und blickte auf funkelnde Edelsteine, goldene Münzen und ein altes Messer, angelaufen und stumpf. Er nahm es in die Hand. Die erste Probe. Sam wusste noch heute, wie Majid es einem Mann auf dem Markt aus der Manteltasche gezogen hatte. Die Finger seines Cousins hatten vor Aufregung so sehr gezittert, dass es ihm auf den Boden gefallen war. Doch der Mann, der unwissend die Ehre erhalten hatte, das erste Opfer einer neuen Elster zu werden, hatte es nicht bemerkt. Sam hatte aufgepasst, ob jemand zusah. Genau wie Jamal. Es war noch nicht allzu lange her, dass die persönlichen Schätze seines jüngeren Bruders hier gelegen hatten. Und auch bei ihnen hatte Sam etwas gesehen, dass aus der Tasche jenes Mannes gestammt hatte. Der schartige Schleifstein, der zu dem Messer gehörte. Sie hatten an jenem Tag alle drei ihre Probe bestanden. Unter den wachsamen Augen des alten Isembart hatte sich zuletzt Sam bewiesen, und ihrem gemeinsamen Opfer eine Münze aus der Tasche gezogen. Ihre Herzen hatten noch bis in die Nacht vor Aufregung wild geschlagen. Und nun waren zwei von ihnen stehen geblieben. *Und, Sam,* fragte er sich, *willst du noch so lange auf Vicente wütend sein, bis auch sein Herz aufhört zu schlagen?*

Sam überlegte, sich sofort zu Kani führen zu lassen, doch dann entschied er sich anders und ging in das Arbeitszimmer seines Vaters. Vicente würde sich bald die Berichte der Nacht anhören. Auflistungen über erfolgreich durchgeführte Aufträge. Und Gründe für das Scheitern, falls jemand versagt hatte. Doch noch hatte keiner aus der Führungsriege der Ikariq auf den dicken Polstersesseln Platz genommen, und Vicente rauchte die erste Zigarre des Tages. Die Blasshäutige stand neben ihm und hielt noch den glimmenden Span in der Hand, mit dem sie ihm die Zigarre entzündet hatte.

»Geh dir die Nase pudern«, sagte Sam zu ihr, barscher als er es beabsichtigt hatte. Doch er war zu erschöpft, zu verwirrt und aufgewühlt, um sich Gedanken über mangelnde Höflichkeit zu machen. Sie antwortete nicht, doch Vicente nickte unmerklich, und sie ging langsam an Sam vorbei auf die Tür zu. Der süße Duft von Rosen hing noch in der Luft, als sich die Tür längst geschlossen hatte.

Sam starrte seinen Vater an. Und war wieder ein Kind. Sein Herz schlug schnell vor Aufregung, und er starrte den Vater an, der alles sein wollte, nur kein Vater.

»Ich brauche deine Hilfe.« Sam sprach die Worte so hastig aus, als würde er sich sonst an ihnen verschlucken, während er auf Vicentes Schreibtisch zuschritt.

Der kleine Mann auf dem hohen Stuhl dahinter sah ihn interessiert an, ohne etwas zu sagen.

»Verdammt, das ist keine Gelegenheit für Spiele«, zischte Sam und stützte sich auf die Tischplatte, als hätten seine Beine alleine nicht genug Kraft, ihn zu tragen. Er fühlte, wie Müdigkeit, Angst und Wut in ihm aufstiegen und seine Lippen zittern ließen. »Kanis Vater ist von Assasil in das verdammte Herz der Bücherstadt gebracht worden. Ich brauche Hilfe, um ihn zu befreien.«

Vicente nahm die Zigarre aus dem Mund, betrachtete sie stumm, als wäre sie ihm erst jetzt aufgefallen, dann musterte er wieder Sam.

»Ich habe zu viele sterben sehen, verstehst du?« Sam spürte, wie ihm all die Worte auf die Zunge sprangen, die er in seinem Herzen eingeschlossen hatte. Alle. »Mutter, Jamal, den du hättest abhalten müssen von dem Irrsinn, auf den er sich eingelassen hat. Und nun auch noch Majid. Es reicht. Und jedes Mal tust du, als hättest du nicht mehr zu beklagen als den Verlust eines deiner Diebe. Es bringt niemanden zurück, wenn man seine Schätze da unten ausstellt. Hakim aber kann ich zurückbringen. Ich kann Kani davor schützen, durchzumachen, was ich durchgemacht habe.«

»Ich vermute, Hakim ist der Name ihres Vaters.« Es waren die ersten Worte von Vicente. Er hatte sie so ruhig ausgesprochen, als plauderten sie über das gestrige Theaterstück. Sams Vorwürfe hatten ihn offenbar nicht verletzt. Oder er zeigte es nicht. »Und sicher willst du sie davor bewahren, den Vater zu verlieren. So wie du?«

»Ich hatte doch nie wirklich einen«, erwiderte Sam, dessen Wut plötzlich erstarb und der nur noch versuchte, nicht wie ein verletzter Junge zu klingen.

Vicente nickte. »Vielleicht nicht«, sagte er. »Aber einen Lehrer.«

Sam öffnete bereits den Mund, um etwas zu erwidern, doch dann schloss er ihn wieder. Einen Lehrer, ja. Auch wenn die Dinge, die dieser Lehrer Sam beigebracht hatte, nicht an den Schulen Mythias gelehrt wurden.

»Erst möchtest du, dass wir dir ein Buch klauen, nun planst du einen Mann zu stehlen. Was also willst du?«, fragte Vicente, und sein Gesicht zeigte jenen Ausdruck, den er immer dann aufsetzte, wenn er glaubte, Sam überlegen zu sein. Einen Ausdruck, den Sam nicht leiden konnte.

»Das habe ich doch gerade gesagt, oder?«, entgegnete Sam gereizt, der keine Lust hatte, sich wieder wie ein kleiner Junge zu fühlen. Er sah seinen Vater stumm an und hasste ihn beinahe dafür, dass er ihm so tief ins Herz blicken konnte. An den Ort, den Sam um jeden Preis vor ihm verbergen wollte. *Was also willst du?* Sam kannte die Antwort. Und Vicente offenbar auch. Er wollte Kani helfen. Das Geheimnis um Paramythia? Es hatte ihn in den alten Turm in der Universität geführt. Doch alle Schritte, die er danach gegangen war, hatte er für Kani gemacht. Und weshalb? Um sie zu beeindrucken? Sie war nicht die erste Frau, die er in seinem Leben getroffen hatte. Belanglose Begleiterinnen wie die Blasshäutige an der Seite seines Vaters hatte es auch in Sams Leben gegeben. Und er konnte sich nicht mehr an alle Namen erinnern. Doch Kani war anders. Ganz anders.

Was also willst du?

»Ich will vor allem Kanis Vater aus der Bücherstadt holen«, beantwortete Sam die Frage seines Vaters. »Doch ohne Hilfe schaffe ich es nicht.«

Vicente sah ihn an, dann blickte er plötzlich auf … und grinste so verschlagen, wie es nur einer der Fürsten der Straße konnte. »Ich werde dir jemanden an die Seite stellen«, meinte er.

»Ich brauche keine Männer an meiner Seite. Aber ich brauche einige Dinge, die ich mir nicht einfach beim nächsten Werkzeugmacher kaufen kann.«

»Ich gehe dennoch mit.« Kanis Stimme war so leise, dass sie zwischen den dicken Teppichen beinahe verloren ging.

Sam wirbelte herum und sah sie im Türrahmen stehen. Sie hatte das Kleid aus dem Theater gegen eines von denen eingetauscht, die Sams Vater immer auf Lager hielt, falls eine seiner Begleiterinnen bei Laune gehalten werden musste. Es schien schlicht wie das einer Dienerin, doch die Silberfäden in der dunkelblauen Seide machten es so wertvoll, dass sogar die Gattinnen der wohlhabendsten Kaufleute Mythias davon vermutlich nur träumen konnten.

»Und ich auch«, fügte Shagyra hinzu, der hinter Kani erschien.

Verdammt, dachte Sam. Er war nicht gekommen, um sie in Gefahr zu bringen. »Das …«, begann er, doch Kani schüttelte den Kopf, und noch während sie gefolgt von dem Pferdemenschen auf Sam zuging, wusste er, dass es kein Wort gab, das sie zum Bleiben bewegen würde.

»Ich hole ihn zurück! Mit dir. Ich weiß nicht, was in dieser Bücherstadt vor sich geht und warum sie Geschöpfe gebärt, die es nicht geben dürfte«, sagte sie und hielt ihren Blick starr auf Sam gerichtet. »Vielleicht gibt es einen König im Herzen Paramythias, so wie es einen König im Palast gibt. Einen, der die Geschicke der Fabelwesen lenkt. Vielleicht stecken auch nur Assasil und Sabah hinter allem. Es ist gleich. Wer immer auch den Befehl gegeben hat, meinen Vater zu verhaften und hinab zu den Büchern zu bringen, hat sich mich zum Feind gemacht.«

»Und ich werde ebenfalls gehen«, wiederholte Shagyra rasch, als fürchtete er, sonst von der Rettungsaktion ausgeschlossen zu werden. »Ich will wissen, wo ich herkomme. Mein Weg ist derselbe wie eurer.«

Sam sah hilfesuchend zu seinem Vater, als könnte der noch etwas sagen, das die beiden in ihrem leichtsinnigen Entschluss wanken ließ.

Doch Vicente grinste nur, griff in eine Schublade seines Schreibtisches und warf Sam eine schmale Ledertasche hin.

Sam wusste, was er darin finden würde, ohne dass er sie öffnen musste. Sein Einbruchswerkzeug. Die Waffen eines Diebes. Als er sie Majid auf dem Dach in die Hand gedrückt hatte, war er noch sicher gewesen, die Sachen nie wieder anzufassen. Sam zögerte einen Moment, ehe er zugriff, so als könnte ihm das Leder die Haut verbrennen. Doch dann schlossen sich die Finger um die Tasche, und aus Hârun, dem Wächter, wurde endgültig wieder Sam, der Dieb. Sein altes Werkzeug in der Hand sah er zu Kani, die ihn entschlossen anblickte. »Du hast alles gehört?«

»Ich habe gehört, dass wir meinen Vater befreien.«

»Ich«, erwiderte Sam. Ein hilfloser Versuch, das Unausweichliche abzuwenden.

»Wieso hat Assasil ihn in das Herz der Bücherstadt bringen lassen?«, fragte sie, ohne auf Sams Bemerkung einzugehen.

Sam seufzte. »Nun, im Turm waren nicht nur unser Freund hier mit den Pferdehufen, sondern auch noch ein paar dieser geflügelten Frauen. Vermutlich ist Assasil ziemlich interessiert daran zu erfahren, wieso und wie viel Hakim von dem Geheimnis um Paramythia weiß.«

Kani nickte. »Und vergiss nicht Sabah.«

»Layl«, wandte Shagyra ein. »Ich glaube, ihr verwechselt den Namen.«

Sam runzelte die Stirn. Zwei Namen für dieselbe Frau. Nur ein weiteres Geheimnis, aber keines, das er heute lösen wollte.

»Wie stellt ihr es an?«, fragte Vicente so leichthin, als wollten sie gemeinsam einen Ausflug unternehmen.

Und damit hat er seinen Sohn wieder, dachte Sam bei sich. Aber überraschenderweise fühlte es sich gar nicht so schlecht an, wieder ein Dieb zu sein. Es war ein wenig, als würde er in alte Kleidung schlüpfen und feststellen, dass sie anders als erwartet doch noch passte. »Schick einen Jungen zu Ibratan. Er muss mir etwas nähen.«

»Das kann dieser Neue erledigen. Wie heißt er noch? Mateo. Schlauer Bursche. Hat gefragt, ob er öfter für uns arbeiten kann, nachdem du ihn mit der Nachricht für mich hergeschickt hast. Wir haben ihn hierbehalten.«

Sam hatte so etwas geahnt. Es war für Mateo sicher nicht das Schlechteste, eine Elster zu werden. Er würde reicher werden als im Palast.

»Mach das«, sagte er zu Vicente. »Und dann, wenn ich habe, was ich von Ibratan brauche, werden wir etwas stehlen.« Sam spürte bereits das leise Kribbeln der Aufregung, das ihn immer überkam, wenn er einen Einbruch plante.

»Und was?«, fragte Vicente.

Sam lächelte. »Einen Bibliothekar.«

Die Bibliothekare hüten die Lage der Pforten nach Paramythia, die noch offen stehen. Jacobus' Worte, als der alte Bibliothekar ihn das erste Mal hinab zum Marduk-Tor geführt hatte. Der Dieb in Sam hatte sie sich gemerkt. Sie brauchten den alten Bibliothekar. Shagyra, Kani und er mussten nicht nur ins Herz der Bücherstadt gelangen. Sie brauchten auch jemanden, der ihnen den Weg wies. Ohne zu wissen, wo man Hakim gefangen hielt, würden sie vermutlich eine Ewigkeit nach ihm suchen, ohne ihn zu finden. Jacobus aber hatte Hakim gesehen, als sie ihn hinabgebracht hatten, und würde hoffentlich wissen, wo sie nach ihm suchen mussten. Sie mussten also zunächst ihn finden. Ihr erster Weg führte daher in den Palast.

Die Bibliothekare waren in einem anderen Trakt untergebracht als die Scharlachroten, doch Jacobus war nicht unter den alten Männern zu finden, die selbst dort nicht von Büchern lassen konnten und ihre Nasen zwischen beschriebenes Papier drückten. Sam rief einen Jungen zu sich, kaum älter als vierzehn, aber schon ebenso besserwisserisch wie Jacobus selbst. Der Bibliothekar war, wie Sam erfuhr, zu einem Bücherdoktor in der Universität aufgebrochen. Offenbar hatte man noch keinen Ersatz für den gefunden, der die Begegnung mit den Asfura nicht überlebt hatte. Unwillkürlich musste Sam an Kelaino denken und fragte sich, ob die Asfura, die ihnen die Flucht ermöglicht hatte, Mythia wohl längst verlassen hatte.

Kani und Shagyra warteten nicht weit entfernt vom Palast in dem kleinen Park, in dem ihn die Vogelfrau nach dem missglückten Einbruch in Sabahs Gemach abgesetzt hatte. Sam konnte ihnen die Ungeduld nur allzu deutlich vom Gesicht ablesen. Er hatte Ibratans Tasche wieder gegen einen Beutel getauscht, den Shagyra nun in der Hand hielt. Neben Assasils Helm und der silbernen Waffe von Sabah befanden sich darin auch die Kleider, die Ibratan in Windeseile für Sam angefertigt hatte. Mateo, der ihm völlig außer Atem das Kostüm gebracht hatte, war von Ibratan angehalten worden, ihm mit der Kleidung auch eine Botschaft zu überbringen. Ibratan habe sich in der Eile alle Finger an seinen Nadeln aufgerissen. Einige der Flüche, die der Schneider dem Jungen mitgegeben hatte, waren Sam bis dahin unbekannt gewesen. Nun, das, was sich in dem Beutel befand, war allen Groll des Chefrequisiteurs wert.

Ursprünglich hatte Sam vorgehabt, Shagyra und Kani nachzuholen, wenn er den alten Bibliothekar ausfindig gemacht und ihm das Geheimnis der Zugänge in die Bücherstadt sowie Hakims Aufenthaltsort abgerungen hatte. Nun aber würden sie sich gemeinsam auf den Weg machen. Sam sagte ihnen, dass sie zur Universität mussten, und Kani schluckte bei der Aussicht, wieder dorthin zurückkehren zu müssen.

Während Kani in das Gefährt stieg, warf der Kutscher Shagyra einen Blick zu, als habe der den Verstand verloren. Kein Wunder. Der Nushishan hatte gerade versucht, mit den Pferden ein Gespräch zu beginnen. Sam schob ihn rasch hinter Kani her in das Wageninnere und ließ sich müde auf einen der Sitze fallen.

Während der Fahrt mit der Kutsche gelang es Sam, ein wenig zu schlafen. Müde Diebe waren schnell unaufmerksam. Kani aber saß, als er schließlich wieder erwachte, noch immer in genau derselben Position, in der er sie vor dem Schließen seiner Augen zuletzt gesehen hatte. Den Blick starr geradeaus gerichtet, das Gesicht vor Anspannung so unbeweglich wie die immer gleichen Antlitze von Assasils behelmten Iblisen.

Am Tor der Universität traten die beiden alten Wachen ihnen entgegen, doch sie beugten die Köpfe, als Sam jedem von ihnen eine silberne Münze in die Hände drückte. Vielleicht hielten sie Sam und seine Begleiter für Gönner, die der Universität eine Unterstützung zukommen lassen wollten. Sam spürte die neugierigen Blicke der Studenten und ihrer Professoren wie Finger am Leib, während sie so selbstverständlich zwischen ihnen hergingen, als gehörte die gesamte Universität ihnen. Der Junge hatte genau beschrieben, wo er den Bibliothekar finden würde, und Kani übernahm die Führung. Sie ging so schnell über den Kiesweg, als befände sich an dessen Ende ihr Vater und nicht Jacobus.

Die Bibliothek der Universität war kaum mehr als ein Schatten des gewaltigen Bücherreichtums, den Paramythia beherbergte. Und doch umfing Sam auch hier der Duft von Papier, den er in den vergangenen Tagen so sehr zu schätzen gelernt hatte. Die hohe gewölbte Decke war mit braunem Holz getäfelt. Gezwirbelte Säulen streckten sich wie Bäume in die Höhe, um zwischen sich auf zwei Stockwerken verteilt zahllose Bücherregale zu tragen. Auf dem gefliesten Boden standen mehrere Lesetische verteilt, in einer der Ecken war ein mannshoher Globus aufgebaut. An einem der Tische saß ein alter Mann, den Rücken so sehr gebeugt, als müsste er sich vor einem Sturm schützen, und hatte das Gesicht in ein dickes Buch vergraben. Ansonsten war die Bibliothek menschenleer. Der Alte sah auf, als er die Ankömmlinge bemerkte, und kam schlurfend auf sie zu. Das Gesicht des Bibliothekars, der sie missmutig darauf hinwies, dass er eigentlich gerade dabei sei, die Bestände neu zu sortieren, hellte sich auf, als Sam ihm beiläufig eine Münze in die Hand drückte. Der Alte erinnerte Sam so sehr an Jacobus, dass er sich über die viel höhere Stimme wunderte, mit der der Bibliothekar ihnen den Weg zum Bücherdoktor beschrieb. Er bot an, sie selbst hinzuführen, doch Sam lehnte dankend ab. Zeugen konnte er nicht gebrauchen.

Die Werkstatt des Bücherdoktors lag im ersten Stock hinter einer unscheinbaren Tür zwischen zwei Regalen. Sam wollte gerade die Hand nach der Klinke ausstrecken, als sich die Tür öffnete. Jacobus erschien mit einem so seligen Lächeln auf den Lippen, als hätte er gerade von einem Arzt erfahren, dass sein schwerkrankes Kind geheilt sei. Nun, vermutlich fühlte er sich auch genau so.

»Kann ich Euch helfen?«, fragte Paramythias Bibliothekar mit hochgezogener Augenbraue, dann weiteten sich die Augen in dem zerfurchten Gesicht, als er Sam erkannte. »Du bist doch dieser Wächter«, murmelte er.

Sam nutzte den Moment der Verwirrung und drückte dem Bibliothekar die Hand auf den Mund. »Ich bin noch viel mehr als das«, zischte er ihm ins Ohr. Er nickte Shagyra zu, und gemeinsam zogen sie den sich wehrenden Jacobus mit sich. Der Alte wand sich, doch er kam nicht gegen den Griff des Nushishans an, und schließlich gab er es auch auf, unter Sams Hand dumpf zu zetern. Sie drückten ihn in einen Lesesessel in einer Ecke neben zwei hohen Regalen, und Sam nahm seine Hand vorsichtig vom Mund des Bibliothekars.

»Das … das …«, begann Jacobus viel zu laut für die stille Bibliothek, doch als Sam warnend auf den Mund des Alten deutete, wurde dieser leiser. »Das ist unerhört«, zischte Jacobus mit zitternder Stimme. »Wie könnt ihr es wagen, mich, einen der obersten Bibliothekare Paramythias, so zu behandeln? Ich fürchte, Junge, du hast dir mehr Ärger eingehandelt, als du dir vorstellen kannst.«

Sam sah den Alten einen Moment lang stumm an und hätte beinahe gelacht. Er war geflügelten Frauen, gehörnten Wachen, einer Bücherhexe und einem Pferdemenschen begegnet.

Sein Cousin war von einem Baum verschlungen worden, und Sam war in ein wildes Abenteuer gestolpert, gegen das sich selbst die aufregendsten Märchen seiner Mutter geradezu zahm ausnahmen. Die Drohung des Bibliothekars erschien ihm dagegen kaum besorgniserregend. »Du hast mir doch von den Zugängen nach Paramythia erzählt«, sagte Sam leise und schob sein Gesicht nahe an das von Jacobus.

»Wie kannst du es wagen, so mit mir zu reden?«, entgegnete der Alte empört. »Bei allen Bücherwürmern! Ich weiß nicht, was du willst. Doch ich werde dir nicht helfen. Falls du glaubst, ich würde dir einen der geheimen Einstiege zeigen, bist du auf dem Holzweg. Ich würde eher …«

Sam schnitt ihm mit einer schroffen Handbewegung das Wort ab. *Verdammt*, dachte er. Für so etwas hatten sie keine Zeit. Vielleicht waren Drohungen der falsche Weg. »Sie haben deine Bibliothek zu einem Gefängnis gemacht«, versuchte es Sam. Er sah sich kurz um, doch der Bibliothekar dieser Büchersammlung war nirgendwo zu sehen.

»Es waren deine Leute«, sagte Jacobus vorwurfsvoll, und sein Gesicht wurde mit einem Mal ernst, als die Erinnerung an den gefangenen Hakim ihm alle Empörung vom Antlitz wusch. Der Alte musterte Sam. »Und der, den sie hinabgeführt haben, war nicht irgendwer. Ich müsste mich wundern, wenn du ihn kennen würdest. Denn es war ein Gelehrter. Wohl kaum dein normaler Umgang.«

»Er ist mein Vater.« Kani hatte sich bislang im Hintergrund gehalten, doch nun trat sie neben den Sessel, auf dem Jacobus saß.

In den Blick des Alten mischten sich Wut, Misstrauen und … aufrichtige Anteilnahme. »Euer Vater? Ich bedauere zutiefst, meine Teuerste. Schlimm genug, dass sie überhaupt einen Gefangenen nach Paramythia bringen. Noch dazu diesen Mann.« Er erhob sich langsam und nahm zu Sams Überraschung Kanis Hand in seine. »Ich kenne Euren Vater aus besseren Tagen. Hakim ed-Din. Der große Gelehrte. Fast ebenso ein Büchernarr wie ich.« Jacobus' Stimme hatte plötzlich einen warmen Ton angenommen. »Er war früher oft in Paramythia. Ich habe seinen Wissensdurst immer sehr geschätzt. Auch wenn ich seine Begeisterung für Märchen und Mythen nicht teilen mag. Was nur um alles in der Welt ist der Grund, dass sie einen so verdienten Geist gefangen nehmen? Ihn aus Paramythia auszuschließen ist die eine Sache. Ihn dort aber gewaltsam einzusperren eine andere.«

Für einen Moment schien Kani mit den Tränen zu kämpfen, dann aber atmete sie tief durch. »Er hat ein Geheimnis aufgedeckt. Eines, dessen Ursprung im Herzen der Bücherstadt liegt.«

Jacobus' zerfurchte Stirn gebar noch mehr Falten, als er sie kraus zog. »Ein Geheimnis?« Er klang milde amüsiert. »Glaubt mir, ich kenne Paramythia wie mein eigenes Zuhause. Ach was, besser. Im Grunde lebe ich zwischen meinen Büchern wie jeder gute Bibliothekar, der etwas auf sich hält. Und nie habe ich etwas Verdächtiges dort bemerkt. Nichts, was man als Geheimnis bezeichnen könnte.«

»Auch keine Fabelwesen?« Sam hatte den Kopf schräg gelegt und musterte Jacobus eindringlich.

Für einen Moment offenbarte das Gesicht des Alten leichte Überraschung. Dann aber nahm es einen spöttischen Ausdruck an. »Fabelwesen.« Er schüttelte den Kopf. »Meinst du, sie fallen aus den Büchern heraus? So ein Unsinn.«

Jacobus' Ton war Sam ein wenig zu überzeugt. »Du hast sie gesehen, nicht wahr?« Sam redete einfach weiter, auch als Jacobus den Mund aufmachte, um zu widersprechen. »Und geglaubt, du hättest sie dir eingebildet.«

Jacobus war mit einem Mal wie erstarrt. Er sah Sam an, als könnte ihm dieser bis ins Herz blicken.

»Was waren sie? Schatten? Trugbilder?«

Der Blick des Bibliothekars ging mit einem Mal ins Leere. »Schatten«, flüsterte er, als würden die Gestalten, die er gesehen hatte, zwischen den Regalen hervorspringen, wenn er zu laut sprach. »Geflügelte Schatten. Zwei an einem Tag. Sie irrten durch das Herz der Bücherstadt.« Plötzlich richtete sich sein Blick auf Sam. »Ich darf selbst nie lange dorthin. Nur wenn Sabah mich ruft, wenn sie unter den zahllosen Büchern dort eines entdeckt, das von der Zeit beschädigt wurde. Es ist seltsam, aber ihr scheinen die Bücher beinahe noch mehr am Herzen zu liegen als mir. An jenem Tag war das Herz voller Wachen. Ich weiß nicht, ob es wegen der Schatten war. Ich habe mir gesagt, dass ich vermutlich nur zwei von Assasils Männern gesehen habe.« Sein Gesicht verzog sich ungläubig, als könnte er nicht begreifen, woran er sich da erinnerte. »Aber …«

»… die Behelmten tragen keine Flügel«, beendete Kani den Satz für ihn. »Asfura dagegen schon.«

Der Name ließ Jacobus aufkeuchen. »Asfura.« Er sprach das Wort aus, als würde es nach Galle schmecken. »Ich bin ebenso ein Mann des Wissens wie Euer Vater. Und ich glaube nicht an Fabelwesen.« Er schüttelte den Kopf, und Sam wusste nicht, wen er mit seinen barschen Worten überzeugen wollte. Kani oder sich selbst.

»Sie kommen aus dem Herzen der Bücherstadt«, sagte Kani ungerührt. »Und sie suchen einen Weg hinaus. Und zwar nicht nur die Vogelfrauen. Auch andere Geschöpfe, die es nur in Geschichten gibt.«

»Die Zeit unter der Erde kann selbst den wachsten Geist verwirren«, entgegnete Jacobus scharf. »Es haben schon andere Bibliothekare den Verstand zwischen all dem Wissen verloren, das sie hüten. Wenn ich anfangen würde, an all die Trugbilder zu glauben, die mir meine Augen schon gezeigt haben, wäre ich wohl bald wahnsinnig.«

Der Moment der Unsicherheit war vorüber, und Jacobus blickte sie nun mit einer Überheblichkeit an, die er wie eine Rüstung vor dem trug, das nicht sein durfte.

»Das Geheimnis ist kein Märchen.« Shagyra hatte seine wiehernde Stimme erhoben. »Es gibt die Fabelwesen, gleich ob Ihr an sie glaubt oder nicht. Und gleich, ob sie … ob *wir* uns an uns selbst erinnern können.«

Jacobus' Mund klappte wie zur Erwiderung auf, doch als Shagyra damit begann, sich den Stiefel auszuziehen, schloss er ihn wieder, ohne dass auch nur ein Laut seine Lippen verlassen hätte.

»Wenn ich euch einander vorstellen darf«, sagte Sam süffisant, »dies ist Jacobus. Bibliothekar und Zweifler. Und dies hier, mein lieber Bücherhirte, ist eine Märchenfigur.«

»Ich weiß nicht, wer ich bin«, fuhr Shagyra fort, »doch ich kenne den Namen meines Volkes. Nushishan. Ihr wisst, was das Wort bedeutet.«

»Pferdemenschen.« Jacobus' Stimme war kaum mehr als ein Flüstern, als ihm das Wort von der Zunge sprang. Er starrte ungläubig auf den Huf, der unter dem Hosenbein zum Vorschein kam, und beugte sich vor, um ihn zu berühren. *Vielleicht*, dachte Sam, *musste er ihn betasten, um an ihn glauben zu können.* Als ob seine Augen ihn täuschen könnten. »Was bist du?«, wisperte der Bibliothekar.

»Ihr habt es gerade selbst gesagt«, erwiderte Shagyra und zog auch noch den anderen Stiefel aus.

»Aber das ist unmöglich«, entfuhr es Jacobus. »Das … das …«

»Es gibt vieles in dieser Sache, das nicht wahr sein kann und es doch ist.« Kani zog ihre Hand aus der des Bibliothekars, der sie die ganze Zeit über gehalten hatte, und nahm nun seine Finger in die ihren. »Kommt und seht. Schmeckt, wie die Geschichten in Paramythia wahr werden. Hört, wie sie zum Leben erwachen. Und berührt die Wesen, die nur in den Köpfen der Lesenden existieren sollten. Dort, zwischen all den Seiten und den zahllosen Worten, gibt es die Antwort auf die Frage, woher die Geschöpfe stammen.«

Jacobus blickte Kani in die Augen, als könnte er die Antwort dort finden.

»Wir brauchen Euch«, bat sie eindringlich. »Mein Vater braucht Euch. Helft uns, ihn zu befreien und das Geheimnis zu lüften. Bringt uns zu einem der verborgenen Eingänge.«

Jacobus erwiderte nichts darauf. Stattdessen blickte er auf Shagyras Hufe. »Ein Pferdemensch«, wiederholte er.

»Ein Nushishan«, verbesserte Shagyra gutgelaunt und machte einige Schritte, als hätte ihm das Gehen in den Stiefeln Schmerzen bereitet. »Darauf lege ich Wert. Nicht Pferdemensch. Ihr seid ja auch kein Halbaffe. Und ich habe einen Namen. Shagyra. Und eine Sprache, die nicht mit Eurer vergleichbar ist. Das jedoch ist alles, was ich weiß. Auch ich will zurück nach Paramythia. Ihren Vater befreien und herausfinden, woher ich komme. Also lasst uns eine von diesen Kutschen zurück zum Palast nehmen. Uns einen Weg hinein suchen und …«

»Nein«, unterbrach ihn Jacobus und runzelte die Stirn. »Wir werden nicht fahren.«

»Wieso?«, entfuhr es Sam. »Hast du nicht zugehört, du alter Zausel? Ihr Vater stirbt und …«

Jacobus hob einen seiner langen Finger, und Sam verstummte. »Doch, ich habe gehört. Und ich werde euch führen. Aber wir werden nicht fahren.«

Sam und die anderen sahen Jacobus verständnislos an.

Jacobus aber lächelte. »Einer der Zugänge nach Paramythia ist genau unter uns.«

Jacobus war ungewöhnlich schnell, als er die Treppe vom oberen Stockwerk hinabeilte, an dem Globus vorbeilief und auf den anderen Bibliothekar zusteuerte. Fast schien es, als hätte die Gewissheit, dass er in Paramythia keine Trugbilder gesehen hatte, neue Kräfte in ihm freigesetzt. »Hey, Pío, du alter Faulenzer«, rief er dem Alten mit dem krummen Rücken zu, der noch immer die Nase in den dicken Wälzer gesteckt hatte, »wir müssen los. Hilf mir, den Zugang zu öffnen.«

Der Alte sah verwirrt auf, und seine Augen weiteten sich vor Schreck, als er erkannte, dass Jacobus nicht allein war. »Pst«, zischte er und legte sich einen Finger an die Lippen. »Es ist ein Geheimnis.«

Jacobus winkte ab. »Dies hier ist eine Ausnahme. Man hat Hakim ed-Din gefangen genommen und hinab in die Bücherstadt gebracht.«

Pío starrte Jacobus ungläubig an, während ihm Paramythias Bibliothekar den Wälzer fortzog und geräuschvoll zuklappte. »Gefangen? Aber wer? Und warum?«

»Eine lange Geschichte«, entgegnete Jacobus. »Und ich kenne sie nicht einmal.« Er sah zu Shagyra hinüber, der seine Stiefel wieder angezogen hatte. »Fast ein Märchen. Aber langsam beginne ich Gefallen an Märchen zu finden.«

16. IM HEIM DES BIBLIOTHEKARS

Sam und Kani konnten beide ihre Verblüffung nicht verbergen, als Jacobus und Pío hinter den mannshohen Globus traten, der in einer Ecke der Bibliothek stand. »Dieses Ding hier dient nicht nur der Zierde«, meinte der alte Bibliothekar und drehte einen kleinen Knopf, der sich mitten auf dem Globus befand. »Es beherbergt einen der geheimen Eingänge nach Paramythia.«

Beinahe lautlos schwang eine kleine Tür inmitten des Globus auf. Sam lugte in das nachtschwarze Loch. Das Tageslicht in der Bibliothek fiel auf einige Treppenstufen, alt und schartig, und verlor sich bald im Dunkel.

»Wer hat das gebaut?« Kani trat neben ihn.

»Das weiß kein Lebender mehr«, antwortete Pío und kam, in jeder Hand eine entzündete Messinglampe, zu ihnen. »Das Geheimnis um die Zugänge wird seit Generationen von Bibliothekar zu Bibliothekar weitergegeben. Wir verraten niemandem, wo sie liegen.« Er warf Jacobus einen missbilligenden Blick zu. »Üblicherweise.«

»Glaub mir, alter Freund, die Befreiung von Hakim ed-Din macht es nötig, die Regel an dieser Stelle ein wenig zu lockern. Und es gibt noch weitere Gründe.« Er sah kurz zu Shagyra, der, die Stiefel wieder an den Füßen, auf seinen langen Beinen ungelenk hinter den Globus tänzelte. Dann aber blickte er zu Kani und lächelte sie ein wenig verlegen an. »Wir haben einige Male darüber nachgedacht, Eurem Vater zumindest von diesem Eingang zu erzählen. Er wäre ein würdiger Geheimnisträger gewesen. Doch es ging nicht.«

»Sprecht nicht von ihm, als sei er tot«, erwiderte Kani.

Sam nahm Pío die Lampen aus der Hand und reichte eine weiter an Jacobus. »Kennst du dich da unten gut aus?«, fragte er und versuchte nicht daran zu denken, dass sie nicht nur diese, sondern später auch noch weitere Treppen hinabsteigen würden.

»Ich kenne mein Viertel«, erwiderte Jacobus. »Die Wissenschaft. Jedes Buch, jede kranke Seite und jeden von Pilz befallenen Einband. Und die Hauptwege von Viertel zu Viertel. Auf einem von ihnen bin ich auch hierhergekommen. Doch Paramythia ist zu groß, um es jemals ganz und gar zu erfassen. Genauso wie die Stadt hier oben zu groß ist. Und wenn du dich dort unten verläufst, kannst du niemanden nach dem Weg fragen. Du bist verloren.«

Sam sah ihn nachdenklich an. Ob der Alte überhaupt noch irgendwann auf einer Straße ging, die nicht unter der Erde lag und von Bücherregalen gesäumt wurde? Sam bezweifelte es. Nun, Hauptsache, er konnte sie zu einem der Tore bringen, die in das Herz der Bücherstadt führten. Und dann würde ihnen das Kostüm helfen, das Sam bei sich führte.

Kühle Luft drang ihnen von unten entgegen, als sich die vier Wanderer auf den Weg machten. Sie roch alt und müde. Sie waren erst wenige Stufen hinabgestiegen, als Pío hinter ihnen die Tür im Globus schloss. Es wurde noch dunkler, und einzig das Licht der beiden Lampen, die sie bei sich führten, verhinderte, dass die Finsternis sie blind machte.

Die Stufen führten in gerader Linie hinab. Der Abstieg dauerte eine ganze Weile, und an die letzte Stufe schloss sich ein Gang an, der zu beiden Seiten weiterführte. Die Decke verlor sich ebenso in der Dunkelheit wie die gegenüberliegende Wand.

Die Schatten wichen unwillig vor den kleinen Lichtern zurück, so als sei dieser Ort ganz und gar in tiefem Schlaf versunken. Zu Sams Erstaunen befanden sich, soweit er das sehen konnte, keine Bücherregale an den Wänden. Doch das Licht der Lampen ließ dunkle Rechtecke auf dem Stein sichtbar werden. Vielleicht Abzweigungen.

»Es dauert noch ein wenig, aber bald werdet ihr besser sehen können«, raunte Jacobus ihm zu und wandte sich nach rechts. Der Bibliothekar ging voraus, umrahmt vom Licht, und hinter ihm liefen Kani und Shagyra. Sam bildete den Abschluss der kleinen Gruppe. Ihre Schritte hallten laut von den Wänden wider, die im fahlen Licht der Lampen mit der Dunkelheit verschwammen. Mehr als einmal blickte sich Sam misstrauisch um. Doch er sah kein Geschöpf, gleich ob Mensch oder Fabelwesen. Sie waren allein.

Jacobus begann bald, Shagyra auszuhorchen. Sam hörte zahllose Fragen nach dessen Herkunft und anderen Nushishans, auf die der Pferdemensch jedoch keine Antworten wusste. Schließlich legte sich wieder eine tiefe Stille um sie, die nur vom Geräusch ihrer Schritte unterbrochen wurde. Sam verlor jedes Gefühl für Zeit oder Entfernung, so als ob die Dunkelheit um sie all seine Sinne betäubte, und verfiel beinahe in einen Dämmerzustand, als Kani plötzlich aufkeuchte.

»Was ist das?«, fragte sie und deutete nach vorne.

Ein blasses Licht tauchte in einiger Entfernung auf. Es schien nicht von einer Lampe zu stammen, sondern war blau wie ein Saphir. Sie hielten darauf zu, und der Gang, dem sie gefolgt waren, öffnete sich in eine weite Höhle, groß genug, um mehrere Häuser aufzunehmen. Lampen gab es hier jedoch nicht. Das Licht, das sie sahen, hatte seinen Ursprung nicht in einer Flamme, wie Sam mit Erstaunen feststellte, sondern stammte aus dem Stein selbst. Um sie herum erhoben sich unterirdische Häuser, die in den Stein der Wände gehauen waren. Zu ihrer Linken führten einige breite Stufen zu einem erhöhten Platz hinauf, der einem riesigen Haus, bedrohlich wie eine

Festung, vorgelagert war. Davor zog sich eine Mauer zu beiden Seiten entlang, und der hohe Eingang war von glattpolierten Säulen umrahmt. Dunkle Fenster sahen wie blinde Augen auf den Platz hinaus.

Das Licht stammte aus den Wänden der Häuser selbst. Die Festung, wenn sie denn eine war, nahm die gesamte linke Seite der Höhle ein. Zu ihrer Rechten sahen sie zahlreiche kleinere Gebäude, so lächerlich klein gegen die riesige Festung, dass es schien, als würden sie sich vor ihr zusammenkauern.

»Wer hat all das hier gebaut?«, fragte Sam. Seine eigene Stimme erschien ihm fremd und tonlos.

»Vermutlich jene, die auch die Gänge unter Mythia angelegt haben«, erwiderte Jacobus. »Die Gründerväter.«

Die Gründerväter? Sam bezweifelte, dass Menschen in der Lage waren, so etwas zu bauen.

Der Alte wandte sich an Shagyra. »Kommt dir das hier bekannt vor?«, fragte er, doch der Nushishan schüttelte stumm den Kopf, und Sam erkannte auf dessen Gesicht das eigene Erstaunen wieder. Für einen Moment überkam ihn die Neugierde, zu erforschen, was wohl in den Häusern war. Hinweise auf ihre einstigen Bewohner?

Doch Jacobus legte ihm die Hand auf die Schulter, als hätte er ihm die Gedanken von der Stirn abgelesen. »Unter den Bibliothekaren trägt dieser Ort den Namen *Totenstadt*.« Er deutete auf die Mauer, die die Festung umrahmte. Sam kniff die Augen zusammen. Kleine Schädel säumten die Mauer. Er konnte ihre Zahl nicht bestimmen. Sam starrte in die leeren Augenhöhlen und hatte das Gefühl, er würde gemustert.

»Wir wissen nicht, was den Stein zum Leuchten bringt«, raunte Jacobus ihm zu. »Es gibt Geschichten über Würmer, die das Licht wie Schleim auf den Stein streichen, um Insekten anzulocken. Geschichten, nicht mehr. Einige von uns glauben, dass dies der Friedhof derjenigen ist, die Paramythia gebaut haben. Aber nie hat sich einer von uns getraut, in eines der Häuser oder gar dort hineinzugehen.« Er wies mit dem Finger auf die Festung. »Die Toten mögen es nicht, wenn man ihre Ruhe stört.«

Rasch führte er sie weiter an dem verwaisten Palast und den Häusern vorbei, bis sie in einen weiteren Gang eintauchten. Wieder wurde es finster, und Sam fragte sich, wie viele Schatten Jacobus oder die anderen Bibliothekare von Paramythia in der ewigen Dunkelheit zwischen den Büchervierteln wohl gesehen hatten. Er selbst glaubte immer wieder Umrisse im Licht der Lampen an den Wänden zu erkennen. Umrisse, die nicht von ihnen stammten. Doch wenn er sich umwandte und in die Dunkelheit stierte, sah er nichts außer einer tintenschwarzen Wand.

Das Licht, das er am Ende des nächsten Ganges ausmachte, war warm und hell. »Das Viertel der Musik«, wisperte Jacobus, und Sam glaubte, einen ehrfürchtigen Klang in seiner Stimme zu hören. »Es ist das nördlichste Viertel, der Universität am nächsten. Nicht alle Bücher sind mit Worten gefüllt«, sagte er leise, während sie eine Halle betraten, die nicht hierherzugehören schien.

An diesem Ort gab es wieder Bücher, die Wände waren weiß getüncht, ebenso wie die Regale, die in langen Reihen den Raum durchzogen. Die Säulen, die die hohe Decke stützten, zierte ein Muster aus Gold, und das Licht, das zahllose Lampen in die Halle warfen, brachte die glattpolierten Fliesen, auf denen sie gingen, zum Strahlen.

»Die meisten tragen Noten auf den Seiten. Eine seltsame Sprache, nicht? Worte sind in jedem Land anders, als wollten sie gesprochene Mauern errichten. Doch in der Musik sind alle Länder gleich. Dieselben Noten, dieselben Worte. Hier wacht der junge Pau. Wir müssen ihm Bescheid geben, dass wir sein Viertel durchqueren. Auch hier gibt es ein Tor in das Herz.

Die Wächter sind nicht sonderlich aufmerksam, und wenn wir Glück haben, kann ich sie ablenken.«

Sie durchschritten drei weitere Hallen, alle in Weiß und Gold getaucht, ehe sie den Mann entdeckten, nach dem sie suchten. Der *junge Pau*, wie Jacobus ihn genannt hatte, war sicher beinahe sechzig und so dünn, dass Sam ihn im ersten Moment auf der Leiter, die an einem der Regale lehnte, übersah. Flink stieg Pau die Sprossen herab und kam so leise auf sie zu, dass Sam sich anstrengen musste, um seine Schritte zu hören.

»Lass dich nicht stören«, begrüßte Jacobus den anderen Bibliothekar.

»Oh, ihr stört nicht«, erwiderte Pau und fuhr sich mit langen Fingern durch das graue Haar. »Sind das Freunde von dir?«

»Freunde?« Jacobus sprach das Wort aus, als hätte er es in seinem Leben noch nicht allzu oft benutzt. »Die Tochter eines … Bekannten und ihre Begleiter. Ich führe sie ein wenig durch unseren Wissensreichtum. Ich hatte ihnen gerade gesagt, wie ruhig es hier unten ist.«

»An normalen Tagen schon«, erwiderte Pau und sah sich um, als hätten die Bücher in seinem Rücken Ohren. »Doch was ist schon normal in dieser Zeit? Erst die Angriffe in deinem Viertel. Und dann dieser Gefangene, von dem es heißt, sie hätten ihn in das Herz der Bücherstadt gebracht.«

»Ach?«, meinte Jacobus so schlecht geschauspielert, dass Sam unwillkürlich das Gesicht verzog. »Ein Gefangener? Nun, ich will dich nicht länger aufhalten. Sicher hast du noch zu tun. Wir sind dann auf dem Weg zu meinem Viertel.«

Jacobus wollte sich bereits abwenden, als Pau den Kopf schüttelte. »Der arme Hund. War angeblich nicht lange dort. Man hat ihn wieder hervorgeholt und zur Beraterin des Weißen Königs gebracht. Baltasar hat es mir vorhin erzählt, als er mir ein Buch gebracht hat, das fälschlicherweise bei ihm einsortiert war.«

Sam stand da wie erstarrt. »Baltasar?«, hörte er Jacobus fragen, »der wirrköpfige Philosoph?«

»Er ist seltsam, ja«, gab Pau zu. »Aber er hat einen wachen Verstand. Und er erzählt keinen Unsinn. Er sagte, zwei Behelmte und Assasil hätten einen Mann aus dem Herzen gebracht und durch dein Viertel geführt. Er hat es gesehen, als er auf dem Weg zu seinen Büchern war. Er hörte ein wenig von ihrer Unterhaltung. Einer der Behelmten sagte, dass sie ihn möglichst schnell zur Beraterin bringen sollen.«

Sam suchte Kanis Blick und las die eigene Angst darin. Steckte Hakim bereits ebenso im Baum der Wüstenhexe wie Majid?

»Ja, ja«, sagte Jacobus verwirrt. »Gut zu wissen. Ich meine … ich …«

»Wir müssen nun gehen«, sagte Sam schnell. Er nickte Pau zu und packte Jacobus am Arm. Hastig zog er ihn mit sich. »Wir dürfen keine Zeit verlieren.«

»Ich verstehe das nicht«, sagte Shagyra, während Sam den stolpernden Jacobus hinter sich herzerrte. »Was hat das zu bedeuten?«

Sam sah ihn an. »Es beutet …«

»… dass mein Vater in Lebensgefahr ist«, beendete Kani düster den Satz. »Uns läuft die Zeit davon.«

Kurz bevor sie Jacobus' Viertel erreichten, blieb Sam stehen.

»Was ist?«, fragte der alte Bibliothekar außer Atem und lehnte sich erschöpft gegen das Bücherregal in seinem Rücken.

»Wir können so nirgendwo hingehen«, sagte Sam. »Jeder von uns würde sofort auffallen, sobald wir den Palast erreichen.

Am besten, ihr bleibt hier. Ich gehe allein und versuche herauszufinden, wo genau Hakim ist. Vielleicht haben sie ihn nicht in Sabahs Gemach gebracht, sondern an einen anderen Ort, an dem sie ihn verhört.«

»Natürlich ist er dort«, erwiderte Kani überzeugt. »Nirgendwo anders kann er sein.«

Wie beherrscht sie klang. Sam konnte nur ahnen, wie es tief in ihr aussah.

»Dann ist es erst recht zu gefährlich, wenn …«

»Wir gehen gemeinsam«, fiel sie ihm ins Wort.

Sam wollte sie umstimmen, doch er konnte ihr die Entschlossenheit vom Gesicht ablesen. »Na gut«, seufzte er und gab sich keine Mühe, seine Skepsis zu verbergen. »Und wie kommen wir durch den Palast?«

Jacobus räusperte sich. »Das Schicksal eines Bibliothekars besteht darin, dass sein Leben einsam ist.«

Sam starrte ihn an. Himmel, was sollte das denn jetzt?

»Die meiste Zeit über verbringt man allein unter der Erde. Und selbst, wenn man einmal hinaufgeschickt wird, sehen alle durch einen hindurch, als sei man einer der Nebelmänner aus den Märchen.« Er warf Shagyra einen Blick zu. »Gibt es die eigentlich auch, da, wo du herkommst?«

Der Pferdemensch zuckte lässig die Schultern. »Nicht, dass ich wüsste. Die Asfura erscheinen mir nicht fremd, obwohl ich nicht sagen könnte, weshalb das so ist. Aber ich glaube, dass ich mich an vieles nicht erinnern kann. Da sind nur verschwommene Bilder in meinem Kopf.«

»Nun«, fuhr Jacobus fort, und die plötzlich aufkeimende Verschlagenheit, die sich in sein Lächeln mischte, erstaunte Sam, »wie gesagt, wir sind beinahe unsichtbar. Kommt.«

Als Sam Jacobus zum ersten Mal gesehen hatte, war der Bibliothekar ihm wie ein Mann erschienen, der allein zwischen seinen Büchern lebte. Jemand, für den es außerhalb der Regale keinen Platz in der Welt gab und der sich zwischen Menschen eher verlieren würde als zwischen Büchern. Und offenbar hatte er damit recht gehabt. Jacobus verbrachte, wie er erzählte, kaum Zeit oberhalb der Bücherstadt.

»Dies ist mein Heim«, sagte er voller Stolz, als sie ihr Ziel erreicht hatten. Der Ort in Paramythia, an den der Alte sie geführt hatte, war im Grunde kaum mehr als eine Nische in der Wand, flankiert von zwei Regalen, gerade breit genug für einen Tisch, unter dem eine Truhe stand, ein Stuhl und ein Bett. Den rauen Stein hatte sich Jacobus mit dem geschmückt, was Bücherliebhaber wie er am meisten schätzten: Buchseiten. Sie fanden sich überall an den Wänden. Seiten voller Worte und Bilder, Tabellen und Zeichnungen. Bett und Tisch standen auf Beinen aus Buchdeckeln. Das Heim eines Bibliothekars.

»Was ist mit ihnen passiert?«, fragte Kani und deutete auf die Seiten. Sie schien für einen Moment die Sorge um ihren Vater zu vergessen, als sie Jacobus' seltsames Heim sah.

Der alte Bibliothekar, der gerade die Truhe hervorziehen wollte, hielt in der Bewegung inne und setzte eine Miene auf, als würde er an einen Verstorbenen denken. »Sie waren von Alter und Krankheit gebeugt. Nicht mehr zu retten. Selbst Fordachum, der Bücherdoktor, der gestorben ist, konnte nichts mehr für sie tun. Und er ist der Beste seines Fachs gewesen. Dies ist der letzte Ort, an den diese Bücher gehen. Das, was von ihnen zu retten war, soll nicht vergessen werden.« Er lächelte traurig, dann öffnete er die Kiste. Die Gewänder, die er herausholte, waren ebenso grau wie das, das er am Leib trug. Er reichte sie Sam und den anderen.

»Wir sollen uns als Bibliothekare verkleiden?« Kani gab sich keine Mühe, ihre Skepsis zu verbergen.

»Habt ihr je einen von uns im Palast gesehen?«, entgegnete Jacobus und schob die Kiste zurück unter den Tisch.

Sam runzelte die Stirn. Nein, das hatte er nicht. Allerdings war er auch noch nicht lange bei der Wache. Kani hingegen war deutlich länger im Palast, und ihrem Gesichtsausdruck nach war auch ihr bislang keiner der Bücherhirten aufgefallen.

»Aha«, sagte Jacobus triumphierend. »Aber wir sind dort. Bringen Sabah, der Beraterin, oder dem Weißen König die Bücher, nach denen sie verlangen. Nur wir dürfen das. Es sind immer Bücher aus dem Herzen Paramythias. Die beiden wissen ebenso gut über die Bücher dort Bescheid wie wir Bibliothekare. Kennen die Namen und Orte, an denen sie stehen. Es wird nicht auffallen, wenn wir mit einigen Büchern nach oben gehen.«

Bibliothekare. Die Idee war so verrückt, dass sie schon beinahe genial war. Eine Frau, ein Mann mit dunkler Haut und er selbst. Sie würden sich alle die Kapuzen der Gewänder tief in die Stirn ziehen müssen, um nicht erkannt zu werden. Aber es konnte gelingen.

»Ihr werdet hier bleiben«, sagte Sam zu Jacobus.

Der Bibliothekar setzte zu einer Erwiderung an, doch Kani legte ihm die Hand auf den Arm. »Ihr habt mehr für uns getan, als wir erwarten konnten«, sagte sie. »Wenn es uns gelingt, meinen Vater zu befreien, fliehen wir gemeinsam hierher. Ihr aber dürft nicht mit uns gesehen werden. Dies ist nicht Euer Abenteuer. Aber wenn Ihr später wieder für uns da seid und uns durch die Straßen der Bücherstadt in Sicherheit und wieder hinauf bringt, so danken wir Euch von Herzen.«

Erleichterung zeichnete sich auf Jacobus' Gesicht ab, und er nickte. »Ich werde hier sein und nicht gehen, ehe ihr zurückgekehrt seid.«

Sam, Shagyra und er verließen die Nische und warteten, bis Kani das Gewand übergestreift hatte, während sie sich selbst ebenfalls die Kutten aus dickem Stoff überzogen. Als er die Gewänder betrachtete, kam Sam eine Idee. Er ließ sich ein weiteres Gewand von Jacobus geben und steckte es in seinen Beutel. Jacobus wählte einige Bücher aus und drückte sie ihnen in die Arme. Endlich gingen sie los.

Als der Wald aus Säulen in Sicht kam, der den Platz vor dem Marduk-Tor füllte, verlangsamte er seinen Schritt. »Befreit ihn«, wisperte Jacobus ihnen zu. »Und gebt mir Bescheid, wenn ihr noch einmal meine Hilfe braucht.« Er blickte Shagyra an. »Ich dachte immer, meine Welt sei beinahe unendlich groß. So wie das Wissen, das ihr hier finden könnt. Und immer wieder ist sie gewachsen. Mit jedem Buch und jedem Wort, das hinzukam. Doch erst durch dich, Pferdemensch, habe ich gelernt, wie groß sie wirklich sein kann. Ich würde es schrecklich finden, wenn ich sterben müsste, ohne zu wissen, wo du herkommst.«

»Und Kanis Vater würde es schrecklich finden, wenn er überhaupt stirbt«, fügte Sam hinzu und warf einen misstrauischen Blick zum Tor. Zwei Wächter. Offenbar war die Zahl der Wachen wieder halbiert worden.

Sam sah aus dem Augenwinkel, wie Jacobus ihnen nachblickte, während sie über den Platz gingen. Er führte Kani und Shagyra an den Säulen entlang, in der Hoffnung, dass sie sich so den Blicken der Scharlachroten am Tor entziehen konnten. Auch am Tag wurde es nie ganz hell vor dem Marduk-Tor, gleich wie viele Lampen die Diener auch entzündeten. Kani tauchte als Erste in die Schatten zwischen den Säulen ein, dann Shagyra. Doch ehe Sam ihnen folgen konnte, ertönte ein Ruf vom Tor her. »Wartet!«

Sam erstarrte. Kani blickte ihn aus dem Schatten hinter der Säule fragend an. *Was will der Wächter?* Sam wusste es selbst nicht. Er drehte sich langsam um, den Blick gesenkt. In der einen Hand hielt er das Buch, das Jacobus ihm gegeben hatte, in der anderen seinen Beutel.

Dann sah er es. Aus Shagyras Buch waren einige Seiten gerutscht. Offenbar verband der Leim sie nicht mehr alle mit dem Einband.

Der Wächter näherte sich ihnen schnell, bückte sich und hob die Blätter auf. Sam erkannte in dem Mann seinen Zimmernachbarn. Ausgerechnet! Er hielt den Kopf gesenkt und hoffte, dass es nicht so aussah, als habe er etwas zu verbergen.

»Hier.« Der Scharlachrote reichte die Seiten Shagyra, der sie mit einem stummen Nicken entgegennahm. »Wohin wollt ihr, wenn ich fragen darf?«

»Zur Beraterin des Königs«, antwortete Sam und versuchte seine Stimme dabei so fremd klingen zu lassen, dass der Wächter sie nicht erkannte. »Sie hat nach Büchern verlangt. Der Befehl kommt von ihr persönlich.«

Sam hoffte, dass der angebliche Wunsch Sabahs ausreichte, um das Interesse des Scharlachroten zu ersticken. Doch das Schweigen, das auf Sams Worte folgte, gefiel ihm nicht.

Plötzlich griff der Wächter nach Sams Beutel. »Wenn sie es euch befohlen hat, weshalb geht ihr dann in die falsche Richtung? Sabah ist im Herzen der Bücherstadt. Ich selbst habe sie durch das Tor gehen sehen.«

Ehe Sam reagieren konnte, hatte der Mann in den Beutel gegriffen und Assasils Helm hervorgezogen. »Verdammt, was …«, zischte er, ehe ihn Sams Schlag traf. Er hatte so fest zugeschlagen, wie er nur konnte. Doch Sam war noch nie ein besonders guter Faustkämpfer gewesen. Der Wächter hielt sich zwar die Nase, und unter seinen Fingern quoll Blut hervor, doch er verlor nicht das Bewusstsein. »Alarm«, rief er näselnd.

Der andere Wächter setzte sich in Bewegung, doch da trat Shagyra aus den Schatten. Offenbar war sich der Mann nicht sicher, ob er es mit zwei Angreifern aufnehmen konnte. Stattdessen eilte er zurück zum Tor und riss das Horn herunter, mit dem die Wachen Alarm schlagen konnten.

»Nein«, keuchte Sam und wich einem Schlag seines Zimmernachbarn aus, der mit einer blutverschmierten Faust nach ihm hieb. »Halt ihn auf«, zischte er Shagyra zu. Dann rammte er dem anderen seine Schulter gegen die Brust. Kein sehr eleganter Angriff, aber wirkungsvoll. *Wenn du kämpfen musst, kämpfe dreckig. Regeln gelten nur für Verlierer.* Vicente wäre vermutlich stolz auf seinen Sohn gewesen. Während der Wächter ein Schnaufen von sich gab und in die Knie ging, sprang Shagyra an Sam vorbei. Sam sah ihm staunend nach. Er hatte bereits Pferde im vollen Galopp gesehen, doch sie konnten es nicht annähernd mit der Schnelligkeit des Nushishans aufnehmen.

Jeder seiner gewaltigen Schritte war wie ein Sprung. Das Klappern der Hufe, obwohl es durch die Stiefel gedämpft wurde, gebar zahllose Echos in der Halle, und es klang, als hätte sich eine Pferdeherde zwischen den Säulen verirrt. Der Wächter am Tor starrte Shagyra an wie einen Geist, während der Pferdemensch durch die Schatten schoss, als würde er in ihnen schwimmen.

Der Mann riss die Arme schützend in die Höhe, als der Nushishan nur noch wenige Schritte entfernt war und mit einem Bein voran auf den Scharlachroten zusprang. Er versuchte noch mit dem Horn zuzuschlagen, doch Shagyras Tritt fegte ihn von den Füßen, und der Mann prallte so hart gegen das Tor, dass der Schlag dumpf in der Halle widerklang.

Auch Sams Gegner war endlich in sich zusammengesunken, nachdem er ihn mit einem weiteren Schlag an der Schläfe getroffen hatte. Der plötzliche Lärm in der Halle war ebenso schnell vergangen, wie er gekommen war. Für einen Moment sagte keiner ein Wort. Sam lauschte angestrengt, doch weder Schritte noch Stimmen waren zu hören. Sie hatten offenbar Glück gehabt. Er packte den Helm rasch wieder ein und sah auf den bewusstlosen Wächter hinab. Dann hörte er hinter sich Schritte. Sam fuhr herum. Und sah in Jacobus' Gesicht.

»Bei allen Worten der Bücherstadt«, hauchte er und starrte Shagyra an, der so leichtfüßig auf sie zuschritt, als wäre er gerade durch die Säulen spaziert und nicht gerannt. »Ich kümmere mich um die hier. Wir sehen uns später. Geht. Und«, er sah Sam tadelnd an, »seid ein wenig unauffälliger. So benimmt sich kein Bibliothekar.«

Sie trafen nur wenige Menschen auf dem Weg durch das Viertel des Wissens. Zwei Dienerinnen, tief ins Gespräch versunken, kreuzten ihren Weg, kaum dass sie die verwaiste Bücherwerkstatt durchquert hatten. Ihr Wispern verlor sich zwischen den Regalen, und die beiden nahmen nicht einmal dann eine Notiz von den Bibliothekaren, als sie so nahe aneinander vorbeigingen, dass eine von ihnen Sam ausweichen musste.

Sam ging in Gedanken noch einmal den Plan durch, den sie sich nach dem Kampf mit den Scharlachroten zurechtgelegt hatten. Kani war dafür gewesen, sich zwischen den Regalen Paramythias zu verbergen, sobald sie ihren Vater befreit hätten. Und dort solange zu warten, bis sich die erste Aufregung gelegt hatte. Doch Sam war dagegen. Heimlichkeit war ihm als der falsche Weg erschienen. Es gab zu viele Augen, die sie nicht erblicken durften. Sam hatte eine andere Idee gehabt: Alle Augen sollten sie sehen. Und dazu brauchte er Assasils Helm. Er hoffte, dass der Beutel, den er fest umklammert hielt, nicht noch einmal ungewollte Aufmerksamkeit erregen würde.

Bis sie den Treppenaufgang erreichten, trafen sie noch zwei Wachen und einige Gelehrte, die zwischen den Regalen umherstrichen. Viele machten eine erhabene Miene, doch einigen war die Aufregung darüber anzusehen, in der größten Bibliothek der Welt umherzuwandern. Keiner nahm jedoch Notiz von den drei vermeintlichen Bibliothekaren, und schließlich setzten Sam und die anderen ihre Füße auf die Stufen, die hinauf in den Palast führten.

»Bleibt ruhig. Keine hastigen Schritte. Und keine lauten Worte«, wisperte Sam.

Am Ende des Weges schnitt mattes Tageslicht ein Rechteck in die Schatten, die zwischen den Stufen nisteten. Sie traten hinaus und suchten sich einen Weg durch die vielen Menschen, die die Halle bevölkerten. Neben den Wachen und Dienerinnen erkannte Sam auch zahlreiche Männer, die so opulente Anzüge trugen, dass Ibratans Augen geleuchtet hätten. Kaufleute, schätzte Sam. Sie wurden von deutlich schlechter gekleideten Männern begleitet, die dicke Papierstapel trugen und sie wie Fliegen umschwirrten. Vermutlich ihre Diener. Sam warf einen prüfenden Blick durch die hohen Fenster der Halle. Das Licht, das träge hindurchsickerte, färbte sich bereits grau, so als ob der Tag langsam alle Farbe verlor. Der Abend brach herein. Vermutlich waren die Menschen in die Halle gekommen, um vor den Weißen König zu treten. Sam und seine Begleiter hatten Glück. Wenn Sabah durch das Herz der Bücherstadt streifte und der König im Thronsaal mit Kaufleuten sprach, waren die Augen vor dem Gemach der Beraterin vielleicht weniger zahlreich als sonst. Das hieß allerdings auch, dass sie sich eilen mussten. Noch einmal wollte er Sabah nicht in der aufziehenden Nacht begegnen.

Sie nahmen die Treppe, die hinauf in den ersten Stock führte. Dorthin, wo Sabahs Gemach lag. Wachen kamen ihnen entgegen. Blicke streiften sie flüchtig. Sam sah sich mehrmals heimlich um. Er hatte erwartet, dass man sie genauer mustern würde. Dass das Misstrauen der Wachen ihnen gegenüber mit jedem Schritt wachsen würde, den sie auf dem Weg zum Gemach der Beraterin taten. Doch es war, wie Jacobus vorhergesagt hatte. Die Kutten der Bibliothekare schienen sie ebenso unsichtbar zu machen wie die Schuppen der Bahriden.

Kurz bevor sie das Ende der Treppe erreichten, gab Sam den anderen ein Zeichen. Niemand war in ihrer Nähe, und Sam griff in den Beutel und holte hervor, was Ibratan ihm in aller Eile angefertigt hatte. Selbst aus der Nähe sah die nachtschwarze Wächterrobe täuschend echt aus.

Ein furchtbarer Schnitt, hatte sich Ibratan bei Mateo beklagt. *Völlig aus der Mode. Aber gut. Sag ihm, ich mache es. Aber ich will dafür eines der Gewänder der Beraterin. Ich habe noch nie so einen Stoff gesehen. Es scheint, als hätte das Licht der Sonne Fäden getrieben.*

Nun, ob Sam dazu kommen würde, Ibratan eines von Sabahs Kleidern zu stehlen, bezweifelte er. Doch er würde besser mit dem Zorn eines Kostümschneiders leben können als mit der Wut einer Sahira, die ihn in die Finger bekommen hatte, weil er zu lange in ihrem verfluchten Gemach geblieben war.

Das Wächtergewand passte wie angegossen, und als Sam den Helm aufsetzte, sah er Shagyra durch die Schlitze in dem Metall erbleichen.

»Du siehst aus wie einer von ihnen«, wisperte er, und Abscheu ließ seine Stimme zittern.

»Wie ihr Herr«, erwiderte Sam. Assasil und er hatten etwa dieselbe Größe. Solange ihm niemand den Helm vom Kopf riss, sollte der Betrug unentdeckt bleiben. »Bleibt hinter mir. Und sagt kein Wort.«

Der Korridor, der sich an die Treppe anschloss, barg die Erinnerung an jenen schrecklichen Abend, der Majid und beinahe auch Kani das Leben gekostet hatte. Sam glaubte den Tod zwischen den Wänden zu spüren. *Komm,* schien er zu wispern. *Komm in meine Arme.* Sam atmete tief durch. Er durfte sich nicht ablenken lassen. Er wäre nicht der erste Dieb, der gefangen wurde, weil er mit den Gedanken nicht dort war, wo sich sein Körper befand.

Die beiden behelmten Wächter, die vor der Tür zum Gemach der Sahira standen, zeigten mehr als deutlich, dass jemand dort war. Offenbar vertraute die Sahira nicht mehr nur allein ihrem verzauberten Muster. Die Wachen neigten die Köpfe, kaum das Sam auf sie zutrat. Unter dem tintenschwarzen Stoff schlug sein Herz so verräterisch laut, dass Sam für einen Moment glaubte, man könnte es hören. Er konzentrierte sich auf jeden Schritt, um so energisch zu gehen wie der Iblis.

Wortlos deutete er auf die Tür. Er konnte aussehen wie Assasil. So gehen wie der Herr der Wache. Doch er würde sich nicht so anhören wie er. Die Stimme, die sonst unter dem Helm erklang, war zu tief für einen gewöhnlichen Menschen.

Sam nickte einem der Wächter zu und hielt den Atem an, als der Iblis die Tür aufdrückte. Er sah auf das dunkle Muster, das sich wie die Leiber von Schlangen über das Zedernholz zog. An jenem Abend war es zum Leben erwacht und hatte versucht, Sam am Betreten des Gemachs zu hindern. Er glaubte noch den Biss in der Haut zu spüren. Wenn der verfluchte Zauber, der dem Muster sein Leben verlieh, nicht durch den Helm und die Kutten der Bibliothekare getäuscht werden konnte, würden sie kämpfen müssen. Sam war unsicher, ob sie in einem Kampf gegen die Iblise lange überleben würden. Sabah hatte offenbar Angst vor jener silbernen Waffe, die Sam nun zusammen mit einem Bibliothekarsgewand in dem Beutel unter der Wächterrobe verbarg. Ein gutes Zeichen. Und Shagyras Tritte mochten sogar einem Iblis gefährlich werden. Doch die Wesen unter den Helmen blieben Monster, die sogar die Asfura besiegt hatten.

Als Sam den Fuß über die Schwelle setzte, glaubte er ein Zischen und Wispern unter dem Helm zu hören. *Was willst du?* Dieselbe Frage, dutzendfach von flüsternden Stimmen gestellt.

Was sollte er tun? Antworten?

»Lass meinen Herrn und seine Begleiter ein.« Abscheu

schwang in der Stimme des Iblis-Wächters mit. Offenbar behagte ihm der Zauber der Sahira ebenso wenig wie Sam.

Sam nickte dem Wächter noch einmal zu und tat einige Schritte in das Gemach der Beraterin. Sand knirschte unter seinen Füßen. Als sich die Tür schloss, ließ er das Buch unter seinem Arm fallen und zog sich mit einem Ruck den Helm vom Kopf. Unter dem Metall war es unerträglich warm gewesen. Doch die flirrend heiße Luft, die sie nun umfing, brachte ihm keine Kühlung. Der Schweiß rann ihm augenblicklich von der Stirn und ließ ihn blinzeln.

Kani sah sich mit starrer Miene um, während Shagyra die Verblüffung so deutlich ins Gesicht geschrieben stand, als wäre er zurück im Herzen der Bücherstadt.

Sam ging weiter über den Sand. Bei seinem ersten Besuch hatte er nur wenig Gelegenheit gehabt, sich umzusehen. Und auch jetzt drängte die Zeit. Sein Blick wanderte hastig durch den Raum. Alles war beinahe so wie an jenem Abend. Allerdings war der Baum in der Mitte nun wieder blattlos und in sich zusammengesunken wie ein alter Mann. Die Äste hingen kraftlos herab, zum Teil ineinander verschlungen. Durch die hohen Fenster fiel die Abendsonne herein. Und wieder gab es keinen Hinweis darauf, dass jemand hier war. Sam erkannte erst jetzt das Muster, das sich über die Marmorwände schlängelte. Dünne Linien, die denen auf der Tür zum Verwechseln ähnlich waren.

»Wo ist er?« Kanis Stimme überschlug sich fast vor Sorge. Sie ließ ihr Buch fallen und sah sich um.

Sam nahm ihre Hand und drückte sie. »Wenn er hier ist, finden wir ihn.« Er versuchte, alle Zuversicht in seine Worte zu legen, zu der er fähig war. Doch er glaubte den Tod zu schmecken, der diesen Raum erfüllte. Majids Tod. Und vielleicht auch den von Hakim. *Denk nicht so etwas, Sam,* wies er sich zurecht. Er ließ Kani wieder los und ging auf die Suche. Der Sand knirschte bei jedem Schritt. *Die Hexen sind ein Teil der Wüste, oder auch die Wüste selbst, wenn du verstehst, was ich meine.* Hakims Worte kamen ihm plötzlich in den Sinn. Die Sahira hatte die Wüste offenbar mitgebracht. Vielleicht brauchte sie den Sand und die Hitze, um zu existieren.

»Bei allen Steppen«, entfuhr es Shagyra plötzlich neben ihm. Sam wirbelte herum und sah den Nushishan fragend an, dessen dunkles Gesicht für einen Moment so grau geworden war wie die Nacht, kurz bevor sie zum Tag wird. Das Buch, das er unter dem Arm getragen hatte, fiel geräuschlos in den Sand, als er nun zitternd nach vorn deutete.

Sam folgte dem Blick, während seine Hand unter das Wächtergewand glitt und nach dem silbernen Griff tastete. Dann fanden seine Augen, was Shagyra sah, und alle seine Bewegungen erstarben für einen Moment, als sei er eine Marionette, deren Fäden man zerschnitten hatte.

Der Baum hatte sich erhoben wie ein Mann, der sich streckte. Und der untere Teil des Stamms, der nicht von den herunterhängenden Ästen bedeckt wurde, hatte ein Gesicht getrieben. Es war aus der Rinde gewachsen, als hätte sich der Baum ein Antlitz geben wollen. Und das Gesicht, das er gewählt hatte, gehörte jemandem, den Sam nur allzu gut gekannt hatte. Majid.

Sam stürzte auf den Baum zu. Die warnenden Rufe von Kani und Shagyra hörte er wie aus weiter Entfernung. Er blieb eine Armlänge von dem Gesicht entfernt und zögerte, es zu berühren.

Die Rinde hatte die Umrisse von Majids Augen geformt, seine Nase hatte sich aus dem Stamm gedrückt und ein Riss war dort entstanden, wo sein Mund hätte sein müssen. »Samir.« Die Stimme war viel tiefer als die seines Cousins. Sie klang nach dunkler Erde und einsamer Traurigkeit. Schmeckte nach brackigem Wasser und roch nach süßem Harz. Doch die

Art, wie Sams Name in ihr klang, war ihm vertraut. Wie immer mit einem leichten Tadel.

Sam starrte den Baum nur an, unfähig ein Wort zu sagen, und fühlte, wie sich seine Augen mit Tränen füllten.

»Na, na, Samir«, sagte Majids Gesicht im Baum. »Warum so traurig?«

»Was ist mit dir geschehen?« Es kostete Sam lächerlich viel Mühe, die wenigen Worte über die Lippen zu bringen.

Äste, die sich bewegten. Und Rinde, die ein Lächeln gebar. »Ich bin nun ein Teil von all dem hier.«

Sam musste tief durchatmen und fühlte, wie Finger nach seiner Hand griffen und sie drückten. Kani. »Ein Teil? Ich verstehe nicht. Lebst du noch?« Die Hoffnung war kaum mehr als die trotzige Zuversicht, die eigentlich nur Kinder im Herzen trugen. Doch sie ließ das von Sam schneller schlagen.

»Ja, ich lebe noch«, erwiderte Majid. »Aber nicht wie du. Dieses ganze Zimmer lebt. Spürst du es nicht? Die Sahira ist die Wüste, und die Wüste ist nichts ohne sie. Und ich bin es nun ebenfalls. Es gibt keinen besseren Ort für mich.«

»Ich rette dich«, entfuhr es Sam. *Und wie, Sam?*, fragte er sich selbst. *Willst du ihn aus der Rinde schneiden?*

Das Gesicht im Baum verzog sich zu jenem spöttischen Grinsen, das Majid oft aufgesetzt hatte, wenn er Sam etwas hatte beibringen wollen. »Mich retten? Wovor? Ich bin nicht freiwillig geblieben, doch ich will nun nicht mehr gehen. Du verstehst nicht, was hier geschieht. Die Sahira, der Baum, das Buch. Ich errate deine Gedanken. Und du liegst so falsch.« Dann richteten sich seine Blicke auf Kani. »Auch du bist wieder da. Die Frau an Samirs Seite. Man sagt, der Anfang von allem liegt in der Wüste. Der Tod, aus dem das Leben erwächst. Spürst du es auch? Das, was erwacht? Das, was bestimmt ist? Auch die Sahira fühlt es, doch sie weiß nicht, was es bedeutet. Aber ich kann es sehen.«

Sam verstand kein Wort von dem, was Majid sagte. Und Kani offenbar auch nicht, soweit Sam es in ihrem Gesicht lesen konnte. »Wo ist mein Vater?« Kanis Stimme klang so leise, dass sie beinahe in der heißen Luft verloren ging.

Majid lächelte. »Er wird zu einem Teil von allem. So wie ich.« Bei diesen Worten hoben sich plötzlich die Äste, die zuvor noch kraftlos heruntergehangen hatten, und Kanis Mund entfuhr ein gequälter Schrei.

An den Stamm gelehnt stand Hakim. Sam hatte ihn unter dem dichten Geflecht aus Ästen nicht gesehen. Es war, als hätte der Baum seine dunklen Finger über ihn gelegt. Kanis Vater schien zu schlafen und mit offenen Augen zu träumen. Sam hatte das Gefühl, dass er keinen von ihnen sah. Der Blick des Alten ging durch sie alle hindurch und war auf etwas oder jemanden gerichtet, der weit entfernt war.

»Vater«, schrie Kani, während Sam den Helm fallen ließ und auf den Alten zusprang.

Der Baum aber erwachte zum Leben, kaum dass Sam sich gerührt hatte. Die Äste peitschten drohend umher, und es klang, als würde jemand zischend die Luft zerschneiden. Den ersten beiden Schlägen konnte Sam ausweichen, der nächste aber traf ihn und fegte ihn zu Boden. Sam fiel weich in den Sand und war sofort wieder auf den Beinen. »Warum tust du das?«, schrie er Majid entgegen.

»Er gehört der Sahira«, gab das Gesicht seines Cousins zur Antwort. »Sie will wissen, was er weiß. Öffnet ein Fenster in seine Gedanken und sieht in sie hinein. Und er blickt zurück in ihre. Er beginnt ein wenig zu verstehen, worum es bei all dem geht. Das Herz der Bücherstadt und das Geheimnis, das dort zu finden ist. Und er fürchtet sich nicht.«

»Gib ihn frei!«, rief Sam drohend.

»Ich gehorche einzig dem Zauber der Wüste«, antwortete Majid. Er öffnete den Mund erneut, doch ehe er noch etwas sagen konnte, schoss Shagyra auf Hakim zu. Trotz des Sandbodens war er so schnell, dass sich Sam wunderte. Die Äste schlugen auch nach ihm, doch der Nushishan war so flink, änderte so abrupt die Richtung, dass die Schläge ins Leere gingen. Und einen Moment später hatte er Kanis Vater gefasst. Shagyra zog Hakim mit sich. Doch auch wenn er allein schnell genug für den Baum gewesen war, mit dem Alten war er zu langsam. Sie hatten kaum eine Handvoll Schritte hinter sich gebracht, als die Äste sie packten und umrissen.

»Nein!« Sams und Kanis Schreie mischten sich ineinander. Und Sam zog die silberne Waffe aus dem Beutel, den er unter der Robe trug. Die Klinge fuhr so plötzlich heraus, als hätte sie nur darauf gewartet, sich zu zeigen.

Majids Augen verzogen sich vor Zorn. »Ich will nicht mit dir kämpfen, Samir.«

Sam schluckte. »Ich auch nicht mit dir.« *Aber ich werde es tun, wenn ich muss,* fügte er in Gedanken hinzu.

Die Äste wirbelten drohend durch die Luft wie die Arme eines Riesen, und Sam hob die Klinge, die er in diesem Gemach gefunden hatte. Was immer sie auch sein mochte, er wusste, dass sie den Baum verletzen konnte.

»Halt«, rief Kani, »hört auf.« Ihre Stimme überschlug sich fast vor Angst und Wut. »Lass uns gehen«, flehte sie Majid an.

Zu Sams Erstaunen erstarben die Äste, kaum dass die Worte Kanis Mund verlassen hatten. Und der Baum hinderte Shagyra nicht, ihm den Alten wegzunehmen. Hatte noch ein Rest Menschlichkeit in Majid gesteckt? Ein letzter Funke, den Kanis Bitte angefacht hatte? Vielleicht. Aber im Grunde war es gleich. Sam hielt die Klinge erhoben, während sie fort von dem Baum stolperten. Sein Fuß stieß gegen etwas Metallenes. Assasils Helm. Er bückte sich und hob ihn auf.

»Samir.« In Majids Stimme schwang wieder leichter Tadel mit. »Du kämpfst gegen die falsche Sahira.«

Sam antwortete nicht. Er behielt den Baum im Auge, bis sie die Tür erreichten. Hastig zog er den Beutel mit dem zusätzlichen Bibliothekarsgewand hervor. Während Kani und Shagyra es dem noch immer still träumenden Hakim überzogen, setzte Sam wieder den Helm auf. »Verrate uns nicht«, sagte er an das Gesicht seines Cousins gewandt. Auch wenn Majid sie gehen ließ, war Sam nicht sicher, wie viel noch von seinem Cousin unter der Rinde steckte. Doch wenn sie Glück hatten, war es genug, um das Geheimnis um die, die Sabahs Gefangenen befreit hatten, vor der Sahira zu schützen.

»Hüte dich vor der Nacht, Samir«, erwiderte Majid, dann sank der Stamm wieder in sich zusammen, und die Äste fielen schlaff herunter, als sei der Baum eingeschlafen.

In diesem Moment fuhr die Klinge von selbst in den Griff zurück, und Sam ließ die Waffe unter seiner Robe verschwinden. Er zog die Tür auf, ohne dass das Muster darauf Anstalten machte, zum Leben zu erwachen, und sie verließen das schreckliche Gemach der Sahira.

17. TRUGBILD

Sams Herz schlug so schnell, dass er wieder glaubte, man könnte es hören. Doch die beiden Iblise standen reglos links und rechts des Eingangs wie Statuen. Drei waren hineingegangen, aber vier kamen heraus. Die meisten Scharlachroten würden auf solche Kleinigkeiten nicht achten. Aber dies waren keine Menschen.

Die Wächter beugten jedoch stumm die Köpfe, als Sam die anderen an ihnen vorbeiführte. Shagyra stützte Hakim und dirigierte ihn den Korridor entlang.

Sam fragte sich, wie weit sich Sabahs Diener bereits im Palast ausgebreitet hatten. Bis in sein Herz, gab er sich selbst die Antwort. Bis in sein Herz. Und der Weiße König ahnte nichts.

Sie hatten bereits die Hälfte des Weges zur Treppe, die nach unten in die Halle führte, hinter sich gebracht, als einer der Wächter doch noch reagierte. »Was ist mit ihm?«, fragte der Iblis.

Sams wild klopfendes Herz setzte einen Schlag aus. Sie blieben stehen, und er tastete nach dem silbernen Griff unter der Robe, während er sich langsam umwandte. Der Wächter deutete auf Hakim, der bei jedem Schritt taumelte wie einer der Betrunkenen, die nachts durch das Vergnügungsviertel von Mythias Hafen liefen. Sams Gedanken überschlugen sich auf der Suche nach einer Lüge, doch selbst wenn er eine fand, durfte er sie nicht aussprechen. Andernfalls würde er sie alle verraten.

»Er ist dem Baum zu nahe gekommen«, antwortete Shagyra an seiner statt. »Einer der Äste hat ihn geschlagen.«

Der Wächter nickte, und Sam verzog unter dem Helm anerkennend den Mund. Es schien fast, als wäre der Nushishan ebenfalls bei Vicente in die Lehre gegangen. *Die Wahrheit ist die stärkste Lüge*. Offenbar schmeckten auch Iblisen die Lügen besser, wenn sie zunächst die Wahrheit gekostet hatten. Sam wusste nicht, welcher Zauber Hakim mit offenen Augen träumen ließ, doch er war dem Baum tatsächlich viel zu nahe gekommen.

Sie gingen unbehelligt weiter, und erst nachdem sie einige Stufen hinabgestiegen waren und die Wächter sie nicht mehr sehen konnten, wagten sie es, sich anzusehen. Kani war der Unglaube darüber, dass sie Hakim gerettet hatten, nur allzu deutlich ins Gesicht geschrieben. Ihr Vater aber schien noch immer nicht bei sich zu sein. Er starrte so gedankenverloren umher, als wüsste er nicht einmal mehr, wer er war. Nun, darum würden sie sich später kümmern. Jetzt mussten sie erst einmal den Palast verlassen.

So unsichtbar die Bibliothekare auch in einigen Teilen des Palastes waren, würden sie sicher auffallen, sobald sie an unerwarteter Stelle auftauchten. Sam wollte es doch nicht wagen, den Palast durch den Seiteneingang zu verlassen. Auch wenn es länger dauerte, würden sie den Weg durch Paramythia nehmen, verborgen von tausenden und abertausenden von Büchern.

Das letzte Licht des Tages fiel schmutzig in die Eingangshalle des Palastes. Sam lotste die anderen zu der Treppe, die hinab in die Bücherstadt führte. Es war ganz still dort. Offenbar hatten die letzten Gelehrten diesen Ort bereits verlassen. Wie seltsam. Noch vor wenigen Tagen war er Sam so fremd erschienen. Und nun schien es fast, als begrüßte die Bücherstadt ihn und seine Gefährten wie alte Freunde. Sie erreichten die verlassene Große Galerie mit den Lesepulten. Shagyra führte den träumenden Hakim ein paar Schritte in die Bücherhalle hinein, doch Sam blieb stehen und hielt Kani fest. Er empfand ein so tiefes Gefühl der Erleichterung, dass er sie an sich drückte. Nur Shagyras Schritte waren zu hören. Sie sah ihn stumm an, und dann nahm sie ihm den Helm vom Kopf.

Sams Haar klebte ihm schweißnass an der Stirn. Er fühlte das eigene Herz wieder schneller schlagen. Doch diesmal nicht vor Angst. *Dafür hast du keine Zeit, Sam,* sagte er sich. Doch er hatte seine Arme bereits um sie gelegt. Sein Blick wanderte über ihr Gesicht, als würde er es zum ersten Mal betrachten. In diesem Moment glaubte Sam, dass er noch nie eine schönere Frau gesehen hatte.

Er wusste nicht, ob er sie an sich gezogen oder ob sie ihren Kopf zu ihm hingestreckt hatte. Es war ein anderer Kuss als die ersten beiden. Nicht flüchtig und verschämt. Er war genährt von Leidenschaft und dem Hunger nach Leben. Als könnte sein Geschmack den des Todes überdecken, den Sam im Gemach der Beraterin gekostet hatte. Fest drückte er seine Lippen auf ihre. Sog das Leben in sich auf, das er in ihr fühlte, und schenkte ihr seines.

Die Zeit blieb stehen, und alle Geheimnisse um Paramythia wurden unwichtig. Sie hatten Kanis Vater gefunden, und Sam hatte Kani gefunden. Nichts anderes zählte. Er küsste sie, bis er glaubte, dass ihre Herzen so gleichmäßig schlugen, als wären sie ein und dasselbe. Sein Lächeln spiegelte sich auf ihren Lippen, als sie sich voneinander lösten. Er drückte seine Stirn gegen ihre und sog den Duft ihrer dunklen Haare ein. Er wollte sie ein weiteres Mal küssen, doch nun mischten sich weitere Schritte in die des Nushishans. Sie kamen aus dem Bücherlabyrinth in ihre Richtung. Sam runzelte die Stirn. Vermutlich doch noch einige letzte Gelehrte, die von den Bibliothekaren hinausgescheucht wurden. Er hoffte, dass niemand diejenigen, die an der Seite des Herrn der Wache standen, mustern würde. Er setzte den Helm auf und bedeutete den anderen, mit ihm zu gehen.

Acht Gänge für die acht Weisheiten. Sam war sich nicht sicher, aus welchem die Schritte kamen. Jacobus würden sie im Viertel der Wissenschaft treffen. Auch wenn die Viertel untereinander verbunden waren, führte der kürzeste Weg zu ihm vermutlich durch die Bücherstraße, dessen Zugang sich unter den Buchstaben befand, die Jacobus Sam an seinem ersten Tag in Paramythia vorgelesen hatte.

Sie hatten kaum ein paar Schritte auf den Weg zwischen die Bücher gesetzt, als sie Gestalten sahen, die vom anderen Ende der Bücherstraße auf sie zukamen. Sam erstarrte, als er erkannte, wer da durch den Gang auf sie zuschritt. Fünf Männer in scharlachroten Roben und ein Mann in Schwarz. Und alle trugen den immer selben Helm. *Verdammt*, dachte Sam. Sogar der Sahira persönlich wäre er lieber begegnet als dem einzigen Wesen, das ihn ohne Mühe enttarnen konnte. Assasil. Der Herr der Wache blieb stehen und deutete auf Sam.

Die Rufe der Wächter erfüllten den Gang. Sam und die anderen machten auf der Stelle kehrt und rannten zurück in die Große Galerie mit den Lesepulten, während sich hinter ihnen schwere Schritte unter die von Metall verzerrten Stimmen mischten. Als sie den Gang wieder verlassen hatten, sah sich Sam kurz suchend um. Wohin? Er entschied, es mit dem Haupttor des Palastes zu versuchen, auch auf die Gefahr hin, dass sie dann sämtliche Scharlachrote auf sich aufmerksam machten. Doch Heimlichkeit war nicht mehr angebracht, wenn ihnen der Herr der Wache selbst auf den Fersen war.

Ehe er die anderen aber mit sich zur Treppe ziehen konnte, drückte ihm Shagyra den träumenden Hakim in den Arm. »Findet einen Weg hinaus«, sagte der Pferdemensch und blähte die Nasenflügel. »Wenn ich es schaffe, komme ich zu Jacobus.« Der Nushishan holte so schnell und tief Luft, als hätte er noch nie zuvor einen Atemzug genommen. Sam glaubte, ihm würden die Lungen platzen. Dann spannte Shagyra seinen Körper. Und ehe Sam ihn zurückhalten konnte, schoss er los.

Der Schrei, der Kanis Kehle entwich, ging in dem Trampeln seiner Hufe unter. Noch nie hatte Sam ein Wesen so schnell laufen sehen wie den Nushishan. Die Seiten aufgeschlagener Bücher raschelten, als der Sog des vorbeirennenden Nushishans sie erfasste. Lose Papiere wurden von den Lesepulten aufgewirbelt und flogen wie Federn umher, während der Nushishan auf ihre Verfolger zuraste.

Sam konnte nicht anders, als Shagyra hinterherzusehen. Jeden Moment musste er gegen die Iblise prallen. Er opferte sich für sie – und sie mussten fort, wenn dieses Opfer nicht umsonst sein sollte. »Komm«, sagte er an Kani gewandt, doch sie starrte dem Nushishan so fassungslos hinterher, als könnte sie nicht glauben, was sie sah.

Und dann war es soweit. Durch den Wirbel aus Papier erkannte Sam die Wachen, die nach dem Nushishan griffen. Doch kurz bevor sie ihn zu packen bekamen, stieß sich Shagyra ab, legte sich in der Luft auf die Seite und lief drei, vier Schritte über die Regale zu seiner Rechten. Dabei versetzte er Assasil einen so kräftigen Tritt, dass der Herr der Wache taumelte. Sam starrte Shagyra mit offenem Mund hinterher, während dieser auf dem Boden seinen Lauf fortsetzte, als sei nichts gewesen.

Assasil und die übrigen Iblise gerieten für einen Moment aus der Fassung, und Sam gelang es endlich, Kani mit sich zu ziehen. Mit dem träumenden Hakim im Schlepptau waren sie furchtbar langsam, doch die Stimmen aus dem Gang wurden dennoch leiser. Offenbar verfolgten die Wachen Shagyra.

Die drei hatten kaum die Hälfte des Weges zur Treppe hinter sich gebracht, als Kani stehenblieb.

»Was ist?«, zischte Sam.

»Wir können nicht dort entlang«, sagte Kani tonlos. Sie wich vor dem Treppenaufgang zurück, der in die Eingangshalle des Palastes führte, als würden die Schatten, die zwischen den Stufen nisteten, sie verschlingen, wenn sie ihnen zu nahe kam.

»Was redest du da?«, rief Sam wütend. Jeder Augenblick, der verstrich, war kostbar.

Kani sah ihn an, das Gesicht vor Entsetzen verzerrt. »Weil sie kommt«, flüsterte sie. »Die Wüstenhexe.«

Sam runzelte die Stirn. Woher wollte sie das wissen? Sie hatte Angst, nichts weiter. Er schüttelte den Kopf, doch Kani starrte ihn so verzweifelt an, dass er sich trotz seiner Zweifel von ihr mitziehen ließ. Geradewegs in eines der acht Bücherviertel hinein.

So sehr sie sich auch bemühten, gelang es ihnen dennoch nicht, alle Geräusche zu vermeiden. Ihre Schritte klangen verräterisch laut auf dem gefliesten Boden, und ihr von Aufregung und Anstrengung zitternder Atem erfüllte die Luft. Doch sie trafen auf niemanden, dem all das auffallen könnte, und erreichten die erste Abzweigung, ohne dass Sam das Gefühl hatte, dass ihnen jemand folgte. Er drängte Kani aufs Geratewohl nach links, ohne zu wissen, wohin der Gang führte. *Vergiss nie den Fluchtweg.* Von all den Weisheiten seines Vaters war dies wohl die, die er am häufigsten gehört hatte. So geschickt ein Dieb auch sein mochte, es gab immer einen Zufall, der dazu führen konnte, dass er entdeckt wurde. Und ohne einen sicheren Rückweg saß er dann im schlimmsten Fall wie eine Maus in der Falle. Sam aber hatte keinen Fluchtweg. Würde Paramythia sie schützen oder verschlingen? Es würde sich zeigen.

Sie hasteten den nächsten Gang entlang. Hakims Körper ließ sich von Sam führen wie eine Puppe, doch er machte keine Anstalten aufzuwachen. Und Sam überlegte fieberhaft, wie sie aus dem Labyrinth entkommen sollten, in dem sie sich mit jedem Schritt mehr verirrten.

Beim nächsten Gang taumelte Hakim und rutschte Sam beinahe aus dem Arm. Kani griff geistesgegenwärtig nach ihrem Vater, damit er nicht fiel. Sam blieb stehen und nutzte den Moment, um zu lauschen. Doch er hörte nichts als seinen Atem und das eigene, wild schlagende Herz in der Brust. »Wieso glaubst du, dass die Hexe dort war?«, fragte er und legte sich Hakims linken Arm um den Hals.

Kani zögerte einen Moment, als wüsste sie die Antwort nicht, und blickte gedankenverloren den Gang entlang. »Ich habe es gefühlt«, sagte sie leise. Für einen flüchtigen Augenblick sah sie Sam an. »Sie war dort«, fügte sie trotzig hinzu und legte sich selbst den rechten Arm ihres Vaters um den Hals. Offenbar hatte sie Sam die Zweifel von der Stirn abgelesen. »Sie war in den Schatten.«

Einige Sekunden lang sahen sie sich stumm an. Sam hatte sich schon immer auf das verlassen, was seine Augen sahen und seine Ohren hörten. Für Ahnungen hatte er wenig übrig. Und doch … Kani schien überzeugt davon zu sein, dass sie die Sahira gefühlt hatte. Und es wäre nicht das Seltsamste, was ihnen widerfahren war, seit ihn die Bücherstadt verschlungen hatte, als wäre er eine Figur aus einer ihrer Geschichten. »Und wohin nun?«, fragte er ratlos.

Kani blickte sich um, als suchte sie zwischen all den Buchrücken nach einem Weg. »Nicht hinauf«, sagte sie entschieden. »Wir sollten dem ursprünglichen Plan folgen und versuchen, zurück zu Jacobus zu gelangen.«

»*Wenn* wir ihn finden. Wo sind wir überhaupt?« Sam sah sich um, auf der Suche nach einem Hinweis.

Kani zog nachdenklich die Stirn kraus. »Dies hier ist einer der Gänge, die zum Viertel der Geographie gehören.« Sie deutete auf ein hohes Buch in dem Regal neben ihr.

Die Buchstaben schrieben ein Rätsel auf den ledernen Einband, das Sam nicht lösen konnte. »Und?«, fragte er.

»Soweit ich mich an die Ausflüge mit meinem Vater nach Paramythia erinnere, gibt es ein paar Verbindungen zwischen der Geographie und der Wissenschaft. Wir müssen nur den richtigen Weg finden und dann Jacobus suchen.«

»Genauso gut könnten wir dabei auch Assasil in die Hände laufen. Oder Sabah, wenn du recht hast.«

»Hast du eine bessere Idee?«, fragte Kani herausfordernd. »Wenn du nicht mitgehen willst, suche ich Jacobus eben allein.«

Sam seufzte. Wenn doch Hakim nur wach wäre. Er würde sicher wissen, wohin sie gehen mussten. Sam zwang ein zuversichtliches Lächeln auf sein Gesicht und deutete nach vorne. »Dort entlang, schätze ich?« Er atmete tief durch. *Immer tiefer zwischen die Seiten, Sam,* dachte er. *Bis sie euch zu einem Teil ihrer Geschichten machen.*

Sam wusste nicht, durch wie viele verlassene Gänge sie bereits gelaufen waren, als sie die Stimmen hinter sich hörten. Wenigstens fünf glaubte er auseinanderhalten zu können. Nicht alle waren von Helmen verzerrt. Der Gang, in den sie gerade eingebogen waren, wand sich wie eine Schlange, und die Regale an seinen Seiten waren der Wellenbewegung kunstvoll angepasst. Doch Sam hatte kaum mehr als einen flüchtigen Blick für sie übrig. Sie hasteten um die nächste Biegung. Die Stimmen wurden wieder leiser, und der Gang öffnete sich zu einem weiten Platz voller Säulen, der Sam nur allzu bekannt vorkam. Am anderen Ende erkannte er das Marduk-Tor. Niemand war dort. Jacobus hatte die beiden Scharlachroten offenbar fortgeschafft, und ihre Abwesenheit war noch nicht bemerkt worden.

»Wir haben es geschafft«, sagte Sam verwundert. Er hatte kaum damit gerechnet, dass sie es bis hierhin schaffen würden. Von dem Platz aus kannten sie den Weg in das Heim des Bibliothekars.

»Ja«, erwiderte Kani zwischen zwei tiefen Atemzügen. Sie nickte erleichtert. »Komm weiter.«

Sie eilten so leise sie konnten über den Platz und hatten bereits die Hälfte des Weges zu dem Gang, der sie zu Jacobus führen würde, hinter sich gebracht, als Kani auf Höhe des verwaisten Tores wie angewurzelt stehen blieb.

»Bitte nicht schon wieder eine Ahnung«, zischte Sam. Er hörte, wie die Stimmen, die er eben wahrgenommen hatte, wieder lauter wurden. Sie fingen sich zwischen den Säulen. Sam wusste nicht, aus welcher der Bücherstraßen sie stammten. Die Zeit rann ihnen durch die Finger.

»Es ist keine Ahnung«, wisperte Kani. »Ich weiß es. Sie ist dort.« Kani amtete plötzlich schwerer. »Und sie kommt hierher.«

Sams Blick wanderte über den Platz. Es gab mehrere Gänge, die auf ihn mündeten. Er war sich noch immer nicht sicher, ob er Kani glauben sollte, dass die Wüstenhexe hier unten war. Aber sie schien überzeugt davon.

»Sie ist da. Glaub mir.«

Ihr glauben. Es war viel verlangt. Sam begriff nicht, weshalb sie meinte, die Sahira so deutlich spüren zu können. Er … Sam stockte, als das Bild vor seinen Augen plötzlich verschwamm wie feuchte Farbe. Doch nur einen Moment später wurde es wieder klar, und er sah mehrere Wachen auf den Platz laufen. Sie alle trugen Helme und drängten aus jedem der Gänge. Kaum hatten sie sich zwischen den Säulen verteilt, erschien Assasil, und nur einen Moment darauf trat Sabah zwischen sie.

»Verdammt«, zischte Sam. Kani hatte recht gehabt. Er wusste nicht, wieso die Sahira bei den Wachen war. Hatte sie ihr Gemach betreten und trotz Sams Bitte von Majid erfahren, was geschehen war? Oder hatte sie ebenfalls etwas gespürt, das sie nach Paramythia gerufen hatte? Eine Ahnung, so wie auch

Kani eine hatte. Es war im Grunde gleich. Die Wüstenhexe und die Wächter durften sie nicht in die Finger bekommen.

»Was ist los?«, fragte Kani.

Sam riss den Blick von ihren Feinden los. »Was los ist? Bist du blind?« Er spürte, wie ihm der Schweiß auf die Stirn trat, und zog sich den Helm vom Kopf. »Dort …« Er verstummte. Der Platz war leer. Wie konnte das sein?

»Ist alles in Ordnung?«, fragte Kani.

Sam war sich nicht sicher. »Ich habe doch gerade die Wachen gesehen. Und dann Assasil und Sabah.«

»Ich weiß nicht, was du gesehen hast«, meinte Kani. »Aber ich höre sie näher kommen. Wir müssen uns entscheiden. Welchen Gang nehmen wir?«

Die Wachen waren aus jedem Gang gekommen. Aus jedem. Sam machte einen Schritt nach hinten. Und stieß gegen das Marduk-Tor. War das ein Trugbild gewesen? Oder konnte er dem vertrauen, was ihm der Helm gezeigt hatte? Das wäre noch verrückter, als an Kanis Ahnungen zu glauben. Er hatte sich immer auf seinen Verstand verlassen. Andererseits hatte sein Verstand bis vor wenigen Tagen auch nicht an geflügelte Frauen geglaubt. »Wir nehmen diesen Weg hier.« Er deutete auf das Tor hinter sich und grinste sie trotz der Anspannung schief an. »Ist so eine Ahnung, weißt du?«

So schnell sein Herz vor Aufregung auch schlagen mochte, Sams Finger zitterten in keinem Moment, als er sich mit seinem Einbruchswerkzeug am Marduk-Tor zu schaffen machte. Es mochte groß genug für Riesen sein. Das Schloss aber war für Menschenschlüssel gemacht. Und damit auch für seinen Dietrich, den er hervorzog, als der Universalschlüssel versagte. Das Schloss war ungewohnt. Seine Art einzigartig. Nie hatte

Sam solch einen Mechanismus überwinden müssen. Es dauerte mehr als nur ein paar Lidschläge wie üblich, doch zuletzt hörte er das vertraute Klacken. *Es gibt kein schöneres Geräusch als ein sich öffnendes Schloss.* Wieder eine Sache, mit der Sams Vater recht hatte. Wie jedes Mal, wenn er eine Tür hatte überwinden können, stahl sich ein zufriedenes Lächeln auf seine Lippen.

»Und du bist sicher, dass dies unser Weg ist?« Kani blickte skeptisch auf den sich öffnenden Spalt zwischen den Torflügeln, als Sam eine Seite mit aller Kraft aufzog.

Sam sah über den Platz, der leer vor ihnen lag. Noch. »Ja«, sagte er überzeugt, auch wenn er nicht genau wusste, weshalb er dem Bild, das ihm Assasils Helm gezeigt hatte, so sehr vertraute. Es konnte eine Falle sein. Ja, und genauso gut konnten sie in wenigen Momenten fast einem Dutzend Wachen und noch dazu einer Wüstenhexe gegenüberstehen. »Rein da«, sagte er knapp.

»Was ist mit Shagyra?«

Kanis Stimme riss ihn aus seinen Gedanken. Verdammt, er hatte den Nushishan vergessen. Der Nushishan war nicht Teil des Bildes gewesen, das ihm der Helm gezeigt hatte. Bedeutete dies, dass Shagyra tot oder entkommen war? Wenn es überhaupt etwas bedeutete.

»Wir würden ihn vermutlich auch nicht finden, wenn wir weiter durch die Gänge irren und am Ende noch Sabah in die Hände fallen«, sagte Sam. Es klang sinnvoll in seinen Ohren. Dennoch fühlte er das schlechte Gewissen wie einen Stachel im Herzen. Sie würden zusehen, dass sie ihn später fanden. Vielleicht hatte er einen Weg aus der Bücherstadt gefunden. Womöglich war er bereits bei Vicente. Vielleicht. Womöglich. *Eine verzweifelte Hoffnung, Sam,* sagte er sich.

Aus den Gängen drangen nun Schritte, und einen Moment später glaubte Sam, die Schatten der Wachen in den Gängen zu erkennen. Er half Kani, ihren Vater durch das Tor zu bringen. Und in dem Moment, in dem Kani und er das Tor von innen zuzogen, sah er sie. Zehn Elitewächter und ihren Herrn. Genauso, wie es ihm der Helm gezeigt hatte. So leise, dass nicht einmal eine Katze mit den Schnurrhaaren gezuckt hätte, schloss sich der Spalt. Und das Letzte, was er sah, war eine dunkle Gestalt, die aus dem Schatten trat, als wäre sie aus ihm geboren worden.

»Sie werden uns auch hier suchen.« Selbst geflüstert hallte Kanis Stimme viel zu laut durch den Treppenabgang. Sie hatten keine Laterne bei sich. Sam hatte überlegt, eine von den Säulen zu nehmen. Doch am Ende hätte dies ihre Verfolger noch auf ihre Spur gebracht.

»Sie werden uns hier unten nicht vermuten«, versuchte er Kani und sich selbst Mut zu machen. Doch insgeheim spürte er, dass er gerade einen Fehler begangen hatte. *Gehe niemals in ein Haus, das nur einen Eingang hat, wenn keiner für dich die Tür bewacht.* Der Bruder des alten Isembart hatte diese Weisheit missachtet, als er einmal in die private Schatzkammer des reichsten Gewürzhändlers Mythias eingedrungen war. Aleran war bis zu jener Nacht nach Vicente der zweitbeste Dieb der Stadt gewesen. Dem reichen Gewürzhändler den in silbernen Flaschen aufbewahrten Schleim der seltenen Fadenschnecke zu stehlen, von dem es hieß, er verlängere das Leben, war riskant gewesen. Und nicht wenige vermuteten, dass er den verhängnisvollen Auftrag nur angenommen hatte, um Vicente zu übertrumpfen und dessen Platz einzunehmen. Doch der Einbruch wurde entdeckt, und durch die schwere Eisentür zum Tresor des Händlers waren plötzlich Wachen gekommen. *Und nun läufst du selbst in dieselbe Falle, Sam,* dachte er.

Mehr als einmal stolperten sie mit Hakim in der Finsternis. Doch zumindest öffnete niemand das Marduk-Tor, und mehr als ein paar blaue Flecken hatten sie nicht davongetragen, als der Lichtschein am Ende des Treppenabgangs die Dunkelheit endlich zerschnitt.

»Du hast nicht zufällig die Karte dabei, oder?«, fragte Sam leise, während er einen schnellen Blick in den hohen Gang warf, der sich zu beiden Seiten erstreckte.

»Sie ist im Uhrenturm«, gab sie zurück. »Aber ich brauche sie nicht. In meinen Gedanken bin ich schon tausendundein Mal hier entlanggegangen«, erwiderte Kani mit leuchtenden Augen. Selbst jetzt, angesichts der Gefahr und verfolgt von einer Hexe und beinahe einem Dutzend Monstern, konnte sie die Aufregung, im Herzen der Bücherstadt zu sein, nicht verbergen. Sie war wirklich eine Buchnärrin.

»Jacobus' Heim sollte rechts von hier liegen, wenn ich meinen Orientierungssinn nicht völlig verloren habe«, meinte Sam und hoffte, dass er sich richtig an den Weg erinnerte, den sie genommen hatten. »Welches Tor sollen wir nehmen?«

Kani schloss die Augen, als könnte sie sich die Karte nur dann ins Gedächtnis rufen, wenn sie nichts sah. »Das nächste Tor liegt im …«

»Osten.« Das Wort hatte Hakim geflüstert. Es waren die ersten Worte seit dem Moment, da er mit Assasil an der Tür im Turm gesprochen hatte.

»Vater«, keuchte Kani überrascht und strich ihm über das Gesicht.

Der Blick des Alten war immer noch glasig, und als Sam ihn ansprach, reagierte er nicht. Doch offenbar begann er langsam, den Weg aus seinen Träumen zurückzufinden.

»Wir müssen weiter.« Es klang schroffer, als Sam beabsichtigt hatte. Doch sie mussten fort, solange sie noch einen Vorsprung hatten.

Kani nahm ihren Vater an die Hand und ging los. Sam horchte noch einmal in die Finsternis des Treppenaufgangs. Er wollte Kani schon folgen, doch da verharrte er kurz und starrte auf den Helm in seiner Hand. Was hatte er ihm gezeigt? Die Zukunft oder ein Trugbild, das sich durch Zufall bewahrheitet hatte? Sam entschied sich für Ersteres. Er begann gerade, sich an die Vorstellung von Magie zu gewöhnen. Und an Zufälle hatte er ohnehin noch nie geglaubt. So ungerne er den Helm auch trug, er würde ihnen vielleicht helfen. Mit einem Seufzen stülpte er ihn sich über den Kopf und folgte Kani und ihrem Vater. Mitten hinein ins Herz der Bücherstadt mit all ihren Geheimnissen.

»Was sind dies eigentlich für Bücher?«, wisperte Sam, nachdem sie zwei Abzweigungen genommen hatten und sich auf einem Weg befanden, der viel breiter war als die bisherigen. Sie gingen auf glattpoliertem Stein, der ebenso grau wie die Wände war. Hier gab es keine Regale. Die Bücher in dieser Straße wurden in Einbuchtungen aufbewahrt, die in die Wände getrieben worden waren, und viele teilten sich offenbar denselben Namen, auch wenn Sam natürlich keinen von ihnen entziffern konnte. Der leuchtende Stein erhellte die Finsternis, und in seinem Licht gingen sie noch eine Weile weiter, bis sich die Straße, der sie gefolgt waren, zu einem weiten Platz öffnete, den an zwei Seiten gewaltige Häuser säumten. Sam hatte angesichts der Größe dieser Höhle für einen Moment das Gefühl, sie seien ins Freie getreten. Die Decke über ihnen verlor sich in der Dunkelheit, und die Wände der Höhle waren kaum zu erahnen. An der Seite, die ihnen gegenüberlag, erkannte er einen Palast, der so riesig war, dass Sam einen Moment staunend am Rand der Höhle stehen blieb. Türme aus Türkis, Dächer aus Kohle und Fenster aus Saphiren. Sam hatte noch nie etwas gesehen, das es mit diesem Bau aufnehmen konnte. Dieser Palast unter der Erde war so gigantisch, dass Sams Augen ihn nicht fassen konnten. Die Spitzen und Dächer mussten bis an Mythia heranreichen. Sam wurde schwindlig, als er den Kopf in den Nacken legte und zu den schwarzen Dächern hinaufblickte. Er senkte den Blick wieder und sah zu dem Tor, das von zwei hünenhaften Statuen bewacht wurde. Vor ihnen zog sich ein Graben durch den Fels, und eine steinerne Brücke führte darüber hinweg zum Tor. Hinter dem Palast erkannte Sam weitere Häuser, Straßen und Brücken, die sich wie Teile eines gigantischen Spinnennetzes quer durch die Höhle spannten.

»Es ist wunderschön, nicht? Schöner als ich es mir je vorgestellt habe.« Atemlos stand Kani neben ihm und sah sich um, die Augen groß wie die eines Kindes. Hakim hingegen schien nichts wahrzunehmen.

Die Häuser leuchteten ebenso wie der Palast, als wäre das Licht der Sterne in ihnen eingefangen. Sie schienen aus dem Stein herauszuwachsen und ragten mehrere Stockwerke weit in die Höhe. Sie erinnerten Sam an das Festungsgebäude, an dem sie mit Jacobus vorbeigegangen waren. Gehörten diese Häuser tatsächlich nur den Toten?

»In der Karte meines Vaters trägt dieser Platz den Namen *Midan Imlak*.« Kani wisperte ganz leise, doch die Worte gebaren zahllose Echos. »Und dahinter liegt ihre Stadt.«

»Was soll das heißen?«, fragte Sam.

»Midan bedeutet Platz. Und Imlak ...« Ihre Stimme war nur ein Flüstern, als fürchtete sie, laute Worte könnten die Bauten vor ihnen wie Glas zerspringen lassen. Sie sah Sam mit so leuchtenden Augen an, als habe sie sich in ihrem Leben schon immer gewünscht, hier zu sein. »Das Wort bedeutet Riese. Dies ist der Platz der Riesen.«

18. DER PLATZ DER RIESEN

»Riesen?«, fragte Sam zweifelnd.

»Ja.« Kani lächelte verschämt, doch sie schien ehrlich überzeugt. »Ich weiß, es gibt Märchen, in denen es heißt, die Riesen würden in den Bergen leben. Doch die ältesten Sagen über sie erzählen eine andere Geschichte. Die Riesen sollen im Schoß der Erde geboren worden sein, und es heißt, sie hätten ihre Leiber nur deshalb so hoch hinaufgestreckt, weil sie unbedingt die Sonne sehen wollten, die nur durch Löcher und Spalten in den Felsdecken zu ihnen herabfiel. Die Menschen haben die Imlaks nur deshalb so gut wie nie zu Gesicht bekommen, weil ihre gewaltigen Städte zu tief unter der Erde liegen. So tief, dass die Luft in ihnen zu alt ist, um von Menschenlungen geatmet zu werden. Und so tief, dass die Finsternis Menschenaugen blind macht. Obwohl die Geschichten zumindest in diesem Punkt nicht die Wahrheit erzählen.«

Falls dies hier wirklich Riesenhäuser sind, dachte Sam. »Komm«, sagte er und versuchte, die Unsicherheit, die plötzlich in seiner Stimme mitschwang, zu überdecken. Ihm wurde plötzlich wieder bewusst, wie tief er sich unter der Erde befand. Und sollte es hier bei allem Pech noch einen der einstigen Bewohner dieser Häuser geben, wollte er ihm auf keinen Fall begegnen. Unwillkürlich fragte Sam sich, wer oben in Mythia alles wusste, wie groß die Bücherstadt wirklich war. Und was man, abgesehen von Büchern, hier unten finden konnte. »Ich schätze, unser Weg führt über den Platz und dahinter weiter?« Er wollte Hakim mit sich ziehen, doch der Alte stolperte schon nach einem Schritt und begann zu zittern.

Kani war sofort bei ihm und stützte ihn. »Er braucht eine Pause«, sagte sie und strich ihrem Vater über das Gesicht, das so ausdruckslos wie das einer Puppe war.

»Wenn wir nicht weitergehen, finden sie uns am Ende doch noch«, zischte Sam.

»Wenn wir keine Pause machen, werden wir nirgendwo hingehen«, entgegnete Kani.

Sam seufzte. Ja, sie hatte recht. Er holte tief Luft, ohne dass sie seine Lungen tief genug füllen wollte. *Stell dir vor, es sei eine normale Nacht, Sam,* sagte er sich. Dann schnaubte er leise. *Ja, eine ewige Nacht, aus der du keinen Ausweg findest.*

Sie entschieden sich dafür, in einem der kleinsten Häuser Zuflucht zu suchen. Es war vermutlich noch immer größer als jedes Gebäude, das Sam je in Mythia gesehen hatte, auch wenn es ihm nicht leichtfiel, in dem seltsamen Licht, das aus dem Stein sickerte, die Höhe der Wände einzuschätzen. Es stand am Rand des Platzes, neben ihm fiel der Boden sanft ab, und einige Meter unter ihnen wand sich eine breite Straße, die am Rand der Höhle in den Schatten versank. An der Seite des Hauses lag ein riesiges steinernes Becken, ebenso grob und schmucklos wie die Häuser. Es schien groß genug für hundert Männer, und das Licht der Wände spiegelte sich in ihm. Es musste voll Wasser sein und wurde offenbar von einem dünnen Rinnsal gespeist, das aus der Felswand sickerte. Das Wasser sammelte sich vor dem Becken in einer kleinen Senke, kaum größer als eine Pfütze, ehe es in das Becken lief. War dies ein Brunnen der einstigen Bewohner?

Wer immer hier auch gelebt hatte, war offenbar fort. Sam ließ Kani und ihren Vater neben der Tür zurück, die so hoch schien wie das Tor, das in den Palast von Mythia führte, und wanderte so lange durch die gigantischen Räume, bis er glaubte, ihm würde die Luft knapp. Doch mehr als Schatten in den Ecken konnte er nicht entdecken.

Als er zurückkehrte, war Kani nicht mehr da. Nur Hakim saß noch dort, die Augen geöffnet, doch ohne etwas zu sehen. Für einen Moment fürchtete Sam, sie seien entdeckt und Kani bereits festgenommen worden. Doch dann kam sie durch die Türöffnung, die Hände so zusammengelegt, dass sie eine Schale bildeten. Sie kniete sich neben ihren Vater und setzte ihm die Hände an den Mund. Hakim träumte weiter, doch er trank.

»Nicht«, zischte Sam. Er nahm den Helm vom Kopf und sah Kani ärgerlich an.

Kani warf ihm nur einen kurzen Blick zu. »Wir müssen alle etwas trinken. Es ist nicht vergiftet. Ich habe es gekostet. Fürchtest du dich etwa vor dem Wasser der Imlaks?«

Ja, das tat er. Es gelang Sam dennoch, eine unbeteiligte Miene aufzusetzen, auch wenn er immer noch das Gefühl hatte, jemand hätte ihm einen Strick um die Brust gebunden. Außerdem traute er dem Wasser ebenso wenig, als hätte Sabah selbst es ihm angeboten. »Natürlich nicht«, sagte er jedoch, zog seine Waffe hervor und legte sie zusammen mit dem Helm neben Hakim. Er begleitete Kani hinaus, die sich neben das Becken kniete und die Hände mit dem Wasser füllte. Als sie ihm das Wasser entgegenhielt, zögerte er, doch dann trank er es in zwei tiefen Schlucken. Es schmeckte alt und war so kühl, dass er schauderte. Doch es erfrischte ihn mehr als normales Wasser, und als er selbst die Hände füllte und sich das Nass über das Gesicht laufen ließ, glaubte er, alle Anstrengung der vergangenen Stunden und Tage würde ihm von der Haut gewaschen. Sam schöpfte mehr Wasser mit den Händen.

»Du kannst nicht lesen«, sagte Kani so unvermittelt, dass Sam sich beinahe an dem Wasser verschluckte. »Man sieht es an deinem Blick, wenn du die Bücher anschaust. Als wärst du wütend auf sie, weil sie dir vorenthalten, was in ihnen verborgen ist.«

»Ich …«, setzte Sam zu einer Erwiderung an, doch sie legte ihm die Hand auf den Arm.

Für einen Moment sahen sie sich stumm an. Sam fühlte sich seltsam verletzlich. »Also bin ich doch ein Idiot.«

Kani lächelte. »Du erinnerst dich an das, was ich dir im Herz gesagt habe?«, fragte sie leise. »Als ich geglaubt habe, du würdest lesen? Dass die anderen Scharlachroten, die es nicht können, Idioten seien? Du bist auch so nicht wie sie. Und wenn du willst, bringe ich es dir bei.«

»Wozu?«, entgegnete er barscher als beabsichtigt. »Ich brauche keine Bücher. Bislang bin ich auch ohne sie gut durchs Leben gekommen.«

»Durch ein Leben, das du hinter dir gelassen hast?«

Oh verdammt, wie gut konnte sie ihn lesen?

»Weshalb hast du dein Leben als Dieb hinter dir gelassen?«

Die Lügen drängten Sam sofort auf die Lippen. Rüstungen aus Worten, die sein verletztes Herz schützen wollten. Doch er scheuchte sie fort. Zeit, es mit der Wahrheit zu versuchen. »Mein Bruder. Er ist gestorben. Als Dieb.« Wie einfach ihm diese Worte Kani gegenüber über die Lippen kamen. Worte, die er bisher nur selten ausgesprochen hatte, aus Angst, sie würden ihm sonst wie Nadeln ins Herz stechen.

»Und dein Vater war schuld?«

Sam nickte entschieden. »Er hat uns zu Dieben gemacht.«

Kani legte den Kopf schief. »Ja, vielleicht. Aber ihr seid freiwillig Diebe geblieben.«

Ja, sie hatte recht. Sam wusste es tief in sich drin. Aber er würde seinem Vater nicht vergeben. Nicht so einfach.

»Wie kann es nur einen Ort wie diesen geben?«, fragte Sam, um das Thema zu wechseln, und blickte die Reihen der glimmenden Häuser an.

»Hast du dich nie gefragt, wer Paramythia gebaut hat?«,

fragte Kani. Offenbar gab sie es auf, in Sams Herz lesen zu wollen, und setzte sich neben den Wasserlauf auf den Boden.

»Bis vor wenigen Tagen war ich noch nie hier unten«, erwiderte Sam.

»Aber nun bist du es«, sagte Kani und ließ das Wasser über ihre Hand laufen. »Du hast sogar den Weg ins Herz der Bücherstadt gefunden.«

»Ja.« Sam war sich nicht sicher, ob er diese Entscheidung noch einmal treffen würde. Sein altes Leben fortzugeben war ihm so leichtgefallen, nachdem Jamal daraus verschwunden war. Aber die Geheimnisse, die er in Paramythia gefunden hatte, waren nicht das gewesen, was er gesucht hatte. Was würde er tun, wenn er noch einmal zu dem Tag zurückgehen könnte, an dem er in der Tabagin nach dem Offizier gesucht hatte, der ihn zum Wächter der Bücherstadt gemacht hatte? Ihn um einen anderen Posten, vielleicht in einem der Lager bitten? Aber wie könnte er in die kleine Welt zurückkehren, aus der er gekommen war, nun, da alles so viel größer geworden war? »Ich denke, die, die Paramythia gebaut haben, waren dieselben, die auch die Stadt über der Erde errichtet haben.«

»So?«, fragte Kani und bedachte Sam mit einem amüsierten Blick, der ihm überhaupt nicht gefiel. »Es ist eine Sache, Häuser zu bauen, die in den Himmel streben. Doch eine andere, Häuser und Straßen zu errichten, die hinabreichen. Mein Vater glaubt, dass die Gänge, durch die sich die Bücherstraßen ziehen, bereits existiert haben, ehe Mythia entstand.«

Sam zuckte mit den Schultern. »Sie waren vermutlich einfach da«, erwiderte er. »So wie die Berge und das Meer um Mythia.«

»Einfach da?« Kani fuhr mit den Fingern durch den Wasserlauf und betrachtete die Wassertropfen, die von den Kuppen perlten. »Sie sind ebenso gerade angelegt wie die Straßen über uns. Führen auf Plätze und sind untereinander vernetzt, als wären sie Fäden, die von Spinnen geknüpft wurden.« Sie blickte sich um. »Meinst du, diese Häuser hier wurden von Menschen erbaut?«

Von wem sonst?, wollte Sam fragen. *Doch nicht wirklich von Riesen.* Die Worte aber erstarben ihm auf der Zunge. Was, wenn sich in Paramythias Herz nicht nur die Wesen sammelten, auf die er bislang getroffen war? Was, wenn es noch weitere gab? Größere?

»Die Imlaks sollen tief gegraben haben, wenn die Geschichten über sie stimmen«, fuhr Kani fort, und ihre Stimme wurde dunkel wie die Schatten im Herzen der Bücherstadt. »Fanden Wege, das Licht der Sterne in ihren Stein zu bannen. Doch so groß und stark sie auch waren, sie fürchteten andere Erdbewohner. Solche, die das Feuer in ihre Straßen brachten. Die Geschichten über sie sind irgendwo in Paramythias Herz verborgen. Mein Vater war auf der Suche nach ihnen, ehe ihm verboten wurde, weiter hinabzusteigen. Aber er fand Hinweise auf sie. Einige Seiten, die von ihnen erzählen.«

»Ich glaube nicht an Märchen«, sagte Sam. Er sah sich unbehaglich um, doch gleich, wie lange er in die Schatten starrte, es löste sich kein Riese aus ihnen.

»Doch, das tust du«, erwiderte Kani so sicher, als könnte sie ihm mitten ins Herz blicken. »Denn du weißt, dass sie wahr werden können. Die Bücherstadt ist älter als Mythia. Hier unten soll es Bücher geben, die so alt sind, dass sie nicht von Menschenhand geschrieben worden sein können. Von all den Wundern, die Worte erschaffen können, hat mein Vater vor allem dieses finden wollen.«

Und wer hat sie dann geschrieben? Die Frage lag Sam auf der Zunge, doch er schluckte sie herunter. »Manche Geheimnisse sollten im Dunkel bleiben«, sagte er stattdessen bestimmt. »Also denkt dein Vater, dass es hier unten bereits Bücher gab, ehe die Menschen kamen? Das ist verrückt.«

Kani lächelte. »Nicht verrückter als eine Stadt voller Bücher.«

Nein, das stimmte. Sam sah den Träumenden an. »Wir werden ihn zu einem Arzt bringen«, meinte er leichthin, doch insgeheim fragte er sich, welcher von den Ärzten der Ikariq einen Zustand heilen konnte, den der Zauber einer Sahira gebracht hatte.

Kani versuchte sich an einem weiteren Lächeln, doch es wollte ihr nicht gelingen, und die Sorge blieb auf ihrem Gesicht wie eine Maske, die sie nicht abnehmen konnte.

»Wir werden ...«, begann Sam, doch dann stockte er.

Kani runzelte die Stirn. »Was ist?«

Sam hob die Hand und lauschte. Das Geräusch war ganz leise gewesen. Es wäre ungehört zwischen den Schatten verloren gegangen, wenn Sams Ohren nicht schon seit seinen Kindertagen dazu ausgebildet gewesen wären, auf jedes noch so geringe Raunen zu achten. *Augen sehen nur nach vorne, doch Ohren blicken überall hin.* Eine von Vicentes zahllosen Weisheiten. Woher war das Geräusch gekommen? Sam schloss die Augen und lauschte. Manchmal stritten die Augen mit den Ohren um seine Aufmerksamkeit, doch nun musste er nur hören.

Schritte. Sie erklangen wieder. Ein wenig lauter nun. Eine Person. Sie hatte es nicht eilig.

»Neben dem Haus ist jemand«, wisperte Sam. Zeit, sich zu verstecken. Er nickte zum Eingang des riesigen Gebäudes hinüber. »Komm.«

Zahllose Fragen schossen Sam durch den Kopf. Wer war dort draußen? War er wegen ihnen hier? War er überhaupt ein Mensch? Doch sie alle lösten sich auf wie Nebel in der Sonne, als sie in das Imlak-Haus traten und es so verlassen vorfanden, als wären sie nie hier gewesen. Nur der Helm und der silberne Schwertgriff waren noch da.

»Wo ist mein Vater?« Kanis Stimme war seltsam gefasst. Als

wollte sie Angst und Panik nicht erlauben, von ihr Besitz zu ergreifen.

Sam sagte nichts, sondern lief einige leise Schritte in das Haus hinein. In seinen Gedanken sah er riesenhafte Gestalten, die nach Jahrhunderten des Schlafens erwacht waren und mit Fingern, groß wie Baumstämme, nach dem winzigen Hakim gegriffen hatten. Doch er fand keine Spur, weder von Riesen noch von kleineren Geschöpfen.

Wie verloren Kani zwischen den Schatten stand. Als wäre sie an diesen unpassenden Ort gesetzt und dann vergessen worden. Er nahm sie in den Arm und drückte sie an sich. Doch nur einen Augenblick später löste er sich wieder von ihr, so rasch, als hätte er sich an ihrer Haut die Finger verbrannt.

»Was ist?«, fragte sie.

»Die Schritte«, zischte er. »Ich höre sie wieder. Sie kommen näher. Und …«, er lauschte angestrengter, »da ist noch jemand.« Er griff nach dem Helm und stülpte ihn sich über den Kopf. Dann nahm er die Waffe. Er war nie ein Freund von Klingen gewesen, doch nun war er froh, dass seine Finger das Silber umschließen konnten. Das Haus mochte Schutz bieten, doch offenbar waren sie entdeckt worden. Sam blickte sich um und fand einige Meter entfernt zu ihrer Rechten ein Fenster. Von dem Glas, das es einmal verschlossen hatte, waren nur staubbedeckte Scherben geblieben, und im Stein darunter zog sich ein offener Riss bis zum Boden. Neben dem Fenster sah der Spalt winzig aus, doch Sam konnte hindurchsehen, und als sie direkt davor standen, erkannte er, dass die Öffnung breit genug war, um hindurchzuschlüpfen. Vielleicht war derjenige, der Hakim geholt hatte, hier durchgekommen und dann mit ihm auf demselben Weg wieder verschwunden? Sam sah zurück zu der riesigen Tür. Zwei Wege. Sie mussten sich entscheiden. Sam wusste nicht, wie der Helm funktionierte. Dort oben in Paramythia hatte er sie durch das Bild, das er Sam gezeigt hatte, rechtzeitig gewarnt. Als Sam nun auf den Spalt blickte, erkannte er nichts außer der beschädigten Wand und den Glassplittern auf dem Boden. Nun, wer immer auch hier gewesen war, rechnete vielleicht nicht damit, dass sie durch den Riss kommen würden.

Er nickte Kani zu und drückte sich durch den Spalt. Neben dem Haus fiel die Anhöhe, auf der die Gebäude standen, so schroff ab, dass er beinahe abgerutscht wäre. Spitze Steine lagen dort, doch dazwischen erkannte Sam einen Weg, kaum mehr als ein Trampelpfad. Das Licht der Häuser verlor sich in den Schatten vor ihm. Die Gestalt, die am Fuß der Anhöhe stand, erkannte er dennoch. Hakim. Kanis Vater war allein. Er stand bewegungslos einige Meter von Sam entfernt und schien zu lauschen. Vor dem Alten öffnete sich ein Weg unter einem gewölbten Steinbogen. Hakim wandte plötzlich den Kopf hin und her, dann setzte er einen Fuß auf den Weg.

In diesem Augenblick verschwamm das Bild vor Sams Augen, so wie schon in dem Moment, ehe ihm der Helm Sabah und die Wächter gezeigt hatte. Das Bild wurde wieder klar, und Sam erkannte Kani, die aus dem Spalt kam und neben ihm erschien. Den Mund geöffnet, als wollte sie laut schreien. Die Augen nur auf ihren Vater gerichtet lief sie los. Ein falscher Tritt. Sie stürzte. Sam sah Blut an ihrem Kopf, während sie reglos zwischen den Steinen liegen blieb.

Ohne nachzudenken wirbelte er herum. Und nur einen Moment später kam sie durch den Spalt. Kanis Augen fanden die Gestalt ihres Vaters sofort. Und Sam gelang es gerade noch, ihr die Hand auf den Mund zu pressen und sie gleichzeitig am Sturz zu hindern.

»Keine gute Idee«, zischte er.

Kani krallte sich in den Stoff seiner Robe, und er nahm die Finger von ihren Lippen.

»Wie kommt er dort hin?«, fragte sie atemlos, als würde ihr der unterdrückte Ruf nach ihrem Vater die Luft nehmen. Sie folgte Sam, der damit begann, den Pfad vorsichtig hinabzugehen.

»Er ist nicht entführt worden«, gab Sam leise zurück. »Er ist von selbst losgegangen.«

»Was?«, entfuhr es Kani so laut, dass Sam zusammenzuckte. »Er konnte doch kaum ohne Hilfe stehen.«

»Nun«, erwiderte Sam, während er schlitternd das Ende der Anhöhe erreichte, »das hat sich offenbar geändert.«

Hakim lief mit federnden Schritten unter dem steinernen Bogen hindurch, und Sam beeilte sich, ihn einzuholen. Das Licht der Häuser wurde mit jedem Schritt, den Sam sich entfernte, schwächer. Sam griff nach Kanis Hand. Sie gingen unter dem Steinbogen hindurch und folgten Hakim, während vor ihnen der Klang von Schritten von den Wänden zurückhallte. Sam glaubte immer noch, dass er zwei Menschen hörte. Oder zumindest Hakim und noch jemanden, der zwei Beine besaß. Hakim verschwand hinter einer Biegung. Sam und Kani folgten ihm und …

Einen Moment lang blieb Sam verblüfft stehen. Vor ihnen öffnete sich ein Tunnel. Es gab hier weder Lampen, noch war er aus dem Stein, der aus sich selbst heraus leuchtete. Und doch schien ein Licht an diesem Ort. Es war silbern, als hätte der Mond selbst es in die Dunkelheit gemischt. Seinen Ursprung nahm es in Büchern. Dutzenden, hunderten, tausenden. Sam konnte ihre Zahl nicht bestimmen. Sie füllten die Regale, die sich an beiden Seiten des Tunnels entlangzogen. Für einen Moment vergaß Sam Hakim und alles andere. Er trat auf eines der Regale zu und zog ein Buch hervor. Beinahe hätte er es sofort wieder fallen gelassen. Es war so warm, als hätte es in der Sonne gelegen. Der Schein, der von ihm ausging, stammte von den Buchstaben, die den Namen des Buches formten. Sam fuhr mit den Fingern über die Lettern, als könnte er das Licht fühlen. Er blickte zur Seite und sah Kani. Sam erkannte das eigene Staunen auf ihrem Gesicht. Und dann trat jemand auf ihn zu. Hakim. Seine Miene war vor Wut verzerrt. Er holte aus und schlug mit der Faust gegen Sams Kopf.

Der Schlag war nicht der Rede wert, und durch den Helm spürte er ihn nicht einmal, doch Sam war so verblüfft, dass er das Buch fallen ließ. Für einen Moment glaubte er, dass der Alte den Verstand verloren hatte. Vielleicht stand er unter einem Bann. Doch dann wurde ihm bewusst, dass er immer noch den Helm von Assasil trug. Offenbar hatte ihn Kanis Vater für den Herrn der Scharlachroten gehalten. Sam riss ihn sich mit einer Hand vom Kopf, und Hakims Augen weiteten sich, als er erkannte, wer da unter dem Helm gesteckt hatte.

Doch anstatt sich zu freuen, bedachte Hakim Sam mit einem tadelnden Blick und bückte sich nach dem Buch. »Diese hier sind etwas Besonderes«, sagte er so belehrend, als sei Sam einer seiner Studenten. Es schien, als hätte er sich nie in einem Dämmerschlaf befunden. Hakim stellte das Buch dorthin zurück, wo Sam es zwischen den anderen Büchern hervorgezogen hatte. Dann wandte er sich seiner Tochter zu.

Noch ehe er etwas sagen konnte, fiel sie ihm um den Hals. »Du bist wach!« Kani musterte ihn so prüfend, als müsste sie sichergehen, dass dieser Mann dort vor ihr tatsächlich ihr Vater war.

»Habe ich geschlafen?«, fragte er und sah sich um, als sei er nicht sicher, was er von all dem hier halten sollte.

Kani lachte und küsste ihren Vater auf die Stirn. »Ja, aber nun träumst du nicht mehr mit offenen Augen.«

»Natürlich«, erwiderte er und lächelte sie selig an. Tief sog er die Luft ein. »Wie könnte ich auch träumen? An diesem Ort zu schlafen wäre eine Sünde. Ich weiß nicht, wie wir hierhergekommen sind. Aber dies ist das wahre Herz von Paramythia. Dies hier sind die Bücher, von denen ich schon so oft erzählt habe. Die Schriften, die uralt sind. Hörst du nicht, wie sie flüstern? Wie die Buchstaben leise ihre Geschichten erzählen? Sie haben mich mit ihrem Wispern geweckt. Und riechst du nicht, wie sie all die Düfte in die Luft mischen, die in ihnen existieren?«

Auf Kanis Gesicht zeigten sich Sorge und Freude. Sie strich ihrem Vater über das Gesicht und runzelte die Stirn. »Nein, ich kann das alles nicht wahrnehmen. Du hast mit offenen Augen geschlafen. Vielleicht …« Sie nahm eines der Bücher aus dem Regal und wollte es aufschlagen. Doch ihr Vater legte ihr die Hand auf den Arm und deutete erschrocken auf einen Schatten, der plötzlich vor ihnen im Gang erschienen war.

Die Gestalt kam Sam vage vertraut vor, obwohl sie kein Mensch sein konnte. Sie war lang und dürr. Kahlköpfig und so hellhäutig und weißäugig wie alle Wesen, die nie das Licht der Sonne sahen. Alterslos und … gefährlich? Sam wusste es nicht. Doch er erinnerte sich schließlich, wo er das Wesen, oder eines, das ihm ähnlich war, schon einmal gesehen hatte. Im alten Lesekreis. An der Seite von Sabah.

Als es nur noch wenige Schritte entfernt war, fuhr Sams Hand unter die Robe. Die Bewegung, mit der er den silbernen Griff hervorzog, war zu schnell, als dass Sabahs Diener hätte reagieren können.

Doch die Klinge fuhr nicht heraus, und das Geschöpf schien nicht im Mindesten beunruhigt. Interessiert legte es den Kopf schief.

Sam wog seine Chancen ab, einen offenen Kampf mit dem Wesen zu gewinnen. Es war so mager wie ein Straßenkater. Doch auch die Asfura waren dürr und dennoch kräftiger als er selbst.

»Was bist du?« Kani hatte sich vor ihren Vater gestellt, als hätte das Geschöpf vor ihnen eine Waffe gezogen und nicht Sam.

Das Wesen lächelte zur Antwort mit einem Mund, der kaum mehr als ein zahnloser Schlitz in dem faltenlosen Gesicht war. Doch kein Wort floss über seine Lippen.

»Bist du stumm?«, zischte Sam das Geschöpf an. »Antworte!«

Wieder das Lächeln.

»Verdammt …«, setzte Sam an, doch dann legte Kani ihm ihre Hand auf den Arm.

»Ich glaube, er ist wirklich stumm.«

Sam warf ihr einen kurzen Blick zu. »Warum? Weil er nicht antworten will? Was glaubst du, wie oft ich früher schon so getan habe, als hätte ich meine Zunge verschluckt, wenn ich die Aufmerksamkeit von ein paar Scharlachroten auf mich gezogen habe? Sag nicht, dass es wieder so eine Ahnung ist.«

»Es ist keine Ahnung«, wisperte Kani und lächelte ihn an. »Ich bin mir sicher.«

Na wunderbar, dachte Sam, während Kani ihre Hand zurückzog. »Du hast den Nushishan getötet«, sagte er zu dem Wesen. Er erinnerte sich nur widerwillig an die angstgetränkten Schreie, die der Pferdemensch im alten Lesekreis ausgestoßen hatte. Wieder richtete er den Griff seiner Waffe auf das Geschöpf. *Verdammt*, dachte Sam, wieso fuhr die verfluchte Klinge nicht heraus?

»Er bringt nicht den Tod«, sagte Kani und streckte die Hand aus, um das Wesen zu berühren. Sam wollte sie zurückhalten, doch ihre Finger fuhren bereits über die helle Haut des Dürren.

Das Geschöpf sah sie mit einem seltsamen Ausdruck auf dem weißäugigen Gesicht an. Beinahe ehrfürchtig.

Kani legte den Kopf schief, als suchte sie auf der hellen Haut nach etwas Vertrautem. »Er bringt nur Worte.«

Das Wesen verzog den Mund zu einem schmalen Lächeln und nickte.

»Noch eine Ahnung«, stöhnte Sam.

Der Dürre nahm Kanis Hand für einen Augenblick in seine, dann ließ er sie los und wand ihr das Buch aus den Fingern der anderen. Vorsichtig, als sei es ein lebendes Geschöpf, stellte er es ins Regal zurück.

Sam war sich noch immer nicht sicher, wie er zu dem Wesen stehen sollte. Doch die Klinge seiner Waffe machte keine Anstalten sich zu zeigen, und ohne sie würde er keinen Kampf wagen. Der Gedanke, das Geschöpf einfach hierzulassen, gefiel ihm ganz und gar nicht. Doch sie hatten schon zu lange gezögert. »Los, wir gehen«, sagte er.

»Nein!«, rief Hakim so laut, dass Sam zusammenzuckte. »Es gibt so vieles, das ich noch wissen muss. Wo kommen die Asfura und die Nushishans her? Und weshalb erinnern sie sich an nichts? Und was ist mit der Sahira und dem Iblis und …«

Der Dürre hob die Hand und gebot Hakim mit den schlanken Fingern Schweigen. Dann deutete er den Gang entlang und griff wieder Kanis Hand. Er sagte noch immer kein Wort, doch ein Schatten fiel über sein Gesicht, als er Kani eindringlich ansah.

»Sabah«, wisperte sie, als wiederholte sie ein Wort, das er ihr zugeraunt hatte.

Das Wesen schenkte ihr ein seltsames Lächeln, das Sam ebenso wenig einordnen konnte wie den Dürren selbst.

»Verdammt richtig«, sagte Sam drängend, obwohl er nicht verstand, was gerade zwischen Kani und dem Geschöpf geschah. »Sie kommt, und wir müssen weg.« Dafür handelte er sich einen vorwurfsvollen Blick von Hakim ein.

»Das geht nicht, Junge«, wies ihn der Alte zurecht. »Ich habe mein Leben lang davon geträumt, an diesen Ort zu gelangen. All meine Forschung, meine Studien. Alles hat sich im Grunde nur um diesen Ort hier gedreht. Um diese Bücher. Da vorne muss der Midan Imlak sein. In meinem Notizbuch gibt es ein Bild von ihm, das ich aus einer sechshundert Jahre alten Schrift abgezeichnet habe. Und wenn meine Vermutung stimmt, dann muss dies hier der Eingang zur Krypta sein. Sie ist unter den Gelehrten eine Legende. Niemand, der lebt, hat sie je gesehen. Und doch haben Gerüchte über sie den Weg hinauf nach Mythia gefunden. Die Bücher, die du hier siehst, gelten als so wertvoll, dass eines von ihnen ausreicht, um dich zum reichsten Menschen Mythias zu machen.« Er räusperte sich. »Zumindest, wenn ein Sammler genug Gold und Silber besitzen würde.«

Eine Krypta? Ein besonderes Grab? Sam hörte kaum zu. Seine Gedanken kreisten nur darum, dass sie fliehen mussten. »Wir werden gehen«, sagte er und ignorierte Hakim, der so aufgebracht nach Luft schnappte wie ein Fisch, der an Land gespült wurde. »Wir sind gekommen, um Euer Leben zu retten. Und ich habe nicht vor, es wieder herzugeben.« Er hob die Hand, als Hakim zu einer Erwiderung ansetzte.

»Dort drüben müssten wir auf eines der Tore stoßen, wenn ich mich nicht irre«, sagte Kani und deutete nach rechts.

Der Dürre hielt sie nicht auf, und Sam drängte Kani und ihren protestierenden Vater fort in einen der Gänge, die von ihrem Weg abzweigten. Das Silberlicht der Bücher umfing sie auch hier.

»Wer war der Stumme?«, zischte Sam.

»Ich weiß nicht«, erwiderte Kani gedankenverloren. »Aber ich bin mir nicht sicher, ob er wirklich ganz und gar stumm ist. Ich glaube, zum Schluss habe ich eine Stimme in meinem Kopf gehört.«

»Eine Stimme?« Sam gab sich keine Mühe, seinen Zweifel zu verbergen. »Glaubst du? Ich glaube, jeder hört hier unten irgendwann Stimmen.« Sam seufzte, als er Kanis Blick begegnete. »Und was hat sie gesagt?«

Kani schluckte. »Eilt euch. Sie kommt.«

19. SILBERNE SEITEN

Endlose Buchreihen und ein Gelehrter, der ständig stehen blieb, um die Namen auf den Ledereinbänden zu studieren. Sam hatte das Gefühl, dass sie dem Ausgang keinen Schritt näher kamen. Während Kanis Vater wie verzaubert an den leuchtenden Büchern vorbeilief, erklärte sie ihm, was geschehen war. Hakim blickte nur einmal kurz auf, als sie ihm von Shagyra erzählte, der die Wachen fortgelockt hatte. »Ich hoffe, er gerät meinetwegen nicht in Schwierigkeiten.«

Sam warf dem Alten einen kurzen Blick zu. Sie steckten alle längst bis zu den Schultern in Schwierigkeiten und Geheimnissen. Er hatte aufgehört, sich darüber zu wundern. Zu viele Gestalten, die es eigentlich nicht geben durfte, und Orte, die nicht wahrhaftig existieren konnten. Es schien fast, als hätte Sam an seinem ersten Tag in Paramythia nicht eine Stadt voller Bücher, sondern eine von ihren Geschichten betreten. *Wer weiß?*, dachte er, während Hakim ein weiteres Mal stehen blieb, um die Nase so nahe an einen der Buchrücken zu drücken, dass ihm die silbernen Seiten die Haut färbte. Vielleicht war dies die beste Erklärung für alles. Er war zwischen die Seiten eines Buches gestolpert. Von einem Zauber hineingesogen worden wie ein unachtsames Insekt, das der Wind gepackt hatte.

»Wir müssen weiter«, sagte er und wischte sich den Schweiß von der Stirn. Mit jedem Schritt fühlte er die Tiefe deutlicher, in der sie sich befanden. Sie war wie ein Versprechen. *Du kommst hier nicht mehr heraus, Sam.* Er schüttelte den Kopf. Nein, sie alle würden herauskommen. Und Shagyra finden. Und … und dann?

Kani zog ihren Vater von den Büchern weg, der wie ein Kind protestierte, das man von den Auslagen einer Zuckerbäckerei fortzerrte. »Die Namen deuten auf Qazani hin«, murrte er, als wäre das Grund genug stehenzubleiben.

»Zwerge?« Sam fuhr sich mit der Zunge über die salzigen Lippen.

»Dunkelmänner«, verbesserte Hakim. »So nennen sie sich selbst. Sie sollen unter der Erde einen großen Krieg gegen die Imlaks geführt haben.«

»Wo? Etwa hier unten?« Sam versuchte, sich vorzustellen, wie Heere aus Zwergen und Riesen im Schoß der Erde aufeinandertrafen. Es war keine schöne Vorstellung.

»Es sind beides Kinder der ewigen Nacht«, raunte Hakim. »Oder wenigstens waren sie es. Die Welt hat sie ebenso vergessen wie die Asfura.«

Sam runzelte die Stirn. »Vergessen? Nun, ich fürchte, an die Vogelfrauen wird man sich bald wieder erinnern. Zumindest dann, wenn noch weitere von ihnen auftauchen.«

»Vielleicht«, gab Hakim zu, und Sam glaubte, seine Augen leuchten zu sehen, während sie die Buchreihen entlangschritten. »Der Krieg zwischen Qazani und Imlaks, oder Zwergen und Riesen, wie die Leute aus dem Norden sie nennen, dauerte auf den Tag genau einhundert Jahre. So wird es erzählt.« Er räusperte sich, holte tief Luft und erzählte:

Die Geschichte vom Krieg der Dunkelmänner

Es heißt, am Tag seines fünfundsiebzigsten Geburtstags schwang sich Saqar zum Herrn aller Qazani, der zwergenhaften Dunkelmänner, wie sie auch genannt werden, auf. Sie hatten ihre alte Heimat unter dem Teil der Wüste errichtet, auf dem sich heute

Kusch befindet. Ihr Reich war groß, doch der neue König, der wenig von den alten Sitten seiner Vorfahren hielt, beschloss, der Heimat den Rücken zu kehren und neue Städte zu gründen. Das war ungeheuerlich, denn Qazani sind so eng mit der Erde verbunden, die sie geboren hat, wie die Sahiras mit der Wüste. Die Qazani gruben schnell und tief. Doch sie waren nicht allein unter der Erde. Sie stießen auf eine Straße unter der Erde, die im wahrsten Sinne des Wortes riesenhaft war. Sie hatten einen der äußersten Imlak-Wege gefunden. Im Gegensatz zu den ungleich kleineren Dunkelmännern haben die Imlaks nie darauf gedrungen, ihr Reich zu vergrößern. Sie wähnten sich seit jeher allein unter der Erde. Mehr noch, sie ahnten nicht einmal, dass sich über ihren Köpfen eine weitere Welt befand. Sie wirkten harmlos, doch in ihnen brannte seit jeher eine Wut, die wenigstens ebenso heiß ist wie das Feuer im Mittelpunkt der Erde. Und als sie die Qazani entdeckten, erklärten sie ihnen, geschockt von ihrem Anblick, den Krieg. Die Verachtung, mit der sich beide Seiten gegenüberstanden, war grenzenlos. Die Straßen der Imlaks füllten sich mit Rauch, bis es dort keinen lebenden Riesen mehr gab. Und die Imlaks fluteten die Tunnel der Zwerge mit dem Wasser unterirdischer Flüsse, die sie zu diesem Zweck umleiteten. Die Stärke der Imlaks war größer als die der Qazani, doch die Zwerge waren den Riesen an Einfallsreichtum überlegen. Sie drängten ihre Feinde tiefer unter die Erde. Dorthin, wo die Luft so heiß wird, dass kein Mensch überleben könnte. Die Qazani aber durchschritten die großen Tore, die noch heute vom Herzen hinauf nach Paramythia führen. Die Tore sind der Erzählung nach von den Imlaks in den Stein getrieben worden. Sie sollten den Toten dazu dienen, nach ihrem Ende hinauf in den Teil der Erde zu gelangen, den sie als ihren Himmel ansehen. Dass nun anstatt der Toten lebende Feinde durch diese Tore gingen, war für die Riesen kaum zu ertragen. Während die Qazani die riesigen Stollen einnahmen, die allein den toten Imlaks vorbehalten sein sollten, suchten die lebendigen

Imlaks nach einem Weg, sich zu rächen. Der Krieg endete am einhunderfünfundsiebzigsten Geburtstag von Saqar. Die Imlaks weckten in der Tiefe Geschöpfe, die unersättlicher waren als der hungrigste Schakal. Die Würmer, die sie in jene Stollen hinauflockten, in denen sich heute das Herz von Paramythia befindet, leuchten, um ihre Beute in der Dunkelheit zu ködern. Sie hören erst auf zu fressen, wenn nichts mehr da ist, in das sie ihre winzigen Zähne schlagen können. Die Imlaks setzten ihnen das Fleisch eines Qazani vor, um sie auf den Geschmack zu bringen. Der Sage nach, die vom Ende des Krieges berichtet, fraßen die Würmer erst alle Qazani, die dort lebten, wo heute das Herz liegt. Dann öffneten die Imlaks die Tore in ihren Himmel. Die Qazani hatten den hungrigen Würmern nichts entgegenzusetzen. Es war ein ungleicher Kampf. Für jeden der Würmer, den die Qazani erschlugen, wanden sich zwei neue zwischen die Dunkelmänner. Sie alle starben, und zuletzt fiel Saqar den Würmern zum Opfer. Die Imlaks aber wanderten heim in die Tiefe und kehrten nie zurück. Denn ihr Himmel war entweiht worden, und ihr Bild von der Welt war von nun an ein anderes. Es heißt, sie hätten sich so tief unter der Erdoberfläche verborgen, dass sie das Licht vergaßen, nach dem sie sich einst gestreckt hatten. Zu tief für Menschen.

≈

»Und dann?«, fragte Sam.

»Es gibt keine Spuren mehr von Imlaks oder Qazani. Keiner weiß, ob nicht doch einige Qazani überlebt haben oder wohin die Imlaks genau gegangen sind. Manche Texte deuten darauf hin, dass einige Dunkelmänner überlebten und sich bis in die alte Heimat zurückzogen. Hier aber blieb keiner. Nur Paramythia und sein Herz sind noch da.«

Sie hatten das Ende der Bücherstraße beinahe erreicht, und vor ihnen gabelte sich der Pfad. Sam bedeutete Kani und ihrem Vater zu warten, während er in beide Wege hineinlugte. Riesen und Zwerge! Er war froh, dass von ihnen wenigstens keiner hier unten herumlief. Die Bücherstraßen, die sich links und rechts vor ihm erstreckten, waren von demselben silbernen Licht erfüllt wie der Gang, aus dem sie kamen. Und beide lagen so friedlich da, als wären Sam und die anderen die einzigen lebenden Wesen hier unten. *Verlass dich nicht darauf, Sam,* sagte er sich. Sam starrte missmutig auf die Bücher, deren Silberlicht mit der Finsternis rang. Wo war Sabah? Hatten sie und die Wächter die Spur von Sam und den anderen gefunden? Oder hatten sie die Verfolgung aufgegeben und das Herz aus einem anderen Grund betreten?

Sams Augen zeigten ihm keine Spur von ihren Feinden, doch vielleicht würde ihm der Helm mehr offenbaren. Sam zog ihn sich über den Kopf. Sofort stieg ihm der Geruch von Metall in die Nase. Das Bild, das er sah, änderte sich nicht. Bücher in einer langen Straße von Regalen, das kalte Licht in der Dunkelheit. Der rechte Weg lag verlassen da. Und der linke ebenso. Doch gerade als Sam sich abwenden und den Helm wieder vom Kopf ziehen wollte, verschwamm das Bild vor seinen Augen für einen Moment, und dann sah er sie. Vier Gestalten. Eine in Schwarz, zwei in Scharlachrot und die vierte stakste gebeugt in ihrer Mitte. Sie kreuzten den Gang in einigen Metern Entfernung. Assasil drehte ruckartig den Kopf und sah in seine Richtung. Überrascht stolperte Sam zurück und riss sich mit einem Keuchen den Helm vom Kopf.

Der Weg vor ihm lag unverändert einsam da, doch nun wusste Sam, wer in wenigen Augenblicken kommen und sie entdecken würde. Hastig winkte er Hakim und Kani herbei und drängte sie in den rechten Gang.

»Was …?«, zischte Kani, doch Sam drückte ihr eine Hand auf die Lippen. Einige Augenblicke standen sie schweigend mit den Rücken an die leuchtenden Bücher gelehnt da. Die Stille zwischen ihnen wurde so schwer, dass Sam sie beinahe hätte greifen können. Er konnte Kani und ihrem Vater die Frage von den Gesichtern ablesen. *Was soll das?* Wie zur Antwort durchbrachen Schritte die Stille. Und das gedämpfte Klappern von Hufen in Stiefeln.

Kanis Gesicht verzerrte sich vor Wut und Sorge, als sie begriff, wer da durch den anderen Gang wanderte. Auch als die Schritte und das hohle Klackern der Pferdehufe verklungen waren, bedeutete Sam den anderen noch einige Atemzüge lang zu schweigen. Dann aber hielt es Hakim nicht mehr aus. »Das war der Nushishan, nicht? Ist er ebenfalls gefangen? Dann holen wir ihn da raus!«

Sam glaubte, sich verhört zu haben. »Ihn da herausholen? Wir haben gerade erst Euch herausgeholt. Es wäre schön, wenn wir Euch in Sicherheit bringen könnten, ehe wir versuchen, den Nächsten zu retten.«

Hakim sah ihn tadelnd an. »Junge, ich habe dir doch gesagt, dass ich nicht will, dass der arme Nushishan meinetwegen in Schwierigkeiten gerät. Er wollte nie wieder hierhin zurück. Wenn es meine Schuld ist, dass er hier unten ist, dann sollte ich auch helfen, ihn herauszuholen.«

»Ihr?« Sam starrte Kanis Vater mit offenem Mund an. »Ihr konntet gerade noch kaum laufen, und nun wollt Ihr es mit einem Iblis und vielleicht mit einer Sahira aufnehmen?«

Hakim nickte strahlend. »Ich habe die Karte vom Herzen immer und immer wieder studiert. Unter allen lebenden Menschen wirst du niemanden finden, der sich besser hier auskennt als ich.«

Solange Sam denken konnte, war er vor Schritten, die er nur hören konnte, davongelaufen. Dass er nun vom Gejagten zum

Jäger wurde, hätte er nie erwartet. Es war verrückt. Sie waren eine zum Scheitern verurteilte Truppe. Ein Dieb, eine belesene Dienerin und ein Büchernarr, die es zusammen mit einer Gruppe tödlicher Fabelwesen aufnehmen wollten. Sam hätte genügend Gründe gehabt, sich zu fürchten. Doch er spürte, wie sein Herz vor Jagdlust schneller schlug. Vielleicht lag es an dem Helm, den er trug, und an der silbernen Waffe, die er unter der Robe verborgen hatte. Und es gab noch etwas, aus dem er die Hoffnung zog, dass sie nicht nur überleben, sondern Shagyra auch noch würden retten können: Niemand erwartete sie.

Sam hielt gerade genug Abstand zu den Schritten, um sie nicht aus den Ohren zu verlieren und dennoch selbst nicht gehört zu werden. Kani und ihr Vater stellten sich bei der Verfolgung geschickter an, als er gedacht hatte, und Sam musste sie nur selten zurückhalten, wenn sie den Schritten zu nahe kamen.

»Wir müssten gleich in die Krypta gelangen, wenn ich die Karte richtig im Kopf habe«, wisperte Hakim, und seine Worte mischten sich zwischen die schweren Schritte der Wächter und das Hufgeklapper von Shagyra. Er schien so aufgeregt wie ein Kind am Morgen seines Geburtstags.

»Und?«, fragte Sam leise zurück, während er den Geräuschen ihrer Beute lauschte.

»Es heißt, an diesem Ort hat alles begonnen. Es ist die wichtigste Stelle des Riesenreichs im Schoß der Erde. Die innerste Kammer des Herzens von Paramyhtia. Der tiefste Punkt in der Dunkelheit. Nirgends …«

»Schon gut«, unterbrach ihn Sam. *Der tiefste Punkt in der Dunkelheit.* Er hatte plötzlich das Gefühl, als würde ihm jemand ein eisernes Band um die Brust legen.

Die Bücherstraße, der sie folgten, wurde breiter und öffnete sich schließlich vor ihnen zu etwas, das aus der Entfernung einem weiten Platz ähnelte. Er war jedoch nicht von derselben Art wie jener Platz, an dessen Ende das Marduk-Tor stand. Oder der Midan Imlak. Das, was Sam hier sah, war ganz und gar anders und ließ ihn staunend innehalten. Es schien, als habe jemand das Innere eines Palastes in eine so gewaltige Höhle gebaut, dass Sam ihre Größe nicht einmal abschätzen konnte. Die Decke verlor sich in der Dunkelheit über ihnen und wurde von einem Wald glattpolierter Säulen getragen, jede breit wie ein ausgewachsener Baum. Finster war es in dem seltsamen Palast jedoch nicht. Die Bücher, die sich auch hier überall fanden, erfüllten ihn mit dem gleichen kalten Silberlicht wie die Exemplare, die sie in dem Gang gesehen hatten. Die Wände waren bedeckt mit ihnen. Regale zogen sich mehrere Stockwerke hoch an ihnen empor. In der Mitte zwischen den Säulen war eine Silberplatte in den Boden eingelassen, und am Ende des Raums stand ein Thron, der so gewaltig war, dass Sam der Atem stockte. Auf ihm saß ein steinerner Körper, der dem eines Menschen ähnelte. Die dicken Arme allerdings waren viel länger und reichten der sitzenden Gestalt beinahe bis zu den Füßen, an denen je acht Zehen waren. Ebenso viele wie die Hände Finger besaßen. Die Figur war unversehrt bis auf den fehlenden Kopf. Einige Trümmer lagen zu Füßen der Statue. Vermutlich Reste des Hauptes. Satt seiner hatte man einen so winzigen Schädel auf den Hals gesetzt, dass Sam im ersten Moment glaubte, er gehöre einem menschlichen Kind. Doch dann kam ihm Hakims Geschichte in den Sinn, und er begriff, was er da sah. Einen Zwergenkopf auf einem Riesenleib.

»Die Krypta der Könige der Imlaks«, wisperte Hakim mit heiserer Stimme. »Es heißt, sie seien an einem Ort begraben, dessen Beschreibung ziemlich genau auf diesen hier passt.«

Sam wollte etwas erwidern, doch da verschwamm das Bild vor seinen Augen erneut, als ihm der Helm für einen Moment zeigte, was geschehen konnte. Hakim, dessen Gesicht sich vor Überraschung und Schmerz verzerrte. Kani, die schreiend zu ihrem Vater stürzte. Und Assasil, der, sein Gesicht offen zeigend, ein Schwert aus Hakims Brust zog.

Sam hatte keine Zeit zum Nachdenken. Er versetzte Hakim einen so festen Stoß, dass der Alte rückwärts in den Gang zurückstolperte. Kani kam ihrem Vater mit einem Fluch auf den Lippen zur Hilfe. *Gut so*, dachte Sam. Sie waren offenbar in eine Falle gelaufen. Wo war der Iblis?

Sam griff unter seine Robe und holte den silbernen Griff hervor. Die Klinge fuhr heraus, als hätte sie nur darauf gewartet, sich zu zeigen.

Er wollte sich der Säule zuwenden, hinter der Assasil erscheinen würde, doch der Iblis war bereits hinter ihm und schlug Sam die Waffe aus der Hand.

Er war in diesem Moment froh, dass er den Helm trug, denn das dunkle Metall verbarg die Angst auf Sams Gesicht. Das Herz klopfte ihm dennoch bis zum Hals und so schnell, als sei es ein flüchtendes Tier.

Der Iblis hatte den Helm, den er oben getragen hatte, abgelegt. Natürlich. Hier unten brauchte er ihn nicht mehr. Wen wollte er schon täuschen? »Also doch«, sagte Assasil und hob den silbernen Griff auf, in den die Klinge zurückfuhr. »Mir schien es, als wären wir nicht alleine hier unten. Meine Männer suchen dort oben also ganz umsonst die Bücherstraßen nach euch ab. Ich hätte nicht gedacht, dass unsere Beute so dumm ist, tiefer in die Falle zu laufen.«

Unsere Beute. Sam sah sich verstohlen um. Assasil war nicht allein gewesen. Zwei weitere Iblis-Wächter und ein gefangener Pferdemensch. Wo waren sie? Sam entdeckte keine Spur von den Wächtern. Dafür erkannte er Shagyra, der vor dem Thron hockte. Er hatte ihn im ersten Moment nicht gesehen. Zu groß war der Herrschersitz. Der Nushishan hockte wie ein kleinwüchsiger Truchsess davor, mitten zwischen den Bruchstücken des einstigen Kopfes. Vermutlich war er geknebelt und angebunden, denn er machte weder Anstalten auf sie zuzukommen, noch gab er irgendeinen Laut von sich. Er sah nur in Sams Richtung, ohne dass der in dem Silberlicht etwas in seinem Blick lesen konnte. Die Wachen aber waren nirgends zu entdecken. Verbargen sie sich wie ihr Herr hinter einer Säule, oder …

Die Schritte, die er hinter sich aus dem Gang hörte, beantworteten die Frage. Sam wirbelte herum. Dem Wächter, der Kani nun grob in den Saal stieß, hätte er nur allzu gern die silberne Klinge über das nun ebenfalls ungeschützte Gesicht gezogen und ihm das höhnische Grinsen von den Lippen geschnitten. Kani erkannte den gefangenen Shagyra sofort und wollte loslaufen. Doch der Wächter hielt sie am Arm fest.

Neben seiner Tochter stolperte auch Hakim über die Schwelle. Auf seinem Gesicht zeigten sich Überraschung, Vorwurf … und eine mühsam zurückgehaltene Neugier. Immer der Gelehrte. Er warf dem Iblis, der ihn in den Saal schob, einen so missbilligenden Blick zu, als handelte es sich hier um eine Vorlesung, die der Wächter gestört hatte.

»Lass mich raten«, meinte Sam, und der Helm ließ seine Stimme fester klingen, als er sich fühlte, »ihr Iblise könnt euch unsichtbar machen.«

Assasils Lachen offenbarte eine Reihe so spitzer Zähne, dass Sam an einen brüllenden Löwen erinnert wurde. »Du weißt also, was wir sind? Natürlich, der Alte hat es dir erzählt. Ein schlauer Bursche. Sabah war beeindruckt, wie viel er wusste oder sich zusammengereimt hatte, als sie in seine Gedanken blickte. Dass sie eine Sahira ist, dürfte dich wohl ebenfalls nicht überraschen. Aber du mischst Märchen und Legenden, Junge. Iblise sind Kämpfer. Blutgesichter. Kopfsammler. Wir schälen dir die Haut von den Knochen und bauen uns Kerzenhalter aus deinem Skelett. Sind stärker als jeder Mensch. Werden nie müde, solange man uns rohes Fleisch zu essen und warmes Blut zu trinken gibt. Leben viele Menschenleben lang. Fast so lange wie die Sahiras oder die Asfura.« Assasil fuhr sich mit einer gespaltenen Zunge über die schartigen Lippen. »Wir sind der Kampf. Die Ehre. Der Sieg. Unsichtbarkeit? Wir brauchen keinen Zauber, der uns verbirgt. Wir sind stolz auf unsere Gestalt und säen mit ihr die Angst in den Herzen unserer Feinde.«

Oh ja, Sam konnte die Furcht spüren, die sich in ihm regte. Doch er gab sich alle Mühe, sie nicht zu zeigen. »Und darum verbergt ihr euch feige unter denen hier?« Sam tippte sich gegen den Helm. Es war ein lächerlicher Versuch, Assasils Zorn zu wecken, doch Sam wollte ihn unbedingt reizen. *Wenn du gefangen wirst, dann mach deine Wächter wütend. Sie können nicht beides sein. Aufmerksam und zornig.* Sam wusste nicht, woher Vicente diese Weisheit hatte. Sein Vater war nie gefangen worden. Aber Sam hatte sich immer auf das verlassen können, was Vicente ihn lehrte. Hoffentlich auch jetzt.

»Oh, die Helme sind leider notwendig«, erwiderte Assasil. Sams kleine Bemerkung schien ihn nur zu belustigen. »Wir würden sonst noch die Menschen dort oben erschrecken.«

Also gut, Sam würde sich etwas anderes überlegen müssen. »Wann habt ihr euch eigentlich getrennt? Wir hätten euch sehen müssen. Es gab keine Abzweigungen auf dem Weg.« *Rede, Sam,* sagte er sich. *Solange ihr redet, lebt ihr.* Außerdem wollte er es wirklich wissen. Er hatte doch die ganze Zeit gelauscht.

»Du kennst vielleicht die Menschen-Geschichten über mein Volk«, sagte Assasil. Er deutete spöttisch mit der Hand zum Thron, als wären sie seine Gäste, die er hierher eingeladen hatte, und ging langsam auf den Herrschersitz zu. Die anderen Iblise stießen die Gefangenen hinter ihm her. »Wir gelten in Mythia als Monster, die sich die Gesichter mit dem Blut ihrer Opfer färben. Dumm, grausam und hungrig auf den Tod.

Märchen erzählen immer nur einen kleinen Teil der Wahrheit. Wir kommen aus einem Gebirge, unter dem ein See aus Feuer liegt. Früher haben die Berge es ausgespien wie Drachen. Oh, keine Sorge«, warf er ein, als er ein Stocken in Sams Schritt bemerkte. »Drachen sind wirklich nur Märchenfiguren. Auch wenn ich sie für recht reizvoll halte und mich nur zu gerne mit einem von ihnen messen würde.« Dann kam er wieder zu seinem Thema zurück. »Nun, die Angehörigen eines Volkes, das zwischen den Bergen lebt, müssen nicht nur geschickt genug sein, die wenigen Tiere zu fangen, die den steilen Hängen das Gras vom steinernen Leib fressen. Sie müssen auch klettern können. Bergwände oder Bücherregale. Wo ist der Unterschied? Du hast dich bei der Jagd nicht schlecht angestellt, Junge. Aber ein guter Jäger sieht nicht nur nach vorne oder zu den Seiten, sondern in alle Richtungen.« Assasil grinste und deutete nach oben. Dann zeigte er auf Sam. »Du hast da etwas, das mir gehört.«

Sam machte einen Schritt zurück. »Was geschieht mit uns?«, fragte er. Es war eine dumme Frage, doch er brauchte mehr Zeit, um nachzudenken. Und er hoffte, wenigstens einige weitere Augenblicke von Assasil geschenkt zu bekommen.

»Was meinst du denn?«, fragte der Iblis und lachte. Offenbar machte ihm die Sache Spaß. Vielleicht sah er das Gespräch als ein Vorspiel zu dem, was kommen würde. Der Tod. Oder erst noch Verhör und Folter. »Womöglich wird mein Helm es dir ja zeigen, ehe es zu Ende geht. Trag ihn ruhig noch einen Moment, wenn es dir gefällt. Ein nützliches Ding, aber ich bin es leid, mich unter ihm verbergen zu müssen.« Assasil ging weiter auf den Thron zu, und die Wachen stießen Kani und ihren Vater hinter ihm her durch die riesige Krypta. »Sei nicht traurig, dass es so für euch endet«, sagte er, und seine Stimme, so volltönend sie auch war, verlor sich beinahe zwischen den fernen Wänden. »Dafür werde ich euch gerne die Lösung des

Rätsels verraten. Denn all dies hier kann für euch nichts anderes sein als ein gewaltiges Rätsel, oder?«

Sam sah hinüber zu Hakim. Das Gesicht des Alten leuchtete, als sei er in seinen schönsten Traum gestolpert.

»Also, sag mir, alter Narr. Was ist Paramythia?«

20. ASSASIL

Die Frage des Iblis hing einige Augenblicke unbeantwortet zwischen den Säulen. Was wollte er hören? Paramythia war eine Bibliothek. Eine Bücherstadt. Ein altes Imlak-Reich.

»Der Ort, an dem sich die letzten Überlebenden des alten Krieges der Fabelwesen gegen die Menschen verbergen«, versuchte sich Kanis Vater an einer Antwort.

Sam starrte ihn unter dem Helm an. Die Vorstellung, tief unter der Stadt würden sich die letzten Reste eines Heeres aus Märchengeschöpfen zusammenkauern, war absurd. Zumal Shagyra Sam und den anderen nicht feindlich gesonnen war. Nicht einmal die Asfura, so lebensgefährlich Sams erstes Aufeinandertreffen mit ihnen gewesen war, hatten sich als Feinde herausgestellt. Dann aber sah Sam zu Assasil, und der Gedanke, dass Wesen wie er einmal einen Krieg gegen die Menschen geführt hatten, erschien ihm mit einem Mal gar nicht mehr abwegig.

Assasil verzog den Mund zu einem hässlichen Lächeln, während er an den Säulen entlangging. »Nicht dumm, Menschlein. Vielleicht schätzen wir Iblise das Alter falsch ein. Wir töten unsere Greise, wenn ihre Arme die Klinge nicht mehr halten können. Aber ihr Menschen lasst sie leben, auch wenn sie sich nur noch wie Schnecken vorwärtsschieben können und sich in ihnen längst Weisheit und Schwachsinn mischen. Du aber bist schlau.«

Hakim schienen einen Moment lang nicht zu wissen, was er von Assasils Bemerkung über das Alter halten sollte, doch dann strich er sich über den Kopf, als wollte er sich selbst loben. »Nein«, sagte er dann und hob abwehrend die Hände, »ich würde nicht sagen, dass ich schlau bin. Nun, gelehrt sicher. Habe immerhin mein halbes, ach was, mein ganzes Leben damit zugebracht, nach den Geschichten in Paramythia zu forschen. Es war immer mein größter Wunsch, in seinem Herzen die … besonderen Bücher zu finden.«

Assasils Schritte klangen hell, als er über die Silberplatte ging. »Die besonderen Bücher? So nennst du sie? Ja, sie sind in der Tat besonders. Was meinst du, Menschlein, was es mit ihnen auf sich hat?«

Hakim strich sich erneut über das beinahe kahle Haupt. »Ich habe die Namen auf den Einbänden gelesen«, sagte er, während sein Blick zu den Büchern wanderte, die die Wände der Krypta säumten. »Die Schrift ist alt. Nur wenige in Mythia können sie noch lesen. Ich denke, jedes Buch steht für eines der Fabelwesen, richtig? Es erzählt seine Geschichte. Ungewöhnlich, das muss ich sagen. Die Bücher, die ich kenne und die sich oben in Paramythia finden lassen, berichten nur selten von einzelnen Personen und wenn, dann sind sie ausschließlich Königen gewidmet.« Es gelang ihm tatsächlich, trotz der Gefahr abschätzig zu klingen. »Nur von diesen Dummköpfen, die meistens kaum mehr zustande gebracht haben, als ihren Thron warmzuhalten.« Er lächelte verschämt, als bereute er das Gesagte.

»Die Bücher erzählen die Geschichten.« Assasil schien die Worte auf der Zunge zu kosten. »Nicht schlecht. Wirklich. Ich frage mich, was einen dazu bringt, sich mit dem zu beschäftigen, was so lange vergangen ist. Was glaubt ihr, wie alt sie sind, die Bücher, die von den Fabelwesen berichten?«

Sam und Kani sagten nichts, doch Hakim war offenbar so froh, endlich mehr über die Bücherstadt und ihr geheimnisvolles Herz herausfinden zu können, dass die Worte nur so aus ihm heraussprudelten. »Die Gründung Mythias liegt beinahe dreizehnhundert Jahre zurück. Und es heißt, mit den Menschen kamen auch die Bücher in dieses Land. Der erste König, Berengar I., der auch *der Belesene* genannt wurde, soll ein so großer Büchernarr gewesen sein, dass er sich mehr um beschriebenes Papier sorgte als um lebendiges Fleisch. Er errichtete nicht nur über der Erde eine Stadt, sondern nahm auch die Gänge darunter in seinen Besitz. Dies ist zumindest, was ich vermute. Den offiziellen Schriften nach hat er befohlen, dass seine Steinmetze und Handwerker nicht nur Häuser und einen Palast bauen, sondern auch Gänge und Plätze für seine geliebten Bücher im Schoß der Erde entstehen lassen. Allerdings darf bezweifelt werden, dass dies stimmt. Manche Gelehrten vertreten die Ansicht, dass unter der Stadt bereits ein Geflecht aus Höhlen und Gängen existierte, denn es hätte viele Generationen gedauert, die Bücherstraßen anzulegen. Paramythia aber war noch vor Berengars Ableben fertig, und er persönlich half seinen Schätzen beim Einzug in die ersten Viertel der Bücherstadt.« Hakim machte eine Pause und sah fragend zu Assasil, als wollte er sich der Richtigkeit seiner Aufzählung versichern.

Sam sah sich im Saal um. *Ja, rede, Alter,* dachte er. *Lenk sie ab, bis ich einen Weg hinaus gefunden habe.* Aber er konnte keinen entdecken. Der Raum endete bei dem hohen Thron, ohne dass Sam irgendwo einen weiteren Ausgang fand. Es gab nur den Herrschersitz und die Bücher, die sie zu mustern schienen. Und einen gefangenen Nushishan, der zu ihnen herübersah. Sam erkannte nun die Ketten, die Shagyras Arme mit den Beinen verbanden, und den Knebel, der ihm den Mund verschloss. Sam wusste nicht, was er auf dem Gesicht des Nushishan sah. Enttäuschung, dass auch sie gefangen worden waren? Oder Erleichterung, dass er nicht allein sterben musste? Denn das würden sie zuletzt vermutlich alle. Hier unten zwischen den Büchern.

»Gut, Menschlein.« Selbst die Anerkennung klang wie

Hohn in Assasils Stimme. »Natürlich haben die Dummköpfe, die Mythia errichtet haben, nicht auch diesen Ort hier gebaut. Wie könnten sie auch? Ja, er hat bereits existiert. Aber nicht als Höhlen. Imlaks haben die ganze Stadt gebaut. Sie in die Erde getrieben. Sie kommen doch auch in euren Büchern vor, nicht wahr?«

»In wenigen«, räumte Hakim ein. »Und in ihnen wird fast nur über den Krieg gegen die Qazani berichtet.«

Assasil machte eine abfällige Handbewegung. »Kriecher. Höhlenratten. Sie haben immer so hübsch gequiekt, wenn man ihnen die kleinen Hälse umgedreht hat.« Er knackte mit den Fingern. »Zumindest solange sie noch unsere Feinde waren. Doch die Imlaks waren andere Gegner. Würdig, sich mit ihnen zu messen. Gut, also weißt du nun, wer die Straßen der Imlaks mit Büchern gefüllt hat. Und wer sie angelegt hat. Aber du hast mir noch nicht gesagt, wie alt die Bücher über die Fabelwesen sind.«

Oh, Assasil redete wirklich gerne. Gut so. Solange er redete, würden sie leben. *Denk nach, Sam! Denk nach!*

Hakim spitzte die Lippen. »Sie sind sicher einige Hundert Jahre alt. Einige vielleicht sogar noch älter.«

Assasil lachte. »Nein, sie sind alle gleich alt.« Er musterte Hakims Gesicht. »Du glaubst mir nicht? Die alten Bücher, die noch aus den ersten Tagen Mythias stammen, findest du oben. Dieser Berengar hatte sie selbst dort hinbringen lassen und mehr Zeit bei ihnen als bei seinem Volk verbracht. Ich erinnere mich noch gut an ihn. Aber sein Sohn Borell, *der Blutige*, war anders. Mutig für einen Menschen. Ein guter Kämpfer. Beinahe würdig, sich mit einem Iblis zu messen. Er wusste, dass das Schwert mächtiger ist als die Feder, und rüstete Mythia für den Krieg. Doch seine Schwester Florentina teilte die Liebe ihres Vaters für Bücher und sorgte dafür, dass Paramyhtia wuchs, während ihr Bruder nur den Kampf im Kopf hatte.«

»Du spielst auf Mythias Kriege während der Gründungstage an«, meinte Hakim. Seinem Ton nach schien er sich nicht mit einem Monster in einem unterirdischen Verlies, sondern mit einem befreundeten Gelehrten zu unterhalten. Offenbar machte ihn der Wissensaustausch mutig. »Mythia hatte sich seiner Nachbarn zu erwehren. Schon bald kamen die ersten Krieger aus Kusch, um die neuen Nachbarn zu vertreiben. Doch das Kataluna-Gebirge ist nicht zu überwinden, solange es strategisch gut mit Kriegern besetzt ist, und Mythia überstand alle Angriffe unbeschadet.«

»Die *Krieger* aus Kusch«, knurrte Assasil abfällig. »Es ist seltsam, für wen die Menschen dieses Wort gebrauchen. Wenn du je einen von ihnen und einen von uns im Kampf miteinander sehen würdest, kämst du nie auf die Idee, beide als Krieger zu bezeichnen. Ebenso wenig würdest du einer Katze und einem Löwen denselben Namen geben. Ich habe mir gelegentlich einen von den armen Hunden, die nach dem letzten Krieg gegen Mythia als Sklaven im Palast geblieben sind, in mein Gemach bringen lassen. Ein Iblis muss kämpfen, damit sein Blut heiß bleibt. Oh, so sehr ihnen die Sonne auch die Haut geschwärzt hat, sie alle erbleichten, wenn sie mich ohne meinen Helm sahen. Aber sie alle haben mein Angebot angenommen. Einen Kampf auf Leben und Tod, der ihnen die Freiheit versprach. Keiner hat diesen Preis gewonnen. Und ich fürchte, nun, da all die Sklaven zum Tode verurteilt wurden, wird auch keiner mehr die Gelegenheit dazu erhalten. Ich werde mir also neue Gegner suchen müssen.« Assasil verzog die Lippen zu einem hässlichen Lächeln. Nicht alle Lippen waren für Freude gemacht. »Sabah und der Weiße König glauben, dass einer von ihnen versucht hat, sich für die Jahre der Gefangenschaft zu rächen. Layl aber teilt meine Meinung, dass in Wirklichkeit ein Wesen aus dem Herzen Paramythias entkommen ist und versucht hat, einen Weg aus dem Palast zu finden.«

»Layl und Sabah.« Hakim runzelte die Stirn. »Die eine ist die Beraterin des Weißen Königs. Ihr Name bedeutet *Morgen*. In der Sprache der Wüstenmenschen begrüßt man sich noch heute mit einem *sahnigen Morgen*, Sabah al Ishta! Doch der andere Name, den du erwähnt hast, meint die Nacht. Layl. Ich kenne sie nur aus einer Geschichte. Aber du sprichst von ihr, als sei sie lebendig. Wer ist sie? Noch eine Beraterin?«

Assasil sog tief die Luft ein, als witterte er eine Fährte. »Und damit hast du den Kern des Geheimnisses um Paramythia und sein Herz aus Tinte erreicht, alter Narr. Riechst du sie nicht? Sie bringt die Nacht hier herab. So nahe wie heute war sie diesem Ort seit einer Ewigkeit nicht mehr. Nacht für Nacht hat Sabah die Tore, die in das Herz führen, sorgsam versperrt. Sie hat verhindert, dass ihre Schwester hinabsteigt.«

Ihre Schwester? Sam schüttelte den Kopf. »Du irrst dich, Blutgesicht«, sagte er. »Layl ist nur ein Name, den sich Sabah selbst gegeben hat. Sie ist verrückt. Eine verrückte Wüstenhexe. Ich habe gesehen, wie sie sich mit Magie das Kleid gefärbt hat. Sie war plötzlich eine Andere. Aber trotzdem immer noch dieselbe Frau.«

»Du hast sie gesehen, aber nicht erkannt«, raunte Assasil. »Sie ist eine Sahira. Es hat nie viele von ihnen gegeben. Sie werden nur selten geboren. Kein Vater, nur eine Mutter. Es waren drei, wie immer, wenn Wüstenhexen die Welt betreten. Sabah und Layl und ihre Schwester, die längst tot ist. Sie alle kamen in der Abenddämmerung zur Welt. Selbst ich, der schon so lange lebt, habe diesen Moment nicht miterlebt. Sahiras aber leben lange. Sehr lange. Normalerweise werden sie entweder inmitten der Nacht oder inmitten des Tages geboren, doch nie in der Dämmerung. Die Welt hat an jenem Tag anders entschieden. Drei Hexen. Eine war die Dämmerung, wie sie sein sollte. Aber die anderen beiden teilen sich einen Körper. Diese eine trägt den Tag ebenso im Herzen wie die Nacht.«

Geboren in der Stunde, die zwischen dem Tag und der Nacht liegt. Sam erinnerte sich an die Worte über die Sahira, die Hakim ihm vorgelesen hatte. Vermutlich erhoffte sich der Alte nun, mehr über sie zu erfahren. Und wenn Sam ehrlich war, wollte er das auch. Endlich mehr von all dem begreifen, was um ihn herum geschah. Und sich so aus dem Netz der Geheimnisse befreien.

»Es heißt, Sabah kam als Erste zur Welt«, fuhr Assasil fort, während er sie die letzten Meter zum Thron führte. Sam sah zu Shagyra. Doch der Nushishan erwiderte seinen Blick nicht, sondern hing ebenso wie Hakim an den schartigen Lippen des Iblis, als könnte der ihm die ganze Welt erklären.

»Doch mit den ersten Strahlen der Nacht färbte sich die Seele der Sahira und teilte sich in zwei Hälften«, sagte Assasil. »Noch nie war etwas Derartiges geschehen. Die Mutter der Sahiras gebar zwei Seelen, aber nur einen Körper. Und während der Tag und die Nacht in dem Neugeborenen miteinander stritten, kam die dritte Tochter zur Welt. Die Dämmerung in ihrer reinen Form. Sie vereinte die beiden Seiten in sich, die in ihrer Schwester verfeindet waren. Doch sie starb Jahre später. Vielleicht wäre es besser gewesen, wenn die erste Tochter mit ihrer zerrissenen Seele ebenfalls gestorben wäre. Sie aber überlebte. Das Schwert, das du bei ihr gestohlen hast, hat Sabah geschmiedet, um Layl töten zu können. Es ist die einzige Waffe, die dazu fähig ist. Sie lag in ihrem Gemach für den Fall, dass Layl zu stark würde.«

Sam erinnerte sich an die Worte aus der Geschichte, die Hakim ihm vorgelesen hatte. *Und um dich zu töten, muss ich dich nicht sehen.* »Aber es wäre nicht Layls Brust, in die die Klinge fahren würde, nicht wahr?« Zwei Seelen in einem Körper. Sam verstand endlich, was er gesehen hatte. Der Baum, der plötzlich dunkle Blätter trieb. Das Kleid, das mit einem Mal schwarz wie die Nacht wurde. Und der wütende Irrsinn, der

Sabah befallen hatte. Alles der dunkle Zwilling, der in diesem Moment die Kontrolle übernommen hatte.

Assasil sagte nichts, aber sein Grinsen sprach Bände. Um ihre Schwester zu töten, würde Sabah Selbstmord begehen. Nur sie selbst konnte sich töten.

»Die Frage, die sich aus wissenschaftlicher Sicht stellt, lautet: Wie viel wissen die Sahiras von der jeweils anderen?« Hakim schien nicht im Geringsten verblüfft über Assasils Ausführung und Sams Schlussfolgerung. Vielleicht lag Hakims so selbstverständlicher Umgang mit Assasils Enthüllung über Sabah und ihre dunkle Zwillingsschwester darin begründet, dass er sich zu viele Jahre mit dem Zauber der Bücher umgeben hatte. *Und dass er einen ganzen Schwarm Asfura zu Hause hatte, Sam. Was soll ihn da noch überraschen?*

»Natürlich wissen sie, dass es die andere gibt«, antwortete Assasil. »Aber sie ahnen nicht, was der andere Zwilling vorhat. Sie verbergen ihre Gedanken voreinander. Teilen sie niemandem mit, aus Angst, verraten zu werden. Sabah ist die Stärkere der beiden. Ihr gehören mehr Stunden als ihrer Schwester. Doch Layl ist die Wildere. Wenn die Nacht zu tief wird, die Dunkelheit sich vollends um die Welt legt, vermag selbst Sabah sie nicht mehr zurückzuhalten. Dann kommt sie zum Vorschein. Nacht für Nacht lässt Sabah daher die Tore ins Herz der Bücherstadt absperren und versiegelt sie mit einem Wort, das alleine sie kennt. Ein alter Zauber. Selbst ich kann sie dann nicht mehr aufstoßen. Doch heute ist es anders. Jemand hat eines der Tore geöffnet. Muss sehr geschickte Finger besitzen.« Assasils kleine Augen blickten zu Sam. »Sabah hat uns hierhergeschickt, um diejenigen zu finden, die ihr entkommen sind«, fuhr er fort. »Und sie ringt derweil mit ihrer Zwillingsschwester. Wenn Layl es schafft, den ganzen Weg ins Herz der Bücherstadt zu gehen, an diesen Ort …« Er ließ den Satz im Nichts enden und schenkte ihnen ein raubtierhaftes Lächeln.

»Und was wollt ihr?« So einfach sie auch klang, die Frage war schon lange in Sams Kopf herumgewirbelt. »Den König stürzen? Ihn mit einer Armee aus euren Märchenfiguren angreifen, um dann selbst über Mythia zu herrschen?«

Assasil starrte Sam einen Moment lang verblüfft an, dann brach er in schallendes Gelächter aus. »Du Narr. Du verstehst gar nichts. Du glaubst, wir würden hier unten nach Asfura, Nushishans oder anderen Geschöpfen suchen und sie zusammenbringen? Eine Armee aufstellen, um gegen die Menschen zu kämpfen? Wir suchen hier unten nicht nach Fabelwesen. Sie hausen nicht in dunklen Gängen, die den Boden unter Mythia durchziehen.« Mit einem Schritt trat Assasil neben Shagyra, zog ihn grob auf die Beine und riss ihm den Knebel aus dem Mund. »Sieh ihn dir an. Ein Nushishan. *Die Herren der Steppe* nennen sie sich.« Er lachte abfällig. »Maultiere. Nichts weiter. Rennen, ohne dass ihnen die Luft ausgeht, von einem Ende der Welt zum anderen.« Er hob Shagyra am Hals hoch, sodass dessen Pferdehufe in der Luft baumelten.

»Lass ihn in Ruhe«, rief Kani, doch Assasil schenkte ihr nur einen belustigten Blick.

»Er weiß nicht, wer er ist«, raunte der Iblis. »Kennt nur den Namen, der ihm auf der Zunge liegt. Doch wer er einmal war oder wie sein geheimer Name lautet, den er im Herzen trägt, weiß er nicht mehr. Für ihn ist es, als hätte er geträumt. Der Traum hat ihm alle Erinnerungen aus dem Herzen gewaschen. Und damit auch den geheimen Namen.« Assasil hielt Shagyra so, dass er ihm genau in die Augen sehen konnte. »Wer war das andere Maultier? Das Ding, das nicht entkommen konnte. Weißt du das noch?«

Shagyras Mund verzog sich angewidert. »Ich weiß nicht, wer er war. Aber ich weiß, dass du und diese Wahnsinnige ihn getötet habt.«

»Und der Dürre mit der hellen Haut«, sagte Sam.

»Der Mahfuz? Du weißt von ihnen?«

Ihnen? Also gab es mehrere von diesen Wesen?, fragte sich Sam.

»Seltsame Geschöpfe, selbst an diesem Ort«, fuhr Assasil fort. »Wörtermaler. Silbenkauer. Satzknüpfer. Stumm und doch Meister der Worte. Nun, es ist gut, dass ihr hier unten euer Ende findet. Ihr wisst bereits zu viel. Obwohl ihr mit euren Vermutungen falsch liegt. Und was dich betrifft, kleines Maultier, so will ich dir ein wenig auf die Sprünge helfen. Der andere Klepper war dein Bruder. Oh, macht dich das betroffen? Man sieht dir die Trauer in dein Pferdegesicht geschrieben. Dein Herz weiß, dass es schmerzen muss, doch dein Verstand begreift nicht, weshalb. Dein Bruder. Aber er ist nicht tot. Er ist ein Gefangener. Er war ein Gefangener. Und er wird ein Gefangener bleiben.«

»Du bist wahnsinnig«, entfuhr es Kani, und sie spuckte Assasil vor die Füße.

Der Iblis verzog die Lippen zu einem weiteren hässlichen Lächeln. »Oh, wie wenig charmant Ihr seid, Teuerste. Und keine Angst, ich bin nicht wahnsinnig. Ihr begreift es bloß nicht, obwohl ihr es doch alle gerade gehört habt. Der Bruder unseres kleinen Ponys hier ist tatsächlich ein Gefangener. Das ganze Herz dieser verdammten Bücherstadt ist ein Gefängnis. Eines aus Papier und Tinte. Und die Mahfuz, von denen ihr offenbar bereits gehört habt, sind ihre Wärter.«

Sam starrte den Iblis an, dann suchte sein Blick seine Gefährten. Er las das eigene Unverständnis in ihren Mienen. Ein Gefängnis?

»Ich war nie gefangen«, keuchte Shagyra im Griff des Iblis.

Kani packte Assasils Arm. »Lass ihn herunter! Er erstickt.«

Der Iblis lachte und drückte Kani fort, als wäre sie nicht mehr als ein störendes Insekt. Sam fing sie gerade noch auf, ehe sie fiel. Assasil aber stellte den Nushishan tatsächlich wieder auf die Füße und sah sie alle der Reihe nach triumphierend an. Zuletzt blickte er Shagyra in die Augen. »Woran erinnerst du dich?«

Der Pferdemensch rieb sich den Hals, als würde er noch immer die Finger des Iblis auf der Haut fühlen. »Nur an den Moment, da ich zwischen den Büchern erwacht bin. Ich und der andere. Mein … Bruder.«

Der Iblis nickte. »Ja, so geht es allen. Der Übergang ist hart. Es ist, als würde man neu geboren. Und eine Geburt ist nichts als ein Kampf. Du warst dort, verwirrt, ohne Vergangenheit. Nur ein Name, an den du dich verschwommen erinnert hast. Ein Körper, der sich seltsam angefühlt hat, denn du hast ihn seit Jahrhunderten nicht benutzt. Du warst an einem Ort, den du nicht kanntest. Du hast dich im Grunde selbst nicht gekannt.«

»Hör auf«, schrie Shagyra und riss so kräftig an den Ketten, dass Assasil einen Schritt zurückging.

»Ruhig«, mahnte der Iblis und grinste. »Ich will mir nicht von dir die Rippen zerschmettern lassen. Als wir ihn gefangen hatten, deinen Bruder, hat Sabah sein Buch gesucht. Und dann aus dem, in das nur sie blicken darf, seinen geheimen Namen gelesen. Dort sind sie alle niedergeschrieben. Die geheimen Namen aller Gefangenen der Bücherstadt.«

Sam hielt für einen Moment die Luft an. Natürlich, er hatte doch selbst gesehen, was in dem Buch stand. Zumindest hatte er Worte gesehen, als das Buch vor dem verfluchten Baum gelegen hatte. Es waren also Namen gewesen. Dahinter waren sie die ganze Zeit her.

»Ich habe mir den Spaß gemacht, in deines hineinzusehen, Pferdemann«, fuhr Assasil fort. »Du warst in einem Land, in dem es so viele Flüsse gibt, dass niemand Durst zu leiden brauchte. So grün, als wäre das die einzige Farbe der Welt. Und so friedlich, als hätte der Tod es aus dem Blick verloren. Eine Insel, nicht wahr? Umschlossen vom Meer.«

Sam blickte zu Shagyra hinüber. Wie verzaubert er aussah. Als hätten Assasils Worte eine Erinnerung zurückgebracht, nach der er sich gesehnt hatte. »Woher weißt du das?«, stammelte der Nushishan. »Ich habe es bis gerade eben selbst nicht mehr gewusst. Und wie hieß er? Mein Bruder?«

»Wie er hieß?«, erwiderte der Iblis. »Wen interessiert es? Sein geheimer Name steht ohnehin nur in Sabahs Buch. Es ist der, den er im Herzen trägt. Der Name, der sagt, wer oder was er ist. Der andere ist nur der, den ihm seine Eltern gegeben haben. Ein Kleidungsstück, das abgelegt werden kann. Und das, was ich dir erzählt habe, ist nur die Geschichte, die dir von den Mahfuz aufdiktiert wurde. Du verstehst es nicht, oder? Ich sehe es dir an.«

Shagyra starrte Assasil fragend an, doch Hakim trat neben ihn und legte dem Nushishan die Hand auf die Schulter. »Er nicht, aber ich tue es. Denke ich zumindest. Ein Gefängnis aus Papier und Tinte. Es sind die Bücher, nicht?« Hakim trat an eines der Regale, und seine Schritte hallten laut zwischen den Säulen wider. Er zog eines der Bücher heraus und hielt es mit beiden Händen vor sich wie einen Schild. »Hier drin steckt einer der Gefangenen. Das ist das Geheimnis. Es … es sind keine Ketten, die sie binden. Sondern Worte. Diese Mahfuz können mit Worten binden. Sie können jemanden in einer Geschichte gefangen nehmen, oder?«

Assasil verzog anerkennend den Mund. »Wirklich gut. Noch dazu für einen Menschen. Oh ja, sie können genau das. Aber nur mit dem geheimen Namen. Namen geben Macht über diejenigen, zu denen sie gehören. Der Mahfuz kann die Geschichte erzählen. Ein Paradies oder eine Hölle. Ein Traum oder ein Albtraum. Er kann einem das wundervollste Glück oder die schiere Angst ins Herz schreiben. Aber erst, wenn er den geheimen Namen auf die Seiten bannt, wird man zu einem Teil der Geschichte. Die Worte, aus denen die Erzählungen gemacht sind, binden ihn stärker als Ketten. Du kannst sie hören, wenn du lauschst. Zauberworte. Sie sind ein Wispern, das über allem liegt. Ein Flüstern. Ich selbst habe auch einmal zwischen Seiten gesteckt. Aber Sabah hat mich und einige andere meiner Art aus ihnen befreit, als die ersten Gefangenen ihre Geschichten verlassen haben. Sie brauchte Krieger, die die anderen jagen, wenn sie ihr entwischen. Sie hat mir meine wahre Geschichte erzählt. Nicht die, in die ich eingeschlossen war. Sondern die Wahrheit. Hat mir gesagt, dass wir einst Todfeinde waren. Doch ich habe einen Eid geschworen. Von nun an diene ich ihr. Die armen Hunde aber, die noch zwischen den Seiten stecken, oh, sie wissen nicht einmal, dass alles um sie herum nicht echt ist. Ein Kuss, ein Geliebter, ein Kind, der Tod eines nahen Verwandten. Alles nur Lug und Trug. Vielleicht stecken wir alle in einer weiteren Geschichte, ohne es zu ahnen, und bannen wiederum selbst erdachte Wesen in erdachte Geschichten. Es gibt keinen Beweis für das Gegenteil. Aber es ist auch gleich. Ich weiß, dass die einzige Wahrheit in den geheimen Namen steckt. Und die kennt allein Sabah. Nicht die Geschöpfe, zu denen sie gehören. Nicht ihr dunkler Zwilling. Nur sie.«

»Es bleiben noch einige Fragen«, begann Hakim in einem so besserwisserischen Tonfall, als belehrte er einen Studenten. »Wie werden die Fabelwesen befreit? Und von wem? Und weshalb wurden sie überhaupt gefangen? Ihr und Sabah seid es, die hinter der Befreiung stecken. Aber Ihr habt Shagyra und die Asfura gejagt. Ihr seid Feinde der Fabelwesen. Wächter, die verhindern sollen, dass sie entkommen. Und wie habt Ihr es überhaupt geschafft, Euch das Vertrauen des Weißen Königs zu erschleichen? Oder steht er unter einem Bann?«

»Sie entkommen von selbst«, gab Assasil knapp zurück. »Die in die Bücher geschriebenen geheimen Namen verblassen von Zeit zu Zeit, und damit erlischt der Zauber, der die Gefangenen in die Geschichten bindet. Sobald Sabah durch die Mahfuz davon erfährt, schickt sie die Bibliothekare, ihr die betreffenden Bücher zu bringen. Sie dürfen nur kurz in das Herz, und immer ist ein Iblis in ihrer Nähe, selbst wenn sie ihn nicht bemerken. Dann zieht Sabah die Namen nach, um den Zauber zu erneuern. Manchmal aber wird ein Buch übersehen. Dann müssen wir Iblise uns aufmachen und die Entflohenen wieder einfangen.«

»Und weshalb …?«, begann Hakim, doch Assasil schnitt ihm das Wort ab.

»Genug«, knurrte der Iblis. Offenbar hatte er die Lust am Reden verloren. »Die Märchenstunde ist vorbei. Jetzt wird nur noch gestorben.« Er gab den Iblisen ein Zeichen, die Gefangenen zusammenzutreiben. Einer von ihnen stieß Hakim und Kani so grob zu Shagyra hinüber, dass der Alte stolperte und sich den Kopf am Fuß des gewaltigen Throns aufschlug. Kani half ihm auf, während sich Sam schützend vor sie stellte.

»Oh, wie nett«, höhnte Assasil. »Aber wovor willst du sie bewahren? Der Tod wartet so oder so auf euch. Denn ihr seid zu nichts mehr nutze. Sabah hat befürchtet, dass eure Verbindung zu den Asfura und den Nushishan nicht zufällig geknüpft war. Sie hat es für möglich gehalten, dass ihr einem Plan folgt. Bestimmte Fabelwesen befreit. Sie ist besessen von der Angst, ihre dunkle Schwester könnte Zugang in die Bücherstadt erlangen. Oder Diener schicken, die für sie hier unten einiges durcheinanderbringen. Aber nun scheint es doch mehr als deutlich, dass ihr nur aus Zufall den Geschöpfen über den Weg gelaufen seid, die wir im Turm auseinandergerissen haben. Und wenn ihr alle tot seid, bleibt nur noch die letzte Asfura. Ihr seid uns freundlicherweise von selbst in die Falle gegangen. Seid direkt ins Herz marschiert. Oder auf die Spitze eines Palastturms.« Er deutete auf Shagyra. »So töricht. Nun, die Asfura wird nicht so einfach zu fangen sein. Doch wir werden auch sie jagen und finden.« Assasil wandte sich von ihnen ab und beugte sich hinüber zu den beiden Iblisen.

Während die Wächter leise Worte wechselten, suchte Sam den Blick des Nushishan. »Wieso der Turm? Wolltest du davonfliegen? Dann hast du allerdings vergessen, dass dir keine Flügel gewachsen sind.«

Der Pferdemensch erwiderte seinen Blick und … lächelte. »Nein, mir nicht. Aber jemand anders trägt sie am Rücken. Ich hatte gehofft, dass sie uns im Auge behält, und nach ihr gerufen. Auch wenn ich im Gegensatz zu Kani nicht wie ein Vogel krächzen kann.«

Sam zog die Stirn kraus. »Wen hast du …«, begann er, doch dann brach er ab, als die Iblise plötzlich verstummten und aufsahen. Sie blickten zum Eingang des riesenhaften Thronsaals. Ein Geräusch, als ob Luft zerschnitten würde, erklang zwischen den leuchtenden Büchern. Einen Moment lang sagte niemand etwas. Und dann löste sich ein Schatten aus dem Gang. Sam stockte der Atem, als der geflügelte Leib in die Höhe schoss, eine Kurve beschrieb und auf sie zuhielt. Jetzt verstand er, wen Shagyra gerufen hatte.

»Tötet sie!«, brüllte Assasil.

Und der Schatten bekam ein Gesicht. Das Antlitz der Asfura war vor Wut entstellt. Sie hatte ihren Schnabelmund aufgerissen, und der Schrei, der ihm entwich, drang Sam durch Mark und Bein. Sie war so schnell, dass die Iblise kaum ihre Verwunderung abschütteln und ihre Schwerter heben konnten, ehe die Vogelfrau sie erreichte. Assasils Wachen schnitten mit ihren Klingen nur durch Luft, während die Asfura über sie hinwegfegte und mit ihren Krallen tiefe Wunden in das Fleisch ihrer Feinde riss. Assasil sprang zur Seite und ließ den silbernen Griff fallen. Während sich die Asfura mit zwei Schlägen ihrer Schwingen aus der Reichweite der Iblise brachte, hatte Sam die Waffe bereits vom Boden aufgehoben. Die Klinge fuhr aus dem Griff, kaum dass er die Finger um ihn schloss. Er trat auf Shagyra zu, und der Nushishan erbleichte, als erwartete er, dass Sam ihm die Schneide durch die Haut ziehen würde. Sam aber griff nach den Ketten, mit denen die Iblise den Nushishan gebunden hatten, und schlug mit der Klinge zu. Er war sich nicht sicher, ob das Schwert der Sahira durch Metall schneiden konnte. Doch die Waffe war magisch, und tatsächlich glitt sie durch die Glieder der Ketten wie ein Brieföffner durch Papier.

»Weg!«, zischte Kani und zog Shagyra und ihren Vater mit sich. Doch Sam blieb stehen. Assasil erhob sich gerade wieder und wandte ihm den Rücken zu, den Blick auf die Asfura gerichtet, die in der Luft einen Bogen flog und sich schließlich wie eine Fledermaus in der Decke verkrallte. Sam sah auf die Klinge und dann wieder zu dem Iblis, der so ungeschützt vor ihm stand. Ein Hieb. Die Klinge würde ihm in den Hals fahren. Ganz gleich, welche Farbe sein Blut haben mochte und wie stark er war, atmen musste auch er. Die Klinge der Sahira würde ihm die Luftröhre aufschneiden. Und Assasils Lunge würde sich mit Blut statt mit Luft füllen. Blieben noch die beiden anderen. Sam wusste, dass er höchstens noch einen würde angreifen können. Der andere aber würde ihn vermutlich töten. Sam sah zu Kani. Und lächelte traurig. Drei Küsse. Wie es aussah, würden keine weiteren hinzukommen. Er schob die Gedanken fort. Keine Zeit für Sentimentalitäten.

Es kostete Sam weniger Überwindung als gedacht, mit der Klinge auszuholen. Er war zwar kein Mörder, aber dies war auch kein Mord. Er rettete die, die er hergeführt hatte. Kani, Hakim und Shagyra würden leben. Vielleicht sogar die Asfura. Aber Hârun, der Wächter, würde sterben. Nun, es würde wenigstens einige geben, die seinen wahren Namen kannten. Samir.

Er spannte die Muskeln, bereit zuzustoßen.

Und das Bild vor seinen Augen verschwamm.

Sam hielt in der Bewegung inne, als er die Gestalt in den Thronsaal kommen sah. Dünn und lang. Kein Mensch. Sam wusste, dass dieses Bild nicht echt war. Noch nicht. Bislang hatte ihm der Helm immer dann etwas gezeigt, wenn Gefahr für ihn bestand. Er erkannte in der Gestalt den Dürren. Verwirrt ließ Sam die Klinge der Sahira wieder sinken. War er doch ihr Feind? Aber warum hatte er sie dann nicht direkt angegriffen, als er die Gelegenheit dazu hatte? *Lass ihn, Sam*, sagte er sich. *Erst die Iblise. Solltest du dann noch leben, kannst du dich um ihn kümmern.*

Das Bild wurde wieder klarer, und Sam sah Assasil. Der Iblis hatte den Kopf schief gelegt und starrte Sam aus seinen kleinen Augen an.

»Du hättest zuschlagen sollen«, raunte er und holte aus.

Sam warf sich zur Seite, und Assasils Hieb ging fehl.

Für eine Erwiderung fehlte Sam die Zeit. Er schlug in Richtung des Iblis, und wenigstens zwang die Attacke Sams Gegner, zurückzuweichen, wenn sie ihn schon nicht verletzte.

»Lauft«, rief Sam Kani und den anderen zu. Über ihm donnerte ein scharfer Ruf durch den Thronsaal, als die Asfura ihren Gegnern eine Art Herausforderung entgegenkreischte. Und dann flogen Steinbrocken herab. Die Vogelfrau musste sie aus der Decke gerissen haben. Faustgroße Brocken, die sie nach den Iblisen warf. Keines der Geschosse traf, doch die Wachen stoben auseinander und stolperten fort von Sam und den Fliehenden. Einzig Assasil blieb, wo er war. Er beachtete die Brocken gar nicht, und selbst als er von einem getroffen wurde, wischte er sich bloß das Blut von der Schulter, das aus einem Riss in seiner Haut rann. Er tat es so beiläufig, als kratzte er über einen Mückenstich. Dennoch war er für einen kurzen Moment abgelenkt. Sam hieb auf den Iblis ein, und sein Gegner stolperte knurrend zurück, um der Klinge zu entgehen.

Über ihm hatte die Asfura aufgehört, mit Steinbrocken zu

werfen. Einen der Iblise hatte sie doch noch getroffen. An seinem Kopf klaffte eine so tiefe Wunde, dass Sam glaubte, etwas Weißes unter dem dunklen Blut zu erkennen. Knochen? Ein Mensch hätte längst das Bewusstsein verloren, doch offenbar ertrugen Iblise weit mehr. Der Verletzte presste sich eine Hand auf die Wunde und wankte los, den Fliehenden hinterher. Verdammt. Sam konnte nicht auch noch ihn aufhalten. Der andere Iblis blickte für einen Moment unschlüssig von der Asfura zu Kani und den anderen. Er konnte sich offenbar nicht entscheiden, um wen er sich kümmern sollte. Doch die Entscheidung wurde ihm abgenommen, denn in diesem Moment ließ sich die Asfura von der Decke fallen wie ein Falke, der seine Beute ausgemacht hatte. Der Iblis sprang zur Seite und hieb nach der Asfura.

Hinter den beiden erkannte Sam den Dürren, der inmitten des Gemetzels um ihn herum so unbeteiligt durch den Thronsaal schritt, als ginge er spazieren. Er blieb auf der Silberplatte stehen und kniete sich hin.

Und dann verschwamm das Bild vor Sams Augen. Er sah eine Klinge auf sich zukommen. Verdammt, er hatte sich von dem Kampf vor seinen Augen ablenken lassen. Sein eigener Gegner war nur zurückgetaumelt. Sam ließ sich zur Seite sacken wie ein gefällter Baum. Und Assasils Klinge zerschnitt nur Luft.

Sam riss seine Waffe hoch, während er wieder auf die Beine kam. Die Klingen trafen aufeinander, und Sam hatte alle Mühe, seine eigene in der Hand zu behalten. Als er nach hinten stolperte, fort von seinem Gegner, sah er aus den Augenwinkeln, wie der Iblis, der mit der Asfura gekämpft hatte, in sich zusammensackte. Sein Kopf saß nicht mehr auf seinen Schultern, und der Körper fiel so abrupt in sich zusammen, als gehörte er einer Marionette, deren Fäden man zerschnitten hatte.

Die Asfura grollte zufrieden, dann blickte sie für einen Moment zwischen Sam und den Fliehenden hin und her. Offenbar wog sie ab, wem sie helfen sollte. Und entschied sich für Kani und die anderen, denen der verbleibende Wächter auf den Fersen war. *Gut so*, dachte Sam und sprang gerade noch zurück, als Assasil erneut auf ihn zustürzte. Der Iblis begann ihn mit wütenden Schlägen einzudecken. Sam riss seine eigene Klinge schützend hoch und parierte die ersten Attacken mit viel Glück, doch dann schlug ihm Assasil die Waffe aus der Hand und versetzte Sam einen so harten Tritt, dass ihm für einen Moment die Luft wegblieb.

»So endet deine kleine Geschichte, du Held«, raunte Assasil höhnisch.

Warum nur müssen Mörder ihr Werk immer mit Worten begleiten?, fragte sich Sam, während er sich die Hand gegen die schmerzende Brust presste. Diebe waren so viel stiller. Schweigen war ihre Sprache und Unsichtbarkeit ihr Mantel. Doch Mörder mussten immer mit ihren Taten prahlen. Sam zog sich den Helm vom Kopf. Er wollte sich nicht vor seinem Tod verbergen. Hinter Assasil erschien plötzlich ein Schatten. »Nein«, schrie Sam, als er erkannte, wer da auf den Iblis zukam.

Der Iblis aber sah nur Sam. »Du? Der Wächter, der die Diebe gejagt hat? Noch eine Überraschung. Aber die letzte.«

Assasils Schwert teilte zischend die Luft.

Und der Schatten hinter dem Iblis griff schreiend nach dem Arm, der die Klinge führte. Hakim. Verdammt, wieso war er nicht bei den anderen? Sam konnte Shagyra und Kani nicht sehen, doch er hörte Kampflärm. Offenbar war der Gelehrte zu ihm zurückgelaufen, anstatt zu fliehen. Hakim war alt und sicher alles andere als erfahren darin, jemanden anzugreifen. Doch irgendwie gelang es ihm, den tödlichen Stoß aufzuhalten.

Assasils Blick zuckte zu ihm hin, und er sah den Alten an wie eine Fliege, die ihm mit ihrem Summen auf die Nerven ging. »Und was haben wir hier? Noch einen Helden? Der andere wollte sich für euch opfern. Und du? Willst du dich nun für ihn opfern?« Assasil öffnete den Mund zu einem grausigen Lächeln. »Bitte.« Und damit riss er seinen Arm los und stieß sein Schwert in Hakims Brust. Ein Schrei erfüllte den Thronsaal. Sam begriff einen Moment später, dass es sein eigener gewesen war.

Aus Hakims Brust quoll Blut. Er starrte auf die Klinge in seinem Fleisch, dann weiteten sich die Augen hinter der Brille.

Ein zweiter Schatten schoss heran, und in Assasils Lachen mischte sich ein überraschtes Keuchen, als Pferdehufe den Kopf des Iblis so hart trafen, dass Sam glaubte, er müsse wie eine reife Melone aufplatzen. Shagyra. Sam konnte nur hoffen, dass sein Erscheinen bedeutete, dass der letzte Wächter tot war. Sam wollte sich nicht ausmalen, wie er sich fühlen würde, wenn Shagyra Kani zurückgelassen hätte und sein Leben anstatt ihres rettete. Der Tritt des Nushishans wäre für jeden Menschen tödlich gewesen, doch Assasils Kopf hielt ihm entgegen Sams Hoffnung stand. Der Iblis stand wacklig auf den Beinen. Er hob die Arme schützend vor die Stirn und wehrte den nächsten Tritt ab. Taumelnd wie ein Betrunkener machte er ein paar Schritte fort von dem Nushishan. Er funkelte ihn wütend an und knurrte wie ein Löwe. Shagyra aber ließ sich nicht beeindrucken. Er lief los, sprang über den Iblis hinweg und versetzte ihm, noch ehe Assasil herumgefahren war, einen weiteren Tritt gegen die Stirn. Leblos sank der Iblis vor dem Thron des Riesen zusammen.

Sam stürzte auf Hakim zu, fiel auf die Knie und presste den Leib des alten Gelehrten an seinen. Das Blut drang weiter aus der Wunde, gleich wie fest Sam seine Hand auch darauf presste. »Nein!«, schrie er. Alles umsonst. Sie hatten Hakim retten wollen. Und nun lag er sterbend vor Sam. »Ich rette …«, begann er trotzig, doch Hakim schüttelte mit leichtem Tadel den Kopf.

»Das brauchst du nicht«, keuchte er. »Es gibt nichts, wovor du mich retten musst. Ich habe mir immer gewünscht, inmitten des Büchermeeres zu sterben. Mein Grab zwischen all den Geschichten zu finden. Was Schöneres könnte einem Büchernarren zustoßen? Aber da ist noch etwas …« Die nächsten Worte gingen in einem Hustenanfall unter. »Erinnerst du dich an unser Gespräch in meinem Arbeitszimmer?«, stieß er dann hervor. »Ich habe dir erzählt, dass ich bei der Lektüre von Sabahs Geschichte unterbrochen wurde.«

»Was?« Sam erinnerte sich vage, doch was konnte daran so wichtig sein, dass der Alte es ihm in seinen letzten Momenten sagen musste?

»Es war kein Wächter, der mich aufgeschreckt hat. Es war ein Kind.« Hakim hustete wieder. Und Sam verstand nicht. »Es muss mir die Treppe hinabgefolgt sein«, fuhr der Alte mit immer schwächer werdender Stimme fort. »Oder es war schon vorher in das Herz gelangt. Ich weiß es nicht. Es gibt vereinzelt Geschichten von Kindern, die zwischen den Büchern ausgesetzt wurden. Von Dienerinnen, die verzweifelt sind, weil sich die Väter nicht zu ihrem Nachwuchs bekennen. Das Kind, das so plötzlich hinter mir auftauchte, war noch so klein. Kaum zwei Jahre alt. *Das Mädchen zwischen den Seiten*, habe ich sie genannt, ehe ich ihr einen Namen gegeben habe.«

Sam brauchte einen Moment, ehe er begriff. »Kani?«

Hakim nickte schwach. »Sie weiß es nicht«, sagte er tonlos. »Ich habe es ihr nie gesagt. Sie denkt, ihre Mutter sei bei der Geburt gestorben. Ich wollte nicht, dass sie glaubt, sie sei ausgesetzt worden. Oder erfährt, dass ich nicht …« Er brach ab, als fürchtete er sich selbst im Angesicht seines unvermeidlichen Todes vor den unausgesprochenen Worten.

Ausgesetzt und vergessen. Auch Sam hatte von solchen Schicksalen gehört. Es gab sie nicht nur in den Bücherstraßen Paramythias, sondern auch in den Gassen der Stadt über der

Erde. »Ihr müsst Euch keine Sorgen machen«, sagte Sam, und Hakim lächelte dankbar. Ausgesetzt und vergessen und gefunden. Kani hatte Glück gehabt.

»Jemand muss das wissen. Nur für den Fall, dass sie eines Tages etwas über ihre Mutter herausfinden will. Ich will nicht, dass dieses Wissen mit mir hier unten stirbt. Hier unten, wo ich das Mädchen zwischen den Seiten entdeckt habe. Selbst der Tod verliert im Angesicht der Worte seinen Schrecken. Ich muss nicht mehr gerettet werden. Aber sie musst du retten, hörst du? Rette Kani. Und lass mich hier zurück, bei meinen Büchern.« Hakim wollte lächeln, doch dann holte er plötzlich so tief Luft, als würde er ertrinken. Er riss den Mund weit auf. Und dann schlossen sich die Augen hinter der Brille, und ein Lächeln legte sich auf seine Lippen.

Sam kniete sicher nur einige Augenblicke dort. Dann wurde ihm Hakims toter Körper von Kani aus den Armen gezogen. Er sah sie an, unfähig, auch nur ein Wort zu sagen. Erleichterung und Trauer ertränkten sein Herz. Erleichterung darüber, dass sie lebte, auch wenn sie Spuren des Kampfes gegen den Wächter auf der Haut trug. Aber sie atmete. Hätte sie Hufe besessen wie Shagyra, wäre sie vielleicht noch schnell genug gewesen, Hakims letzte Augenblicke mitzuerleben. Doch so blieb ihr nur sein totes Schweigen.

Und neben der Erleichterung machte Sam die Trauer über den Tod ihres Vaters das Herz schwer. Wie viel Trauer konnte ein Herz verkraften? Konnte es mit zu viel von ihr gefüllt werden, als dass es noch mehr aufnehmen konnte? Jamal, Majid. Und nun Hakim. Zu viel Tod.

Shagyra stand plötzlich hinter Sam und zog ihn auf die Füße. »Kommt«, sagte er drängend. »Wir müssen fort. Oder alles war umsonst.«

Sam sah ihn verwundert an. Umsonst? Aber das war es doch sowieso. Sie hatten Hakim nicht retten können. Und doch hatten sie das Geheimnis um Paramythia gelüftet. Der Alte hatte in den letzten Minuten seines Lebens all das erfahren, was er sein ganzes Leben lang hatte wissen wollen. Sam blickte in das Gesicht des Toten. Es sah so zufrieden und glücklich aus. Vielleicht war dies hier genau die richtige Art von Rettung gewesen. Und nun konnte Sam nur noch für eines sorgen: dass Kani lebend entkam.

Er wollte ihr den Leib ihres Vaters aus den Armen ziehen, doch sie klammerte sich so fest an den leblosen Körper, als müsste sie ihn noch jetzt vor der Welt beschützen. »Ich lasse ihn nicht hier«, wisperte sie.

Sam seufzte. Sie mussten fort. Zwischen den Säulen waren die Asfura und der letzte Iblis in einen Kampf auf Leben und Tod verstrickt. Und selbst wenn Kelaino gewann, bedeutete dies nicht, dass sie außer Gefahr waren. Sam hatte die anderen Wachen nicht vergessen, die er in Paramyhtia durch den Spalt des Marduk-Tores gesehen hatte. Und die Sahira ebenfalls nicht.

»Er wollte hier sterben und bei den Büchern begraben werden«, sagte Sam. Er spürte, wie sich ihr Griff um Hakims Leichnam lockerte.

»Aber doch nicht so, inmitten von diesen …« Ihre Stimme brach, als säße ihr ein Splitter im Hals, während sie zu den toten Iblisen sah.

Sam konnte sie verstehen, dennoch hatten sie keine Zeit, einen würdigen Ort für Hakim zu finden.

»Ich weiß etwas.« Shagyra beugte sich zu Kani und schloss seine dünnen Arme um den alten Gelehrten. »Vertrau mir.« Er sah Kani ernst an, und Sam wusste, was er ihr ohne Worte sagte. Auch Shagyra hatte jemanden verloren und in Paramythias Herz zurückgelassen. Obwohl sein Bruder nicht tot war, wenn Assasil die Wahrheit gesagt hatte. Doch es schien Sam aussichtslos, den Nushishan, den Sabah und der Dürre zurück in seine Geschichte gesperrt hatten, unter all den Gefangenen zu suchen. Plötzlich wurde ihm schwindlig, als er sich klarzumachen versuchte, wie viele Fabelwesen es sein mussten. Gehörte wirklich jedes silbern leuchtende Buch zu einem Geschöpf?

Kani ließ zögernd los, und Shagyra hob den Alten mühelos in die Höhe. In den dünnen Armen musste eine ungeheure Kraft stecken. Der Pferdemensch trat mit federnden Schritten auf den Thron zu, ging in die Knie und sprang.

Sam war gerade einmal bis zu den Zehen des steinernen Riesen gelangt, doch Shagyra sprang leichtfüßig bis auf dessen Schoß. Dort legte er den Leichnam ab, als wollte er ihm Hakims toten Körper zur Wache übergeben. Unerreichbar für alle, die weder Flügel noch Pferdebeine besaßen. Mit einem Satz sprang der Nushishan wieder herab. »Ich denke, dieser Ort würde ihm gefallen«, sagte er.

Kani sah hinauf, dann nickte sie. »Ja, das würde er.« Ihre Stimme klang seltsam tonlos. Als wären ihr in diesem Moment alle Gefühle aus dem Herzen gewaschen. Ihr Blick fiel auf den leblosen Iblis. Dem toten Assasil war selbst jetzt noch die Lust am Morden ins blutrote Gesicht geschrieben. »Kommt«, sagte sie, »ich will hiervon nichts mehr sehen. Nie wieder.«

Sam blickte sich noch einen Moment lang um, als Kani schon mit Shagyra losging. Er fühlte, dass dieser Ort nach ihnen griff. Sie in sein Geheimnis einwob wie eine Spinne in ihr Netz. Und er bezweifelte, dass sie ihm entkommen konnten, selbst wenn sie es aus Paramythia hinausschafften. Dann setzte er den Helm wieder auf und hob den silbernen Griff vom Boden. Nun, da Sam keine direkte Gefahr mehr drohte, war die Klinge wieder in ihm verschwunden. Er atmete tief durch, ließ die Waffe unter seiner Robe verschwinden und folgte ihnen.

21. DUNKLE SCHWINGEN

Sieh nicht nach hinten. Diesmal beachtete Sam Vicentes Weisheit nicht. Sie liefen im Schein der leuchtenden Bücher durch den Säulenwald, während die Asfura und der letzte Iblis weiter mit unerbittlicher Härte gegeneinander kämpften. Und Sam wandte immer wieder den Kopf, um nach der Vogelfrau zu sehen.

Kelaino. Mit ihr und ihrer Schwester hatte all dies für ihn begonnen. Der Schrei in den Schatten Paramythias. Und der Kampf gegen die Asfura Aello. Sie war nun tot, und seltsamerweise hoffte Sam, dass wenigstens Kelaino überleben würde. Auch wenn sie in jener Nacht versucht hatte, Sam den Leib aufzureißen.

Sie schlug mit ihren Schwingen, um sich aus der Reichweite der Iblis-Klinge zu bringen. Ihr Gegner sah mitgenommener aus als sie. Kelainos Krallen hatten ihm das Gesicht verziert. Doch auch sie war gezeichnet. Wenigstens zwei Mal musste der Iblis sie getroffen haben. Ihr linker Arm schien ein wenig zu hängen, und aus Wunden an ihrer Schulter und ihrem Bein rann dunkles Blut.

»Kommt!«, drängte Shagyra, und Sam spürte, wie er fortgezogen wurde. Der Gerettete wurde zum Retter. Sie hatten beinahe den Ausgang erreicht, als Sam ein weiteres Mal stehen blieb. Der Dürre. Sam hatte ihn während des Kampfes aus den Augen verloren, doch nun war er wieder da. Er hielt ein Buch, das so groß war, dass er es beinahe nicht tragen konnte. Das Buch schien so alt, dass Sam glaubte, jeden Moment müssten die von den Jahrhunderten gewellten Seiten zu Staub zerfallen.

Doch der Name auf ihm leuchtete heller als bei allen anderen. Nicht nur silbern. Auch Gold hatte sich in die Lettern gemischt. Ganz so, als gehörte dieses Buch dem Tag und der Nacht zu gleichen Teilen. Und auf ihm prangte ein Frauengesicht, das ein Helm zierte. Der Helm trug Zacken, die Hörnern gleich in die Höhe wuchsen. Wangenklappen bedeckten Teile des Gesichts, das dem von Sabah ähnelte. Aber sie war nicht gefangen. *Und die Sahira öffnete die Augen. Sie wusste, wer sie war. Wusste, dass ein zweites Herz in ihrer Brust schlug, das nicht ihres war.* Sam kamen die Worte in den Sinn, die Hakim ihm an jenem Tag in seinem Studierzimmer vorgetragen hatte. Sam mochte nicht lesen können, doch die Worte hatten sich in seinem Kopf wie Pollen in einem Spinnennetz verfangen.

Vermutlich war auch die Sahira einmal in ein Buch wie dieses hier gesperrt gewesen. Und vermutlich war sie daraus befreit worden. Von wem? *Wusste, dass ein zweites Herz in ihrer Brust schlug, das nicht ihres war.* Und wen hatte man befreien wollen? Sabah oder Layl? Aber der Name auf dem Einband würde wohl nicht mehr leuchten, wenn sein Insasse befreit war. Steckte eine weitere Sahira darin, die Sabah und Layl ähnelte? Oder ein Geschöpf, das so wichtig war, dass eine der Wüstenhexen den Einband mit ihrem eigenen Konterfei versehen hatte? Der Mahfuz presste es so fest an seinen dürren Leib, als würde sein eigenes Herz darin schlagen.

Der Helm hatte Sam bisher stets vor Gefahren gewarnt. Weshalb hatte er ihm dann den Mahfuz gezeigt? Die hohe Gestalt schien so harmlos wie einer der Bibliothekare in Paramythia. *Und wenn nicht er, sondern das Buch die Gefahr ist, Sam?*, fragte er sich.

»Was machen wir mit ihm?«, fragte Shagyra.

Sam wollte seine Waffe hervorziehen, doch dann entspannte er sich wieder. »Lass ihn. Wir gehen. Genug Geheimnisse für einen Abend.«

Der Dürre ging so gedankenverloren an ihnen vorbei, als würde er sie gar nicht wahrnehmen. Der Mahfuz wurde immer schneller, als hätte er es eilig, das Buch aus der Krypta fortzubringen.

»Und jetzt raus hier«, drängte Sam. Sie folgten dem Dürren, der denselben Weg wie sie zu haben schien. Wollte er Paramythia ebenfalls verlassen? Warum? Sam verdrängte die Fragen. Eines nach dem anderen. Zuerst mussten sie hier heraus.

Der Dürre lief, ohne sie zu beachten, durch Tunnel mit leuchtenden Büchern, führte sie auf den Midan Imlak und wieder hinein in das Labyrinth aus Gängen. Sam warf einen Blick auf die Bücher in den Regalen. Sie ähnelten von der Größe her denen, deren Titel leuchteten. Doch die Buchstaben auf diesen Einbänden waren blass und gewöhnlich. Vielleicht waren ihre einstigen Bewohner entkommen? Oder es waren alte Bücher, die vollgeschrieben und durch neue ersetzt worden waren.

Es machte keinen Unterschied, wie nahe sie dem Dürren kamen. Er nahm sie einfach nicht wahr. Oder er ignorierte sie. Sie bogen in einen weiteren Gang ein, der wie die übrigen hier unten so hoch war, dass Sam die Decke nicht erkennen konnte. Hinter ihnen mischte sich plötzlich das Schlagen von Flügeln in ihre Schritte. Kani wandte sich um und krächzte etwas in die Dunkelheit über ihnen. Eine Antwort legte sich über ihren Ruf. Und dann gebaren die Schatten über ihnen den Leib der Asfura. Kelaino sank herab. Sie sah übel mitgenommen aus. Zu den Wunden, die Sam bereits gesehen hatte, waren noch weitere Schnitte gekommen. Doch sie lebte und war hier. Der Iblis im Thronsaal rührte sich vermutlich nicht mehr.

»Was ist das?«, fragte sie, kaum dass sie ihre Füße auf den Boden gesetzt hatte, und deutete mit einem krallenbewehrten Finger auf den Mahfuz.

»Er gehört zu Sabah«, erwiderte Kani. Wie müde sie klang. Nicht traurig, nur erschöpft. Ihre Worte waren leise, doch sie zitterten nicht. Kein Schluchzen, nichts. Als wäre ihr Herz einfach nicht mehr in der Lage, all die Trauer in sich aufzunehmen.

Sam wusste, wie sie sich fühlte. Er konnte sich genau an den Moment erinnern, da er von Jamals Tod gehört hatte. Der Tag war so lächerlich schön gewesen. Als amüsierte er sich über die Torheit von Jamal, der sich zuvor für einen Auftrag gemeldet hatte, der ihn in der Rangordnung der Elstern direkt vor Samir gebracht hätte. Vicente hatte immer Wert darauf gelegt, dass seine Söhne sich ihren Rang ebenso erarbeiten mussten wie die übrigen Diebe seiner Organisation. Keiner sollte ihm vorhalten können, dass er sie den anderen gegenüber bevorzuge. Im Gegenteil, er verlangte noch mehr von ihnen. Und Jamal und Samir hatten alles versucht, um ihren Vater zufriedenzustellen. Der Mann auf dem Markt, den sie gemeinsam mit Majid beklaut hatten. Der erste Einbruch in ein Haus, bei dem sie dem Wachhund, einem laut keifenden, winzigen Fellsack, mit Mühe entkommen waren. Und ihr Meisterstück, bei dem Sam und Jamal eine ganze Ladung wertvoller Teppiche aus den östlichen Ländern gestohlen hatten, indem sie sich in einem Lager als Bedienstete des Weißen Königs ausgegeben hatten. Sam konnte sich noch immer an den pflichtversessenen Gesichtsausdruck der Hafenbeamten erinnern, als Jamal und er ihnen von dem königlichen Pferdewagen aus zugewunken hatten, hinter sich die unermesslich wertvolle Ladung.

Und dann war Jamals letzter Raubzug gekommen. Er hatte einem alten Grafen namens Sunyer den Siegelring stehlen sollen. Ein Auftrag, der eigentlich viel zu gefährlich war, doch Vicente hatte darauf bestanden, dass er ausgeführt wurde, und Jamal hatte sich freiwillig gemeldet.

Sunyer gehörte zum innersten Zirkel des Palastes, und es gab nur fünf Ringe wie seinen in Mythia. Ein mit dem Siegel versehenes Dekret war kaum weniger wert als ein direkter Befehl des Weißen Königs. Der Auftrag war ebenso simpel wie gefährlich gewesen. *Stehle den Ring und bringe ihn, nachdem eine Kopie erstellt wurde, wieder zurück.* Sunyer nahm ihn nie vom Finger, doch Jamal war der begabteste Taschendieb Mythias gewesen, begabter noch als der alte Isembart. Er hatte geschafft, was nahezu unmöglich war, und ihn dem schnarchenden Grafen vom Finger gezogen, ohne dass der fette Adlige aus seinem Schlaf geschreckt wäre. Für die Kopie hatte der Graveur der Ikariq bloß eine Stunde gebraucht, und der Diebstahl wäre nie bemerkt worden, wenn der Schlaf des Grafen in diesem Moment nicht zu leicht gewesen wäre. Sam hatte Jamal begleitet und am Balkon auf ihn gewartet, um seinen Rückweg zu sichern. Er hatte hilflos mit ansehen müssen, wie Sunyer aus seinen Träumen erwacht war und dem überraschten Jamal seinen Dolch, der unter dem Kissen gelegen hatte, in den Hals gestoßen hatte. Die Leiche des jüngeren Bruders hatte Sam aus einem der Totenhäuser geholt, in das alle namenlosen Verstorbenen Mythias gebracht wurden. Doch auch das Verbrennen des Leichnams im Kreis der Elstern hatte ihm keinen Frieden gebracht.

Die fünf Ringe wurden ausgetauscht, und die Kopie, um derentwillen Jamal gestorben war, hatte zuletzt nur als eines von vielen Erinnerungsstücken in der Eingangshalle von Vicentes Haus gelegen. Sam würde nie vergessen, wie er an jenem sonnendurchfluteten Tag durch die Halle gegangen war, das Arbeitszimmer seines Vaters betreten und ihm die Verantwortung für den Tod Jamals ins Gesicht geschrien hatte. Vicente hätte Jamal niemals den Auftrag übernehmen lassen dürfen.

Und nun, Sam?, fragte er sich. *Der Tod holt alle um dich herum.*

Das Krächzen der Asfura riss Sam aus seinen Gedanken. »Wir sollten ihn töten«, grollte sie so, dass auch Sam und Shagyra sie verstanden. Der Dürre hingegen schien noch immer nichts mitzubekommen. Wie verzaubert ging er weiter, während Sam und die anderen ihm folgten.

»Nein«, erwiderte Kani. »Er will sicher zu einem Tor. Wir folgen ihm. Und«, sie stockte kurz, »keine Toten mehr heute Nacht. Es sind genug.«

Die Asfura erwiderte nichts, doch Sam konnte ihr den stummen Widerspruch von der Stirn ablesen. Nun, wenigstens machte sie keine Anstalten, dem Mahfuz den Kopf von den Schultern zu beißen.

Sie folgten dem Dürren durch einen Gang, dessen Decke sich über ihnen im Dunkeln verlor, und ihre Schritte gebaren so viele Echos, dass es schien, als folgte dem Mahfuz eine kleine Armee. Menschenfüße, Hufe und die krallenbewehrten Zehen der Asfura. Ihre Töne erfüllten den Gang, der einmal von Riesen angelegt worden war, wenn die Geschichte stimmte. Aber warum sollte sie das nicht? Das alles hier war eine einzige Geschichte. Eine, in der Bücher Gefängnisse waren und Namen ausreichten, lebende Geschöpfe wie mit Ketten zu binden.

Die Säulen, die schließlich vor ihnen in die Höhe sprossen, zierten Bilder von Nushishans. Sie mussten dem Aufgang zum Marduk-Tor nahe sein. Shagyra sah sich staunend um. Bei seiner ersten Flucht aus dem Herzen war er sicher noch zu verwirrt gewesen, um die Bilder zu bemerken. Doch nun konnte er seinen Blick kaum von ihnen abwenden, als hungerte er nach einem Hinweis auf das Schicksal seines Volkes. Sam konnte es ihm nicht verübeln. Wie würde er selbst sich fühlen, wenn er der einzige Mensch unter Nushishans wäre?

Sie gingen eine der Bücherstraßen entlang, als der Aufgang unvermittelt ein dunkles Loch in die Regalwand schnitt. Der Mahfuz blieb einen kurzen Moment dort stehen und schien zu lauschen. Dann verschwand er in der Dunkelheit. Als auch Sam und die anderen die Treppe erreicht hatten, warteten sie, ehe sie ihm folgten.

Es war ein stiller Aufstieg. Die Finsternis malte Sam Bilder in den Kopf, die er allzu gerne wieder in die Dunkelheit verbannt hätte. Der sterbende Hakim. Und Kani, der der Tod ihres Vaters das wunderschöne Gesicht zur Maske erstarren ließ. Sam presste die Lippen aufeinander. Sie mussten hier heraus. Und dann würde er wiederkehren und dem Weißen König alles berichten. Ja, das hätte er schon viel früher tun sollen. Er würde ihn hinabführen in das Herz Paramythias und ihm die Leichen der Iblise zeigen. Was dann kam, würde nicht mehr in Sams Macht liegen.

Vor ihnen zeichnete sich ein langer, dünner Strahl aus Licht ab, der von den Lampen stammen musste, die auf dem Platz vor dem Marduk-Tor brannten. Der Dürre musste das Tor irgendwie weit genug aufgedrückt haben, um dem Herzen der Bücherstadt zu entkommen.

Als sie in den Strahl eintauchten, legte Sam den Finger auf die Lippen. »Wartet«, wisperte er.

Und das Bild vor seinen Augen verschwamm.

Die Frau, die er durch den Spalt vor dem Tor sah, schien von der Nacht selbst geboren worden zu sein. Ihr Leib war in dunklen Stoff gehüllt, und Sam spürte die Kälte, die von ihr ausging. Er hatte noch das Gefühl, dass sie ihm direkt ins Herz sah, als das Bild bereits wieder klarer wurde. Er wollte von dem Tor wegstolpern, doch seine Beine gehorchten ihm plötzlich nicht mehr. Stattdessen trugen sie ihn weiter zu dem Spalt. Sein Mund war wie verschlossen, und seine Arme hoben sich, als wären sie an Fäden gebunden, die ein anderer in der Hand hielt. Ohne dass er es wollte, drückte Sam mit aller Kraft einen der Torflügel auf. Ein Zauber.

Layl, die Nacht, wartete auf der anderen Seite. Sam wollte seine Freunde warnen. Doch sein Mund gebar keine Worte, gleich wie laut er sie herausschreien wollte. Er drückte weiter, bis der Torflügel ganz geöffnet war.

Layl stand wie eine Königin zwischen den Säulen. Das Gesicht so blass, als habe der Tod selbst es ihr gebleicht. Doch ihre Lippen schimmerten rot wie das Blut, das Hakim vergossen hatte. Der Gedanke an ihn fachte eine nie gekannte Wut in Sam an. Der Alte hatte sein Leben gegeben, um Sam zu retten. Nicht einmal sein eigener Vater hätte das getan. Die Wut ließ Sams Herz heftiger schlagen, ebenso wie die Anstrengung, die es ihn gekostet hatte, den Torflügel aufzudrücken. Sie brannte heiß in seinen Adern, und zu Sams Überraschung brachte sie seinen Willen zurück in seine Arme.

Neben Layl stand der Dürre, das Buch in den Händen, und starrte ins Leere.

»Ich danke dir.« Ihre Stimme schmeckte nach Einsamkeit und Dunkelheit. »Du hast die Veränderung gebracht, Mensch mit dem Helm. Dank dir konnte ich in jener Nacht in das Buch sehen, das meine Schwester so eifersüchtig vor mir verbirgt. Und ich konnte den Namen lesen, den der trägt, den ich befreien werde. Oh, so viele Jahrhunderte lang hat sie ihn vor mir verborgen. Doch nun kenne ich ihn. Und ich konnte meinen Diener hinabschicken, um mir das Buch zu holen, aus dem ich den befreien kann, nach dem ich mich verzehre. Nun kann ich meinen Diener endlich den Namen aus dem Buch herausschreiben lassen. Du bist ein seltsamer Mensch.« Der Klang ihrer Stimme wurde so hart, als wollte sie Sam mit jedem Wort ins Herz schneiden. Sie deutete mit einem Finger auf Sam. »Du trägst einen Helm, den meine Schwester für einen Anderen gemacht hat. Und ein Schwert, das sie gegen mich gefertigt hat. Bring es mir.«

Sam spürte, wie sich seine Beine in Bewegung setzten.

»Und willst du mir nicht deine Gefährten vorstellen, Mann mit dem gestohlenen Helm?«

Sam konnte den Kopf nicht wenden, doch er hörte die Schritte seiner Freunde, die hinter ihm durch das Tor kamen.

Seine Finger glitten wie von selbst unter die Robe und zogen den Griff der Waffe hervor.

»Du hast eine seltsame Truppe um dich, Mann mit dem gestohlenen Helm. Eine Frau, ein Nushishan und eine Asfura.«

Und ein Gelehrter, der wegen dir gestorben ist, dachte Sam. Doch er sagte nichts, auch wenn die Wut, die in ihm schwelte, die Bänder gelockert hatte, die seine Lippen verschlossen.

»Meine Schwester würde sicher gerne wissen, weshalb ihr dort unten wart.«

Sam hielt den Blick starr auf die Sahira gerichtet, während er auf sie zuschritt, als gehörten seine Füße einem anderen. Sie trug den Kopfschmuck, den sie auch im Theater angehabt hatte. Und den auch das Haupt auf dem Buch zierte, das der Dürre in Händen hielt.

»Ja, das bin ich«, beantwortete sie die Frage, die er nicht gestellt hatte. »Oder meine Schwester. Ganz wie du willst. Dieses Buch ist selbst unter denen, die tief im Herzen Paramythias verborgen sind, ein besonderes. Unser Abbild ziert es als Zeichen, dass niemand Hand daran legen darf, dem wir es nicht gestatten. Doch während ich den befreien will, der darin schläft, will meine Schwester ihn für alle Zeiten zwischen die Seiten binden.« Sie sog die Luft ein, als läge ein Duft darin, der Sam entging. »Es ist eine einzigartige Nacht«, raunte sie. »Seit so langer Zeit versuche ich, in das Herz zu gelangen. Doch meine Schwester versiegelt Abend für Abend die Tore mit einem Wort, das ich nicht kenne. Bis heute. Ich vermute, ihr habt den armen Teufel befreit, den Shajara, unser Wüstenbaum, für sie gefangen hielt. Das hat alles verändert. Unruhe in die Ruhe gebracht. Ein Tor wurde geöffnet und konnte nicht rechtzeitig geschlossen und versiegelt werden. Und ich habe die Gelegenheit genutzt und mich meiner Schwester entgegengestellt. Meinem Diener Zeit verschafft, für mich in das Herz zu gehen.« Sie lächelte dem Mahfuz zu, der träumend neben ihr stand. »Ich musste ihm natürlich erst mit meinem Zauber den Verstand färben. Doch er hat mir gebracht, was ich schon so lange begehrt habe.«

Sie deutete auf das Buch in seinen Händen, das daraufhin wie von unsichtbaren Händen getragen auf sie zuschwebte. Es hing vor ihr in der Luft, während sie über den Einband strich.

»Wer ist in diesem Buch gefangen?« Kanis Stimme schien einer Fremden zu gehören. Zu alt. Zu müde für sie.

Layl verzog das makellose Gesicht zu einem kalten Lächeln. »Er …«, begann sie, doch dann unterbrach sie sich. Mit einem Mal schien sie wie von Krämpfen gepackt. Sie riss den Mund auf, als wollte ihr ein Schrei über die Lippen drängen, den sie mit aller Macht zurückhielt. Und das Kleid, das ihr die Nacht auf den Leib geschneidert hatte, färbte sich an einigen Stellen weiß. »… darf seine Geschichte nicht verlassen.« Layl war auf die Knie gefallen, der Rücken gebeugt wie eine drohende Katze. Sie richtete ihre bernsteinfarbenen Augen auf Sam und die anderen. »Flieht, ihr Narren. Und kehrt nie wieder nach Paramyhtia zurück. Es sei denn, ihr sucht den Tod.« Wieder riss sie den Mund auf, und diesmal vermochte sie den Schrei nicht zurückzuhalten.

Tag und Nacht rangen miteinander. Sabah und Layl. Doch lange würde Sabah ihre Schwester wohl nicht im Zaum halten können. Sam sah Kani an. »Los«, rief er und wollte ihre Hand nehmen. Doch sie wand ihre Finger aus seinem Griff.

»Ich gehe nicht ohne das hier«, sagte sie und machte einen schnellen Schritt auf das Buch zu, das noch immer in der Luft schwebte. Der Schreiber reagierte nicht, als Kani ihre Hand auf den Einband legte.

»Was willst du damit?« Sam packte sie an der Schulter. »Wir müssen weg.«

Kani fuhr zu ihm herum. Ihre Augen hatten sich mit so vielen Tränen gefüllt, dass ihr Blick verschwamm. »Mein Vater ist wegen all dem gestorben. Ich habe das Recht zu erfahren, wer oder was hier drinsteckt. Sonst war sein Tod umsonst.« Ihre Stimme brach bei den Worten, als würde ihr jemand eine Klinge in den Hals stoßen.

»Mein eigener Bruder ist auch gestorben«, sagt Sam. »Vor wenigen Wochen. Wegen eines verdammten Rings, den er stehlen sollte.« Er fühlte sein Herz so schnell in der Brust schlagen, als wollte es ihn zur Eile antreiben, nun noch mehr von dem preiszugeben, was er zuvor nicht erzählt hatte. Den Namen seines Bruders hatte er seither nicht mehr gebraucht, als wäre er von nun an unaussprechlich oder ebenso geheim wie die der Fabelwesen im Herzen der Bücherstadt. »Jamals Tod war umsonst. Wertlos. Unnötig. Dein Vater ist gestorben, weil er ein Geheimnis aufdecken wollte. Eines, das die Stadt und das ganze Reich bedroht. Und weil er mich gerettet hat. Sein Tod war nicht umsonst. Du brauchst nichts, um ihm im Nachhinein einen Sinn zu geben.« Kani hatte dennoch recht. Sie sollten das Buch mit sich nehmen, allein schon, damit Layl nicht bekam, was sie wollte. Er griff widerwillig danach, während die Sahira noch immer vor ihnen kniete und sich wie unter Schmerzen wand. Ewig würde Sabah ihre Schwester nicht zurückdrängen können. Sam wollte die Finger auf den Einband legen. Doch noch bevor er das Leder berührte, mischten sich schwere Schritte in die Schreie Sabahs. Mit einer Wucht, als hätte ein Riese dagegen geschlagen, wurden die Flügel des Marduk-Tores aufgestoßen. Und die Schatten dahinter gebaren den blutüberströmten Leib Assasils.

Für einen Moment schien es, als habe die Bücherstadt ihn aus einer ihrer Geschichten ausgespuckt. Sam starrte ihn ungläubig an. Kani beantwortete die Frage, die er sich nur stumm stellte: *Wieso lebte er wieder?*

»Er war nicht tot«, sagte sie tonlos. »Nur verwundet.«

Die Asfura ging grollend in die Hocke. Sie spannte die

Muskeln in ihren dürren Beinen und stieß sich ab. Ihre Flügel schnitten einige Male wie Klingen durch die Luft und dann warf sie sich dem Iblis entgegen. Sie stieß ihm ihre Krallen in den Leib und riss ihn in die Höhe. Doch sie waren nur wenige Meter über dem Boden, als Assasil ihr seine Klinge über die Seite zog. Ihr Schrei fing sich zwischen den Säulen, und sie ließ ihren Gegner los. Der Sturz hätte einen Menschen getötet, doch Assasil schüttelte sich nur kurz. Dann stand er wieder auf, und sein Blick fiel auf Sam und die anderen.

»Bring sie weg!« Sam stieß Kani so grob in Shagyras Arme, dass sie vor Überraschung aufschrie.

»Aber«, begann sie zu protestieren, doch der Nushishan warf sie sich mit überraschender Leichtigkeit über die Schulter und nickte Sam zu.

»Du findest uns bei deinem Leithengst«, sagte er, dann lief er mit der protestierenden Kani so schnell los, dass er nach nur wenigen Lidschlägen mit den Schatten um sie herum verschmolz.

Sam musste trotz aller Schrecken lächeln. *Sein Leithengst.* Vicente würde diese Bezeichnung sicher gefallen. Sam sah zu Sabah. Sie war noch immer in ihrem eigenen Kampf gefangen. Dennoch hob sie den Kopf und sah ihn an. Augen aus Bernstein in einem Gesicht, in dem sich Ernst und Hass mischten.

Und Sam hob seine Waffe.

Die Klinge sprang wie auf einen stummen Befehl hin heraus. Sie war gemacht worden, um Layl zu töten. Das Kleid, das die Totgeweihte trug, färbte sich für einen Moment ganz und gar weiß. Sabah sah ihn an.

Was las er in ihrem Blick? Angst, so viel war sicher. Aber da war kein Flehen. Wovor fürchtete sich Sabah? Nicht vor dem Tod, da war sich Sam sicher.

Es war gleich. Er holte aus.

Und das Bild vor seinen Augen verschwamm für einen kurzen Augenblick. Er sah Assasil auf sich zukommen. *Ignoriere ihn, Sam*, sagte er sich. Die Sahira steckte hinter allem. Sie musste er töten. Um jeden Preis. Das Bild wurde wieder klarer. Die Klinge schien zu singen, während sie durch die Luft glitt. Doch ehe sie Sabah den Kopf vom Leib trennen konnte, hatte die Sahira einen Arm gehoben, und die Luft zwischen ihr und Sam gefror zu Eis. In das Kleid der Sahira mischten sich wieder schwarze Fäden. Layl kehrte zurück.

Die Klinge blieb auf halben Weg stecken. Sam hörte sich selbst vor Wut und Enttäuschung schreien. Er zog die Klinge aus dem Eis, doch ehe er erneut zuschlagen konnte, war Assasil da und rammte ihm die Schulter so hart in die Seite, dass Sam für einen Moment keine Luft bekam. Er wurde von den Füßen gehoben und fing sich nur mit Mühe ab.

Mit viel Glück hatte Sam seine Waffe festhalten können und schlug nun zu. Die Waffe prallte gegen den Stahl, den der Iblis in der Hand hielt. Noch ein Schlag mit der silbernen Waffe. Assasil parierte ihn knurrend. Der Iblis wischte sich Blut von der Stirn, das ihm über die Augen lief. Hinter ihm färbte sich das Kleid der Sahira wieder vollends schwarz. Und Layl erhob sich.

Das ist das Ende, schoss es Sam durch den Kopf. *Vielleicht wirst du wie Majid in dem verfluchten Baum enden, Sam.*

Doch Layl beachtete die Kämpfenden nicht. Sie deutete auf den Dürren. »Mache seinen Namen sichtbar. Du weißt dank mir, wie er lautet. Und dann entferne ihn.« Ihre Stimme zitterte vor Erregung.

Und Sams Blick verschwamm wieder. Er sah Assasils nächste Attacke. Dank des Helms parierte er sie mühelos. Sam griff an. Seine Schläge wurden härter. Er las dem Iblis die Wut vom roten Gesicht ab. Aus dem Augenwinkel bemerkte er, dass sich der Dürre an dem Buch zu schaffen machte.

»Seit unzähligen Generationen hat kein Mensch einen Kampf gegen einen Iblis überlebt«, knurrte Assasil.

»Er kämpft nicht allein.« Die gekrächzten Worte hingen noch in der Luft, als die Asfura den Iblis von hinten anfiel. Ihre Krallen gruben sich tief in sein Fleisch, und sie hockte ihm auf den Schultern wie ein Rabe auf einem Gehängten.

Assasil versetzte Sam einen Tritt, den ihm der Helm zu spät zeigte. Während Sam zu Boden ging, versuchte der Iblis sich mit seinem Schwert Kelaino vom Rücken zu schneiden. Assasil drehte sich in dem verzweifelten Versuch, die Asfura zu treffen. Doch ehe die Waffe sie fand, war Sam wieder auf den Beinen. Er bekam keine Luft, und vor seinen Augen tanzten Funken, als hätte ein Schwarm Glühwürmchen den Weg in die Bücherstadt gefunden. Sam zwang seinen Arm, die Klinge in den für einen Moment freiliegenden Nacken zu stoßen. Er fühlte kurz einen Widerstand. Und dann fuhr Sabahs Waffe tief in das Fleisch des Iblis.

Die Verblüffung saß Assasil wie eine Maske auf dem Gesicht, während er in der Bewegung innehielt und die Lippen zu einem stummen Schrei öffnete. Erst der Griff stoppte die silberne Klinge, die wie von selbst in den Nacken des Iblis geglitten war.

Sam hatte ein- oder zweimal einen Stierkampf beobachtet. In Mythia galt er als besondere Mutprobe, und die besten Kämpfer verstanden sich darauf, ihre vierbeinigen Gegner mit einem einzigen sauberen Hieb zu töten. Nun, Sam hatte auch einen gehörnten Gegner erlegt. Und dabei weit mehr Mut aufbringen müssen, als die von den Zuschauern gefeierten Männer.

Kelaino sprang Assasil von den Schultern. Der Iblis sackte in sich zusammen, und Sam zog ihm mit einem kräftigen Ruck die Klinge aus dem Fleisch. Das Blut lief aus dem Schnitt, als wollte es den Boden des ganzen Platzes färben.

»Es ist vorbei«, keuchte Sam.

»Nein«, grollte die Asfura.

Sam folgte stumm ihrem Blick.

Er sah die Sahira, dunkel wie die Nacht.

Den Mahfuz, der sich verwundert die Augen rieb, als könnte er nicht verstehen, wie er hierherkam.

Und die Gestalt, die sich neben dem nun am Boden liegenden Buch erhob. Der Mann war wenigstens zwei Köpfe größer als Sam. Über seinen nackten Körper zog sich ein Muster, das Sam an die Tätowierungen einiger Beduinenstämme erinnerte, deren Krieger sich die Haut mit blauer Farbe aus der Indigopflanze verzierten, sobald sie ihren ersten Toten vorweisen konnten. Die langen dunklen Haare hingen ihm in die Stirn. Ein Asfur. Die weißen Augen in dem schmalen Gesicht glänzten wie Perlen. Der Mund des Asfur besaß, anders als der Kelainos, kaum Ähnlichkeit mit einem Schnabel und war von dem eines Menschen fast nicht zu unterscheiden. Doch seine Zähne schienen ebenso spitz wie die der Asfura.

Kelaino blickte den Mann an, als könnte sie nicht glauben, was sie da sah. Sam verstand sie nur allzu gut, angesichts der zwei mächtigen, tintenschwarzen Schwingen, die dem Mann aus dem Rücken wuchsen.

Der Blick des Vogelmannes hing nur an Kelaino. Er wusste vermutlich nicht, wo er herkam oder wieso er hier war. Aber er erkannte ganz offenbar seine eigene Art. Dann aber fand sein Blick die Waffe, die Sam in der Hand hielt. Ein bedrohliches Grollen entwich der Kehle des Asfur.

Wer war er? Sam richtete die Klinge auf ihn. Layl hatte ihn holen wollen. Also musste er ein Feind sein. Gleich, wie sein Name lautete.

Der Asfur breitete kampfbereit die Arme aus und fixierte die Waffe in Sams Hand. Sam rechnete mit allem. Mit einem Angriff des Wesens. In den ersten Momenten nach der Befreiung aus dem Buchgefängnis waren die Fabelwesen noch verwirrt. Nicht ganz bei sich. Wenn Sam ihn töten konnte, dann jetzt. Die silberne Waffe in seiner Hand zitterte, als könnte sie es kaum erwarten, endlich in die verzierte Haut des Gegners zu fahren. Oder zitterte sie, weil Sam Angst hatte?

»Halt!« Die Stimme der Sahira drang Sam durch jeden Muskel seines Körpers. Sie band seine Arme wie Ketten. Er wandte ihr den Kopf zu, ebenso wie Kelaino und der Asfur. »Leg deine Waffe weg.«

Sam hielt dem Befehl wenigstens einen Moment stand, doch auf einen Wink ihrer Hand hin gehorchte sein Körper schließlich doch. Das Klirren klang hell und laut zwischen den Säulen wider.

»Du wirst …« Sie stockte, und Sams unsichtbare Fesseln lösten sich, als seien sie zerschnitten worden. Sam sah sie verwundert an. Und erkannte die hellen Fäden, die sich wieder wie Silber durch das dunkle Kleid zogen. Sabah. Sie war noch nicht ganz fort.

»Komm«, rief Sam Kelaino zu.

Die Asfura aber schien ebenso verzaubert wie zuvor der Dürre. Und der Vogelmann starrte sie an, als könnte sie allein ihm all seine Fragen beantworten. Sam griff nach Kelainos Arm und zog sie mit sich.

Sie liefen über den Platz, und Sam sah sich nicht um. Wozu auch? Es war Nacht, und Layl würde zuletzt gewinnen. Sie mussten dann fort sein. Hinauf in den Palast, auf den Turm und zwischen die Wolken. Sam wollte die Asfura gerade auffordern, sich in die Luft zu schwingen und ihn mit sich mitzunehmen, als das Bild vor seinen Augen verschwamm. Eine Gruppe Scharlachroter schwärmte aus dem Gang vor ihnen wie aufgescheuchte Motten. Keine Helme. Es waren die menschlichen Wächter Paramythias, nicht Assasils Iblis-Krieger. Einen Moment später sah Sam wieder klar, und da kamen sie tatsächlich. Der Graubart war unter ihnen. Vermutlich hatte der Kampflärm sie alarmiert. Sie blieben stehen, kaum dass sie das geflügelte Wesen an Sams Seite erkannten. An der Seite ihres Herrn, verbesserte sich Sam. Er trug immer noch den Helm des Iblis und das schwarze Gewand. Was dachten sie? *Dass sie dich angreift, Sam*, gab er sich selbst die Antwort. Was sollten sie auch sonst denken?

Die Wächter blickten die Asfura an, als würden sie alle denselben dunklen Traum erleben. Nur einer von ihnen rührte sich. Er zog ein Wurfmesser hervor. Es gab nicht viele, die eine solche Waffe einsetzen konnten, und Sam hatte es stets gehasst, wenn er auf der Flucht vor einem Wächter fliegendem Stahl hatte ausweichen müssen. Wer eine solche Waffe nutzte, musste geschickt sein. Und der Scharlachrote war sogar sehr geschickt. Das Messer schoss mit einem hellen Pfeifen knapp an Sam vorbei und bohrte sich der Asfura in die Schulter. Ihr Schrei ließ die Männer zusammenzucken. Als hätte die Gewissheit, dass der Schrecken vor ihnen verwundbar war, sie alle geweckt, zogen die Männer ihre Waffen und richteten sie auf Kelaino. In ihren Gesichtern konnte Sam das Todesurteil für die Asfura lesen. Wie viele von ihnen würde Sam töten können, ehe die Wächter begriffen, dass unter dem Helm nicht Assasil steckte? Sicher nicht genug.

Die Asfura krächzte ihnen etwas entgegen, das wie eine Verwünschung klang.

Und hinter Sam wurde der Ruf aufgenommen. Der Schlag von Flügeln erfüllte für einen Moment die Luft.

Sam drehte sich nun doch um. Der Vogelmann war ein dunkles Versprechen an den Tod. Er schoss auf sie zu, den Blick starr auf die Wächter gerichtet.

Die Männer in Scharlachrot wichen zurück, doch der Graubart brüllte ihnen einen Befehl entgegen, und die Scharlachroten blieben widerwillig stehen, hoben ihre Schwerter und richteten sie auf den Asfur. Die Spitzen zitterten, gleich wie tödlich die Waffen auch sein mochten.

Einen Lidschlag später war er da. Noch im Flug packte er einen der Wächter am Kopf und riss den Mann von den Beinen. Während der Vogelmann landete, schleuderte er den Wächter fort wie eine Puppe.

Sam war wie erstarrt. Die Krallen des Asfur pflügten durch die Reihe der Scharlachroten wie eine Sense durch Korn. Er riss ihnen die Leiber auf, zerfetzte ihnen die Gesichter und brach ihnen mit bloßer Hand die Knochen. Er säte ihnen eine Angst in die Herzen, die sie beinahe ebenso band wie der Zauber der Sahira.

Dennoch wehrten sich die Männer. Oder versuchten es zumindest. Einer stach mit seinem Schwert zu, als der Asfur ihm den Rücken zuwandte, doch die Flügel des Vogelmannes schienen hart wie Stein. Die Schneide prallte ab, und der nächste Hieb hinterließ nicht mehr als einen Kratzer auf einer der dunklen Schwingen. Einen Augenblick später war der glücklose Wächter tot. Ein weiterer sackte in sich zusammen, als der Asfur ihm die eigene Klinge in den Leib drückte. Und zuletzt stand der Graubart vor ihm.

»Lass ihn.« Sams Stimme zitterte.

Der Graubart war starr vor Angst.

Der Asfur hielt tatsächlich einen Moment in der Bewegung inne. Er sah Sam an und schien nachzudenken. Und dann brach er dem Graubart das Genick. Der Körper fiel auf den Boden wie eine Puppe, die man fortgeworfen hatte. Der Asfur aber stand vor ihnen, ohne Verletzung, und krächzte der Vogelfrau etwas zu. Sie erwiderte die Worte und deutete auf den Gang, aus dem die Scharlachroten gekommen waren.

Sam verstand auch ohne Kanis Übersetzung, was die Vogelmenschen sagten. Kelaino bot dem Neuankömmling an, mitzukommen. Verdammt, er war ein Feind. Ein Geschöpf, das Layl von dem verzauberten Mahfuz hatte befreien lassen. Vielleicht ebenso schlimm wie der Iblis. Sam sah auf die toten Wächter. Wie erlegte Tiere lagen ihre Leiber vor ihm. Nein, korrigierte er sich. Der Asfur war schlimmer. *Aber er hat euch gerettet, Sam*, sagte er sich. Auch wenn ihm vermutlich nur daran lag, Kelaino vor dem Tod zu schützen.

Der Asfur nickte und warf Sam einen Blick zu, der alles andere als freundlich war. Kelaino lief los, und Sam drehte sich noch einmal um. Er sah die Sahira im Kampf mit sich selbst. Und sie blickte ihn an. Wessen Blick erwiderte er? Den von Sabah oder den von Layl? Sam riss sich los, rannte den Geflügelten hinterher und tauchte schließlich in den Gang ein, ehe Layl den Kampf gewann.

Sie trafen auf niemanden mehr, bis sie den Aufgang erreichten. In der Eingangshalle lief ihnen eine Dienerin über den Weg und schlug sich die Hand vor den Mund, als wollte sie den Schrei zurückhalten, der ihr dennoch zwischen den Fingern hindurchschlüpfte. Und auf der Treppe in den Turm trafen zwei Scharlachrote die falsche Entscheidung, als sie versuchten, die beiden Vogelmenschen aufzuhalten, anstatt zu fliehen und Alarm zu schlagen.

Auf dem Turm stieß Kelaino einen Triumphschrei aus, während sich Sam den Helm vom Kopf riss. Der Nachtwind kühlte ihm die erhitzte Haut. Der Mond färbte den Stein, auf dem sie liefen, silbern. In der Ferne erhob sich ein lautes Krächzen, als ein Schwarm Vögel Kelainos Ruf erwiderte. Sie packte Sam und schwang sich in die Luft. Einen Moment später stieß sich auch der Asfur ab. Sam sah zurück. Der Turm unter ihm wurde immer kleiner, während die Kronen der Bäume Vögel in den Himmel spuckten. Die Tiere folgten den Vogelmenschen wie eine Eskorte und geleiteten sie durch die Nacht.

Sam sog die Luft tief in sich ein. Sie waren gekommen, um jemanden zu befreien, und waren gescheitert. Nein, korrigierte er sich. Kani war gerettet, Paramythias Geheimnis gelüftet und Hakim … er hatte im Augenblick seines Todes zufrieden gewirkt. *Selbst der Tod verliert im Angesicht der Worte seinen Schrecken.* Hakim hatte das gesagt, und vielleicht beschrieb ihn dieser Satz am besten. Sam musterte den Asfur. Sie hatten zuletzt doch noch jemandem zur Freiheit verholfen. Freund oder Feind? Oder keines von beidem? Er sah in die Nacht, als könnte er die Antwort in ihr erkennen. Dann erschien plötzlich ein Gedanke in seinem Kopf. Eine Schuld meldete sich, die er mit sich trug. »Kelaino«, sagte er. Wie seltsam sich ihr Name auf der Zunge anfühlte. Als würde er mit einer Märchenfigur sprechen. »Es gibt eine Gruppe von Männern, die südlich der Berge durch die Wüste ziehen. Sie sind aneinander gekettet und werden sterben, wenn du sie nicht befreist.«

Kelaino wandte den Blick nicht von dem Asfur ab, während sie antwortete. »Der Tod ist das Ende einer jeden Geschichte.«

»Ich will dennoch, dass du sie befreist. Du schuldest es mir.«

»Übertreib es nicht, Mensch«, zischte Kelaino. Sie warf ihm einen ebenso stolzen wie wütenden Blick zu. »Aber ich stehe in der Tat in deiner Schuld. Gut, ich erfülle dir deinen Wunsch. Ich zerreiße ihre Ketten. Mehr aber nicht.«

Sam atmete erleichtert aus. Er merkte erst jetzt, wie schwer die Schuld am Schicksal der Sklaven aus Kusch auf ihm gelastet hatte. Was sie wohl denken würden, wenn ein geflügelter Albtraum sie vor dem Tod retten würde? Sam wusste es nicht. Er wusste gar nichts mehr.

Sam sah zurück. Auf dem Turm erkannte er eine Gestalt. Sie war ein dunkler Fleck auf dem vom silbernen Mondlicht beschienen Turm. Layl. Die Nacht hatte den Tag besiegt. Aber Sam war ihr dennoch entkommen. Sam, der Dieb, war nicht erkannt worden. Und Hârun, der Wächter, konnte zurückkehren. Er würde den Weißen König warnen. Und dem Herzen der Bücherstadt auch das letzte Geheimnis entreißen.

EPILOG

Layl fühlte die Nacht wie ein Versprechen auf der Haut. *Er ist endlich frei.* Sie trat hinaus und atmete Dunkelheit. Layl war in ihr geboren worden, die Nacht war ebenso ein Teil von ihr wie sie ein Teil der Nacht. Am Himmel sah sie die Asfura und den Menschen, der Assasils Helm gestohlen hatte. Sie wünschte sich, sein Gesicht zu sehen. Mehr brauchte sie nicht. Ein Blick, und sie würde ihn überall aufspüren können, gleich, wo er sich auch verbergen mochte. Über Fabelwesen boten die geheimen Namen Macht. Namen waren so mächtig. Doch Menschen wählten immer die falschen für sich aus. Sie brauchten ihr eigenes Bild, um zu wissen, wer sie waren. Wie töricht.

Layl badete in der Nacht und ließ das Mondlicht über ihren Leib fließen. Sie hatte den Kampf gegen ihre Schwester zuletzt doch noch gewonnen. Natürlich. Sabah mochte im Licht so viel stärker sein als Layl. Doch in der Nacht schwand Sabahs Kraft, bis sie zuletzt schwach wie ein Kind war. Layls Blick hing an dem Asfur. Er war frei. Der, dessen Buch sie all die Jahre so unbedingt hatte finden wollen, war endlich wieder frei. Und doch mischte sich ein bitterer Beigeschmack in den Sieg. Er verließ sie, kaum dass sie ihn zurückgewonnen hatte. Wusste nicht, wer er war oder was sie für ihn war. Er hatte seine eigene Art in der Asfura erkannt und war dem Ruf des Fleisches gefolgt. Doch sie würde dafür sorgen, dass er seinen angestammten Platz fand. Seinen Platz an ihrer Seite.

Sabah hatte sicher erkannt, wer aus der Geschichte geschlüpft war, die die Mahfuz als Gefängnis geschrieben hatten.

Das machte alles schwieriger. Nun, ein Grund mehr, sich zu eilen. Layl hatte die ganze Nacht über Zeit. Und der Weg in das Herz von Paramyhtia stand ihr offen. Wenigstens heute. Morgen würde Sabah wieder die Stärkere sein und die Tore mit ihrem geheimen Namen versiegeln. Aber bis dahin war genug Zeit, einen Diener zu schaffen, der jenen finden würde, den Layl befreit hatte. Und genug Zeit nachzudenken. Wer war der Mann unter Assasils Helm? Und wer war die Menschenfrau an seiner Seite, die … Layl runzelte die Stirn, als sie alle Aufmerksamkeit auf die Frau richtete. Mit Überraschungen dieser Art hatte sie nicht gerechnet. Sie öffnete die Lippen und kostete die Luft. Sie schmeckte süß und verheißungsvoll. Ein Versprechen auf Veränderung. Auf eine neue Zeit. Layl wisperte einen Schwur in die Nacht: »Ich finde dich, Geliebter.«

Und dann richteten sich ihre Gedanken auf ihre Schwester. Ewige Feindin. *Eile dich, ich komme.*

Sie können nicht genug von magischen Bibliotheken bekommen? Dann dürfen Sie das Debüt von Genevieve Cogman nicht verpassen. »Die unsichtbare Bibliothek« ist der Auftakt einer Serie rund um eine außergewöhnliche Bibliothek, die Reisen zu den unterschiedlichsten Zeiten und Orten – und damit natürlich auch zu den seltensten Büchern – ermöglicht. Lesen Sie hier einen Auszug aus dem Anfang des Romans. Viel Spaß!

ERSTES KAPITEL

Irene führte den Wischmopp mit gleichmäßigen, bedächtigen Bewegungen über den Steinfußboden; zwischendurch legte sie immer wieder kleine Pausen ein und bewunderte das Leuchten der nassen Bodenfliesen im Licht der Laternen. Ihr Rücken beschwerte sich, was allerdings nur normal war, nachdem sie den ganzen Abend geputzt hatte. Diese Arbeit war freilich notwendig. Die Schüler in »Prinz Mordreds Privater Lehranstalt für Jungen« schafften es, genauso viel Schlamm und Dreck auf dem Fußboden des Gebäudes zu verteilen wie alle anderen Teenager auch. Den im Haus stattfindenden, reinlich ablaufenden Studien in den dunklen Künsten, in Militärgeschichte und Alchemie schlossen sich eben die Unterrichtsstunden im Freien an, bei denen sich die Jugendlichen schmutzig machten, wenn Gefechtsstrategie, Duellieren, Attentate im offenen Gelände und Rugby auf dem Unterrichtsplan standen.

Die Uhr im Arbeitszimmer schlug zur Viertelstunde. Sie hatte also fünfundvierzig Minuten Zeit bis zum Beginn der mitternächtlichen Gebete und Gesänge. Aus wochenlanger Erfahrung – und, um ehrlich zu sein, aus ihren Erinnerungen an die eigene Internatszeit – wusste sie, dass die Jungen nicht einen Moment früher aufstehen würden, als sie mussten: Und das bedeutete, dass die meisten von ihnen sich um elf Uhr fünfundvierzig aus den Betten mühen und mit hastig übergestreiften Kleidungsstücken und notdürftig gekämmten Haaren zur Kapelle hinuntergehen würden. Somit hatte sie noch dreißig Minuten Zeit, bis irgendeiner der Schüler sich zu regen begann.

Dreißig Minuten, um ein Buch zu stehlen und zu flüchten.

Sie stellte den Wischmopp in ihren Eimer, richtete sich auf und nahm sich einen Moment Zeit, um mit den Fingerknöcheln das schmerzende Kreuz zu massieren. Manchmal beinhaltete die verdeckte Arbeit als **Bibliothekarin**, dass man sich als wohlhabende Angehörige der feinen Gesellschaft ausgab. Dann musste die betreffende **Bibliothekarin** in kostspieligen Hotels und Landsitzen wohnen; und die ganze Zeit über trug sie (die zur jeweiligen Parallelwelt passende) topmodische Kleidung und speiste *Haute Cuisine* – wahrscheinlich von goldumrandeten Tellern. Zu anderen Zeiten brachte es die Tätigkeit aber auch mit sich, dass man Monate damit zubrachte, sich eine Identität als hart arbeitende, untergeordnete Dienerin aufzubauen, die in Dachkammern schlief, ein schlichtes graues Wollkleid trug und die gleiche Kost wie die Jungen einer Internatsschule aß. Sie konnte nur hoffen, dass ihr nächster Auftrag nicht erneut miteinschließen würde, zum Frühstück fortwährend Haferbrei essen zu müssen.

Zwei Türen weiter den Gang hinunter befand sich Irenes Ziel: der *House Trophy Room*. Er war voller Silberpokale, auf denen in unterschiedlichen Schriftarten die Worte *Turquine House* eingeprägt waren, Kunsttrophäen und Manuskripte.

Auf eines dieser Manuskripte hatte sie es abgesehen.

Irene war von der **Bibliothek** zu dieser Parallelwelt geschickt worden, um *Midnight Requiems* zu besorgen – das erste veröffentlichte Buch des berühmten Toten- und Geisterbeschwörers Balan Pestifer. Es war allen Berichten nach ein faszinierendes, höchst informatives und extrem selten gelesenes Schriftstück.

Sie hatte einen Monat damit zugebracht, nach einer Ausgabe dieses Werkes zu suchen: Die **Bibliothek** verlangte nicht unbedingt eine Originalfassung des Textes, ihr reichte auch eine fehlerfreie Kopie. Unglücklicherweise war sie aber nicht nur außerstande gewesen, eine Ausgabe des Buches aufzuspüren, zudem hatten ihre Recherchen auch noch das Interesse von anderen Leuten geweckt – von Toten- und Geisterbeschwörern, Bibliophilen und Ghulen. Sie hatte daher ihre damalige Tarnidentität aufgegeben und das Weite suchen müssen, bevor die Verfolger sie erwischten.

Es war reiner Zufall gewesen – oder ihr äußerst feingeschliffener Instinkt, wie sie selbst gerne darüber dachte –, der sie dazu veranlasst hatte, in einem Schriftwechsel einen beiläufigen Hinweis zu »Sire Pestifers liebevolle Erinnerungen seiner alten Schule« und überdies zu »seinen Schenkungen an die Schule« zu beachten. Damals nun, als Pestifer dieses frühe Werk niedergeschrieben hatte, war er noch jung und verkannt gewesen. Es lag nicht außerhalb der Grenzen des Möglichen, dass er in der verzweifelten Suche nach Aufmerksamkeit oder schlichtweg aus dem Drang heraus, mit einem selbstverfassten Buch zu prahlen, der Schule eine Kopie der Schrift geschenkt hatte. (Und außerdem hatte sie all ihre anderen Hinweise ausgereizt; einen Versuch war es allemal wert.)

Irene hatte ein paar Wochen gebraucht, um eine neue Identität aufzubauen – die einer Frau mit armer, aber ehrlicher Vorgeschichte; die zweckmäßigste Tarnung, um als Dienstmagd zu arbeiten. Dann hatte sie sich einen Job als Putzfrau gesucht. Die Zentralbücherei der Schule hatte keinerlei Exemplare von *Midnight Requiems* enthalten. In ihrer Verzweiflung war sie dann darauf verfallen, das Gebäude zu untersuchen, in dem der Toten- und Geisterbeschwörer während seiner Zeit im Internat gewohnt hatte. Und völlig unerwartet hatte sie Glück gehabt.

Sie ließ ihre Reinigungsutensilien stehen und öffnete das Fenster am Ende des Flurs. Das Bleiglas in ihrer Hand schwang problemlos auf: Sie hatte zu einem früheren Zeitpunkt dafür gesorgt, dass die Scharniere gut geölt waren. Eine kühle Brise wehte hinein, die eine Andeutung nahenden Regens mit sich trug. Hoffentlich würde sich dieses kleine Manöver zur Irreführung als nicht notwendig erweisen. Doch einer der Leitsprüche der **Bibliothek**, der direkt dem Fundus des großen Militärtheoretikers Clausewitz entlehnt war, lautete: Keine Strategie hat jemals den Kontakt mit dem Feind überlebt. Oder wie der Volksmund sagte: Alles kann danebengehen – sei jederzeit darauf vorbereitet.

Schnell trippelte sie durch den Flur zurück zum Gesellschaftsraum und drückte die Tür auf. Das Licht aus dem Korridor schimmerte auf den Silberpokalen und in den Glasvitrinen. Ohne sich die Mühe zu machen, die Beleuchtung im Raum anzuzünden, ging sie zum zweiten Schrank auf der rechten Seite hinüber. Sie konnte die Politur noch riechen, die sie vor zwei Tagen für das Holz hier benutzt hatte. Nachdem sie die Schranktür geöffnet hatte, entnahm sie den Stoß Bücher, der an der Rückseite aufgestapelt war, und zog einen abgenutzten, in dunkelviolettes Leder eingeschlagenen Band heraus.

(Als Pestifer der Schule das Buch geschickt hatte, war er da beunruhigt gewesen und ständig auf- und abgegangen, weil er hoffte, von den Lehrern irgendeine Art von Anerkennung zurückzubekommen? Hatte er damit gerechnet, dass sie seine Forschungsarbeiten lobten und ihm zukünftigen Erfolg wünschten? Oder hatten sie ihm einen knappen Standardbrief zugeschickt, in dem lediglich der Empfang des Werkes bestätigt wurde – und es dann auf einen Haufen mit anderen selbst veröffentlichten, aus egoistischer Eitelkeit verfassten Büchern geworfen, die von Ex-Schülern zugesandt worden waren, und alles darüber vergessen?)

Zum Glück war es ein ziemlich kleiner Band. Sie steckte ihn in eine verborgene Tasche ihres Rocks und legte die anderen Bücher zurück, um keine Spuren zu hinterlassen. Dann zögerte sie.

Das hier war immerhin eine Schule, die Magie lehrte. Und als eine **Bibliothekarin** besaß sie einen großen Vorteil, über den kein anderer verfügte – weder Toten- und Geisterbeschwörer noch Elfen, Drachen, gewöhnliche Menschen oder irgendwer sonst. Es wurde die **Sprache** genannt. Nur **Bibliothekare** konnten sie lesen. Nur **Bibliothekare** konnten sie benutzen. Die **Sprache** konnte bestimmte Aspekte der Wirklichkeit beeinflussen. Sie war äußerst nützlich, auch wenn es notwendig war, den Wortschatz ständig zu überarbeiten. Unglücklicherweise funktionierte sie jedoch nicht bei Werken reiner Magie. Wenn also die Magister an der Schule irgendeinen Alarm auslösenden Zauber errichtet hatten, um zu verhindern, dass jemand die Pokale stahl, und wenn dieser Zauber tatsächlich bei jedem Gegenstand wirkte, der aus dem Raum herausgenommen wurde, dann musste sich Irene auf eine böse Überraschung gefasst machen. Und es wäre auf eine scheußliche Weise beschämend, von einer Meute Teenager zur Strecke gebracht zu werden.

Irene schüttelte sich innerlich. Sie hatte dies eingeplant. Es hatte keinen Sinn, die Sache noch länger hinauszuschieben. Und herumzustehen und dabei verschiedene Möglichkeiten nochmals zu überdenken hätte nur zur Folge, dass ihr die Zeit knapp wurde.

Sie trat über die Schwelle.

Plötzlich durchbrach ein lärmendes Geräusch die Stille: Der Steinbogen über dem Türdurchgang kräuselte sich. Lippen bildeten sich in dem Stein aus und schrien: »Haltet den Dieb! Haltet den Dieb!«

Irene hielt sich nicht damit auf innezuhalten, um das Schicksal zu verfluchen. Innerhalb von Minuten würden Leute hier sein. Mit einem lauten, gellenden Schrei warf sie sich auf ihren Wischmopp und den Eimer und fiel absichtlich der Länge nach in die unvermeidlich entstehende Pfütze aus schmutzigem Wasser. Sie schaffte es sogar, mit ihrem Schienbein gegen den Eimerrand zu krachen, sodass ihr echte Tränen in die Augen schossen.

Ein paar der älteren Jungs trafen als Erste ein. In Nachthemden und Pantoffeln hasteten sie um die Ecke. Viel zu munter waren sie, als dass sie gerade erst wach geworden sein konnten. Sie hatten sich wahrscheinlich mit irgendeinem verbotenen Hobby oder Ähnlichem beschäftigt.

»Wo ist der Dieb?«, rief der Dunkelhaarige.

»Da ist sie!«, verkündete der Blonde und zeigte mit dem Finger auf Irene.

»Sei doch nicht blöd! Das ist eine der Dienstmägde«, entgegnete der Dunkelhaarige und demonstrierte eindrucksvoll, warum Irene es vorzog, sich beim Stehlen von Büchern als Dienerin zu kleiden. »Du da! Mädchen! Wo ist der Dieb hin?«

Irene wies mit zitternder Hand in Richtung des offenen Fensters. Es suchte sich genau diesen Moment aus, um praktischerweise in dem auflebenden Wind hin und her zu schwingen. »Er … er schlug mich nieder.«

»Was soll das?« Einer der Magister war auf der Szene erschienen; er war vollständig bekleidet und zog ein wenig Tabakqualm hinter sich her. Ein paarmal schnippte er mit den Fingern, und schon wurde in der wachsenden Meute von jüngeren Schülern ein Weg für ihn freigemacht. »Hat einer von euch Jungs den Alarm ausgelöst?«

»Nein, Sir!«, antwortete rasch der blonde ältere Junge. »Wir sind gerade hergekommen, als der Dieb geflohen ist. Er ist durch das Fenster hinausgegangen! Können wir ihn verfolgen?«

Der feste Blick des Magisters richtete sich nun auf Irene. »Du da, Frau!«

Irene kam hastig wieder auf die Füße, stützte sich geradezu artistisch auf den Wischmopp und schob mit der Hand ein Gewirr loser Haare zurück. (Sie freute sich schon darauf, von diesem Ort fortzukommen; dann würde sie endlich heiß duschen und ihr Haar zu einem anständigen Knoten aufstecken können.) »Ja, Sir?«, schluchzte sie. Das Buch in der Rocktasche drückte gegen ihr Bein.

»Was hast du gesehen?«, verlangte er zu erfahren.

»Oh, Sir«, begann Irene, die ihre Unterlippe in angemessener Weise zittern ließ. »Ich war gerade dabei, mit dem Mopp den Korridor zu wischen. Als ich zur Tür von dem Trophäenraum hier kam …« – unnötigerweise wies sie mit dem Finger auf sie –, »… da war drinnen noch ein Licht. Also dachte ich, dass einer der jungen Gentlemen dort lernen würde … Ich klopfte gegen die Tür und wollte fragen, ob ich reinkommen könnte, um den Fußboden sauber zu machen. Aber niemand hat geantwortet, Sir. Also hab ich den Knauf gepackt, um die Tür aufzumachen – und dann, Knall auf Fall, hat sie jemand von innen aufgerissen, und sie ist gegen mich geprallt und hat mich zu Boden geworfen, als er aus dem Raum gelaufen ist.«

Die Zuhörerschaft aus elf bis siebzehn Jahre alten Jungen hing ihr an den Lippen. Ein paar von den Jüngeren reckten ihr Kinn kämpferisch nach vorn: Offensichtlich stellten sie sich vor, dass sie selbst für solch einen Zwischenfall bereit gewesen wären. Zweifellos hätten sie den Eindringling an Ort und Stelle bewusstlos geschlagen.

»Es war ein sehr großer Mann«, wusste Irene hilfreicherweise zu berichten. »Und er war ganz in Schwarz gekleidet. Allerdings hatte er irgendwas um sein Gesicht gehüllt, sodass ich ihn nicht richtig sehen konnte. Und er hatte etwas unter einen Arm gesteckt, das ganz in Segeltuch eingewickelt war. Und dann ging der Alarm los, und ich schrie um Hilfe, aber er rannte den Korridor runter und flüchtete durch das Fenster.« Sie zeigte auf das eindeutig offene Fenster: ein naheliegender – vielleicht zu naheliegend? – Fluchtweg für jeden hypothetischen Dieb. »Und dann sind diese jungen Gentlemen langgekommen, direkt nachdem er geflohen war.« Sie nickte den ersten beiden Ankömmlingen zu, die selbstgefällig dreinschauten.

Der Magister nickte ebenfalls. Nachdenklich strich er sich über das Kinn. »Jenkins! Palmwaite! Übernehmt die Leitung des Hauses und sorgt dafür, dass jeder zurückgeht, um sich auf den Besuch der Kapelle vorzubereiten. Salter, Bryce! Kommt und überprüft mit mir die Objekte in dem Raum. Wir müssen feststellen, was mitgenommen wurde.«

Es drangen gedämpfte Protestgeräusche aus dem Gewühl der Jungen, die offenkundig aus dem Fenster springen und den Dieb verfolgen wollten … oder die möglicherweise beabsichtigten, nach unten ins Erdgeschoss zu laufen und danach erst den Dieb zu verfolgen – ohne aus dem Fenster im ersten Stock springen zu müssen. Aber niemand versuchte dies ernsthaft.

Irene fluchte im Stillen. Eine groß angelegte Verfolgungsjagd, um zu versuchen, den nicht existierenden Eindringling zu fangen, hätte die Sache hier recht hübsch durcheinandergebracht.

»Du da«, sagte der Magister und wandte sich Irene zu. »Geh runter in die Küche und trink Tee, Frau. Es muss eine unangenehme Erfahrung für dich gewesen sein.« War da für einen Augenblick echte Besorgnis in seinen Augen aufgeblitzt? Oder hatte es sich eher um einen Ausdruck von Argwohn gehandelt? Sie hatte ihr Bestes getan, um eine falsche Spur zu hinterlassen, aber die Tatsache blieb, dass sie die einzige Person war, die sich in der Nähe des Ortes aufgehalten hatte, wo gerade eben etwas gestohlen worden war. Die meisten Magister hier schenkten der Dienerschaft keinerlei Beachtung, aber der Mann vor ihr mochte durchaus die unselige Ausnahme von der Regel sein. »Halte dich bereit für den Fall, dass wir dich weiterhin befragen müssen.«

»Selbstverständlich, Sir«, antwortete Irene und vollführte einen kleinen Knicks. Sie hob Wischmopp und Eimer auf, drängte sich durch die Meute von Jungen und schritt auf die

Treppe zu, wobei sie darauf achtete, keine verdächtige Hast zu entwickeln.

Sie würde zwei Minuten brauchen, um zur Küche zu gelangen und dort den Wischmopp und den Eimer loszuwerden. Dann noch eine Minute, um aus dem Gebäude zu kommen. Fünf weitere Minuten – im Laufschritt drei Minuten –, um die Schulbücherei zu erreichen. Sie würde sehr wenig Zeit dafür einplanen können.

In der Küche ging es bereits geschäftig zu, als sie dort eintraf, da die Hausmädchen schon die Kessel mit dem Haferflockenbrei zubereiteten, den es nach dem Besuch der Kapelle immer gab. Die Hauswirtschafterin, der Butler und die Köchin spielten Karten; und niemand hatte sich darum bemüht nachzuforschen, was es mit dem Alarm oben auf sich hatte.

»Ist irgendwas passiert, Meredith?«, wollte die Hauswirtschafterin wissen, als Irene eintrat.

»Bloß die jungen Gentlemen, die ihr gewohntes Verhalten zeigen, gnä' Frau«, antwortete Irene. »Ich glaube, eines der anderen Häuser spielt ihnen irgendeinen Streich. Mit Verlaub, darf ich austreten und zum Waschraum gehen, um mich zu säubern?« Sie wies auf die Flecken, die das schmutzige Waschwasser auf ihrem grauen Dienstkleid und der Schürze hinterlassen hatten.

»Mach aber nicht zu lange«, mahnte die Hauswirtschafterin. »Du wirst die Schlafsäle auskehren, während die jungen Gentlemen in der Kapelle sind.«

Irene nickte demütig und verließ die Küche. Immer noch gab es keinen Alarm von oben. Gut. Leise öffnete sie die Tür des Schülerheims und trat nach draußen.

Entlang der Hauptallee standen in einer Reihe die Wohngebäude des Internats, in deren Mitte sich ein zentraler Kolleghof mit der Kapelle, dem Versammlungshaus und der Schulbücherei befand; jener Ort, der am wichtigsten für ihre Zwecke war.

Turquine House war das zweite Gebäude an der Allee, was bedeutete, dass sie bloß an einem Haus vorbeikommen musste – vorzugsweise, ohne Aufmerksamkeit zu erregen. Nicht rennen. Sie brauchte noch nicht zu rennen. Wenn irgendjemand sie rennen sah, würde dies nur Argwohn erregen. Einfach nur gehen, hübsch und ruhig, als ob sie bloß eine Besorgung machen würde.

Sie schaffte keine zehn Meter.

Hinter ihr flog im Turquine House ein Fenster auf, und der Magister, der vorhin mit ihr gesprochen hatte, lehnte sich heraus. Er zeigte auf sie. »Haltet die Diebin! *Haltet die Diebin!*«

Irene raffte ihre Röcke hoch und begann zu rennen. Kies knirschte unter ihren Füßen, und die ersten Regentropfen klatschten ihr ins Gesicht. Sie kam auf gleiche Höhe mit dem nächsten Wohngebäude, Bruce House, und einen Moment lang überlegte sie, ob sie ihren vorbereiteten Fluchtplan aufgeben und sich einfach dort hineinducken sollte, um ihre Spur hier plötzlich enden zu lassen, sodass die Verfolger ins Stocken gerieten. Doch ihr gesunder Menschenverstand machte klar, dass das nicht länger als ein paar Minuten funktionieren würde …

Ein pfeifendes Kreischen hinter ihr warnte sie gerade noch rechtzeitig. Mit Händen und Kopf voran warf sie sich zu Boden und vollführte eine Rolle, als der Wasserspeier schreiend herabfuhr – mit ausgestreckten steinernen Klauen, die sie zu packen versuchten. Der Wasserspeier verfehlte sie und kämpfte anschließend darum, seinen Sturzflug aufzufangen; seine schweren Flügel sägten durch die Luft, während er sich darum mühte, wieder an Höhe zu gewinnen. Ein anderer Wasserspeier war vom Dach des Turquine House herabgeschossen und kreiste in dem Bemühen um sie, einen geeigneten Angriffswinkel einzunehmen.

Dies ist einer dieser Augenblicke, dachte Irene verbittert, *wo es wunderbar wäre, ein Geisterbeschwörer oder Zauberer zu sein – oder jemand, der die magischen Kräfte der Welt manipulieren und lästige Wasserspeier am Himmel in die Luft sprengen kann.* Sie hatte ihr Bestes getan, um Aufmerksamkeit zu vermeiden, ihre Tarnung aufrechtzuerhalten und mutwillige kleine Jungs nicht in Gefahr zu bringen, die überall Schmutz auf dem Fußboden hinterließen und es nicht für nötig hielten, ihre Mäntel aufzuhängen. Und was hatte ihr das eingebracht? Den Angriff eines Schwarms von Wasserspeiern … Nun ja, bislang waren es nur zwei Wasserspeier, aber trotzdem … Außerdem würde es wahrscheinlich innerhalb der nächsten paar Minuten einen Massensturmangriff von Schülern und Magistern geben. So viel also zu den Folgen der Tugendhaftigkeit.

Rasch überdachte sie, was sie über die Wasserspeier wusste. Es gab einen von ihnen auf dem Dach eines jeden Wohngebäudes. Im Prospekt der Internatsschule wurden sie sogar als Garantie für die Sicherheit der Schüler aufgeführt: »Jeder potenzielle Kindesentführer wird von unseren professionell gewarteten historischen Kunstgegenständen in blutige Stücke gerissen!« Nachdem sie allerdings mehrere Monate hier gearbeitet hatte, hielt Irene es für wahrscheinlicher, dass die Schüler selbst sehr viel tödlicher für mögliche Kindesentführer waren.

Positiv zu vermerken war (man sollte schließlich stets nach dem Positiven Ausschau halten), dass die Wasserspeier zwar außerordentlich prächtig aussahen, aber nicht allzu effektiv über eine geringe Distanz am Boden manövrieren konnten. Negativ war wiederum zu vermerken, dass sie sich selbst zu einem wunderschönen beweglichen Ziel machen würde, wenn sie in gerader Linie vor ihnen wegrannte, um zu fliehen. Doch um zum Positiven zurückzukehren: Die Wasserspeier bestanden aus Granit, wie in dem Prospekt liebevoll beschrieben wurde – und nichts, das sich in Hörweite ihrer Stimme befand, war sonst aus diesem Gestein gefertigt.

Das hier würde ein sorgsames Timing erfordern. Glücklicherweise waren die Wasserspeier nicht besonders intelligent. Somit würden sie sich darauf konzentrieren, Irene zu fangen, und sich nicht verwundert fragen, warum sie praktischerweise stehen geblieben war.

Irene atmete tief ein.

Der erste Wasserspeier erreichte eine geeignete Höhe, um im Sturzflug herabschießen zu können. Er rief dem anderen Wasserspeier etwas zu – ein weit tragender Schrei –, schon stürzten beide gemeinsam auf Irene zu. Ihre Flügel breiteten sich vor dem Hintergrund des Himmels als große dunkle Filigranmuster aus.

Irene schrie aus vollem Halse: »**Granit, sei steinern und bewege dich nicht!**«

Die **Sprache** funktionierte immer dann gut, wenn sie Gegenstände anwies, das zu sein, was sie von Natur aus waren, oder das zu tun, was sie natürlicherweise am liebsten taten. Und Stein »war am liebsten« unbeweglich und fest. Ihr Befehl bekräftigte nur die natürliche Ordnung der Dinge: Er stellte deshalb das perfekte Gegenmittel zu der unnatürlichen Magie dar, die dafür sorgte, dass steinerne Wasserspeier durch die Luft flogen.

Die Wasserspeier versteiften sich mitten im Sturzflug – ihre Flügel erstarrten auf der Stelle – und schossen umstandslos über Irene hinaus. Mit einem dumpfen Aufschlag bohrte sich der eine direkt in den Erdboden hinein und hämmerte dabei einen Krater heraus, in dem er fast verschwand, während der andere in einem schrägeren Winkel herabstürzte. Er pflügte eine breite Furche in den sorgfältig geglätteten Kiesweg, bevor er gegen eine der stattlichen Linden prallte, aus denen sich die Allee zusammensetzte. Blätter regneten auf den gestrandeten Wasserspeier herab.

Irene hatte keine Zeit, um innezuhalten und sich einem

Gefühl der Selbstzufriedenheit hinzugeben; und so rannte sie weiter.

Dann fing das Geheul an. *Das* waren entweder Höllenhunde oder Teenager, aber Irene vermutete, dass es sich um Erstere handelte. Sie tauchten ebenfalls in dem bereits erwähnten Prospekt auf. Die Broschüre war sehr hilfreich gewesen, was ihr Wissen über die Sicherheitsvorkehrungen der Schule anbelangte. Falls sie jemals wieder hierher zurückkehren musste, würde sie vielleicht ihre Dienste als Sicherheitsberaterin erfolgreich anbieten können. Selbstverständlich unter einem Decknamen.

Eine plötzliche Explosion von rotem Licht ließ ihren Schatten die Allee vor ihr hinunterspringen und erbrachte den Nachweis, dass die Hypothese von den Höllenhunden richtig war. Na schön. In ihren Plänen hatte sie für Höllenhunde ebenfalls etwas vorgesehen. Sie konnte etwas gegen *organisierte* Magie unternehmen, auch wenn sie selbst sie nicht zu vollbringen vermochte. Sie musste nur ruhig, cool und gefasst bleiben … und den Hydranten weiter vorne erreichen, bevor die Höllenhunde bei ihr waren.

Zu den modernen Einrichtungen der Schule gehörten unter anderem fließendes Wasser und Vorsorgemaßnahmen gegen Feuer. Und das bedeutete, dass man Hydranten entlang der Hauptallee installiert hatte. Derjenige, der sich zwischen Irene und der Schulbücherei befand, war nur mehr knapp fünfundzwanzig Meter entfernt.

Zehn Meter. Sie konnte hinter sich das Trommeln von Pranken hören, die Kieselsteine nach hinten schleuderten – rasselnde Geräusche, die in einem grausamen Tempo erfolgten. Irene blickte sich nicht um.

Fünf Meter. Ein Hecheln – direkt hinter ihr!

Irene stürzte auf den Hydranten zu, einen unscheinbaren schwarzen Metallstumpf von etwa sechzig Zentimeter Höhe. Doch in diesem Moment prallte ein schweres, sehr heißes Gewicht gegen ihren Rücken, schleuderte sie zu Boden und hielt sie dort fest. Sie verrenkte ihren Kopf so weit nach hinten, dass sie das gewaltige hundeähnliche Geschöpf sehen konnte, das oben auf ihr hockte. Es war nicht ganz so, dass sie von ihm verbrannt wurde – noch nicht –; doch sein Körper war so heiß wie ein Kachelofen. Und sie wusste, falls dieses Geschöpf es wollte, konnte es noch viel … sehr viel heißer werden. Seine Augen waren bösartige Kohlen in einem lodernden Kopf; und als es sein Maul öffnete und gezackte Zähne entblößte, tropfte sengender Speichel wie an einem Strang nach unten und rann über ihren Nacken. *Mach weiter, versuch's doch*, schien es zu sagen. *Versuch doch irgendwas. Gib mir eine Entschuldigung.*

»Hydrant, zerplatze!«, schrie Irene.

Zur Warnung riss der Höllenhund träge seinen Rachen noch ein Stück weiter auf.

Der Hydrant explodierte ungefähr auf Kniehöhe. Mit dem ersten heftigen Ausbruch von Wasser schossen verbogene Bruchstücke aus Eisen in alle Richtungen. Irene war hin- und hergerissen zwischen den Gedanken *Gott sei Dank liege ich auf dem Boden* und *Das hast du nun von dem schlampig gewarteten Sprachschatz und der schludrigen Wortwahl.* Ein kleines Metallstück schnitt ein paar Zentimeter oberhalb von Irenes Nase durch die Luft und schlug fast beiläufig in den Höllenhund hinein, der daraufhin vor Schmerz aufheulte und eine Rolle rückwärts vollführte.

Irene brauchte einen Moment, um ihre fünf Sinne zusammenzunehmen und sich hochzurappeln. Das Wasser sollte die Höllenhunde bremsen und ihr Feuer eine Zeitlang löschen, aber sie hatte keine weiteren Notfallpläne. Und sie musste immer noch zur Schulbücherei gelangen. Mit feuchter Kleidung und durchnässten Schuhen begann sie, sich taumelnd vorwärtszubewegen, und fing dann zu laufen an.

Die Türen der Bücherei waren aus schwerem beschlagenem

Holz, und als Irene sie aufriss, ergoss sich warmes Laternenlicht über sie. *Was dich zu einem gut sichtbaren Ziel für jeden macht, der in deine Richtung blickt*, hob der bewusste Teil ihres Selbsterhaltungstriebs hervor. Sie stolperte in den Vorraum hinein und schwang die schweren Türen wieder zu; allerdings gab es da nur ein großes Schloss, jedoch keinen Schlüssel. Andererseits benötigte sie auch keinen.

Sie beugte sich vor und murmelte in der Sprache: »**Schloss, verschließe dich!**«

Das Geräusch der mechanischen Teile des Schlosses, die sich in die Verriegelungsstellung bewegten, erzeugte ein Gefühl großer Befriedigung. Ganz besonders, als das nächste Geräusch, das Irene nur ein paar Sekunden später vernahm, ein schwerer, dumpfer Schlag von außen gegen die Tür war – ein Höllenhund.

»Was geht da vor sich?«, rief tiefer aus dem Inneren der Bücherei eine verärgerte Stimme.

Irene hatte die Örtlichkeit zuvor ausgekundschaftet, wobei sie einen Staublappen und etwas Wachspolitur mit sich geführt hatte, um gegebenenfalls ein Alibi für ihre Anwesenheit zu haben. So wusste sie, dass sich direkt vor ihr die Bibliotheksregale für Sachliteratur befanden: Bretter voller Bücher über jedwedes Thema von der Astrologie bis hin zum Zoroastrismus. Und zur Rechten gab es ein kleines Büro, wo die Bücher aufbewahrt wurden, die ausgebessert werden sollten. Wichtiger jedoch war, dass dieses Büro eine Tür aufwies, die Irene benutzen konnte, um hier herauszukommen – und genau das war es, was sie benötigte.

Hinter ihr gab es einen weiteren dumpfen Schlag. Die Eingangstür bebte leicht unter dem Angriff, gab jedoch nicht nach.

Sie hielt sich nicht damit auf, der Stimme zu antworten, die sie gehört hatte. Stattdessen klopfte sie sich die kleinen Kieselsteine aus der Kleidung, konzentrierte sich darauf, ihre innere Ruhe wiederzuerlangen, und schritt zum Büro. Die Atmosphäre des Ortes beruhigte sie automatisch: prächtige Laternenlichter, der reine Duft von Papier und Leder sowie die Tatsache, dass es hier Bücher, Bücher, wunderschöne Bücher gab, wohin auch immer sie schaute.

Ein weiterer dumpfer Schlag dröhnte von der Außentür zusammen mit dem Geräusch erhobener, verärgerter Stimmen herein. In Ordnung – vielleicht sollte sie sich nicht zu sehr entspannen.

Als sie vor der geschlossenen Bürotür stand, atmete sie tief ein. »**Öffne dich zur *Bibliothek***«, sagte sie und gab dem Wort »Bibliothek« seine volle Bedeutung in der Sprache. Sie spürte, wie sich die Tätowierung auf ihrem Rücken verschob und wand, während die Verbindung hergestellt wurde. Der gewohnte beunruhigende Moment des Gewahrwerdens und des Drucks stellte sich ein, als ob etwas Gewaltiges und Unvorstellbares die Seiten ihres Bewusstseins durchblättern würde. Es dauerte immer genau dieses kleine bisschen zu lange, um es ohne Schaudern auszuhalten; und dann bebte die Tür in ihrer Hand und öffnete sich.

Plötzlich gab es einen explosionsartigen Krach, der anzeigte, dass es Irenes Verfolger gelungen war einzutreten. Sie nahm sich noch einen Augenblick des Bedauerns, dass sie nicht die Zeit gehabt hatte, sich noch irgendwelche anderen Bücher zu schnappen. Dann schritt sie rasch hindurch. Als hinter ihr der Verriegelungsmechanismus zuschnappte, wurde die Tür wieder ein Bestandteil der Welt, die Irene gerade hinter sich gelassen hatte. Und ganz egal, wie viele Male ihre Verfolger die Tür nun aufrissen, sie würde sich immer nur in das Büro hinein öffnen, zu dem sie ursprünglich gehörte. Sie würden niemals imstande sein, Irene hierhin zu folgen.

Sie war in der **Bibliothek**. Nicht in irgendeiner Bibliothek, sondern in **DER Bibliothek**.

Alles beginnt mit einem Buch …

Genevieve Cogman
DIE UNSICHTBARE
BIBLIOTHEK
Roman
Aus dem Englischen
von Dr. Arno Hoven
ISBN 978-3-404-20870-8

Die unsichtbare Bibliothek – ein Ort jenseits von Raum und Zeit und ein Tor zu den unterschiedlichsten Welten. Hier werden einzigartige Bücher gesammelt und erforscht, nachdem Bibliothekare im Außendienst sie beschafft haben. Irene Winters ist eine von ihnen. Ihr aktueller Auftrag führt sie in eine dem viktorianischen London ähnelnde Welt, wo eine seltene Version der Grimm'schen Märchen aufgetaucht ist. Doch was als einfacher Einsatz beginnt, wird allzu schnell ein tödliches Abenteuer …

»Mit seiner wohltuend vielschichtigen Handlung ist dies ein Buch, in dem man schwelgen kann.« THE GUARDIAN

Bastei Lübbe

Die Community für alle, die Bücher lieben

- In der Lesejury kannst du Bücher lesen und rezensieren, die noch nicht erschienen sind
- Gemeinsam mit anderen buchbegeisterten Menschen in Leserunden diskutieren
- Autoren persönlich kennenlernen
- An exklusiven Gewinnspielen und Aktionen teilnehmen
- Bonuspunkte sammeln und diese gegen tolle Prämien eintauschen

Jetzt kostenlos registrieren: www.lesejury.de

Folge uns auf Instagram & Facebook:
www.instagram.com/lesejury
www.facebook.com/lesejury